中国大学MOOC图书
中国现当代文学课堂丛书

新诗十二名家

孙晓娅　张光昕　著

XINSHI SHI'ER MINGJIA

高等教育出版社·北京

内容提要

本书是中国现当代文学课堂丛书之一。

新诗在不同历史阶段拥有不同的名目———白话诗、新诗、现代诗、现代汉诗或当代汉语诗歌等。本书通过介绍十二位新诗名家,引导读者鉴赏新诗经典文本,掌握百年新诗发生发展的主体脉络,深入了解新诗的特质、审美风格、艺术魅力及其与古典和西方诗歌的联系与区别。

本书既可作为大学通识教育相关课程的教材,也适合社会读者阅读。

图书在版编目(CIP)数据

新诗十二名家 / 孙晓娅,张光昕著. —北京:高等教育出版社,2020.5
ISBN 978-7-04-053681-2

Ⅰ.①新… Ⅱ.①孙… ②张… Ⅲ.①新诗-诗歌研究-中国-高等学校-教材 Ⅳ.①I207.25

中国版本图书馆CIP数据核字(2020)第032228号

| 策划编辑 | 张晶晶 | 责任编辑 | 宇文晓健 | 封面设计 | 张文豪 | 责任印制 | 高忠富 |

出版发行	高等教育出版社	网　　址	http://www.hep.edu.cn
社　　址	北京市西城区德外大街4号		http://www.hep.com.cn
邮政编码	100120		http://www.hep.com.cn/shanghai
印　　刷	杭州广育多莉印刷有限公司	网上订购	http://www.hepmall.com.cn
开　　本	787mm×1092mm　1/16		http://www.hepmall.com
印　　张	17.25		http://www.hepmall.cn
字　　数	347千字	版　　次	2020年5月第1版
购书热线	010-58581118	印　　次	2020年5月第1次印刷
咨询电话	400-810-0598	定　　价	36.00元

本书如有缺页、倒页、脱页等质量问题,请到所购图书销售部门联系调换
版权所有　侵权必究
物　料　号　53681-00

序

1917年,王国维在《殷周制度论》中说:"中国政治与文化之变革,莫剧于殷周之际。"出此断言之际,想必王国维没有预见到两年后"暴飚突进"(郭沫若语)的"五四"新文化运动的发生,无法预知此间确立的新锐文化人格对文学发展的深远影响,更瞻想不到白话文运动释放的强大能量,以及其所确立的语言文字改革对回返文言道路的迅速截断,它使文言文成了类似于外国语言的第二语言系统。

王国维的话总让我想起别尔嘉耶夫,他在概括19世纪初至20世纪初俄罗斯思想状态时曾说:"这是一个思考和语言的世纪,同时也是一个尖锐地分裂的世纪,对于俄罗斯来说,最大的特点则是内在的解放和紧张的精神追求和社会追求。"从某种程度来说,几乎处于同时期的中国社会和文化状态也有相通的情景。诚然,在中国历史上,缘起于思想的变化,形诸语言文字变革的"五四"新文化运动第一次举起了"人的解放"的旗帜。将个性解放为核心的人道主义作为全部文化思想的基础构架,以中国人人性和人格的全面复归或自我实现为目标,"五四"新文化运动初步建立起一套与传统迥异的具有现代性质的新义化系统,并在此基础上实现了中国文学的根本革新,开创了中国新文学的传统。

"新诗十二名家"MOOC 简介(视频)

作为从旧学中叛逆出离的新文化运动的集中体现,新诗自诞生之日就在内容和形式等多个维度上开创了新格局,即以反传统为传统,它引发的剧变(而非渐变)始终交织着古今中外文学在反叛与继承、吸收与创新等问题上的博弈。新诗走了一条前无古人之路:它不同于北宋以来崇尚革故鼎新之道的有标准的"创新"——新文体以律诗为衡定标准;也不同于19世纪末黄遵宪等倡导的"诗界革命"的先声——"我手写我口,古岂能拘牵。即今流俗语,我若登简编,五千年后人,惊为古澜斑";它超越了梁启超立足于政治改革立场提出的不彻底的"诗界革命"口号——"过渡时代,必有革命。然革命者,当革其精神,非革其形式。吾党近好言诗界革命。虽然,若以堆积满纸新名词为革命,是又满洲政府变法维新之类也。能以旧风格含新意境,斯可以举革命之实也。"梁启超重视诗的精神,但没能突破诗歌的形式变革,因而并未预见真正意义上的新诗。

胡适承续并完成了"诗界革命"这项未竟的事业,将其匡扶为汉语诗歌现代化工程之滥觞。新诗力主语言与形式的变革,诗人的职责在于发明未来的语言。换言之,用语言进行创新是诗人的责任和使命。在成就"五四"新文化运动的诸因素中,最有力而稳定的,是在白话文运动中确立的语言文字改革——它实现了一次空前伟大的语言飞跃,进而对中国文化的发展前景产生不可忽视的重大影响。伴随语言变革的,是内容主题、文体形式、诗艺观念、审美趣味、情感风格、音韵节奏等全方位的变革和创新。

新诗经典化的步伐远未止息。本书从百年新诗发展史中选取十二位具有一定代表性和影响力的诗人作为讲读对象,以期对20世纪以来汉语新诗版图的动人风景加以展示。我们无意于为新诗经典确立或归纳尺度和标准,而是更倾向于通过对这十二位诗人的诗学观念、创作历程、代表诗作的介绍、阐释和鉴赏,力图从发生机制、文本细读、美学评价、影响研究及认知诗学等维度管窥和呈现新诗的艺术成就与精神特质:共同追问郭沫若是如何把"五四"时期"暴飚突进"的时代主题做出深刻有力的传达,并创造了新诗的新"纪元"?徐志摩的诗为什么能在不同时代、不同读者中具有长盛不衰的影响,以致吴宓这样的古典文化尊奉者也肯定了徐志摩的成就?早期被鲁迅誉为"中国最为杰出的抒情诗人"的冯至,何以后来获取了与西方现代诗界平等交流的资格?戴望舒如何"上承中国古典的余泽,旁采法国象征派的残芬,不但领袖当时的象征派作者,抑且遥启现代派诗风"(余光中语)?如何读懂卞之琳诗的"智性化"并抵达其诗晦涩背后的深意,其戏剧性处境和独白的构筑确立了怎样的诗写经验?如何读透穆旦诗中复杂又痛苦分裂的"我",去体会现代人灵魂深处的自我搏斗,感知现代知识分子的良知?从西南联大走上诗坛的郑敏如何在哲学维度上打开了她的创作视野,我们该如何评定其杰出的诗学建构能力与阐释能力?"汗血诗人"牛汉是少数在晚年创作中仍然走上坡路的"世纪常青树",其不同时期精神向度和诗学立场的转变带给我们怎样的阅读震撼?北岛为当代诗歌语言建设带来了何种"新的美学原则",他代表了"朦胧诗"的何种品质以及后来的创作又如何突破既有的成绩?翟永明的女性诗歌创作如何揭示女性生命经验的真相与本质,奏出一曲长期被男性话语遮蔽的"黑夜中的素歌"?骆一禾从"为美而想"到"博大生命"的诗歌修炼如何超越"朦胧诗"为当代诗歌创设新的高度?张枣诗歌"化欧化古"的见地和实践对当代新诗写作产生了何种新的启发?这些议题,都会在本书中深入浅出地铺展开来。

除上述十二位诗人外,新诗史上还有一些重要的诗人值得我们专章研究,比如闻一多、艾青、多多、舒婷、昌耀、于坚、王小妮、王家新、海子、西川、臧棣、蓝蓝等。这部书稿最初缘于教育部的一门慕课的录制,因由课程设置的时间所限,以及各种原因考量,我们最后择定这十二位诗人,比如艾青、昌耀已经在我们另一门"中国现当代文学名作鉴赏"的慕课中选讲。本书在保留授课形态的基础上,做了大量修润和增改补充,以期展开中国新诗研究的更多话题。我负责绪论、郭沫若、徐志摩、戴望舒、卞之琳、牛汉、北岛部分的撰写,张光昕老师负责冯至、穆旦、郑敏、翟永明、骆一禾、张枣部分的撰写。在撰写过程中,我们不停留于阐释性、史料性、鉴赏性以及文学史意义的研究,而是努力回到诗人主体的感受状态,挖掘写作者的思维方式与习惯,读解他们自己的"语义编码",分析诗作复杂的意蕴和深层的心理内涵,品味背后丰富的社会语境、诗歌生态和衍生的诗学问题。同时,我们也特别侧重培养和提高读者对新诗的鉴赏能力,扩展文学审美视域,分享诗人独特的思想气质、人格风采、诗艺才情和艺术成就,并梳理相关前沿研究,呈现汉语诗歌的基本发展脉络和丰饶的精神魅力。

由衷感谢主动联络本书出版事宜的张志忠教授,以及参与本书校对的研究生许敏霏、鹿丁红、宋云静、李佳悦、朱瑜、寇硕恒、张福超和张留哲。新诗名家无有定数,他们诗歌创作的开拓精神和非凡实绩为中国新诗增添了不同的风景,共同构筑了20世纪中国新诗的辉煌。本书谨以对十二位诗人的研究展现百年新诗某些必要的维度,诚望学界同仁提出宝贵意见。

孙晓娅
2020年1月

目　录

绪　论　"五四"新诗界的代表诗人及十二名家选因 001

第一讲　与时代共舞的诗人——郭沫若诗歌创作导读 014
第一节　郭沫若的传奇人生 014
第二节　郭沫若诗歌创作的艺术成就 019
第三节　郭沫若经典诗作导读 025

第二讲　诗坛上的京华烟云——徐志摩诗歌创作导读 034
第一节　传奇的诗性人生 034
第二节　徐志摩诗歌创作的艺术成就 039
第三节　"诗的三美"（上）：《再别康桥》导读 044
第四节　"诗的三美"（下）：《偶然》等诗作导读 046

第三讲　"中国最为杰出的抒情诗人"——冯至诗歌创作导读 052
第一节　冯至生平介绍 052
第二节　冯至诗歌创作的艺术特色 055
第三节　冯至经典诗作导读 058

第四讲　在激情与沉哀之间——戴望舒诗歌创作导读 069
第一节　戴望舒生平介绍 069
第二节　戴望舒诗歌创作的艺术特色 074
第三节　戴望舒经典诗作导读 081

第五讲　"世界丰富了我的妆台"——卞之琳诗歌创作导读　094

第一节　卞之琳生平介绍　094

第二节　卞之琳诗歌创作的艺术特色　098

第三节　卞之琳经典诗作导读　109

第六讲　"为永远的谜蛊惑着"——穆旦诗歌创作导读　120

第一节　穆旦的传奇人生　120

第二节　穆旦诗歌创作的艺术特色　124

第三节　穆旦经典诗作导读　128

第七讲　"在这伸向远远的一片秋天的田里低首沉思"
　　　　——郑敏诗歌创作导读　136

第一节　郑敏的传奇人生　136

第二节　郑敏诗歌创作的创作特色　141

第三节　郑敏经典诗作导读　147

第八讲　跋涉的汗血诗人——牛汉诗歌创作导读　155

第一节　牛汉生平介绍　155

第二节　牛汉诗歌创作历程　162

第三节　牛汉经典诗作导读（上）　170

第四节　牛汉经典诗作导读（下）　179

第九讲　漂泊的行者——北岛诗歌创作导读　187

第一节　北岛生平介绍　187

第二节　北岛诗歌创作的艺术成就　190

第三节　北岛经典诗作导读　198

第十讲　"穿黑裙的女人黄夜而来"——翟永明诗歌创作导读　210

第一讲　翟永明生平介绍　210

第二节　翟永明诗歌创作的艺术特色　213

第三节　翟永明经典诗作导读　221

第十一讲　从"唯美而想"到"博大生命"——骆一禾诗歌创作导读 232

第一讲　骆一禾生平介绍　232
第二节　骆一禾诗歌创作的艺术特色　237
第三节　骆一禾经典诗作导读　244

第十二讲　南山梅花，镜中诗——张枣诗歌创作导读 250

第一讲　张枣生平介绍　250
第二节　张枣诗歌创作艺术特色　255
第三节　张枣经典诗作导读　259

绪论
"五四"新诗界的代表诗人及十二名家选因

中国素有"诗歌大国"之称,从《诗经》《楚辞》、五言民歌体、七言文人体,到唐诗、宋词、元曲……古典诗歌为我们提供了几千年辉煌灿烂的文化历史。但诗歌发展到近代,却沉淀出日益浓厚的保守问题,逐渐失去它的生命力。鸦片战争后,在列强的野蛮侵入、封建王朝的腐败统治的困境中,古典诗歌在巨变的时代面前,显得空前的苍白无力。19世纪末,为了配合当时正在掀起的资产阶级维新运动,黄遵宪、梁启超、谭嗣同、夏曾佑等受过西方文化影响的先进分子就倡导过"诗界革命",号召"熔铸新思想以入旧风格"(梁启超)。"诗界革命"的主力黄遵宪也表现出人文主义的新精神因素和浓烈的爱国情感,他大胆提出"我手写我口,古岂能拘牵"(《杂感》)。但他们的努力只是在传统旧诗词的形式框架中转圈子,除了用"新名词以自表异"(梁启超《饮冰室诗话》),并未能跳脱"古人之风格"(梁启超《夏威夷游记》),无法打破古典诗歌的基本规范。"诗界革命"的不彻底可以归纳为两点:一方面他们文学的主体意识与创造意识尚未确立;另一方面,他们也并未觉悟到推翻旧诗另创新体的必要性,他们的"诗界革命"体现了一定的惰性和保守性。但是,"诗界革命"的终点却构成了新诗发生的起点。

20世纪发生了诸多伟大变革,就诗歌的变革而言,尤其具有震撼性和标识性。作为一个术语,新诗最早见于胡适的《谈新诗》(1919年)一文,指的是与古典旧诗(即文言律诗)相对立,用白话而非文言,用自由体而非格律体创造的诗歌,有时也称白话诗。被称为"中国新诗的第一人"的胡适是诗界的第一位发难者。1917年2月,《新青年》第2卷第6号上发表了胡适的八首白话诗,这被视为中国新诗的开山之作。1918年1月,《新青年》4卷1号刊登出胡适、刘半农、沈尹默的九首白话诗。1918年5月,《新青年》4卷5号,鲁迅以唐俟为笔名发表《梦》《爱之神》《桃花》等三首新诗,随后,"白话诗的实验室里的实验家渐渐多起来了",①李大钊、陈独秀、鲁迅、周作人等人也

---

① 胡适:《〈尝试集〉自序》,《尝试集》,亚东图书馆,1920年,第42页。

相继发表新诗相应和,据统计,"五四"时期,白话新诗的创作略早于现代小说,数量、规模较现代小说多而有气势,发表和传播新诗的刊物也逐渐增多。

白话诗及胡适的创作

白话诗的成绩和问题都比较突出,其成绩主要体现在思想、文体的历史性进步。

第一,"五四"白话新诗具有鲜明的思想解放特征。在诗作的内容上,突出反帝反封建的时代精神,如胡适的《威权》;讴歌、高扬人道主义与个性解放精神,表达对自由的渴求,如沈尹默的《人力车夫》,胡适的《鸽子》《老鸦》,沈尹默的《月夜》,周作人的《小河》。在题材上,触及社会各种现象和人生问题,反映农民的悲苦命运,揭露剥削阶级的贪婪暴敛,如刘半农的《相隔一层纸》《学徒苦》,刘大白的《卖布谣》《田主来》等。赞美工人阶级和工人创造世界的精神,如刘大白的《劳动节歌》、康白情的《女工之歌》。从婚姻爱情的视角剖析封建制度的罪恶,如黄琬的《自觉地女子》、沈玄庐的《十五娘》。通过自然景物的描绘表达对黑暗社会的憎恨对美德赞美之情,如李大钊的《山中即景》、俞平伯的《春水船》、傅斯年的《深秋永定门城上晚景》等。

第二,"五四"白话诗人主张表达真情实感——真实的现象和真实的情感,真挚地抒写在生活中的所见、所感和对社会人生的看法,反对贵族文学的无病呻吟和弄虚作假。这正是胡适在《文学改良刍议》中提倡的,诗歌作为抒情文学,须有真情实感,只有华丽的辞藻,"如人之无魂,木偶而已,行尸走肉而已"。

第三,白话诗的尝试体现了新诗先驱者破旧立新、勇于探索多种新形势、新技巧和新风格的自由创造精神。"五四"初期诗人冲出旧诗词的束缚,尝试以白话创造新诗,寻找和尝试自如地表达情感的形式和技巧,表达现代生命的丰富和鲜活感悟。诗歌体式日见多样,艺术表现的技艺也不断丰富。比如,鲁迅的《梦》《他们的园》《人与时》《桃花》等新诗,以白话文鲜明的象征性表达现代思维方式与情感方式,和周作人一路,完成了早期白话诗中的"现代性"。以刘半农、刘大白为代表的诗人则从民歌中汲取创新的养分,从1920年起,刘半农用家乡江苏江阴的方言和江阴四句头山歌的形式写出了民歌体白话诗集《瓦釜集》,刘半农以这种民歌体诗和他的无韵诗、散文诗等实践了自己提倡的"增多诗体"的主张。自称为"由旧入新的过渡时代的诗人"的刘大白,早期也是一个在新诗形式和手法上勇于探索的诗人,他1920—1921年间创作了《卖布谣》《田主来》《布谷》等,运用民间歌谣三言、四言和七言的形式,并用浅近俚俗的口语写成,由于好懂,易记诵,对当时诗歌趋于"平民化"起了推动作用。朱自清在《新文学大系·诗集》的《导言》中,把新文学的第一个十年的新诗分为三派:自由诗派、格律诗派、象征诗派。

白话诗的作者,大多是新文化运动的急先锋,自胡适率先勇敢尝试之后,一时天下才俊毕集,纷纷在这块带有革命、实验意义的园地中拓荒耕耘。不过,其中一些人,在完成开辟新诗道路的历史任务之后,就告别诗坛而转向别的领域。正如同鲁迅当时所说:"只因为那时诗坛寂寞,所以打打边鼓,凑些热闹;待到称为诗人的一出现,就洗手不作了。"①恰恰是这些新诗的开创者,初步确立了白话诗的"正宗"地位,从而揭开了中国新诗史的开篇。

毋庸置疑,胡适及其《尝试集》是中国百年新诗的开端,谈论百年新诗,绕不开胡适及其第一部诗集《尝试集》。胡适突破文言关的标志是其1916年7月22日写出的第一首白话诗歌《答梅觐庄——白话诗》。达尔文的进化论对胡适文学思想影响很大,形成"历史进化的文学观",中国文体自身两千年的演变规律,对胡适坚信"一个时代有一个时代的文艺"、新诗胜于旧诗,并大力提倡白话诗均有积极的作用。胡适白话诗创作具有鲜明的自觉自主意识,在美国留学期间,就发誓以白话作诗,并表示"用全力去实验作白话诗"。1917年,胡适首次刊发白话诗《白话诗八首》,它们虽未脱五七言的旧格式,但引入了平白的口语,已和一般的旧诗有所差异;同年6月又刊发了《白话词四首》,时隔近三年,《尝试集》②出版,在此期间,他一边尝试一边总结经验,亦如他为自己第一部诗集命名的取义"自古成功在尝试"。作为首开风气的大胆尝试,《尝试集》是中国新文学史上第一本极具影响力的个人诗集。

直到1919年春,胡适翻译了被他称为"我的'新诗'成立的纪元"的译作《关不住了》,才促使他的诗风有较明显的变化,获得了白话新诗的初步成绩,创作出《应该》《威权》《一颗遭劫的星》等有自由的形式与"自然的音节"的白话诗来。对这一段时期的创作,胡适曾给予客观的自我评价:"我现在回头看我这五年来的诗,很像一个缠过脚后来放大了的妇人回头看他一年一年的放脚时代的血腥气。"(《〈尝试集〉四版自序》)

胡适的诗,后人评价并不高,主要是因为他提出作诗如作文,"有什么话说什么话,话想怎么说就怎么写",这使得他的白话诗写得过于明白,文体过于散文化,但是,我们一定要秉持历史的眼光去评价一个发难者的创作和理论探索。对于不同阶段的创作,胡适都有经验回顾和新诗创作的总结,他的《自传》和几版《尝试集》的序,以及《谈新诗》《谈谈"胡适之体"的诗》,这些文章,既是他个人的经历和体会,又是新诗史上重要的资料和理论。发表于1919年10月10日《星期评论》上的《谈新诗——八年来一件大事》在新诗形式的探讨方面作出了阶段性贡献,并第一次为"新诗"命名。最

---

① 鲁迅:《鲁迅集外集·序言》,《鲁迅全集》第7卷,人民文学出版社,1981年,第5页。
② 胡适:《尝试集》,亚东图书馆,1920年。

初的新诗只是笼统地被称为"白话诗",《谈新诗》首次正式提出"新诗"的概念。两个概念分别对应着不同的"尝试"阶段,前者构成了新诗的语言特征,指称的是过渡的类型,后者完成了新诗的内涵的改变,是一种全新的类型。

茅盾在1937年1月《文学》杂志上发表的《论初期白话诗》一文中说:"五四运动以前,在白话诗方面尽了开路先锋的责任的,除胡适之外,有周作人、沈尹默、刘复、俞平伯、康白情诸位。"早期,和胡适共同突破旧体诗词格律的束缚,实践诗体的大解放——自由诗体的是沈尹默和刘半农。1918年1月15日,《新青年》第4卷第1号刊出胡适的《一念》《鸽子》《人力车夫》《景不徒》(唯此一首仍是五言句),沈尹默的《鸽子》《人力车夫》《月夜》,刘半农的《相隔一层纸》《题女儿小蕙周岁日造像》。这组诗的面貌焕然一新,标志着中国新诗的正式开端:不仅完全采用白话,而且分行排列,采用标点,旧诗的形式规范被基本打破。从此,新诗正式登上了历史舞台。

沈尹默和刘半农被周作人看作"具有诗人的天分"的两个人。① 沈尹默的旧学功底深厚,文字驾驭能力很强,他的《月夜》《三弦》等作品,在意境、音节方面也屡为后人称道。在诗体的尝试方面,刘半农最为"活泼""勇敢",引进了新的形式,在无韵诗、散文诗以及方言拟作的民歌之间,不断尝试翻新。他擅长用平凡的口语,细致入微地表现现实场景,下层社会生活的情状。刘半农的《扬鞭集》里的许多诗篇,揭露了劳苦大众的贫穷和富人剥削者的阔绰骄奢,展现了五四时代穷苦人民的凄苦艰辛生活,《相隔一层纸》《学徒苦》《卖萝卜人》等诗,成为旧社会人民血泪生活的哀歌。刘半农的不少诗作富有民歌亲切自然的韵味,音调突出民歌讲究重复、一唱三叹的特点,最具代表性的是写于1920年9月4日的《教我如何不想她》,这首诗流传甚广,并首次使用"她"字指代女性第三人称,这首诗被赵元任谱曲后,成为二十世纪二三十年代传唱大江南北的流行歌曲。

在第一代诗人中,真正打破旧诗词镣铐、"另走上欧化一路"②的是周氏兄弟。新诗,在鲁迅的作品中不占主要地位。但他曾对诗寄予很大希望,1908年,其用文言撰写的《摩罗诗力说》,发表于《河南》月刊上。他是新诗的有力支持者,扶植保护了很多年轻的诗人。鲁迅新诗的代表作品是《梦》《桃花》《他们的花园》等。周作人的《小河》被胡适评为"新诗中第一首杰作","那样细密的观察,那样曲折的理想,决不是那旧式的诗体词调所能表达得出的"(胡适《谈新诗》)。废名将周作人的重要性与胡适并举:"早些日子做新诗的人如果不是受了《尝试集》的影响就是受了周作人先生的启发。"③周作人的主要新诗作品后来收入《过去的生命》中,这些诗整体风格清新朴纳,隐含着

---

① 周作人:《〈扬鞭集〉序》,《语丝》,第82期,1926年6月。
② 朱自清:《中国新文学大系·诗集·导言》,上海书店,1940年。
③ 废名:《〈小河〉及其他》,《论新诗及其他》,辽宁教育出版社,1998年,第71页。

诗人复杂细腻的思想情感。

俞平伯、康白情是"新潮社"最重要的两个诗人。他们于1922年分别出版了诗集《冬夜》《草儿》①，影响很大，当时的诗坛，"几无一人心目中无《草儿》《冬夜》者"。②《草儿》是康白情生前出版的唯一的诗集，他的诗，最充分地体现了新诗的自由，在题材和语体上不拘一格，洒脱随便，写诗如说话，清楚明白，偏重描写，被称为"设色的高手"，使写景诗一时蔚为风气，但也有描写的过度和退化的失败。俞平伯是诗人兼诗论家，写作新诗的时间较长，出版过多部诗集。朱自清曾将俞平伯的诗作归纳为"三种特色"："一，精练的词句和音律；二，多方面的风格；三，迫切的人的情感。"他最优秀的作品是那些融古典韵致的诗作——《孤山听雨》《春水船》《暮》等。但是胡适、闻一多等人却也指出其创作的不足：晦涩、说理味太浓，"缺乏幻想力"，语言"破碎""重复"等问题。

《民国日报·觉悟》和《星期评论》两种报刊的重要诗人是刘大白和沈玄庐，两位诗人的处女作都发表在1919年的《星期评论》。在开拓题材和呼应时代方面，两位诗人的写作势均力敌，但刘大白的《卖布谣》和《田主来》更为著名。刘大白的写景诗清新可爱，他的《成虎之死》《五一运动歌》等诗篇则表现了社会主义的思想倾向，更具有了"新质"因素。但论及自己的诗，刘大白却客观地说"用笔太重，爱说尽，少含蓄"（《旧梦·付印自记》）。沈玄庐的作品着力于思想性，但多流于空泛，唯《秋夜》和《十五娘》好评最多。朱自清在《中国新文学大系·诗集·诗话》中说《十五娘》"是新文学中第一首叙事诗"。

早期新诗社团、运动及诗潮流派

20年代初，随着文学研究会、创造社、湖畔社、浅草社、沉钟社等众多文学社团的涌现，新诗进入了特殊的历史繁荣期，有大批文学青年加盟新诗的阵营，如"少年中国会"的田汉、宗白华、郑伯奇，创造社的成仿吾、柯仲平，狂飙社的高长虹，未名社的苇丛芜，绿波社的赵景深等。新诗史上第一个专门社团——中国新诗社于1921年10月成立，主要成员是文学研究会会员叶圣陶、朱自清、刘延陵。20年代初，文学研究会是最具影响力的社团，会员中的诗人也很多，从而形成一个较为集中的诗歌群落。1922年1月，由刘延陵、叶圣陶编辑的文学研究会的定期刊物《诗》月刊诞生，发表了近80位诗人的400余首作品，实现了"新诗提倡已经五六年了，论理至少应该有一个

---

① 俞平伯：《冬夜》，亚东图书馆，1922年。康白情：《草儿》，亚东图书馆，1922年。
② 梁实秋：《草儿评论》，闻一多、梁实秋：《冬夜草儿评论》，清华文学社，1922年。

会,或有一种杂志,专门研究这个问题"的呼吁。① 此外,还出版有多种丛书,最重要的是1922年由商务印书馆出版的诗合集《雪朝》,内收文学研究会8位诗人创作的187首新诗。② 从诗人的构成上看,文学研究会诗人群与"五四"时期的新诗阵营有颇多延续性,诗风也质朴稳健:朱自清的新诗创作主要集中在1919年至1922年,数量不过60首,写实与象征手法互换。徐玉诺是文学研究会诗人中最受推崇的一个,《雪朝》③中收入他的诗最多,他出版的《将来的花园》也是文学研究会丛书中的第一部个人诗集。他的新诗色调压抑、凝重,关注乡村破败的生存现实,既有对社会乱象的反映,是彻底地"为人生"的写作,又有对个体生存困境的拷问,烙印着个人的人生经历。郑振铎在《将来之花园·卷首语》中写道:"玉诺总之是中国新诗人里第一个高唱'他自己的挽歌'的人。"

新诗史上第二个专门诗社是湖畔诗社。1922年,由应修人、汪静之、冯雪峰、潘漠华在杭州创立,先后出版合集《湖畔》④《春的歌集》以及汪静之个人诗集《蕙的风》⑤《寂寞的国》等。这四位诗人初登诗坛时还只是中学生,因为没有太多的羁绊,"许多事物映在他们的眼里,往往结成新鲜的印象",⑥他们抒写"爱与美","赞颂自然,咏歌恋爱",给诗坛带来一股新鲜的空气,是20年代众多"少年诗人"的代表,因此,得到许多文坛前辈的鼓励和扶植。朱自清在《蕙的风·序》中称赞:"这才是孩子们洁白的心声,坦率的少年的气度!而表现法底简单、明了,少宏深、幽渺之致,也正显出作者底本色。他不用锤炼底工夫,所以无那精细的艺术。但若有了那精细的艺术,他还能保留孩子底心情么?"其中,汪静之的诗集《蕙的风》,由于大胆直白的情爱书写而遭到指责、攻击,⑦那些道学家如临大敌,在当时引起很大轰动。鲁迅主动写信关心并从创作成熟的角度指导汪静之。

早期新诗运动中较有影响力的是小诗运动。小诗,是"五四"初期最为风行的诗体。在众多小诗的作者中,冰心是最重要的诗人,一是她创作的数量可观,二是风格一致,三是发表时间较早,由她开启了小诗运动。1922年1月1日,至同年6月30日,她的《繁星》与《春水》在《晨报·副刊》上连载,结集出版后,其影响更为广泛,化鲁(即胡愈之)就其当时的影响说:"自从冰心女士在《晨报》副刊上发表他的《繁星》后,小诗颇流行一时……使我们的文坛收获了无数情绪的珍珠,这不能不归功于《繁星》

---

① 周作人:《新诗》,《晨报·副刊》,1921年6月9日。
② 《雪朝》按人而编,分为八集,第一集朱自清19首,第二集周作人27首,第三集俞平伯15首,第四集徐玉诺48首,第五集郭绍虞16首,第六集叶圣陶15首,第七集刘延陵13首,第八集郑振铎34首。
③ 朱自清等:《雪朝》,商务印书馆,1922年。
④ 潘漠华等:《湖畔》,湖畔诗社,1922年。
⑤ 汪静之:《蕙的风》,亚东图书馆,1922年。
⑥ 周作人:《介绍小诗集〈湖畔〉》,《晨报·副刊》,1922年5月18日。
⑦ 参见胡梦华:《读了〈蕙的风〉以后》,《时事新报·学灯》,1922年9月24日。

的作者了。"①其后,"冰心体""繁星体""春水体"成了"小诗"的代名词。冰心的小诗,写一时之情、境,一地之景、物,多表达爱心、童真、自然、平常的影像,突出瞬间的精妙幽微感悟,抒情与哲理结合,字句雅丽谨严,诗歌形式近泰戈尔,语言则烙印着中国古典诗词的气氛。"小诗运动"中,与冰心齐名的诗人是少年中国学会的宗白华。宗白华写作小诗孕育于20年代开端——他在德国学习时期;但其创作的直接渊源是冰心的影响。宗白华的小诗是典型的哲学的冥思,将主体对宇宙、人生无限的凄凉、热爱的情感寄寓在小诗里,以生命体认自然,以小见大,单纯中寄寓丰富清新自然的抒写,超凡脱俗的憧憬,超验的泛神论,"微妙的心"与茫茫的自然、人类深深对应,富有神秘缥缈的冥想色彩。

诚然,"五四"诗体大解放为新诗的成长提供了土壤,但也出现了诗味的缺失,许多粗制滥造的作品损害了新诗的声誉。正是从纠正初期新诗这种不健康的发展现象出发,闻一多、徐志摩开始了新诗观念和原则的探讨,提出了"以理性节制情感"的美学原则,强调"新诗格律化"的诗体要求,追求"使诗的内容及形式双方表现出美的力量"②的审美效果。围绕这一理论主张,"新月诗派"在创作上和理论上有了大体相同的追求和实践,这也是这一诗歌流派得以命名的根据所在。

1926年4月,徐志摩邀请闻一多开辟了《诗镌》专栏,可以看作该诗派的正式形成,《诗镌》培养了朱湘、饶孟侃、孙大雨等一大批青年诗人,他们反对放纵感情,主张理性和节制:在艺术上要求"和谐""均齐",表现为追求诗歌的格律,这个现象被文学史称为"早期新月诗派"。"早期新月诗派"自觉地从诗的本体要求出发面对诗歌形式和语言要求,通过"戴着镣铐跳舞"来表达现代情感经验,使得"新诗"的艺术价值得以提升,纠正了自由诗过于散漫而流于平淡肤浅的弊端,体现了新月派诗人诗歌本体意识的觉醒,为新诗发展探索出了一条新的路径,其在新诗形式上的历史贡献主要体现在以下几点:① 提出了现代汉语诗歌的建行建节原则;② 发现了现代汉语诗歌节奏的基本单位——"音组";③ 引进了有参照价值的西方诗体。③"后期新月派"则是以1928年创刊的《新月》月刊新诗栏及1930年创刊的《诗刊》季刊为主要阵地,由徐志摩、闻一多任编辑,主要诗人有陈梦家、方玮德等,在后期新月派诗歌里,他们回到自我内心世界,特别强调抒情诗的创作,1931年《新月诗选》(陈梦家编选)的出版,可以看作该诗派的一个总结,也标志着该诗派的结束。

在新诗发展的最初年代,象征主义并未引起人们普遍的关注,象征诗的写作没有形成规模,也没有如小诗、格律诗那样大张旗鼓地提出理论主张;但象征主义诗潮的

---

① 化鲁:《最近的出产·繁星》,《文学旬刊》,1923年5月。
② 于赓虞:《志摩的诗》,《晨报·学园》,1931年12月9日。
③ 王光明:《诗歌形式秩序的寻求——"新月诗派"新论(上)》,《海南师范学院学报》社会科学版,2003年第6期。

逐渐兴起,是新诗发展的必然趋势。李金发是第一个有意识大量实验象征主义诗歌的中国诗人,他所引进的象征主义是原汁原味的,是西方现代主义诗歌的一部分,他使新诗与现代西方的诗歌艺术潮流接近了一步。李金发曾将《微雨》《为幸福而歌》两本诗集寄给周作人,周作人称赞说"这种诗是国内所无,别开生面的作品"。①沈从文也认为李金发的《微雨》"在诗中另成一风格",②钟敬文则比较详尽和具体地评说了李金发给诗坛带来的新气象:"我读了李金发《弃妇》及《给蜂鸣》等诗,突然有一股新异的感觉,潮上了心头。""像这样新奇怪丽的歌声,在冷漠到了零度的文艺界里,怎不叫人顿起很深的注意呢?……而且每度读后,脑子里,总有一股凝重的情味,在那里悠然的浮动着,浮动着,经时而始消失。"③

与李金发同时或稍后,出现了一批象征派诗人,这些诗人有后期创造社的王独清、穆木天、冯乃超,他们倾向于法国象征派;还有直接取法于法国象征派或深受李金发影响而从事诗歌创作的冯至、石民、胡也频、姚篷子、侯汝华、林英强等,这些人后来的发展变化虽不相同,但在当时却同李金发一起汇成了一股象征派诗歌的创作潮流。所以,到了1935年,朱自清在《中国新文学大系·诗集导言》中,把李金发代表的象征派诗作为一个独立的艺术派别加以论述,正是总结了新诗发展的客观现象和规律。比起李金发,后期创造社的三位诗人王独清④、穆木天⑤、冯乃超⑥的创作体现了浪漫主义和象征主义艺术方法的交织融合,尽管两种艺术方法互有渗透,但他们更得法国象征派的真谛,在理论上也呈现更多觉悟。

综上,概述并论及早期新诗的诞生及代表性的诗人,旨在清晰开启百年新诗的发端,更好的理解新诗在未来不同发展阶段呈现的创作症候及代表性诗人在新诗史上的独特地位和历史意义。诚如谢冕先生所言:新诗从最初的"尝试"到日臻成熟的自立的过程,我们可以从周作人的"小河"到艾青的"大堰河"⑦的持续实践中,看到几代诗人以白话写诗所进行的英勇行进的轨迹。摆脱了传统格律的新诗人,在日常口语的陌生和单纯中寻求鲜活的语言和精美的抒情,他们不同程度地取得了成功。几代诗人的探索实践,积累了丰富的经验,终于建立起并实现了无愧于千年诗学传统的现代审美风尚。我们从新诗早期发生过程中可以看到,新诗不仅是中国诗歌传统的革新,更是中国诗歌传统的延续,它全面地继承了中国诗歌"诗言志"的精髓,它所实行的彻底的变革,最终是为了诗的"有益于世"。

---

① 李金发:《异国情调》,商务印书馆,1941年。
② 沈从文:《我们怎么样去读新诗》,《现代学生》,1930年10月创刊号。
③ 钟敬文:《李金发底诗》,《一般》,1926年12月5日。
④ 王独清(1898—1940),1920年留学法国,出版的诗集有《圣母像前》《死前》《威尼斯》《零乱章》等。
⑤ 穆木天(1900—1971),原名穆敬熙,出版的诗集有《旅心》《流亡者之歌》《新的旅途》《穆木天诗选》等。
⑥ 冯乃超(1901—1983),创造社后期重要成员,出版的诗集有《红纱灯》。
⑦ 分别指周作人的《小河》和艾青的《大堰河——我的保姆》。《小河》刊于《新青年》6卷2号,1919年2月15日。《大堰河——我的保姆》刊于《春光》1卷3号,1934年5月1日。

新诗十二名家选因

本书所选十二位诗人是在新诗发展不同阶段中具有影响力、标识性或代表性的诗人,他们在新诗历史上的经典性意义各有侧重。

郭沫若的新诗创作起点非常独特,始于他在日本留学期间,身在异国,他远离新文学的发生现场,国内的新闻杂志,他少有机会看到,这种阅读、接受的空缺反而促成了他不同于早期新诗尝试者,而是站在独特的、富有个性色彩的新诗的起点上。他所关注的问题不再是诗歌语言——白话问题,也不再局限于形式的新与旧的问题,他更为关注的是诗歌本体的抒情品质,主情的自我表现,泛神论的入诗,情绪与情感的现代性,超越的哲学境界。他的第一部诗集《女神》一问世,就急遽地结束了"胡适的时代"。"五四"诗歌革命,只有到了《女神》时代,才充分显示出摧枯拉朽、所向披靡的威力,新诗阵地才有了主将。在诗集问世一周年之际,郁达夫极力肯定了《女神》的文学价值:"完全脱离旧诗的羁绊自《女神》始。"这一点"我想谁也应该承认的"。① 闻一多则进一步强调:"若讲新诗,郭沫若君的诗才配称新呢,不独艺术上他的作品与旧诗词相去最远,最要紧的是他的精神完全是时代的精神——二十世纪底时代的精神。"②《女神》引领新诗走上新的里程,改变了中国诗歌的取材、想象方式和美学趣味。她以彻底反帝反封建的革命精神,崭新的浪漫主义审美意识,恢宏的诗歌创造才能,创造了一个全新的艺术世界。我们说,胡适的《尝试集》是中国新诗现代性的开端,那么《女神》则是新诗自觉实践的标志。

徐志摩与郭沫若都以浪漫主义的想象和灵感为务,他们拓展了自由诗的格局。浪漫主义到了徐志摩,才变得丰富起来,他以清新、典雅的现代口语入诗,同时采用句式大体整齐的"新格律"体,创造出流畅、悦耳的具有音乐美感的诗篇。徐志摩既善于强化激情,也善于冲淡矛盾,善于在想象中美化和诗化,"保举着自己作情人"③。他的诗风潇洒飘逸,温文自得,情思深沉蕴藉,意象单纯、明朗而又含蓄丰厚,章法有机和谐,他敢于将自己的真实灵魂放飞于诗的天空,并呈现出飘逸、空灵、华美的美学风格。不过在读者视野里,徐志摩是富有争议的诗人,对其评价变动不居,鲁迅讥讽

---

① 郁达夫:《女神之生日》,《时事新报·学灯》,1922年8月2日。
② 闻一多:《女神之时代精神》,《创造周报》第4号,1923年6月。
③ 朱自清曾转述陈西滢对徐志摩的评价:"他的情诗,为爱情而咏爱情;不一定是现实生活的表现,只是想象着自己保举自己作情人,如西方诗家一样。"朱自清:《中国新文学大系·诗集导言》,《中国新文学大系·诗集》,上海良友图书印刷公司,1935年,第7页。

他[①]，钱杏邨否定他[②]，茅盾称他是资产阶级诗人的代表[③]；而胡适又将其定位为"单纯信仰"者[④]。徐志摩及其作品在争鸣中释放意义，他在现代文学建设中提供了同代诗人、诗作所不具有的特别价值。

冯至是穿越一个世纪、传播频率高的诗人。他作为一名中国现代诗人在20世纪20年代因感觉特异、表现出色而备受赞誉，鲁迅曾称他是"中国最为杰出的抒情诗人"[⑤]朱自清评价冯至的"叙事诗堪称独步，"[⑥]对当时诗坛的浪漫主义有一定提升。冯至在诗歌创作中不断探索试验，不断改变诗路，20世纪40年代初，《十四行集》的出版在当时的诗坛具有"填补空白"的开拓意义，是中国现代诗创作的一座丰碑，标志着中国诗人获取了与世界现代诗平等交流的资格，并为现代诗如何在动乱喧嚣的外部环境中坚持独立的诗学品格树立了榜样。不管是哪一个时期的创作，"在日常的境界里体味出精微的哲理"[⑦]是冯至在诗歌创作中始终秉持的诗艺特征。

20世纪30年代围绕《现代》杂志形成了一股新的现代主义的诗歌潮流，戴望舒是中国现代诗派的领潮人，毕生仅存诗90余首，却有不少传世精品。在创作方法上，他构思独特、语言精美、手法多样、不断创新，他以现代主义为主导，又广泛吸纳了浪漫主义、现实主义、象征主义和超现实主义的手法技巧，博采众长，融会贯通，为我所用。在艺术风格上，他把象征派诗歌带上艺术高峰的同时，又自觉地向晚唐的李商隐、温庭筠等具有唯美主义特色的诗歌流派寻根，追求现代化与民族化的融合，他积极借鉴和吸收传统诗歌的长处，却以"回返"的方式站在新诗艺术的前列，他的诗颇有民族风味，极富传统神韵却不乏现代派的气息和风貌。此外，《望舒诗论》在如何推进和建构自由诗学上用力很深，同时对现代主义诗歌艺术经验也做出富有洞见的总结和阐释。

从"新月诗派"转向现代诗派的卞之琳，于1934年翻译了艾略特的《传统与个人才能》，这篇文章不仅对1930年代诗坛产生过重要影响，诗人自己亦深受艾略特的"非个人化"理论影响，形成了以艾略特诗学为重要资源的非个人性新诗理论。卞之琳的诗歌感觉极度精致、灵敏深邃，他强调"诗歌自身的建设"，主张新诗不能仅仅是白话，还应该遵照艺术规律，具有艺术之美和个性之美。他"在微细的琐屑的事物里发现了诗。他的《十年诗草》里处处都是例子"。李广田对其语言"想象的逻辑"以及简单的文字具有"丰富而有暗示的力量"[⑧]给予过盛赞。卞之琳在"平淡语体的节奏"方面的实践对现代诗的语调和抒情方式也有所突破。堪称"现代派"诗篇名作的《断

---

① 鲁迅：《"音乐"？》，《语丝》周刊第5期，1924年12月15日。
② 钱杏邨：《徐志摩先生的自画像》，《现代中国文学作家》第二卷，上海泰东图书局，1930年，第76页。
③ 茅盾：《徐志摩论》，《现代》第2卷第4期，1933年2月。
④ 胡适：《追悼志摩》，《新月》第4卷第1期，1932年1月。
⑤ 鲁迅：《中国新文学大系·小说二集·导言》，上海良友图书印刷公司，1935年，第5页。
⑥ 朱自清：《中国新文学大系·诗集·导言》，上海书店，1982年，第4页。
⑦ 朱自清：《诗与哲理》，《新诗杂话》，生活·读书·新知三联书店，1984年，第24页。
⑧ 李广田：《诗的艺术》，香港汇文阁书店，1972年，第14页。

章》,由于刘西渭对"装饰"一词的解读引来不同的争论声音,无意中奠定了《断章》在新诗发展过程中特别引人注目的地位。

在中国现代诗歌史上,穆旦是一位风格独特的诗人。在20世纪40年代,他就已经呈现出现代主义的诗学追求,奠定了比较成熟的写作风格,并且先后出版了《探险队》《穆旦诗集》和《旗》等主要诗集。在他的诗中,既虚心向叶芝、艾略特、奥登等大诗人学习现代诗艺和创作技巧,同时又将目光投向中国宏大而混乱的历史现场。穆旦的诗歌技艺精湛,熟练地运用反讽、象征、戏剧性场景,多声部独白以及拼贴、戏拟等多种现代诗歌技巧,成功地将对动乱的历史现实体会和对个人精神的思考化合成令人惊叹的诗歌想象力,并从中引发出对整个历史、人生的形而上追问。穆旦贴近现实和尘世,体验并开掘人生的一切苦厄,但又将此推向深层的思考。他把诗性思考嵌入现实中国的血肉,始终不脱离中国大地,使现世的关怀和永恒的思考达到完美的结合。穆旦的诗并非植根于革命,而是以一个知识分子的良知观照现实生活。这就使他的诗作有一种罕见的艺术冲击力,这也正是他的诗歌在文学史上的价值和意义。

郑敏以静夜的祈祷者之姿踏上诗坛,直到21世纪,她始终保持创作的旺盛精力,成为"九叶"诗人中创作生命最长,也是截至目前创作历程最长、成就最突出的女诗人。在中国现代女性诗歌史上,郑敏更是不容忽视的存在,她既是诗人,也是熟谙中外诗歌、现代诗潮和理论的学者、教授、翻译家,在多方面影响至深。她的诗歌创作与诗学观念受到西方诗学影响,她始终保持与世界文学的沟通,融合中西,书写诗人自己的生命体验,尊重语言,赋予诗应有的逻辑、内涵、灵魂,将封闭狭隘的心灵引向无穷变幻的宇宙。郑敏的诗,善于运用冷静的笔触和充满智慧的语言,把哲理和思辨融入形象,智性与感性兼而有之,深刻而不晦涩,平易而富有内涵,具有一种成熟、静穆的品质。郑敏具有杰出的诗学建构能力与阐释能力,由此催生了她一系列精品力作的问世,早期影响广泛的《金黄的稻束》,晚年的《诗人与死》等诗体现了诗人对命运的深切关怀,对生与死的透彻哲思。

牛汉曾被称为"汗血诗人""归来诗人"和"七月派"诗人,他与郑敏一同被誉为诗坛上的"世纪常青树"。他的诗歌创作长达70余年,而且愈老弥坚,是当代诗坛上创作力最为旺盛的诗人之一。他从"文革"后期开始的诗歌创作可以说是"七月派"精神在当代的延续,他是少数在晚年创作中仍然走上坡路的诗人。牛汉的诗,总是长于表现痛楚的生命和灵魂,以及与苦难的命运搏斗,进而展示生命的坚韧、顽强,最终征服苦难的命运,使生命和灵魂升华到一种理想的境界。这方面留有不少经典名篇。《华南虎》《半棵树》《悼念一棵枫树》《我是一颗早熟的枣子》《梦游》等,这些诗犹如奔跑、腾飞的汗血马,御风驰骋,内蕴生机。为了奔赴人生与创作的极地之境,牛汉以殚竭生命之力写诗,勇于自我诘问、反驳;这种不断超越、博采众长的心灵境界和艺术探求精神确立了其"汗血诗人"的形象。牛汉去世后,洪子诚先生着重肯定了其人其诗的研究意义:"牛汉先生的去世,事实上可以看作中国一个诗歌时代的终结。这种人与诗的联结方式,这种诗歌是成为人生和历史的'生命档案'的状态,以后也许不会再出现了——至少是不会呈现过去这样的群体性状况。"①

由北岛等"今天派"与"朦胧诗"的代表性诗人发起和倡导的"新诗潮"运动在20世纪70年代末至80年代中期的大陆诗坛引起了全方位的震荡,北岛的现代诗创作凸显了"朦胧诗"最为优秀可贵的品质。对于历史的清醒洞察、大胆怀疑与勇敢抗争和批判的精神是其作品最具时代影响力的部分。他对新诗陈旧的表现手法等形式危机的警惕②是其超越同时代诗人创作的关键所在。北岛的诗以其卓越的思想与艺术力量,实现了对于自穆旦以来已中断三十年的大陆现代诗的有力恢复与承续。80年代末,漂泊与孤悬的"漂移"状态使诗人认识到前期诗歌写作存在的不足,开始审视并反思历史记忆和日常经验,他的诗歌创作转而着力于向心灵、生活和语言内部延伸。常与变之间的平衡构成了北岛后期诗歌内在的张力,"漂移"诗学成为透视北岛海外创作发生的秘核。

翟永明是公认的"第三代"诗人中的女性代表诗人,其《女人》组诗是真正意义上中国女性主义诗歌诞生的标志,诗人以"黑夜的意识"揭示了女性生命经验的真相与本质,提供了与"第二代"女诗人(如舒婷等)截然不同的审美经验。20世纪80年代,其诗歌回归到女性自身生存体验的深思、黑色意象体系、激烈自白式的表达方式等艺术特质,构建了"消除了男性话语遮蔽后浮现出来的女性的自我世界"③。20世纪90年代,翟永明的诗歌写作开始"面对词语本身",实现了由抒情到叙事的转型,在打捞日常生活的过程中,智性元素大大增加。新世纪以来创作的长诗《随黄公望游富春山》是诗人对自我、现实、历史、社会、诗歌、画卷、图像等多维景观的审视呈现,是诗人对中国传统文化精神和当代文化与社会现实做出的敏锐而富有深度的反思。

在20世纪80年代狂飙突进的文学氛围中,骆一禾以文明为背景的诗学思考,为中国新诗坛带来一股极强的冲击波。对骆一禾来说,诗歌的道路充满了曲折、苦难和惊骇,但前途是光明而清晰的。作为诗人,他的长诗写作风格独树、气象辽远、抱负远大,《世界的血》和《大海》是其留在世上的两部泣血之作。同时,骆一禾的短诗也精湛动人,如《青草》《危蹇》《辽阔胸怀》《为美而想》《修远》等作品,无论是其精神气象的广博深邃,还是艺术构思的匠心独运,或是文学想象的别开生面,在中国诗坛上都是无可复制的杰作。骆一禾是一个具有明确方向感的诗人,其诗行间高远深沉的格调,诠释了诗人对"博大生命""修远"和"壮烈风景"的期待。

---

① 洪子诚:《像牛汉先生那样真实生活》,《新文学史料》,2014年第1期。
② 北岛曾明确表示:"诗歌面临着形式的危机,许多陈旧的表现手法已经远不够用了"。此文系北岛为《上海文学》"百家诗会"所写诗观,见老木:《青年诗人谈诗》,北京大学五四文学社,1985年。
③ 陈思和:《中国当代文学史教程》第二版,复旦大学出版社,2006年,第352页。

张枣是一位在诗歌中寻找自我的诗人,流亡与虚无构成其诗歌的核心主题。作为一个体物甚深的诗人,"张枣不表现暧昧,而是表现微妙"。① 钟鸣曾认为,张枣在诗歌写作中,几乎所有的词汇都是一次性的;也就是说,每首诗的词汇只对这一首诗负责,同样一个词,用到另一首诗中,含义是不一样的。张枣确实具有赋予词语气韵、"音势"的超强能力。张枣是一位对汉语极其敏感的诗人,他的诗歌充分彰显出汉语的丰盈与灵动美。张枣的"元诗"与众多诗歌形成了互文性关系,他始终在诗歌中探索"一个"跟"另一个"的关系,反复追问到底哪一个才是理想的存在。

---

① 宋琳:《精灵张枣》,宋琳、柏桦:《亲爱的张枣》,中信出版社,2015年,第159页。

第一讲
与时代共舞的诗人
——郭沫若诗歌创作导读

第一节 郭沫若的传奇人生

郭沫若的传奇人生（视频）

郭沫若

1892年秋天，郭沫若在四川乐山铜河沙湾出生了，依据郭家的字辈取名郭开贞。沙湾秀丽，中有茶溪自峨眉山的余脉蜿蜒流下，正是故乡安静祥和的一面，造就了郭沫若敏感多思的性格特征；另外，地处偏远地带的沙湾也是土匪的巢穴，这些土匪有时也有义薄云天的一面，郭沫若从小便浸润在这种风气之中，因此其性格中多了一层好动、外向的成分。据说郭沫若出生时是脚先下地的，他自谓这预示着自己"反叛"的个性。郭沫若的祖上家业兴隆，后来大家庭分崩离析，其父亲又白手起家，恢复家业。幼年时期对郭沫若影响最深的是母亲，母亲出生于没落的官宦之家，却生性乐观开朗，并教会郭沫若吟诵许多唐诗，这是郭沫若与诗结缘的开端。

1897年，郭沫若开始接受严厉的私塾教育。郭沫若的母亲经常教他念"小小少年郎，骑马上学堂。先生嫌我小，肚内有文章"（《翩翩少年郎》），正是这首诗激发了郭沫若对于学堂的兴趣与向往。1905年，15岁的郭沫若被父亲送往乐山县城的小学，一开始便显示出过人的天资。1907年郭沫若顺利进入嘉定府中学，在那里他接触到了新学。两年后，由于学校没有公正对待学生，郭沫若加入了罢课的队伍，因此遭到学校的斥退。随后，他去成都参加了四川省高等分设中学堂的考试。此时的郭沫若目睹了辛亥革命的失败，反叛和民主革命的情绪在他心中发酵，当然，他反叛的对象包括那桩宛若"苍凉的手势"的婚姻——1912年他受父母之命与张琼华草率完婚，这成为他一生中"最重大的一件""要忏悔的事",他新婚第五天便坐船回到学校。同一年,郭沫若顺利被日本东京第一高等学校预备班录取,就读医科。在日本学习期间,郭沫若阅读了泰戈尔的诗作,触动很大,泰戈尔的诗歌和中国传统诗歌有很大的差别,诗风清新,吸引了郭沫若。① 后来他又接触了海涅、屠格涅夫的作品。歌德的作品也对郭沫若产生了一定的影响,正是歌德和泰戈尔,才使得郭沫若在思想方面距离泛神论更近,因此也成功发现了泛神论和《庄子》等中国传统思想相通的地方。② 在日本,他结识了看护妇佐藤富子,并给她取名安娜,两人迅速坠入爱河,爱情直接激发了郭沫若的创作潜能,打开了他诗歌创作的"闸门"。

即使远在日本留学,郭沫若也一直对国内的文艺运动给予很大的关注。郭沫若于1918年8月顺利被九州帝国大学医科录取,也正是在这时候,郭沫若结识了张资平。二人谈论起国内文化界的现状,都表示了颇多不满,这引发了二人共同创办杂志、重振文坛的雄心,在日本的成仿吾与郁达夫也被他们视为同人,筹办杂志之事在这一小圈子的推动下提上日程,这可被称作创造社的"受胎期"。1919年,巴黎和会上中国外交失败了,这直接导致"五四"运动的爆发。在北京城里,数以千计的学生纷纷到街头呐喊"外争主权,内惩国贼"等口号,掀起了全市范围内的学生罢课,一时间铺天盖地席卷全国。郭沫若虽与祖国隔岸相望,却也感受到了国内这场运动的声势。6月间郭沫若组织一些同学成立了夏社,进行爱国宣传。此时郭沫若为了及时了解国内信息,订阅了一份《时事新报》。《时事新报》设有一个文艺副刊《学灯》,介绍新文艺思潮,是"五四"时期文艺界真实动态的写照。宗白华担任《学灯》主编之后,创建了"新文艺"专栏,主要用来发表新诗。1919年9月,郭沫若无意间读到了康白情写的新诗《送慕韩往巴黎》,诗歌语言明白如话,清新朴实,郭沫若读了之后觉得和自己创作的新诗很像,自信心也增加了不少。于是他就把自己之前写的《抱和儿浴博多湾中》与《鹭鸶》两首诗寄给《学灯》副刊,这是他第一次用"沫若"这个笔名发表诗歌作品。《抱和儿浴博多湾中》③:

　　儿呀!你快看那一海的银波。
　　夕阳光里的大海如被新磨。
　　儿呀!你看那西方的山影罩着纱罗。
　　儿呀!我愿你的身心像海一样的光洁,山一样的清疏!

诗歌《抱和儿浴博多湾中》虽然没有收入诗集《女神》,但这首诗对阳光的礼赞也是很

---

① 魏建:《泰戈尔究竟怎样影响了郭沫若》,《中国现代文学研究丛刊》,2009年第3期。
② 季进、丁兴标:《创造在整合与阐扬中完成——论郭沫若中西文化观》,陈晓春、王海涛:《郭沫若研究文献汇要·卷五·思想文化卷》下,上海书店出版社,2012年。
③ 本文所引郭沫若诗作,如无特别说明,均出自《郭沫若全集·文学编》,人民文学出版社,1982年。

有新意的。诗人由自然景象写起,在夕阳的照射下,大海里的波浪闪着银灿灿的光,西天里的群山也仿佛被轻纱笼罩。看到这样美丽的景象,诗人的情感油然而生,希望自己的孩子也能像夕照中的大海一样充满光明,像山一样清疏俊朗。作为草创期的诗歌,这首诗清新自然而又意境宏远,不仅表现了郭沫若对孩子真挚的爱与期待,也表现了诗人心中对光明的向往。

  这两首诗的发表极大鼓励了郭沫若的创作热情,他很快进入诗歌创作的爆发期,创作了大量的诗歌。在这段时间郭沫若还阅读了惠特曼的《草叶集》,于是郁结于胸的个人问题、民族问题等都像火山喷发一般终于找到了出口。① 郭沫若在《学生时代》中说过:"在大学三年,正当我开始向《学灯》投稿的时候,我无心地买了一本有岛武郎的《叛逆者》。所介绍三位艺术家,是法国的雕塑家罗丹(Rodin)、画家米勒(Millet)、美国的诗人惠特曼(Whitman)。因此又使我和惠特曼的《草叶集》接近了。他那豪放的自由诗便使我开了闸的作诗欲又受了一阵暴风般的煽动。我的《凤凰涅槃》《晨安》《地球,我的母亲》《匪徒颂》等,便是在他的影响下作成的。"在惠特曼浪漫激进的诗风影响下,郭沫若写下了《立在地球边上放号》这样的诗句:

    无数的白云正在空中怒涌,
    啊啊!好幅壮丽的北冰洋的情景哟!
    无限的太平洋提起他全身的力量来要把地球推倒。
    啊啊!我眼前来了的滚滚的洪涛哟!
    啊啊!不断的毁坏,不断的创造,不断的努力哟!
    啊啊!力哟!力哟!
    力的绘画,力的舞蹈,力的音乐,力的诗歌,力的 Rhythm 哟!

在排比而又精练的句式中,诗人用有力的诗笔表现了时代的风云变化,希望借助太平洋的力量来破坏旧的地球,创造新的地球。诗歌奔放而又热烈,情感充沛,迎面扑来。郭沫若在《我的作诗的经过》中也说过:"在我自己的作诗的经验上,是先受太戈儿诸人的影响,力主冲淡,后来又受了惠特曼的影响才奔放了起来的。""惠特曼的那种把一切的旧套摆脱干净了的诗风和五四时代的暴风突进的精神十分合拍,我是彻底地为他那雄浑的豪放的宏朗的调子所动荡了。"郭沫若回答着惠特曼遥远的召唤,更应和着狂飙突进的新文化运动之音,他寻找到了抒发自己汹涌的革命激情的突破口,一发而不可收。留学日本期间,郭沫若浸润在旺盛的写作激情中,不仅创作了一系列诗歌与小说,还翻译了海涅的诗歌和歌德的《浮士德》等。歌德习惯于在创作过程中将

---

  ① 李乐平:《新诗的"自由化"与"格律化"及其他——论郭沫若闻一多诗美主张和创作表现的异同》,《华中师范大学学报》人文社会科学版,1999年第1期。

潜意识的感情冲动自然地流露出来，郭沫若在创作过程中很明显受到了歌德的影响，让创作的直觉或冲动自然流泻。① 1919 年下半年到 1920 年上半年可称为郭沫若的"女神"时期，此时的他完全凭借个人对世界的感觉和超凡的才情进行创作，挥就了几十首新诗。这一时期郭沫若的创作刚好印证了他的话："诗不是'做'出来的，只是'写'出来的。"②郭沫若这一时期创作的诗歌不仅给我国诗坛注入了新的诗歌样式，还打开了读者的眼界，鼓舞了他们参与社会斗争的热情。郭沫若的诗作在当时很受欢迎，尤其在青年们中间产生了很大的影响，他的诗歌拨动了青年的心弦，一时间成了青年们的偶像。虽然《女神》集的出版比胡适的《尝试集》晚了一点，但是这本诗集的艺术成就以及社会影响力要远远超出胡适的《尝试集》，在五四时期没有哪一本诗集的影响力能超出《女神》。《女神》以自由体的形式呼唤新世界的诞生，诅咒旧世界的灭亡，赞美劳动者，讴歌革命志士，崇尚科学，这和激进的五四革命精神是合拍的，所以很容易就能引起青年们的共鸣。郭沫若能独立于文坛离不开宗白华的赏识，在《学灯》担任编辑的宗白华认为郭沫若的诗人人格是新鲜的、充满生命力的，也是"气魄雄健"的。之后在宗白华的介绍下，郭沫若又结识了田汉。三人素未谋面，只凭书信往来，通过书信分享着彼此的人生理想与文学观念，譬如，郭沫若曾在信中谈道：

> 诗不是"做"出来的，只是"写"出来的。我想诗人底心境譬如一湾清澄的海水，没有风的时候，便静止着如像一张明镜，宇宙万汇底印象都涵映着在里面；一有风的时候，便要翻波涌浪起来，宇宙万汇底印象都活动着在里面。这风便是所谓直觉，灵感(Inspiration)，这起了的波浪便是高涨着的情调。③

后来他们三人的通信被结集出版，就是我们看到的《三叶集》，田汉称这本书为"中国的《少年维特之烦恼》"。与此同时，郭沫若几乎将所有的热力都投注到文学，郭沫若、郁达夫、张资平、田汉等人有感于国内五四新文化运动的声势不足，决心回国"急挽狂澜"。1921 年 6 月创造社在东京组织成立，掀起了新文学文坛上的一股飓风。郭沫若实际上充当了创造社的核心人物，除撰写作品外还主持了《创造季刊》《创造周报》等刊物，并积极参与文学论争，确立了创造社在中国现代文学史上的地位。但是，"五四"的落潮让他感受到理想受阻之后的幻灭与彷徨，苦闷孤独之情无法排遣，这也是那个时代青年人的共同特征。他开始寻找新的着眼点，政治思想上开始向马克思主义靠拢，积极投身革命文学事业。1924 年 8 月，郭沫若致信成仿吾，称自己已经成

---

① 骆寒超：《想象·直觉·内在律——论〈女神〉的创作特色》，《群众论丛》，1980 年第 1 期。
② 郭沫若：《三叶集·郭沫若致宗白华(1920 年 1 月 18 日)》，《郭沫若全集·文学编》第 15 卷，人民文学出版社 1990 年，第 14 页。
③ 田寿昌、宗白华、郭沫若：《三叶集》，上海亚东图书馆 1920 年，第 84 页。

为彻底的马克思主义信徒,这成为郭沫若思想转变的重要关节点。

1926年广东大学聘任郭沫若为文科学长,1926年7月他参加了北伐战争,之后又顺利加入中国共产党。大革命失败,郭沫若遭到蒋介石政府通缉,被迫流亡日本,但他从未停止对文学事业的热爱,积极投身到国内文艺运动中来。从战场返回书斋的他积极联络了成仿吾、阳翰笙等左翼作家,重整创造社的大旗。1937年,眼见国内局势愈发紧张,去国十年的郭沫若只能将赤子之情压抑于胸,于是他决意别妻弃子,踏上了归国的游轮。飘荡在无边大海中的诗人捻出一首七律(《归国杂吟(二)》):

又当投笔请缨时,别妇抛雏断藕丝。
去国十年余泪血,登舟三宿见族旗。
欣将残骨埋诸夏,哭吐精诚赋此诗。
四万万人齐蹈厉,同心同德一戎衣。

这首七律步鲁迅的《无题其二》的韵脚,交织着诗人情感与理智的纠葛,由家到国,由小我至大我,情绪层层推进,情感真挚,具有很强的感染力。抗战阶段,郭沫若创作了《虎符》《屈原》《孔雀胆》《高渐离》等戏剧,他以历史题材进行戏剧创作,具有很强的史诗品格,希望借此表达时代精神。在《屈原》第五幕第二场中屈原的一段独白,可以看作郭沫若一直宣扬的"时代精神"的展现,而且是作者自我的写照:

风!你咆哮吧!咆哮吧!尽力地咆哮吧!在这暗无天日的时候,一切都睡着了,都沉在梦里,都死了的时候,正是应该你咆哮的时候,应该你尽力咆哮的时候!

尽管你是怎样的咆哮,你也不能把他们从梦中叫醒,不能把死了的吹活转来,不能吹掉这比铁还沉重的眼前的黑暗,但你至少可以吹走一些灰尘,吹走一些砂石,至少可以吹动一些花草树木。你可以使那洞庭湖,使那长江,使那东海,为你翻波涌浪,和你一同地大声咆哮呵!

我们可以看到,"女神"时期的郭沫若似乎又借着戏剧的形式复活了。郭沫若借历史人物之口宣泄自己的内心愤懑,胸中不吐不快的郁结被有机地组织进民族抗战的主题之中,这段独白中内蕴的诗情喷薄而出,昭示着作者渴望民族"涅槃"的心愿。

新中国成立后,郭沫若曾经担任政治、文化、科学等领域的要职,为新中国的建设事业作出了贡献。他一直相信自己负有铸造祖国灵魂的使命,因此他笔下的蔡文姬、武则天等戏剧人物形象正是他坚不可摧的政治信仰的具体表现形式。1959年,郭沫若与周扬合作编辑《红旗歌谣》,具有总结大跃进民歌运动成果之意义,虽然这是政治运动的产物,但其历史价值对诗歌研究者而言不可忽视。"文革"十年浩劫并没有击垮这位风雨老人,他默默耕耘于历史研究的园地,以此保存着自己内心的火种。他那镌满了皱纹的脸上刻着的不仅是人生沧桑,更象征着中华民族经历风雨之后的不灭记忆。

第二节 郭沫若诗歌创作的艺术成就

新诗在艺术形式上无疑感受到了古诗"影响的焦虑",精美成熟的古典诗歌令新诗的合法性不断受到质疑,那么,究竟如何运用白话表达现代人的心境与情感呢?这个问题在新诗草创者胡适、刘半农、俞平伯等人那里似乎含义更为复杂,他们往往面临着"新与旧"这个略显沉重的时代命题,肩负着向古典挑战的历史使命。相反,郭沫若是以一个"边缘人"的身份登上文坛的,郭沫若的新诗写作发生于1919年,正留学日本的他远离国内新文学运动,因此他的创作初衷并不执着于打破旧形式的桎梏,而是专注于书写自己强烈的内心情感以及人生思考。

郭沫若一出场便是一座文学高峰。20世纪20年代,郭沫若共出版了五部诗集,分别是《女神》(1921年)、《星空》(1923年)、《瓶》(1927年)、《前茅》(1928年)、《恢复》(1928年)。从这里可以看出,这位天赋异禀的诗人,凭借他不断燃烧的生命热力凝结出或长或短的诗行,他的咆哮、爆发、破坏,他的低回、自语、犹疑、生命的波澜壮阔全在这里了。郭沫若的新诗集《女神》以"崭新的形式""独特的风格",开创一代诗风,对五四以来的新诗产生了深远影响,成为中国新诗史上的里程碑,[1]显示了新诗拓荒时期的创作成绩,拓展了富有自由性的抒情空间,对浪漫主义新诗的发展起到奠基作用。[2] 以《女神》为起点,郭沫若在诗歌中找到了表现自我的方式,《女神》是生命游走于时间与空间控制之外的最自由的创造。正是这种自由体的形式,才使得郭沫若的诗歌极富运动感,而这种运动感又和古典诗歌的静态诗境有着明显的差别。《女神》中的诗作呈现的运动之美,是郭沫若对人生、诗歌的创造,有利于突破旧体诗词静止状态的局限,丰富与开阔了诗境。同时,这种运动的诗歌形式对年轻的读者来说也是十分新鲜的,很容易引起年轻人的共鸣。[3]《女神》分为三辑,除《序诗》外,共收录了57篇诗歌。《棠棣之花》《女神之再生》《湘累》三篇诗剧的创作时间最晚,其次是第二辑,创作时间最早的是第一辑中的小诗。前面提到,郭沫若刚到日本时便开始接触泰

---

[1] 李铁映:《与时俱进,创造中华民族的先进文化——纪念郭沫若诞辰110周年》,中国郭沫若研究会、四川省郭沫若研究学会:《郭沫若与百年中国学术文化回望》,四川人民出版社,2005年,第3页。
[2] 孙玉石:《郭沫若浪漫主义新诗本体观探论》,郭沫若故居、中国郭沫若研究会:《郭沫若百年诞辰纪念文集》,社会科学文献出版社,1994年,第518页。
[3] 李怡:《超越于时空之上的自由——关于郭沫若感受方式的一点札记》,中国郭沫若研究会:《郭沫若与二十世纪中国文化》,福建人民出版社,2002年,第279—280页。

戈尔、海涅的诗歌,沐浴在他们清新隽永的诗风下,郭沫若也创作了一批带有自然闲适的田园牧歌味道的小诗,比如《雾月》《晚步》《晨兴》《鸣蝉》《晴朝》等。后来,郭沫若在偶然的契机中接触了美国著名浪漫主义诗人惠特曼的《草叶集》,这也是"五四"运动爆发的时期,郭沫若内心闪烁的火苗在这异域资源与现实经验之间瞬间被点燃,第二辑中大部分的作品都是感情自然喷涌而成。《天狗》《凤凰涅槃》《立在地球边上放号》《我是个偶像崇拜者》《地球,我的母亲》情感丰富而又饱满,浩荡的反叛情绪像河流一样奔走,他大力赞美无所畏惧的破坏者,也赞颂20世纪的工业文明,力图解放被束缚在封建礼教之中的生命力,这一类的诗歌风格激昂雄健,充斥着诗人奇异的想象。对于郭沫若来说,新诗还担负着"美化感情"的时代使命①,郭沫若试图借助诗歌传达自己对国家以及民族命运的担忧,鼓舞更多的青年投身革命事业。还有一类诗则流露出诗人的惆怅与低回情绪,是引吭高歌之外的另一种抒情主体姿态,这也验证了田汉将《女神》称为郭沫若的"自叙传"与"忏悔录"之说法。三篇诗剧创作时间最晚,歌德的泛神论思想及其提倡的狂飙突进运动给郭沫若的心灵带来莫大的震撼,因此三篇诗剧从体制上而言更为恢宏,内蕴的思想情感也更为深厚。

近代欧洲一直流行着泛神论思想。泛神论强调自然与神的融合,从而否认神的超自然力量的存在。郭沫若主张的泛神论不同于西方哲学上的泛神论,而是更偏于诗化。就像他说的:"泛神便是无神。一切的自然只是神底表现,我也只是神底表现,我即是神,一切自然都是自我的表现。人到无我的时候,与神合体,超绝时空,而等齐生死。"②他的泛神论思想并非直接来源于西欧的泛神论,而是将西方的斯宾诺莎与东方的庄子、王阳明等人的思想进行综合,使它们互相糅合而标举为一种新的、个人化的观念。③ 比如《光海》中"海也在笑,山也在笑",就是把自然界充分人格化了,随后又将自我主体投入进自然画面中,实现了人和自然的浑然交融。还比如《梅花树下醉歌》(节选):

我赞美你!
我赞美我自己!
我赞美这自我表现的全宇宙的本体!
还有什么你?
还有什么我?
还有什么古人?

---

① 郭沫若:《文艺论集》,人民文学出版社,1979年,第216页。
② 郭沫若:《〈少年维特之烦恼〉序引》,《郭沫若全集·文学编》第15卷,人民文学出版社,1990年,第311页。
③ 傅正乾:《郭沫若前期的诗歌创作与泛神论思想》,《陕西师范大学学报》哲学社会科学版,1983年第3期。

还有什么异邦的名所?
一切的偶像都在我面前毁破!
破!破!破!
我要把我的声带唱破!

诗人借梅花召唤的是个体生命价值的张扬。因此,他的泛神论思想与强烈的自我意识相关联,不存在中与西、现代与传统的鲜明对立,他把自我提升至与宇宙、神、自然界一致的高度上,将生命体验和感受放于首位,赋予抒情主体英雄主义式的自我命名和自我牺牲精神。① 这种泛神论思想和五四时期追求个性解放的潮流是一致的,《天狗》《日出》《立在地球边上放号》《我是个偶像崇拜者》等诗歌都是郭沫若张扬个性、表现自我的代表作,和同一时期的其他诗歌比较,郭沫若对个性的张扬是其他诗人无法匹敌的。② 此外,郭沫若将中国传统文化和世界文化进行比较研究的办法,也为中国传统史学研究注入了新的活力,拓展了研究视域。③

《女神》中三篇诗剧借用历史题材寄寓诗人对民族更生的希望。《女神之再生》取材于女娲神话;《湘累》《棠棣之花》则以战国时代为背景,宏阔的历史背景以及雄浑深厚的文化底蕴赋予了诗歌史诗的基调,诗人在历史与现实两个维度中建构了自己对民族的想象——"共工象征南方,颛顼象征北方,想在这二者之外建设一个第三中国——美的中国"。从这里能够看出,郭沫若的诗歌向传统取材,不仅是典故、神话和历史背景单纯的植入,更重要的是:其一,他接续的实际上是中国诗歌浪漫主义的一脉,他那绵延不断的想象力、雄浑壮丽的气魄也见诸古典诗歌之中,郭沫若的诗歌正是浪漫主义的杰出代表,并直接指向人的自我个性的表达;其二,诗人的着眼点是借古言今,譬如以共工与颛顼之争为题材的《女神之再生》折射军阀混战的黑暗现实。

闻一多对郭沫若的《女神》诗集给出过这样的评价:"不独艺术上他的作品与旧诗词相去最远,最要紧的是他的精神完全是时代的精神——二十世纪底时代的精神。有人讲文艺作品是时代底产儿,《女神》真不愧是为时代底一个肖子。"④恰如闻一多精辟的概述,在郭沫若身上达到了个人意志与时代思潮的高度一致。他释放的时代强音主要体现在以下几个方面:

首先,人的觉醒和个体价值的实现。其一,无论是那受尽屈辱烈火中更生的凤

---

① 龙泉明、张克:《论郭沫若的文化选择及其"生命底文学"》,中国郭沫若研究会、四川省郭沫若研究学会:《郭沫若与百年中国学术文化回望》,四川人民出版社,2005年,第273页。
② 桑逢康:《郭沫若评传》,中国社会科学出版社,2008年,第39页。
③ 胡绳:《踏着一代文化伟人的历史足迹》,郭沫若故居、中国郭沫若研究会:《郭沫若百年诞辰纪念文集》,社会科学文献出版社,1994年,第17页。
④ 闻一多:《〈女神〉之地方色彩》,《创造周报》第5号,1923年6月10日。

凰,还是吐着宏朗声音的金字塔,抑或笔尖上怒涛滚滚的贝多芬,这些宏大而具有英雄主义的形象在郭沫若以前从未如此集中地出现在某一位诗人笔下,它们纷纷来源于郭沫若自我人格的化身,是诗人自我形象的投影。自我表现在郭沫若早期诗歌创作中非常明显,他借助这一手法来表达对于客观世界的理解、体会与把握。郭沫若在1920年3月30日写给宗白华的信中明确表示:"诗底主要成分总要称是'自我表现'了!"其二,他的抒情主人公形象是一个背负着时代使命的"开辟洪荒的大我"。人在宇宙中间不断扩张,不断进取,以至于撑破了现实环境对他的束缚,遨游于陆地、海洋、天空之间,甚至可以吞食星球和自己。而这个"大我"也象征着中华民族的觉醒和自由,由此上升至一种崇高的意志。《凤凰涅槃》在死而复活的烈火中歌唱自我与民族的新生,《天狗》表现了诗人希望不断和旧我毁坏与决裂,进而开辟全新的自我的理想,这些都是五四时代精神和诗人自我意识觉醒的体现,诗人渴望摆脱桎梏,实现自我人生价值。①

其次,爱国情怀与民族主义。诗人在东瀛眺望祖国,胸中燃烧的爱国火焰令他一口气吐出二十七个"晨安"对"年轻的祖国""新生的同胞"、全世界的山川人物进行问候,祖国二字——在心中口中吟诵千万遍也不能满足,他甚至愿意为祖国掏出"火一样的心肠"(《炉中煤》)以示衷心。《炉中煤——眷恋祖国的情绪》原诗如下:

啊,我年青的女郎!
我不辜负你的殷勤,
你也不要辜负了我的思量。
我为我心爱的人儿
燃到了这般模样!

啊,我年青的女郎!
你该知道了我的前身?
你该不嫌我黑奴卤莽?
要我这黑奴的胸中,
才有火一样的心肠。

啊,我年青的女郎!
我想我的前身
原本是有用的栋梁,

---

① 胡绳:《踏着一代文化伟人的历史足迹》,郭沫若故居、中国郭沫若研究会:《郭沫若百年诞辰纪念文集》,社会科学文献出版社,1994年,第19页。

我活埋在地底多年，
到今朝总得重见天光。

啊，我年青的女郎！
我自从重见天光，
我常常思念我的故乡，
我为我心爱的人儿
燃到了这般模样！

　　《炉中煤》作于1920年1月和2月之间，此时郭沫若正在日本福冈九州帝国大学读医科，在日本学习已经满年，郭沫若十分思念祖国，这首"眷恋祖国"的《炉中煤》刚好是一首他对祖国的恋歌，热烈而又深情。诗歌就像燃烧的火焰，在诗人炽烈的爱情中饱富深情，选择以第一人称（我）来直抒胸臆，感情一开始便如火山爆发般蔓延开来，诗歌基调高昂，情感浓烈，情绪深沉，实现了内容和形式的和谐统一。① 正如郭沫若自己所说："'五四'运动发动的那一年，个人的郁积，民族的郁积，在这时找出了喷火口，也找出了喷火的方式，我在那时差不多是狂了。"② 诗人用"炉中煤"比喻自己，"年青的女郎"用来象征"五四"时期发展变化中的祖国。诗人对祖国充满希望，思念太过深切，只有通过这燃得通红的炉火才能抒发。诗人在层层递进中向祖国诉衷肠：从"我"与祖国心心相印、彼此包容，到祖国见证"我""重见天光"，再到依恋祖国、甘愿牺牲自我，情感热烈而饱满，全诗一气呵成，风格豪放明朗，郭沫若眷恋祖国的赤子深情也得到淋漓尽致的展现。同时，世界视野提供了另外一重观看中国的角度，诗人也发现内忧和外患夹杂，中华民族需要一个崭新的"黎明"。

　　最后，对工业文明的向往，以及"内在的科学精神"。《凤凰涅槃》的《凤歌》以"天问"的形式向宇宙与生命探源，反映了"五四"一代对科学精神的探求。就物质文明而言，不论是"黑色的牡丹"（煤烟）（《笔立山头展望》），还是"摩托车前的明灯"（《日出》），都不外是机械化时代到来的标志，充当了现代性物质载体的功能。郭沫若在诗歌中对自然、对科学、对近代文明进行了热烈的歌颂，他虽然富有浪漫主义的诗人气质，但是又能实事求是地对待科学，没有被喷涌的情感所支配。《女神》具有言之不尽的美的力量，诗人天才般的创造力与飞动的想象力为草创时期的新诗园地开辟了一片新的沃土。

　　然而，恰如许多研究者指出，郭沫若《女神》之后的创作显示出一种"倒退"的倾向。《女神》出版后，郭沫若在1923年出版了诗集《星空》。"五四"热潮褪去，诗人这

---

① 桑逢康：《郭沫若评传》，中国社会科学出版社，2008年，第34页。
② 郭沫若：《序我的诗》，《郭沫若全集·文学编》第19卷，人民文学出版社，1992年，第408页。

一时期的诗歌弥漫着感伤情调,自称为"歌德式"的创作。《瓶》是 42 首爱情诗的集合,创作于 1925 年 2 至 3 月,初版于 1927 年 4 月,进一步展现了诗人复杂矛盾的内心世界。《前茅》最能反映郭沫若诗歌转型的方向,多数诗歌创作于 1921—1924 年间,出版于 1928 年 2 月。郭沫若自谓该诗集是"五六年前的喊叫产生出来的革命时代的前茅"。此外,还有出版于 1928 年的诗集《恢复》,充满了革命乐观主义精神和战斗的激情。

郭沫若开创了中国新诗的一个"纪元",将新诗带到了一个绝顶的高度。我们可以从以下几个方面来讨论郭沫若诗歌的艺术成就:

首先,建立了"壮阔性、奇异性、飞动性"相互生成的现代意象体系。郭沫若擅于取材于大自然,风雨雷电、山川湖海,同时金字塔、太平洋这类地理意象也无不入诗。这些意象气势恢宏,仿佛能"气吞山河"。此外,就像闻一多指出的一样:"二十世纪是个动的世纪。这种动的精神映射于《女神》中最为明显。"郭沫若自己也说:"动的精神便是西洋近代艺术的精神。"所以,他创造的一系列飞动的意象,无论是气吞宇宙的天狗还是笔尖上倾泻怒涛的贝多芬,都展现着无穷的动感和力量,这些巨人般的诗歌意象背后是诗人高大的自我形象。

其次,形式上"绝端的自由,绝端的自主"。在诗歌形式上,郭沫若主张"绝端的自由,绝端的自主"①,反对因袭他人的诗歌表现形式,从而创造性地发明出一系列新的诗体。《女神》中的很多诗歌都是自由诗体,摆脱了传统格律诗的束缚。他的诗歌有长有短,《凤凰涅槃》长达 300 行,长短句交错,制造出强烈的节奏感与音乐感,《鸣蝉》则只有 3 句,却也含蓄隽永:

> 声声不息的鸣蝉呀!
> 秋哟!时浪的波音哟!
> 一声声长此逝了……

鸣蝉绵延不断的叫声传来,秋天随着时间的流走慢慢逝去,诗行简短有力,叠字的使用使得声音的传达变得连续而又绵长。整体看来,《女神》中的诗歌用韵也极其自由,行数、字数、顿数都不固定,既有比较讲究格律的《晴朗》《黄浦江口》,也有完全不讲格律的诗,但是细细品读又能发现诗歌节奏的规律。

再次,雄奇壮阔、激越飞动的艺术风格。《女神》展现了一种男性的力的美,诗中可见气势磅礴的诗行,譬如《晨安》,诗人一口气写了 27 个"晨安",声势雄浑而壮大。《立在地球边上放号》中"无限的太平洋提起他全身的力量来要把地球推倒"营构的画

---

① 郭沫若:《三叶集·郭沫若致宗白华(1920 年 2 月 16 日)》,《郭沫若全集·文学编》第 15 卷,人民文学出版社,1990 年,第 49 页。

面也十分壮观,这都是《女神》雄奇壮美风格的一种展示。

最后,"内在律"的发现。郭沫若曾说,诗歌的精神主要在于内在的韵律,所谓内在韵律指的是情绪的自然消涨。郭沫若在这里强调的正是诗歌中的情绪和节奏,至于语言文字上的韵律则是次要的。正是对"内在律"的发现,郭沫若才开启了一代诗风。①

然而,即使是郭沫若诗歌艺术的高峰——《女神》也远非成熟之作。宗白华曾评价郭沫若的诗"构造方面,还要曲折优美一点","嫌简单固定了点,还欠点流动曲折"②,可谓指出了郭沫若诗作自然流露有余而含蓄不足的特点。诗人朱湘也对郭沫若的《女神》进行了评价,他首先肯定了郭沫若是灵感型诗人,但也指出《女神》存在"单调的结构""单色的想象""流入'单调'的弊病"等不足,要想让诗歌境界进一步深化,还要在诗歌技艺上进行反复的推敲与磨炼。③ 在《女神》中,创造主体的"我"与被创造的抒情主人公之间的距离过于接近,以至于丧失了艺术上有距离的关照,这也是造成诗歌艺术失色的原因之一。

第三节　郭沫若经典诗作导读

鉴赏郭沫若的诗歌,不妨从《天狗》读起。诗歌史上对这首诗的评价褒贬不一,它反映出早期新诗的某些稚嫩之处,但是阅读这首诗,要尽量结合时代语境理解那些富有创造性的意象,体悟诗歌传达的情愫并探索诗歌意象背后潜藏的诗人精神世界。郭沫若是一位具有开拓精神的诗人,如果我们将"打破一切客观的束缚"作为阅读《天狗》的切入点,会获得生动的阅读感受。《天狗》如下:

> 我是一条天狗呀!
> 我把月来吞了,
> 我把日来吞了,
> 我把一切的星球来吞了,
> 我把全宇宙来吞了。
> 我便是我了!
>
> 我是月底光,

---

① 邢小群:《郭沫若的30个细节》,陕西人民出版社,2013年,第33页。
② 宗白华:《宗白华致郭沫若》,《时事新报·学灯》,1920年2月9日。
③ 朱湘:《郭沫若的诗》,《晨报副刊》,1926年4月10日。

我是日底光，
我是一切星球底光，
我是 X 光线底光，
我是全宇宙底 Energy 底总量！

我飞奔，
我狂叫，
我燃烧。
我如烈火一样地燃烧！
我如大海一样地狂叫！
我如电气一样地飞跑！
我飞跑，
我飞跑，
我飞跑，
我剥我的皮，
我食我的肉，
我吸我的血，
我啮我的心肝，
我在我神经上飞跑，
我在我脊髓上飞跑，
我在我脑筋上飞跑。

我便是我呀！
我的我要爆了！

《天狗》于 1920 年 2 月初创作，原来发表在 1920 年 2 月 7 日上海的《时事新报·学灯》上，后收入《女神》，这首诗凭借它迥异于传统的情感表达方式，在新诗史上占据了无可替代的地位。这首诗在用语方面堪称绝步，并非说郭沫若的诗歌语言已达到炉火纯青的地步，而是看似重复的语言在他的组织之下达到了出人意料的艺术效果。全诗共 29 行，每一行均以"我"开头，诗行长短参差不齐，全然不顾传统意义上诗歌的优美感与形式感，通篇皆为诗人情感的宣泄，他拉开嗓子大声喊叫，这种声嘶力竭的姿态与追求委婉含蓄的古典诗歌迥然不同。同时，在力求语言流畅的方面，他甚至以外文入诗，又为诗歌带来了一种粗砺的质感。诗中 29 行诗句全部以"我"开头的句式，以单调的形式构筑了排山倒海的气势，在重复中强化"我"的声音，而不假思索地脱口而出、信口开河般的语言反而令整首诗浸透着"歇斯底里"的抒情色彩,诗人袒露的情感铺展在读者面前,全诗聚合为一个整体,具有极强的震撼力。

《天狗》创造的是一套全新的、具有现代品格的美学范式。全诗反映的是一个情绪运动过程,它是动态变化的、情绪宣泄的过程,真正表现了主体的生命运动,从而使诗人从传统的"造境"之匠气中跳脱出来。诗中癫狂的力量可以吞食月亮、太阳甚至自己。稍稍考察这首诗歌的创作背景,郭沫若此时正处于一种人生的"狂喜"之中,此时的他正在日本留学,世界对于他而言是完全打开的,同时,他收获了爱情的甜美,这种境遇之下,诗人的精神状态也是兴奋、昂扬的。因此,驰骋在世界大舞台的诗人无拘无束地喷薄着自己极度饱满的情感体验,这对于中国"乐而不淫,哀而不伤"的传统诗教而言是一个挑战。

郭沫若凭借奇特的想象力营构了"天狗"这一核心形象。这一意象是浪漫主义的色彩的生动呈现,完美地诠释了郭沫若的诗歌"方程式":

$$诗=(直觉+情调+想象)+(适当的文字)①$$

在郭沫若看来,诗歌的本体由诗的内容和诗的形式两部分组成,也即是他说的"人的问题"与"艺术问题"的统一,②《天狗》正是郭沫若浪漫主义诗情寓于文字的生动体现。天狗在吞食日月星辰以及宇宙之后,成为唯一的发光体,它不断膨胀且释放着即将爆炸的信号,它到处裂变和奔跑,喷发热量燃烧一切,但是它也在承受着身体内部的自我撕扯,终于在挣扎中走向了爆炸的边缘。他将传说中有所记载的天狗与现实中"想象"的天狗巧妙地捏合在一起,在时空交错之间创造出了一个与万物融会贯通的全新的"天狗"形象。"天狗"更是以"裸身呐喊"的方式,建立了现代诗歌中一个鲜明而巨大的抒情自我形象。这个自我无所不能,凌驾于一切外力之上,由自我的发现也通向了"五四""人的觉醒"。正由于"天狗"就是"我"的化身,从而引入了一个"现代"的维度,将这一意象翻新为一个具有现代精神的代名词。《女神》极力标举的是崇尚创造且富有独立意志的"我",而自然界则是"我"的精神外化形式,这才有了天狗以客观世界为尺度的自我扩张。"天狗"这一意象反映了郭沫若在认识艺术与现实的关系上的一个看法,即打破传统观念的捆绑与束缚,破除模仿自然的陈规,从而进行自由的创造。

《凤凰涅槃》也是《女神》中颇具特色的代表作之一,有近三百行,是一首庄严肃穆的时代颂歌。郭沫若将中外神话熔于一炉,以诗剧的形式加以描绘:一对凤凰来到丹穴山上唱着旧世界的葬歌,凭吊着过去的悲哀,思索着宇宙的玄学,自焚,最终死去,却又在新生的赞歌中复活。按照诗人在《我的作诗的经过》中的说法,这首诗"象

---

① 田寿昌、宗白华、郭沫若:《三叶集》,上海亚东图书馆,1920年,第57页。
② 孙玉石:《郭沫若浪漫主义新诗本体观探论》,《郭沫若百年诞辰纪念文集》,社会科学文献出版社,1994年,第520页。

征着中国的再生,同时也是我自己的再生"。全诗由一个"小序"与四章组成,结构严谨而缜密。"小序部分"是一段优美的散文,"序曲"是第一章,生动刻画了凤凰自焚之前的情景,表现了丹穴山一对凤凰衔来香木准备自焚,诗歌以自焚的仪式开始。诗歌的第二章是"凤歌",诗人在"凤歌"中以凤的口吻发出对黑暗世界的诅咒:

茫茫的宇宙,冷酷如铁!
茫茫的宇宙,黑暗如漆!
茫茫的宇宙,腥秽如血!

紧接着诗人连续向宇宙提出如下质问:

宇宙呀,宇宙,
你为什么存在?
你自从哪儿来?
你坐在哪儿在?
你是个有限大的空球?
你是个无限大的整块?
你若是有限大的空球,
那拥抱着你的空间
他从哪儿来?
……
你的当中为什么又有生命存在?
你到底还是个有生命的交流?
你到底还是个无生命的机械?

诗人一面接续着屈原不绝的天问精神,另一面却已得知答案无从揭晓,悲怆而令人绝望的现实决定了理想道路必然受到阻碍。"凰歌"接续着"凤歌"进一步对旧世界加以诅咒,情感细腻而又深沉。凰诉说道:"我们这缥缈的浮生,到底要向哪儿安宿?"凤的狂暴及愤怒,凰对"新鲜、甘美、光华、欢爱"的青年时代的缅怀,也饱含着对未来新生的渴望。《凤歌》是对客观生态的否定,《凰歌》是对主观心态的否定,两支歌的统一成了"五四"文化启蒙中一代觉醒者的再觉醒,显出了他们欲和旧我彻底决裂的强烈情绪。① 终于,第三章"凤凰同歌"中,凤与凰达成了共识——他们决心与"身外的一

---

① 安操:《郭沫若论》,骆寒超、黄纪云:《白描:星河 2018 年冬季卷》,人民文学出版社,2019 年,第186 页。

切""身内的一切"做一了断,以自焚的方式获得新生!第四章"群鸟歌"十分精彩,诗歌整饬的形式与栩栩如生的群鸟像之间构成了张力。本章共六节,每节均是四行,第一句都以"哈哈"开头。语气词的使用加重了群鸟轻佻戏谑的口吻,从诗歌效果来看充满了讽刺意味。每一节的前三行完全一致,表现出"群鸟"集体的盲视与卑劣心理:

> 哈哈,凤凰!凤凰!
> 你们枉为这禽中的灵长!
> 你们死了吗?你们死了吗?

诗中每节的最后一行又点出每一种鸟各自的个性特点:岩鹰的专断,孔雀的虚有其表,鸱枭的资本家本性、家鸽的奴性、鹦鹉的诡辩、白鹤的高蹈,他们各自象征着"五四"时期与新生力量相对的军阀、政客、官僚、驯民、奴才和无耻文人等,这些丑陋的面目与灵魂更衬托出凤凰涅槃的悲壮与伟岸,使得诗歌充满了沉痛之感。

第五章"凤凰更生歌"包括"鸡鸣"和"凤凰和鸣"两部分。"鸡鸣"营造出一种意欲新生的平和氛围,"凤凰和鸣"刚好达到全诗最高潮,诗人反复吟唱:"一切的一,更生了。""一的一切,更生了。"无论是凤凰还是宇宙万物,统统都浸润在新鲜、净朗、华美、芬芳中,凤凰更生后的喜悦如同春雷爆发,催人振奋,倾泻而出的诗情则犹如奔腾呼啸的江水。诗歌整饬的形式和重复的句式增强了诗歌激扬奔放的情感张力与艺术效果,谐美的节奏适于朗诵,这一切都将读者带入一个光彩夺目的绚丽诗境中。

郭沫若在回忆中坦言,这首诗的创作过程伴随着一种近乎神秘力量的主导,正如他在《我的作诗的经过》中说的:"《凤凰涅槃》那首长诗是在一天之中分成两个时期写出来的。上半天在学校的课堂里听讲的时候,突然有那诗的意趣袭来,便在抄本上东鳞西爪地录出了那诗的前半。在晚上行将就寝的时候,诗的后半的意趣又袭来了,伏在枕上用着铅笔便只是火速的写,全身都有点作寒作冷,连牙关都只是打战。就那样把那首奇怪的诗也写了出来。"郭沫若在这篇文章中还表示:"在民八民九之交,那种发作时时来袭我,一来袭我,我便和扶着乩笔的人一样,便写起诗来,有时连写也写不及。"郭沫若早期诗歌创作具有很大的自发性,诗情喷涌而出,已经到了一种不得不写的程度。诗人诗歌灵感之所以会爆发,和"五四"运动的直接刺激有很大的关系,"五四"时期的狂飙突进精神深深吸引着郭沫若,俄国十月革命也传到中国,透过这些,诗人看到了"打破旧的黑暗、创造新的光明的无限可能性",所以内心激动的情感难以抑制。就像有人评论说:"许多伟大诗人,都是在和自己时代脉搏的息息相通中,在对于自己的时代、民族、人民的命运的高度敏感与精神专注中激发出自己的灵感的。"[①]处

---

① 张光年:《论郭沫若早期的诗》,《诗刊》创刊号,1957年第1期。

于那个特殊的时代,郭沫若身上难掩对于时代以及民族命运的忧虑。另外郭沫若的诗歌创作也受到了神话思维的影响,这不仅表现在诗歌的选材上,而且神话思维特别强调人与神、物与我、内与外的和谐统一。《凤凰涅槃》的创作灵感来源于中外神话和殷商图腾。郭沫若借助神话传说寄寓民族国家的想象以及民族身份的建构,隐喻着民族新生的希望,他打通了凤凰——自我——民族之间的界限,实现了个体解放与民族解放的融合。①

《凤凰涅槃》是一首长诗,它有足够的容量容纳诗人的情感波澜。诗人把自我情感全部灌注到诗句中去,因此诗歌节奏的波澜起伏与抒情主体情绪的自然涨落具有一致性。从序曲的深沉、凤歌的愤怒、凰歌的哀婉,再到凤凰同声歌的激烈与沸腾,全诗的节奏可以概括为"弱—强—弱—特强"。郭沫若曾说:"五四"以后的中国,在我的心目中就像一位很葱俊的有进取气象的姑娘,她简直就和我的爱人一样。我的那篇《凤凰涅槃》便是象征着中国的再生。② 在恢宏的气势中表达了对旧世界的诅咒,对新生的渴望以及新生后的喜悦,是"五四"时代精神的写照。郭沫若通过凤凰的涅槃重生来象征着祖国的新生,这也是其爱国主义精神的最好诠释。

诗剧《女神之再生》也是郭沫若的代表作,创作于1920年12月20日,这部诗剧不仅意象丰富,而且意境也很深远。取材于《列子·汤问篇》中共工、颛顼争帝的传说,共工和颛顼争帝却以失败告终,就用头撞不周山,这导致天柱折断,太阳被迫跑到了天外。郭沫若又将女娲补天的神话和共工的故事衔接到一起。郭沫若想通过这篇诗剧的写作来影射社会现实,当时处于南北军阀战争时期,社会处于一片黑暗之中,诗人借助女娲补天来表达他对理想社会的追求,希望能有人来拯救社会与人民。诗剧表现了对光明世界的追求,要想建立新世界,就要破坏旧世界,破旧才能立新,诗剧的序曲和尾声之间形成了呼应关系。在文本卷首的部分,郭沫若特意引用了《浮士德》结尾处的两行诗:"永恒的女性,引导我们走。"通过这两行引诗,我们就能明白诗人让三位女神的活动贯穿共工、颛顼争帝斗争过程的原因。一方面是为了保持神话故事的完整性,另一方面因为诗人想塑造几个至美境界的引导者。至美境界不是一开始就存在的,必须通过创造才能实现,所以创造者其实也就是引导者。女性生来就具备创造生命的能力,所以郭沫若特意塑造了三位"女神",希望通过她们来创造新的世界,带领人们走向光明。女神们隐喻的是"五四"文化启蒙者。序幕部分,女神们感觉到了因为争帝,共工和颛顼已经将世界弄得天昏地暗,太阳也发散不出炽热的光波。女神们想创造一个新的太阳,却不知要怎么做。于是诗剧的正文来了,共工争帝以失败结束,他用头去撞了不周山,获得胜利的颛顼也和他同归于尽,太阳被迫跑到了天外,黑暗再次回到人间。女神们商议如何创造新的太阳,冲突由高潮回落,接近

---

① 李怡:《〈女神〉与中国"浪漫主义"问题》,《新诗与中国浪漫主义研讨会论文集》,2011年。
② 郭沫若:《创造十年》,《郭沫若全集·文学编》第12卷,人民文学出版社,1992年,第73页。

尾声。从诗剧中可以看出郭沫若创作这部诗剧的内在轨迹，即不断摧毁旧世界，才能一步步创造出新世界，真正寻找到光明。

在《女神之再生》中，女神们进行了下面的对话：

——破了的天体怎么处置呀？
——再去炼些五色彩石来补好他吧！
——那样五色的东西此后莫中用了，
我们尽他破坏不用再补他了！
待我们新造的太阳出来，
要照彻天内的世界，天外的世界！
天球底界限已是莫中用了！
——新造的太阳不怕又要疲倦了吗？
——我们要时常创造新的光明新的温热去供给她呀！

作为至美境界的引导者，在女神们的对话中可以看出问题的严重性，世界遭受的重创已经不是简单的炼石补天就可以解决的问题。小修小补不能拯救世界，一切都是"莫中用了"。两个"莫中用了"的使用起到反复的效果，凸显出了"天球"的破败，所以也只能任它破坏不去修补。要想摆脱黑暗，获得光明，就要创造新的太阳，这样无论天内的世界，还是天外的世界，都会被照亮。为了避免新造的太阳再次出现疲倦，女神们还要创造新的光明去供给它，让它能持续散发光明与热量。女神们为了创造一个充满光明的新世界煞费苦心，作为光明的引导者，她们确实给世界带来了新的希望：

太阳虽还在远方，
太阳虽还在远方，
海水中早听着晨钟在响：
丁当，丁当，丁当。

太阳虽然在远方，但是晨钟的声音一声又一声响起，这声音直传到海水中，预示着光明即将来到，新的太阳很快就会升起。作为一篇对黑暗世界进行破坏的诗剧，《女神之再生》是非常具有代表性的。郭沫若在《女神之再生》中也进行了自我表现，女神们立于废墟之上，共同吟唱"愿祝新阳寿无疆"，她们对于新的太阳的吟唱为时过早，因为新的太阳还没有出现，光明能不能到来仍然是个未知数。这恰恰表现了诗人在破坏之后，对于新世界、新光明的神往。在他看来，经历过破坏活动，光明就一定能到来。诗剧不仅赞美了光明,也赞美了女神们的创造。这创造行为其实是诗人对于现实世界的看法,借助情意的抒发,郭沫若实现了自我表现,以及他对于社会的忧虑,作为青年人的责任感与使命感也由此得以凸显。

参考文献

[1] 卜庆华. 郭沫若评传[M]. 长沙:湖南文艺出版社,1986.

[2] 陈明华. 郭沫若[M]. 哈尔滨:黑龙江人民出版社,1982.

[3] 郭沫若. 郭沫若全集:文学编[M]. 北京:人民文学出版社,1982、1984、1990、1992.

[4] 郭沫若. 郭沫若自传[M]. 南京:江苏文艺出版社,1996.

[5] 郭沫若. 文艺论集[M]. 北京:人民文学出版社,1979.

[6] 郭沫若故居,中国郭沫若研究会. 郭沫若百年诞辰纪念文集[M]. 北京:社会科学文献出版社,1994.

[7] 中国郭沫若研究会,四川省郭沫若研究学会. 郭沫若与百年中国学术文化回望[M]. 成都:四川人民出版社,2005.

[8] 中国郭沫若研究会. 郭沫若与二十世纪中国文化[M]. 福州:福建人民出版社,2002.

[9] 李怡. 中国新诗讲稿[M]. 北京:中国人民大学出版社,2014.

[10] 刘屏. 狂飙少年:郭沫若[M]. 合肥:安徽教育出版社,2012.

[11] 桑逢康. 郭沫若评传[M]. 北京:中国社会科学出版社,2008.

[12] 孙玉石. 中国现代诗歌艺术[M]. 武汉:长江文艺出版社,2007.

[13] 田寿昌,宗白华,郭沫若. 三叶集[M]. 上海:上海亚东图书馆,1920.

[14] 王训昭,卢正言,邵华,等. 郭沫若研究资料[M]. 北京:知识产权出版社,2010.

[15] 谢冕,孙玉石,洪子诚,等. 百年中国新诗史略:《中国新诗总系》导言集[M]. 北京:北京大学出版社,2010.

[16] 邢小群. 郭沫若的30个细节[M]. 西安:陕西人民出版社,2013.

[17] 傅正乾. 郭沫若前期的诗歌创作与泛神论思想[J]. 陕西师范大学学报:哲学社会科学版,1983(3).

[18] 李乐平. 新诗的"自由化"与"格律化"及其他——论郭沫若闻一多诗美主张和创作表现的异同[J]. 华中师范大学学报:人文社会科学版,1999(1).

[19] 骆寒超. 想象·直觉·内在律——论《女神》的创作特色[J]. 群众论丛,1980(1).

[20] 闻一多.《女神》之地方色彩[J]. 创造周报:第5号,1923-06-10.

[21]　朱湘. 郭沫若的诗[J]. 晨报副刊,1926-04-10.
[22]　宗白华. 宗白华致郭沫若[J]. 时事新报：学灯,1920-02-09.

思考题

1. 《天狗》是如何塑造自我抒情主人公形象的？抒情主人公是一种什么样的形象？
2. 《女神》的艺术特色是什么？它在现代诗歌史上具有怎样的历史意义？
3. 简述郭沫若的诗歌如何反映时代的精神。

第二讲
诗坛上的京华烟云
——徐志摩诗歌创作导读

第一节 传奇的诗性人生

徐志摩

"菱歌清唱棹舟回,树里南湖似鉴开。平障烟浮低落日,出溪路细长新苔。"这是唐朝诗人白居易在《登西山望硖石湖》一诗中描绘的硖石。硖石小城位于浙江海宁市,这里青山如黛,绿水长流,物华天宝,人杰地灵。硖石地处水陆要道,交通方便,商业发达,因而又成为江南的一个经济重镇。1897年的1月15日,中国现代诗人徐志摩出生于此。

徐志摩的父亲徐申如,是硖石的首富。徐志摩母亲钱慕英,性格仁慈宽厚,童年时的徐志摩在全家上上下下的宠爱中成长。1907年,徐志摩入硖石开智学堂读书,他的古文才华崭露头角,随后考入杭州府中学堂,也就是杭州一中。他的同学郁达夫曾惊异于他的聪明才智,撰文回忆徐志摩是一个"头大尾巴小,戴着金边近视眼镜的顽皮小孩,平时那样的不用功,那样的爱看小说——他平时拿在手里的总是一卷有光纸上印着石印细字的小本子——而考起来或作起文来却总是分数得的最多的一个"[①]。

1913年,在杭州一中校刊《友声》上徐志摩发表了他的第一篇论文《论小说与社会之关系》,不仅诠释了梁启超从改良小说着手进而改良社会的主张,并把新小说的创作与改良社会加以联系,志在倡导促进改良社会的新小说。徐志摩在文章最后得

---

① 郁达夫:《志摩在回忆里》,《郁达夫全集》第三卷,浙江大学出版社,2007年,第153页。

出这样的结论:"凡诸所述,皆有益小说也,其裨益社会殊非浅鲜,有志改良社会者,宜竭力提倡之。"①其卓然的文学才华得以显露。有意思的是,正是由于张公权看到这篇文章,对徐志摩欣赏不已,因而主动给徐父写信,为妹妹张幼仪向徐家提亲。这一年,徐志摩16岁,张幼仪13岁。徐志摩对这门亲事并不满意,但还是接受了父母之命,与张幼仪于1915年10月在硖石完婚。

徐志摩一生游历多,见识广。1915年8月,徐志摩自杭州一中毕业后,来到北京,先入读北京大学预科,后又在上海沪江大学、天津北洋大学就读。因北洋大学的法科并入了北大,他又于1917年回到北大,攻读法律本科。1918年6月,在父亲的支持下,经蒋百里的介绍以及妻兄张君劢的引荐下,徐志摩正式拜在梁启超门下。梁启超对这个弟子也寄予了厚望,并建议徐志摩出国留学开阔视野。1918年8月14日,拜师不久的徐志摩乘轮船从上海赴美。航行中,他撰写了《民国七年八月十四日启行赴美分致亲友书》,在这篇文章中,他正式由"徐章垿"改名为"徐志摩",这个名字满载着诗人"慨然以天下为己任"和"我自己最高的野心是想做一个中国的Hamilton"②的高远气魄。

在美国读书期间,徐志摩特别痴迷于西方哲学大师罗素,他为罗素追求真理,对正义、人道与和平原则毫不动摇的精神所倾倒。他崇拜罗素的思想、生活态度,更崇拜罗素的品性。在这样的思想支配下,他决然"摆脱了哥伦比亚大博士衔的引诱,买船票过大西洋,想跟这位二十世纪的福禄泰尔认真念一点书去"。③1920年9月,徐志摩从美国横渡大西洋去往伦敦,不巧罗素因主张和平与离婚的事件已离开英国应邀前往中国讲学。徐志摩深感失望,但他不改求学的初衷,申请进入伦敦大学政治经济学院攻读博士学位。此间,他和不少文士进行交往,他们在徐志摩对文学的认识和创作上起到了潜移默化的作用,其中狄更生与徐志摩相交甚笃,还亲自为其联系康桥(即剑桥大学)。1921年春,徐志摩以"特别生"的资格进入剑桥大学学习。康桥的美激发了徐志摩心中的灵性,让他苏醒,他由此步入文学殿堂,情感的孤独与美景的融合,个性的追求与现实的困顿,使徐志摩在康河的波光潋滟中沉淀了丰富的文学孕思。

经过近一年的讲学与访问,罗素回到英国,徐志摩终于如愿以偿地拜见了罗素,并成为罗素家的座上客。罗素的人生观、婚姻观以及个人的气质深深影响并震撼了他的心灵。徐志摩曾形容罗素思想言论的震撼力:"仿佛是夏天海上的黄昏,紫黑云中不时有金蛇似的电火在冷酷地料峭地猛闪,骇人的电闪,在你的头顶眼前隐现!矗入云际的高楼,不危险吗?一半个霹雳,便可将它锤成粉屑——震的赫真江边的青

---

① 徐志摩:《论小说与社会之关系》,《徐志摩全集》第一卷,天津人民出版社,2005年,第9页。
② 汉密尔顿,美国历史上的一位著名的资产阶级政治家、联邦党领袖、曾任财政部长之职。
③ 徐志摩:《我所知道的康桥》,《徐志摩全集》第二卷,天津人民出版社,2005年,第334页。

林绿草都竞竞的摇动！但是不然！电火尽闪着，霹雳却始终不到，高楼依旧在层云中矗着，纯金的电光，只是照出他的傲慢，增加他的辉煌！"①

在与英国名士的交往中，与曼殊斐儿的交往让徐志摩终生感叹。未见曼殊斐儿时，徐志摩只将其视为一个有名的女作家来景仰，而当见到她的"仙姿灵态"后，徐志摩有种见到了理想女性之化身的震撼。因此虽仅仅只有二十分钟的会晤，但就是"那二十分不死的时间"②，在他的情感记忆里，留下了永久的非凡的且纯粹的美感。为此，徐志摩写下了散文名篇《曼殊斐儿》，诚挚地描述这次"直抵灵魂"的相遇。1923年1月9日，仅在同徐志摩会面的六个月之后，曼殊斐儿逝世，徐志摩大为伤感，作了《哀曼殊斐儿》一诗以表纪念。

如果说，与狄更生和罗素的相识，一定程度上扭转了徐志摩志业方面的走向，那么，同林长民以及林徽因的相遇，则使徐志摩的情感经历产生了一个巨大的扭转。1920年秋，徐志摩认识了被他称为"人世间没有这异样的神明"的才女林徽因，他深深地爱上了林徽因，并因此开始反思自己的婚姻。从林长民给徐志摩的一封回信③当中，可以确知，伦敦时期，徐志摩曾热烈地向林徽因表白过，但林徽因并未给出徐志摩理想的回答，他的求爱并未得到回应。关于徐志摩同林徽因的"恋情"，后世有诸多不同的说法，有的根据只言片语作相关猜测，有的则完全用文学的方式，随意想象渲染。林徽因的儿子梁从诫曾撰文回忆母亲曾经断断续续讲过这段往事："当徐志摩以西方式诗人的热情突然对母亲表示倾心的时候，母亲无论在精神上、思想上，还是生活体验上都处在与他完全不能对等的地位上，因此也就不可能产生相应的感情……母亲当然知道徐在追求自己，而且也很喜欢和敬佩这位诗人，尊重他所表露的爱情，但是正像她自己后来分析的：'徐志摩当时爱的并不是真正的我，而是他用诗人的浪漫情绪想象出来的林徽因，可我其实并不是他心目中所想的那样一个人。'不久，母亲回国，他们便分手了。"④

1922年10月，与张幼仪离婚后的徐志摩离开了欧洲，追随心中的理想与爱情回到北京，在西单牌楼石虎胡同七号安居下来，并在松坡图书馆找到差事，担任英文秘书一职。石虎胡同七号的生活是丰富活泼的。在这里，徐志摩凭着自己的热情、真诚，以及极具气场的组织能力，很快聚起一批社会名流和学者，徐志摩还专程写诗描述过这个在文学史上声名显赫的"石虎胡同七号"。1923年3月，在徐志摩的热心斡旋之下，以胡适、陈西滢、张君劢、丁文江、林宗孟等为主要成员的"新月社"正式成立了。

---

① 徐志摩：《罗素又来说话了》，《徐志摩全集》第一卷，天津人民出版社，2005年，第364页。
② 徐志摩：《曼殊斐儿》，《徐志摩全集》第一卷，天津人民出版社，2005年，第223页。
③ 陈学勇：《徐志摩、林徽因"恋情"考辨》，《林徽因寻真——林徽因生平创作丛考》，中华书局，2004年，第7页。
④ 梁从诫：《倏忽人间四月天——回忆我的母亲林徽因》，《薪火四代》下，百花文艺出版社，2003年，第173页。

1924年春,印度大诗人、诺贝尔奖获得者泰戈尔应梁启超的讲学社邀请来华游历、演讲,徐志摩在这段日子里,对泰戈尔恭执弟子之礼,不但随侍左右做泰戈尔的翻译,也陪着他到日本观光,一直送泰戈尔到香港才殷殷道别。泰戈尔访华是当时文化界最轰动的事情,盛况空前,许多知名人士都专门撰文欢迎。徐志摩作为核心的组织者之一,更是兴奋难抑,在颂词《泰山日出》中,徐志摩写道:"散发祷祝的巨人,他的身彩横亘在无边的云海上,已经渐渐的消翳在普遍的欢欣里;现在他雄浑的颂美的歌声,也已在霞彩变幻中,普澈了四方八隅。"①泰戈尔在北京讲学期间,活动接连不断。根据徐志摩的介绍,自泰戈尔4月23日抵达北京,到5月12日,竟未有过一日完整的休息。吴咏在《天坛史话》中记下了精彩的一幕:

在北京天坛草坪的欢迎会上,泰戈尔又一次登台演说,林徽因搀扶左右,徐志摩为其做翻译。"林小姐人艳如花,和老诗人挟臂而行,加上长袍白面、郊寒岛瘦的徐志摩,有如苍松竹梅的一幅三友图。徐氏在翻译太戈尔的英语演说,用了中国语汇中最美的修辞,以硖石官话出之,便是一首首的小诗,飞瀑流泉,琮琮可听。"②5月8日,恰逢老诗人64岁的寿辰,徐志摩等人的新月俱乐部在此有了一次作为,同台演出了泰戈尔的戏剧《齐德拉》。戏剧的演出阵容相当豪华,无论是主角还是龙套,俱是名流出演。

在陪同泰戈尔访问日本期间,徐志摩创作了长诗《沙扬娜拉十八首》,其中《赠日本女郎》最经典:

> 最是那一低头的温柔,
> 　像一朵水莲花不胜凉风的娇羞,
> 道一声珍重,道一声珍重,
> 　那一声珍重里有蜜甜的忧愁——
> 　　沙扬娜拉!③

离别让人悲伤,却也让人刻骨铭心的。诗人正是抓住了离别前的一个镜头,让时间凝结在这道别的一瞬。"最是那一低头的温柔。"女郎微合含情的双眸,低下了头,此时的她有道不尽的娇柔,作者将之比作"一朵水莲花不胜凉风的娇羞"。习习凉风拂过,洁白的"水莲花"娇羞地低下了头。既然离别已是注定,不如多留下些甜美的祝福吧,最后千言万语只化作一句"沙扬娜拉"!

1925年,徐志摩满怀期冀地接编了《晨报副刊》,这次接编让徐志摩做自己的刊

---

① 徐志摩:《泰山日出》,《徐志摩全集》第一卷,天津人民出版社,2005年,第313页。
② 陈从周:《徐志摩年谱》,《民国丛书》第3编,上海书店出版社,1926年,第38页。
③ 本文所引徐志摩诗作,如无特别说明,均出自《徐志摩全集》,天津人民出版社,2005年。

物的愿望得以实现。当徐志摩投入地追寻理想时，现实中林徽因与时为男友的梁思成双双奔赴美国留学，情路迷茫的徐志摩只身一人在茫茫人海中寂寥。正值此时，他遇到了陆小曼，徐志摩和陆小曼的爱情几经周折，最终还是挣脱各方束缚走到一起。1926年10月3日，徐志摩与陆小曼的婚礼在北平北海公园举行。婚后不久，随着大批文人离京，徐志摩辞掉了《晨报副刊》的差事，携陆小曼南下回到故乡硖石，为躲避战乱，随后逃到上海。为了谋生，徐志摩一直都"身兼数职"，早在1925年还在北京时，徐志摩就在北京大学英文系给学生们讲课，在上海避乱期间，即从1927年春季光华大学开学后，徐志摩就一直在英国文学系当教授，1928年春兼任东吴大学教授，1929年秋又兼任南京中央大学外文系教授，补贴家用是徐志摩在现实中周折辗转的重要原因。1927年春，时局混乱下的北京学者教授们成群结队地南下至上海，一时间新月社的成员们又团聚在以胡适、徐志摩为中心的"新月书店"里，北京的聚餐会形式也恢复起来。《新月》的创刊，给徐志摩又一次大展拳脚的机会，此时的徐志摩，和主持《晨报副刊》时相比更加成熟和稳重。1929年秋，他与陈梦家等年轻诗人筹办了《诗刊》杂志，期望能继续《晨报副刊·诗镌》时期的集体探索，为新诗开路。

  徐志摩与陆小曼婚后由于性格、观念并不相合，陆小曼的洋场贵妇做派以及染上烟瘾等，让徐志摩难以忍受。由于这一切郁结于心中，徐志摩愈加苦闷。1928年6月，徐志摩决定再次出游欧洲，开启了近半年的"环球"之旅。当徐志摩再次来到魂牵梦绕的精神"故乡"剑桥，他漫步于寂静的校园，怀念逝去的美好岁月时，他倍感斗转星移，物是人非，自己满腔的热情和对母校的眷恋之情无以倾诉，怅然若失的徐志摩于归途中挥笔写下享誉诗坛的《再别康桥》。

  1928年底徐志摩结束了近半年的旅行，他充满希望地回到上海，却失望于陆小曼还是"老样子"，他唯有在教书中打磨时光。1930年的一天，徐志摩在给赵家璧所在班的学生们上课时，他神采奕奕地给学生们讲述了自己第一次乘飞机的感受，亦如他在《云游》一诗中所表达的：

> 那天你翩翩的在空际云游，
> 自在，轻盈，你本不想停留
> 在天的那方或地的那角，
> 你的愉快是无拦阻的逍遥。
>
> 你更不经意在卑微的地面
> 有一流涧水，虽则你的明艳
> 在过路时点染了他的空灵，
> 使他惊醒，将你的倩影抱紧。

他抱紧的只是绵密的忧愁，
因为美不能在风光中静止；
他要，你已飞度万重的山头，
去更阔大的湖海投射影子！

他在为你消瘦，那一流涧水，
在无能的盼望，盼望你飞回！

这首诗创作后不久，1931 年 11 月 19 日，徐志摩因飞机失事而遇难。

徐志摩在一篇著名的散文《想飞》里，曾写道："飞出这圈子，飞出这圈子！到云端里去，到云端里去！那个心里不成天千百遍的这么想？……这才是做人的趣味，做人的权威，做人的交代。这皮囊要是太重挪不动，就掷了它，可能的话，飞出这圈子，飞出这圈子！"徐志摩一生追求理想的爱情，崇拜雄伟的偶像，在反复尝试飞行的动作里，他个性的活力达到了顶峰。然而正如在《想飞》的结尾，徐志摩写道："忽的机沿一侧，一球光直往下注，硼的一声炸响——炸碎了我在飞行中的幻想。"①徐志摩亦在一次飞行的烈焰中死去。作为一位浪漫主义诗人，他重演了伊卡洛斯的神话。②

第二节　徐志摩诗歌创作的艺术成就

徐志摩为人热情，交游极广。他有文学、音乐、美术、戏剧的深厚素养，爱幻想，有雄心，但又容易陷入虚无与颓废。徐志摩自言"我是一个生命的信徒"③"我的思想——如其我有思想——永远不是成系统的。我没有那样的天才。我的心灵的活动是冲动性的，简直可以说是痉挛性的"④，感情"浮"，思想"杂"⑤。而这些特质，潜移默化地为他的人生经历和诗歌创作带去了别样的色彩。事实上，徐志摩思想驳杂这一事实，是长期遭到忽视的。许多评论家判之以"唯美""为艺术而艺术"，论及其诗歌思想倾向，总是"感伤""消极"之语，对理解徐志摩造成了莫大的遮蔽。

---

① 徐志摩：《想飞》，《徐志摩全集》第三卷，天津人民出版社，2005 年，第 18—19 页。
② 伊卡洛斯（希腊文：Ἴκαρος 英文名称：Icarus）是希腊神话中代达罗斯的儿子，与代达罗斯使用蜡和羽毛造的翼逃离克里特岛时，他因飞得太高，双翼上的蜡遭太阳融化跌落水中丧生，被埋葬在一个海岛上。为了纪念伊卡洛斯，埋葬伊卡洛斯的海岛命名为伊卡利亚。
③ 徐志摩：《迎上前去》，《徐志摩全集》第二卷，天津人民出版社，2005 年，第 144 页。
④ 徐志摩：《落叶》，《徐志摩全集》第一卷，天津人民出版社，2005 年，第 453 页。
⑤ "志摩感情之浮，使他不能为诗人，思想之杂，使他不能为文人。"见陈从周《徐志摩年谱》。徐志摩在引用这两句后后写道："这是一个朋友给我的评语。煞风景，当然，我的幽默不容我不承认他这来真的辣入骨髓的看透了我。"

徐志摩的创作生涯只持续了短短十年，从1921年底创作的《草上的露珠儿》到1931年去世为止，徐志摩发表了约280首诗，其生前身后，共有四本诗集面世。前三部由他本人亲自编选，即《志摩的诗》(1925年9月，中华书局初版；1928年8月，新月书店再版，篇目有增删)、《翡冷翠的一夜》(1927年9月，新月书店)、《猛虎集》(1931年8月，新月书店)。第四部诗集《云游》(1932年7月，新月书店)则是在徐志摩去世后，由陈梦家等好友编选出版。

在这四本诗集中，影响最大、收录作品最多、最受批评家关注的，是他的第一本诗集《志摩的诗》。按照"进化论"的眼光看来，《志摩的诗》较之《翡冷翠的一夜》《猛虎集》和《云游》，技巧方面并不那么纯熟，许多名篇也确实出自后两部诗集。但诗人穆木天曾对此作出不同的判断。他认为，在《志摩的诗》这一时期，"虽然诗的艺术与技巧都谈不到，然而其内容是比较充实的"①。卞之琳也有类似评价："说来又真显得离奇，我在今日，和过去许多人说过的不同，认为他生前出版过的三本诗集当中，《翡冷翠的一夜》并非他全盛时期的高峰，而是开始走的下坡路，尽管其中和《猛虎集》以及死后别人为他编集出版的《云游》里确有些更炉火纯青的地方，最可读的诗还是最多出之于他的第一个诗集。"②

徐志摩主要的诗歌风格、语言表现力、创造力和探索精神，在《志摩的诗》这本集子里都已基本呈现。《志摩的诗》于1925年由中华书局出版，朱湘先生将这一集子中的诗歌分为"散文诗、平民风格的诗、哲理诗、情诗与杂诗"③五类，大多是徐志摩1922年从英国留学回国后两年内写成的，包括《雪花的快乐》《她是睡着了》《沙扬娜拉十八首》《在那山道旁》《夜半松风》《沪杭车中》等。这部诗集的出版，让徐志摩声名鹊起，初步奠定了他在中国新诗史上的独特地位。回顾个人创作历程的开始，徐志摩自述："在二十四岁以前，诗，不论新旧，于我是完全没有相干。我这样一个人如果真会成功一个诗人——那还有什么话说？但生命的把戏是不可思议的！我们都是受支配的善良的生灵，那件事我们作得了主？整十年前我吹着了一阵奇异的风，也许照着了什么奇异的月色，从此起我的思想就倾向于分行的抒写。"④

特丽卡·劳伦斯在《中国眼睛》一书中分析了徐志摩时代中国式浪漫主义的特征："那些曾经留英的中国文人墨客深受英国浪漫主义作家个性、人生及诗作的影响，他们把英国浪漫主义精神和哲学带回到了中国，在中国文化发生巨变的时期，他们以一种浪漫主义精神、一种变革的精神记录了不同思想体系的碰撞以及人性的表达。"

---

① 穆木天：《徐志摩论——他的思想与艺术》，韩石山、伍渔：《徐志摩评说八十年》，文化艺术出版社，2008年，第223页。

② 卞之琳：《徐志摩诗重读志感》，韩石山、伍渔：《徐志摩评说八十年》，文化艺术出版社，2008年，第277页。

③ 朱湘：《评徐君的〈志摩的诗〉》，韩石山、伍渔：《徐志摩评说八十年》，文化艺术出版社，2008年，第175页。

④ 徐志摩：《猛虎集序》，《徐志摩全集》第三卷，天津人民出版社，2005年，第392页。

由于英国贵族文化和浪漫主义的影响,徐志摩逐渐形成了他的"单纯的信仰"。这一方面表现为他的社会理想,另一方面表现为他对"唯一灵魂之伴侣"的向往。正如郑振铎所说,徐志摩不是像"枝头上的鸟儿"只会唱"愉快的情歌",他不光是歌颂爱情,他还要歌颂"星月的光辉与人类的希望"。

谈及徐志摩对外国诗歌的接受,饶有兴味的是,徐志摩作为最早几位向中国译介波德莱尔的诗人之一,他诗中的"波德莱尔"意趣并不浓厚。1928年,徐志摩曾注明模仿艾略特书写《西窗》一诗,但徐志摩也未曾就此转向艾略特。虽饱览并浸染过西方现代主义诗风,但徐志摩所青睐的始终是欧洲中世纪的浪漫主义风格。可见,影响并非体现在单向的模仿当中,徐志摩始终保持着自己个人以及诗文的个性,这也是其诗的价值所在。

在诗歌艺术方面,陈西滢曾撰写《新文学运动以来的十部著作》评价《志摩的诗》"几乎全是体制的输入和实验"。充分体现出徐志摩在诗体实验方面的努力,和诗歌艺术方面探索的痕迹。从这部诗集我们可以看到,徐志摩的诗字句清新,韵律谐和,比喻新奇,想象丰富,意境优美,神思飘逸,富有变化,并于艺术形式的整饬中追求华美。

徐志摩的语言功力极高,他擅长运用自己对语言的敏感直觉,运用现代白话语言、口语,将西方的长诗、短诗、自由诗、散文诗杂糅在一起,同新月派的同人们一起倡导新格律,创新诗歌的形式,可以说,《志摩的诗》是徐志摩成功站在中国现代诗坛的一个必不可少的贡献,徐志摩因此获得了不少夸赞,这也使徐志摩成为继郭沫若之后又一位伟大的浪漫诗人。

徐志摩的第二本诗集写于1925年至1926年,1927年由新月书店出版。这一时期,徐志摩和陆小曼的恋爱曾招致社会的非议和家庭的反对,为摆脱这些烦恼,他曾在意大利的翡冷翠(即佛罗伦萨)住了一段时间,同时将他的伤悲,他的感触,托付纸笔,写了不少诗作,因此,这部诗集就题名为《翡冷翠的一夜》。闻一多先生对这部诗集给予肯定,说它比《志摩的诗》取得了很大的进步。这一评价实际是偏重诗歌艺术方面的,事实上,对比两部诗集我们会发现,徐志摩的视野缩小了,诗歌情感的烈焰,多是在个人情爱上燃烧。在诗集中他的思想起了"波折",不少诗篇失去乐观调子,相反染上了一层忧郁、失望、逃避现实的颓废色彩。他诅咒生活,赞颂死亡,要辞别人间去殉恋爱。徐志摩在诗集中所用手法多样化,他的诗比较含蓄,但不流于晦涩,他长于想象,善用比喻,多用暗示而不直说,耐人寻味。从诗歌的艺术特质看,徐志摩在写《翡冷翠的一夜》后,更多地注意技巧和形式,侧重于使诗歌的形式和神韵和谐统一。

如果说《翡冷翠的一夜》显示了徐志摩的诗歌创作开始向离开现实的方向发展的话,那么他在大革命失败后写的《猛虎集》和《云游》则更为明显地向消极颓废的情绪滑去了。

1931年,徐志摩自编了第三本诗集《猛虎集》,其用意是总结一下近几年的创作。本来,他才高气盛、诗风洒脱,早年写诗如山洪暴发,如花雨缤纷,诗思随意自流。即便是在和陆小曼相恋的两年里,创作状态也不错。然而,这一本"猛虎"的出笼却并不容易。几年来,生活的平凡、窘迫,使其诗的产量也跟着"向瘦小里耗",每年平均不过十首。在《猛虎集》中,徐志摩写诗的技巧无疑更炉火纯青了;他的诗风也更趋深沉、节制,由"单纯的信仰"流入了"怀疑的颓废",一种悲观、厌世的情绪,开始弥漫在他的字里行间。

第四部诗集《云游》出版在徐志摩逝世之后,应邵洵美之邀,由陈梦家编选,收录了徐志摩"没有入集的诗"。大多数诗歌创作于20世纪30年代初徐志摩逝世以前,反映了诗人后期创作的艺术成就。书前有陆小曼作的序。

从《志摩的诗》《翡冷翠的一夜》《猛虎集》再到《云游》,徐志摩愈到后来愈在艺术形式上着力,诗作中偶露无节制的热情和做作的怨诉,但大多数诗都能真实又自然地表达他的感情。徐志摩的绝大部分诗,都有它本身的形体规律,一些诗即便被认为是"圆熟的外形,配着淡到几乎没有的内容"①,也是做到了内容与形式之间的和谐统一的。就诗形来说,徐志摩在中国现代新诗发展史上也是卓有贡献的。

徐志摩在新诗创作中实践闻一多先生的主张,力求诗有三美:建筑美、绘画美、音乐美。在个人的新诗创作实践中,徐志摩更是把音乐美放到了极其重要的位置:"正如字句的排列有恃于全诗的音节,音节的本身还得起源于真纯的'诗感'。再拿人身作比,一首诗的字句是身体的外形,音节是血脉,'诗感'或原动的诗意是心脏的跳动,有它才有血脉的流转。"②徐志摩的诗歌节奏性很鲜明,一些作品如同乐曲一般,具有相当完整的音乐旋律。诗歌的音乐性与诗意诗情相和谐,如《沙扬娜拉》《再别康桥》《我不知道风是在那一个方向吹》等,字节朗朗上口,可唱可诵。

在一个政治环境动荡不安、文人逐渐分化的时代里,徐志摩曾偶尔在诗中流露出悲观绝望的情绪,譬如《爱的灵感》一诗,"我只等待死,等待黑暗"这类诗句在其前期以清新明丽为主导色彩的诗歌作品中十分少见。诗集中也有一些爱情诗,但这些爱情诗并非单纯描写爱情,也呈现出诗人情感的不同侧面。其中,《云游》一诗表达了诗人由幻灭走向"真的复活",由理想破灭走向超然的洒脱。他勘破人世间的生死与偶然,于诗句中发出对灵魂的追问与生命存在意义的质询,与早期对生命、自然、人性的赞美的"青春型"写作形成了较为鲜明的对比。

艺术上,这些诗歌体现出他追求诗歌格律精巧严谨、形式整饬的诗学主张,有些诗作明显受到欧洲十四行诗的影响。同时,这本诗集也体现了徐志摩的创造性探索。

---

① 茅盾:《徐志摩论》,韩石山、伍渔:《徐志摩评说八十年》,文化艺术出版社,2008年,第198页。
② 徐志摩:《〈诗刊〉放假》,《徐志摩文集》第三卷,天津人民出版社,2005年,第86页。

他向西方象征主义汲取灵感,象征的艺术手法和意象的使用让诗歌闪烁出瑰奇朦胧的色彩,"死人的坟""荒野""破烂的庙"(《火车擒住轨》)这些意象闪烁着波德莱尔《恶之花》的影子。

诗人凭借新奇的想象力和比喻等修辞手法,偏离了日常生活经验,比如《一九三〇年春》就是一种想象空间的动态展开,在短短的四句诗中将声音、动作聚合成对春天的呼唤,也折射出诗人试图在梦幻中寻求解脱的超然心境。

在不同代际的读者中,徐志摩的诗都有为人耳熟能详的艺术魅力。在初期新诗发展的阵营中,朱自清曾高度评价过这位颇有争议的诗人,他在《中国新文学大系·诗集导言》中特别指出"现代中国诗人,须首推徐志摩和郭沫若"。原因在于,他们都为中国新诗史提供了才华横溢的出色鲜活的个性化的创作,他们都广泛地影响过同时期诗人的创作。郭沫若是中国现代自由诗体的奠基人,而徐志摩则以提高新诗的形式美、艺术感染力为中国白话新诗作出了巨大的贡献。

对于这位现代诗歌史上早期杰出的"抒情"诗人,20世纪40年代,沈从文曾就其诗文作品的抒情特质作过评析,认为徐志摩的诗文善于从"实处写所见","虚处写所感"。他的作品给人最清晰的感觉是"动":"文字的动,情感的动,活泼而轻盈。如一盘圆圆珠子,在阳光下转个不停,色彩交错,变幻炫目。"①徐志摩性格活泼爱热闹,但他的诗文并不独如此,尽管以富有热情见长,但这热情的培养与彰显,却是从一个"单独"的"境"当中得出的:"一个比较清虚寥廓,具有反照反省能够消化现象与意境的境。"②或许,从这个角度更能见出徐志摩抒情的特色和为文的苦心孤诣。

徐志摩开始写诗的时候,他的世界观已基本形成。但是后来他还一再声称:"我的思想——如其我有思想——永远不是成系统的。"③对徐志摩其人,朱自清认为他如同"跳着溅着不舍昼夜的一道生命水"。胡适则有过如下评价:"他的人生观真是一种'单纯信仰',这里面只有三个大字:一个是爱,一个是自由,一个是美。他梦想这三个理想的条件能够会合在一个人生里,这是他的'单纯信仰'。他的一生的历史,只是他追求这个单纯信仰的实现的历史。"④

诚然,这"三个大字"不仅体现在徐志摩的诗作中,在其散文、小说、戏剧和日记中均有所体现。除四部诗集外,徐志摩一生还著有散文集《落叶》《自剖》《巴黎的鳞爪》《秋》;小说《轮盘》;戏剧《卞昆冈》(与陆小曼合写),日记《爱眉小札》《志摩日记》,译著

---

① 沈从文:《从徐志摩作品学习抒情》,原载1940年8月16日《国文月刊》创刊号,为总题"习作举例"第一篇。署名沈从文。"习作举例"系列文章,是作者担任西南联合大学师范学院"各体文习作"课程时,在语体组班上所用的讲义。同样性质的讲稿计10篇,在《国文月刊》上共发表了3篇。
② 沈从文:《从徐志摩作品学习抒情》,《国文月刊》,1940年8月16日。
③ 徐志摩:《落叶》,《徐志摩全集》第一卷,天津人民出版社,2005年,第453页。
④ 胡适:《追悼志摩》,舒玲娥:《云游:朋友心中的徐志摩》,长江文艺出版社,2005年,第3页。

《曼殊斐尔小说集》等。在文学创作和文学活动方面，他的诗歌、散文成就和新月派的影响力永久地刻印在中国现代文学的长廊上，熠熠生辉。

第三节 "诗的三美"（上）：《再别康桥》导读

《再别康桥》导读（视频）

轻轻的我走了，
　　正如我轻轻的来；
我轻轻的招手，
　　作别西天的云彩。

那河畔的金柳，
　　是夕阳中的新娘；
波光里的艳影，
　　在我的心头荡漾。

软泥上的青荇，
　　油油的在水底招摇；
在康河的柔波里，
　　我甘心做一条水草！

那榆荫下的一潭，
　　不是清泉，是天上虹；
揉碎在浮藻间，
　　沉淀着彩虹似的梦。

寻梦？撑一支长篙，
　　向青草更青处漫溯，
满载一船星辉，
　　在星辉斑斓里放歌。

但我不能放歌，
　　悄悄是别离的笙箫；
夏虫也为我沉默，

沉默是今晚的康桥！

悄悄的我走了，
　　正如我悄悄的来；
我挥一挥衣袖，
　　不带走一片云彩。

作为新月派的代表人物之一，徐志摩不仅极力推崇闻一多提出的新诗格律化的三美主张，而且在创作中努力去践行。徐志摩同文学青年谈话中也提道："要真心鉴赏文学，你就得对于绘画音乐，有相当心灵上的训练。"[①]纵观徐志摩个人的创作历程，可以知晓《再别康桥》正是徐志摩在新诗格律化创作实践过程中的产物。《再别康桥》圆熟的形式，蕴含着灵魂和生命的意义。诗中词语组合、诗行建构，既整齐匀称，又气韵生动。诗篇结构既完整工丽，又有暗示与空白。

《再别康桥》创作于1928年11月6日，最初发表于1928年12月《新月》月刊第1卷10号上，后来被收入1931年8月上海新月书店《猛虎集》。

康桥即剑桥，徐志摩1921年赴剑桥大学留学，这段经历成为其人生中的一大转折。他沐浴在英国文明中，形成了"爱、美与自由"的人格结构和人生理想，"康桥"因此成为他理想的象征物。

1926年徐志摩曾重游剑桥，因而1928年是徐志摩第三次造访剑桥。题为《再别康桥》是因为1922年8月离英前夕，徐志摩已经作了一首《康桥，再会吧》，"再"字的用意即在于此。

诗歌第一节奠定了全诗"离别"的情感基调，前三句旋律上带着细微的弹跳性，仿佛是诗人用脚尖着地走路的声音，像是诗人的飘逸的温柔的风度音乐化。第二、三、四节重在抒情，描绘康桥的自然美，选取了"金柳""青荇""潭水"三个核心意象，在动与静、虚与实之间描绘着梦幻般的画面，同时，诗人也将自己对康桥的眷恋浸透在诗句里，可谓"一切景语皆情语"。

第五、六节分别写寻梦与现实的沉默击破美梦的两种状态，通过一个"但"字，诗人由梦幻走向现实，只能在"沉默"中与康桥融为一体，渗透着诗人淡淡的惆怅。第七节与第一节形成呼应，诗人将上一节急剧飞升的情绪冷却、升华，诗人以平静的语调与康桥告别，相比第一节而言情感更加深沉、内敛。诗人将情与景交织在一起，通过运思展现了其情感流转的过程，他将对康桥的眷恋、对理想的坚守、对现实的无奈都融进了这首诗中。

---

① 赵家璧：《给飞去的志摩》，徐志摩：《秋》，良友图书公司，1931年。

在艺术上,诗歌构思颇为精巧。全诗为读者呈现出一个立体的情感空间,在情感起伏之间通过句式的重复和词语微妙的转换,使诗人的情绪得以自由流淌。值得称道的是,这首诗典型地表现出新月派的"三美"主张:

其一,践行了诗歌的音乐美,在诗的三美主张中,闻一多和徐志摩都尤为强调并重视诗的音乐美。徐志摩诗歌的音乐美主要通过抑扬顿挫的节奏、多变的音韵和参差的诗行来表现,就像起伏变换的音乐,有一唱三叹回环之感。

《再别康桥》这首诗读起来朗朗上口,全诗讲究音节的押韵,该诗的韵脚为:来、彩、娘、漾、摇、草、虹、梦、溯、歌、箫、桥、来、彩。整首诗韵律和谐,节奏感强,每节诗偶句押韵,每行诗由三个音节组成,音节或由二字尺、三字尺,或由一字尺、四字尺组成,节奏如同撑船的人缓缓行进,可以鲜明地感受到音节的错落有致,极富音乐美;音节上惯用回环复沓的节奏,首节和末节,语意相似,节奏相同,构成回环呼应的结构形式。

其二,诗的绘画美是指诗的语言多选用有色彩的词语。《再别康桥》大量运用描写色彩的辞藻,营造出油画般的意境,具有色彩美;全诗中选用了"云彩、金柳、夕阳、波光、艳影、青荇、彩虹、青草"等词语,给读者视觉上的色彩想象,同时也表达了作者对康桥的一片深情。

全诗共七节,几乎每一节诗都包含着一个能够被描摹出的画面:如,向西天的云彩轻轻招手作别,河畔的金柳倒映在康河里摇曳多姿;康河水底的水草在招摇着似乎有话对诗人说……作者通过动作性很强的词语,如"招手""荡漾""招摇""揉碎""漫溯""挥一挥"等,使每一幅画都富有流动的画面美,给人以立体感。

其三,《再别康桥》结构整饬,全诗每节四行,但在整齐中富有变化,全诗系长节矩形块,隔行退格的形式极具建筑美。另外,这首诗意象新颖、比喻奇警,在语言的运用上也达到了高超的艺术水准。

徐志摩的诗最富有魅力之处就是其富有诗歌的性灵。他认为,人们的性灵由于受到现实中各种因素的影响,被蒙蔽和扭曲了,而未被污染的大自然和纯美的爱情会使人回到纯净的本性之美中。《再别康桥》圆熟的形式中,蕴含着灵魂和生命的意义。《再别康桥》正是一首经典的性灵之作。

第四节 "诗的三美"(下):《偶然》等诗作导读

闻一多在提出新诗的格律化时非常重视诗歌的节奏,他认为"节奏便是格律",他要求每个诗句中音节的数量应相等。在此基础上,徐志摩进一步指出诗歌的内在音节的重要性,徐志摩认为:"明白了诗的生命是在它的内在的音节(internal rhythm)

的道理,我们才能领会到诗的真的趣味;不论思想怎样高尚,情绪怎样热烈,你得拿来彻底的'音乐化'(那就是诗化),才能取得诗的认识。"①

他的这一观念在《偶然》一诗中得以展现:

> 我是天空里的一片云,
> 偶尔投影在你的波心——
> 　　你不必讶异,
> 　　更无须欢喜——
> 在转瞬间消灭了踪影。
>
> 你我相逢在黑夜的海上,
> 你有你的,我有我的,方向;
> 　　你记得也好,
> 　　最好你忘掉,
> 在这交会时互放的光亮!

《偶然》写于1926年5月,初载于《晨报副刊·诗镌》第九期(5月27日),它是徐志摩和陆小曼合写剧本《卞昆冈》第五幕里老瞎子的唱词。关于《偶然》一诗是为谁而作,历来也多有争议。② 但《偶然》在徐志摩诗美追求的历程中,确具有独特的转折性意义。这首诗也是诗人生平最喜爱的一首,被视为徐志摩人生历程意象化的浓缩,其独特的艺术魅力在于诗歌内部存在的情感、思想和形式等多方面的艺术张力。

诗人以"偶然"这样一个极为抽象的时间副词为题,作者在抽象的标题下写了两件较为实在的事情,使之形象化、深刻化,用单纯的意境、谨严的格式与简明的旋律,点化出了一个朦胧又晶莹、小巧又无垠的世界。这首仅两段十行的小诗,在现代诗歌长廊中,堪称别具一格之作。

《偶然》既有总体象征,又有局部性意象象征。诗人在抽象的标题下,刻绘了云投影在水上、"你""我"相逢在黑夜的海上两个具体的画面,这是抽象和具体的张力;诗中的意象"云"与"水"、"你"与"我"、"黑夜"与"光亮"均是相互映衬补充的意象;你和我作为两个独立的生命个体,偶然间相遇在海上,两颗孤寂的心刹那间发生碰撞,成

---

① 徐志摩:《〈诗刊〉放假》,《徐志摩全集》第三卷,天津人民出版社,2005年,第86页。
② 据林徽因之子梁从诫在《回忆我的母亲林徽因》当中谈道:"母亲告诉过我们,徐志摩那首著名的小诗《偶然》是写给她的,而另一首《你去》,徐也在信中说明是为她而写的,那是他遇难前不久的事。从这前后两首有代表性的诗中,可以体会出他们感情的脉络,比之一般外面的传说,确要崇高许多。"《偶然》本身所流露出来的是诗人对于爱情感伤而无奈的苦涩心情。1926年正是徐志摩与陆小曼热恋的时期,结合诗歌内容和基调,笔者更偏向于此诗是献给林徽因的。

为彼此的慰藉,诸多意象之间的张力营构了一个多层立体的诗意空间,意蕴深沉而又飘逸灵动,具有强烈的艺术感染力。

这首诗结构上的张力尤其独特。在形式上既借鉴了英诗的押韵方式又结合了中国古典诗歌的和谐均齐。进一步研究我们会发现,上下两节中每一节对应诗句的音尺数相同,诗绪的起伏波动形诸诗歌的内在音节中,非常巧妙。

徐志摩对诗的三美主张的践行还体现在《雪花的快乐》《我不知道风是在那一个方向吹》《石虎胡同七号》《先生!先生!》等诗作中。《雪花的快乐》如下:

假如我是一朵雪花,
翩翩的在半空里潇洒,
　我一定认清我的方向——
　　飞飏,飞飏,飞飏,——
这地面上有我的方向。

不去那冷寞的幽谷,
不去那凄清的山麓,
　也不上荒街去惆怅——
　　飞飏,飞飏,飞飏,——
你看,我有我的方向!

在半空里娟娟的飞舞,
认明了那清幽的住处,
　等着她来花园里探望——
　　飞飏,飞飏,飞飏,——
啊,她身上有朱砂梅的清香!

那时我凭藉我的身轻,
盈盈的,沾住了她的衣襟,
　贴近她柔波似的心胸——
　　消溶,消溶,消溶——
溶入了她柔波似的心胸!

《雪花的快乐》写于1924年,诗人用雪花影射其灵魂的选择,体现了诗人对自由、理想和爱情的追求,其中富有创造力与想象力。雪花的快乐是热烈、清新而富有灵性的，它真挚而自然，真切地表达了诗人对一切美好事物的执着追求，在追求美的过程中诗人充分享受着选择的自由、坚定而欢快的执着。

该诗每节的第四行或用"飞飏"，或用"消溶"，词句反复，节奏富有跳跃，且韵脚上扬响亮，呈现出一种轻柔曼妙、飘逸飞动的艺术美，诗人情感从而得到升华。诗人的情感是单纯飘逸的，他个人的快乐、痛苦、忧郁，个人的愤懑都倾注其中。《雪花的快乐》与《再别康桥》《我不知道风是在那一个方向吹》内在的蕴脉关联承接，正应和了茅盾所说的"不是徐志摩，做不出这首诗"。《我不知道风是在那一个方向吹》如下：

> 我不知道风
> 是在那一个方向吹——
> 我是在梦中，
> 在梦的轻波里依洄。
>
> 我不知道风
> 是在那一个方向吹——
> 我是在梦中，
> 她的温存我的迷醉。
>
> 我不知道风
> 是在那一个方向吹——
> 我是在梦中，
> 甜美是梦里的光辉。
>
> 我不知道风
> 是在那一个方向吹——
> 我是在梦中，
> 她的负心，我的伤悲。
>
> 我不知道风
> 是在那一个方向吹——
> 我是在梦中，
> 在梦的悲哀里心碎！
>
> 我不知道风

> 是在那一个方向吹——
> 我是在梦中,
> 黯淡是梦里的光辉。

这首诗"圆熟的形式,配着淡到几乎没有的内容",也是徐志摩的"标签"之作。1928年前后是徐志摩人生、思想最低沉的时期,现实生活的压力、陆小曼的洋场奢华让徐志摩内心非常苦恼,在这种情境下,他创作了《我不知道风是在那一个方向吹》一诗。该诗将个人情感与政治理想的迷茫、摇摆之情抒写得蕴蓄无余。

全诗共六节,每节的前三句相同,辗转反复,余音袅袅,诗人借用这一旋律,把同陆小曼美丽爱情的幻灭感比喻为"我不知道风是在那一个方向吹",既渲染了"梦"的氛围,也表达了诗人的生命追求与诗歌观念,徐志摩追求最高的诗歌理想是"回复天性""回到生命本体中去"。诚如诗人自己所说:

> 生命是一切理想的根源,它那无限而有规律的创造性给我们在心灵的活动上一个强大的灵感。它不仅暗示我们,逼迫我们,永远望创造的,生命的方向上走,它并且启示给我们的想象。……我们最高的努力的目标是与生命本体同绵延的,是超过死线的,是与天外的群星相感召的。①

除上面鉴赏的几首诗之外,徐志摩的很多诗作都彰显了诗歌的建筑美,比如《先生!先生!》每行齐头,从后面看多有参差,形成一个错落的美感,《石虎胡同七号》长节矩形块,隔行退格,在形式上均应和了新诗建筑美。

徐志摩曾说过:"诗的难处不单是他的形式,也不单是他的神韵,你得把神韵化进形式去,像颜色化入水,又得把形式表现出来。"通过对徐志摩的生平、艺术成就和代表诗作的讲析,我们可以看到,徐志摩的诗是浪漫的,是诗化生活的外现,是对爱、自由、美的追求,对假、恶、丑的愤慨,诗里都是其真情实感和真实生活的艺术记录。同时,徐志摩的诗又是优美灵动的,潇洒飘逸,明丽柔美,他的一生都在热烈地追求着人与自然的和谐,他那活泼好动、空灵洒脱、不受羁绊的创作才华,形成极为独特的浪漫而飘逸的风格,近一个世纪过去了,徐志摩其人其诗依然在中国现代诗坛上卓然而立。

参考文献

[1] 韩石山.徐志摩传[M].北京:北京十月文艺出版社,2001.
[2] 韩石山,伍渔.徐志摩评说八十年[M].北京:文化艺术出版社,2008.

---

① 徐志摩:《〈新月〉的态度》,《徐志摩全集》第三卷,天津人民出版社,2005年,第199页。

[3] 姜涛. 图本徐志摩传[M]. 长春：长春出版社, 2015.
[4] 李欧梵. 中国现代文学与现代性十讲[M]. 上海：复旦大学出版社, 2002.
[5] 陆耀东. 徐志摩评传[M]. 西安：陕西人民出版社, 1986.
[6] 邵华强. 徐志摩研究资料[M]. 北京：知识产权出版社, 2011.
[7] 舒玲娥. 云游：朋友心中的徐志摩[M]. 武汉：长江文艺出版社, 2005.
[8] 孙晓娅. 读懂徐志摩[M]. 南宁：广西人民出版社, 2014.
[9] 吴希华, 宋玉华. 独步的文学人：解读徐志摩[M]. 北京：中国文联出版社, 2006.
[10] 徐志摩. 徐志摩名作欣赏[M]. 北京：中国和平出版社, 2010.
[11] 李掞平. 徐志摩研究综述[J]. 中国现代文学研究丛刊, 1998(3).
[12] 茅盾. 徐志摩论[J]. 现代, 1933(4).
[13] 西川. 中国现代诗人与诺斯替、喀巴拉、浪漫主义、布鲁姆[J]. 新诗评论, 2009, 2.

思考题

1. 《再别康桥》如何践行诗歌的"三美"主张？
2. 试举例说明徐志摩诗歌的艺术成就。

第三讲
"中国最为杰出的抒情诗人"
——冯至诗歌创作导读

第一节 冯至生平介绍

冯至

冯至是五四运动以来的著名诗人,他以诗见长,散文也漂亮,还写过小说。新文化运动影响了他的人生和创作,使他成为"五四"新文学亲历者和代言人。冯至创作初期,以《昨日之歌》《北游》等诗集蜚声文坛。他后来的《十四行集》,在中国现代诗歌史上开创了空前别致的新体裁,具有无与伦比的思想深度和艺术表现力。

1927年,冯至从北京大学德文系毕业,遂留在德文系担任助教。三年后,他又分别前往德国柏林大学和海德堡大学攻读文学和哲学,并获海德堡大学博士学位。冯至博古通今,学贯中西,在文学写作和学术研究上均取得了不凡的成就。除了写诗,他对中外文学的研究也用力颇深,既谙熟中国古典文学,又精通欧洲文学。他在这两个领域各有一部突出的代表著作——《杜甫传》和《论歌德》——在中国学术史上具有不可动摇的地位。

冯至坚持"洋为中用"的治学方法和严谨、求真的工作态度。在德国文学研究和歌德研究领域,冯至也硕果累累。他孜孜不倦地翻译歌德、海涅、里尔克、布莱希特等人的诗歌,其中就包括歌德的长篇小说《威廉·迈斯特的学习时代》和海涅的长诗《德国,一个冬天的童话》等名著。冯至曾获得代表联邦德国最高荣誉的"大十字勋章"、歌德学院歌德奖章、"格林兄弟文学奖",还被聘为奥地利科学院通讯院士、德意志联邦美因茨科学院通讯院士和瑞典科学院外籍院士。如此骄人的荣誉,在20世纪的中国作家中也是罕见的。

冯至于1935年回国,前往同济大学任教。全面抗战爆发后,他随同济大学内迁,先后辗转于浙江金华、江西赣县和广西桂林,1938年12月下旬,与众师生抵达昆明,受聘于西南联合大学外文系。与很多当时在西南联大任教的先生一样,冯至在昆明一住就是八年,这也是他一生中成果斐然的八年。在西南联大的八年,冯至创作完成了诗集《十四行集》、散文集《山水》和小说《伍子胥》等在中国现代文学史上产生重要影响的文学作品。其著作被学术界公认为代表冯至文学创作的最高成就。

多年后,冯至在一篇名为《昆明往事》的文章中写道:

> 如果有人问我:"你一生中最怀念的是什么地方?"我会毫不迟疑地回答:"是昆明。"如果他继续问:"在什么地方你的生活最苦,回想起来又最甜?在什么地方你常常生病,病后反而觉得更健康?什么地方书很缺乏,反而促使你读书更认真?在什么地方你又教书,又写作,又忙于油盐柴米,而不感到矛盾?"我可以一连串地回答:"都是在抗战时期的昆明。"①

杨家山林场,是冯至在昆明生活时的居住地。每次他从学校返回"林场茅屋"时,背包里总装着两样东西,"一是在菜市场买的蔬菜,一是几本沉甸甸的《歌德全集》。我用完几本,就换掉几本,它们不仅帮助我注释《歌德年谱》,也给我机会比较系统地阅读歌德的作品"②。在《十四行集》的序言中,冯至回忆起自己从杨家山林场进城上课:"每星期要进城两次,十五里的路程,走去走回,是很好的散步。一人在山径上、田埂间,总不免要看,要想……在一个冬天的下午,望着几架银色的飞机在蓝得像结晶体一般的天空里飞翔,想到古人的鹏鸟梦,我就随着脚步的节奏,信口说出一首有韵的诗,回家写在纸上,正巧是一首变体的十四行。"③

在杨家山林场,冯至"获得了一块生命的栖息地",实现了自我与自然万物的交流。在这段艰辛而宝贵的隐居生活里,让他对生命的理解也进入高妙而广阔的宇宙境界。冯至开始重新学习观看,让自己"赤裸裸地脱去了文化的衣裳,用原始的眼睛来观看",使形而上的哲学思维与生命直观、日常行止、个人情感和自然山水之间发生微妙的关联和转化,启迪诗人在个体"存在"中意识到生命不断从旧到新的"蜕变"与"超越",体验万事万物在永恒不变中发生的种种深刻而惊人的变化。

1941年,冯至陆续写下二十七首十四行诗,于1942年8月辑集在桂林明日出版社出版,名为《十四行集》。作为我国正式出版的第一本十四行诗集和新中国成立前唯一的一本十四行诗集,它以成熟的思想、体式和风格为中国的十四行诗创作赢得了

---

① 冯至:《昆明往事》,《新文学史料》,1986年第1期。
② 冯至:《昆明往事》,《新文学史料》,1986年第1期。
③ 本文所引冯至诗作,如无特别说明,均出自《悲欢的形体:冯至诗集》,新星出版社,2018年。

世界性的声誉,同时,也受到海内外诗人学者的普遍赞誉。时任西南联大中文系教授朱自清,在《诗的形式》中从历史角度充分肯定了《十四行集》:"他的《十四行集》也在去年出版,这集子可以说建立了中国十四行的基础,使得向来怀疑这诗体的人也相信它可以在中国诗里活下去。"①同在西南联大中文系任教的李广田教授,称颂冯至的《十四行集》为"沉思的诗",断言它是诗人生命中"彗星的出现"与"狂风乍起",认为冯至在限制中显出身手,法则给了他自由;他之所以伟大,是因为聚精会神。

冯至是西南联大外文系的教授和"教师诗人",除了给学生讲授德语必修课之外,还讲授"德国文学史""德国抒情诗""浮士德研究""尼采选读"等课程。这些课程及其文学创作对西南联大的学生产生了重要的影响,一批青年学生如穆旦、王佐良、郑敏、杜运燮、袁可嘉等,在他的熏陶下逐渐成长起来。以这批年轻人为代表的"西南联大"学生诗人,在20世纪40年代,成为中国现代主义诗歌发展史上的中流砥柱,他们一方面继承和发展了以冯至、卞之琳等为代表的西南联大"教师诗人"的现代主义诗风,另一方面又仰仗自身的艺术创造力,使中国的现代主义诗歌攀上新的高度,为中国新诗的发展开拓出新的气象。

抗战胜利后,冯至担任北京大学西语系教授。新中国成立后,冯至的诗歌很少被人提及,甚至连诗人自己也对他曾经创作的诗歌也持否定态度。在1952年高校院系调整后,冯至被任命为北大西语系主任。1964年冯至调任中国社会科学院外国文学研究所所长,离休后为该所名誉所长。1955年他被选为中国科学院哲学社会科学部学部委员。1982年他发起成立中国德语文学研究会,并任第一任会长。

新时期以来,冯至诗歌的价值被重新发现,逐渐受到广泛重视和深入研究。在冯至的诗歌写作历程中,《昨日之歌》《北游及其他》和《十四行集》一直是学者的重要研究对象,对此文学史上已有比较成熟公允的定论。读过《昨日之歌》,鲁迅先生就给了冯至一个非常著名的评价,称他是"中国最为杰出的抒情诗人"②;对于《十四行集》,朱自清先生的评价甚高,他赞赏"诗里耐人沉思的理,和情景交融成一片的理"③。闻一多先生也说过,我们的新诗好像尽是些青年,也得有一些中年才好。冯先生这些新诗大概可以算是中年了。

冯至的《昨日之歌》,受五四时期白话诗影响颇深,表现为比较稚嫩的自由体,缺乏凝练的语言功夫,句子流于散漫。以今人的视野观之,在诗人的情感与表达之间还存在某些生涩的障碍,反映了20世纪20年代早期新诗人们在探索过程中留下的粗拙的痕迹。但冯至的创造才能是不可小觑的,随着不断的修习和经验的加深,他很快挣脱了前人施加的"影响的焦虑",开始以其稳健的诗风独步诗坛。《我是一条小河》

---

① 朱自清:《经典常谈》,新世界出版社,2016年,第221页。
② 鲁迅:《〈中国新文学大系〉小说二集序》,朱正:《鲁迅书话》,湖南教育出版社,2007年。
③ 朱自清:《诗与哲理》,朱自清:《经典常谈》,新世界出版社,2016年,第207页。

《在郊原》《蛇》等作品的问世，标志着诗人逐渐进入成熟期。到了《北游及其他》，冯至习得了到日常生活深处发掘诗意的奥秘，在早期的委婉风格里又增添了绵密沉潜的元素，从而为十年后诗人又一个创作高潮的来临埋下伏笔。

在 20 世纪 40 年代的烽烟年月中，冯至创作出自己巅峰意义上的《十四行集》，体现了诗人对生命哲学的思考和对民族命运的关注，可看成是对五四以来新诗大众化的一种突破与创新，也是冯至在经历了曲折的生命历程后将理性与感性相交织的结果。因此，这本薄薄的诗集被后世读者誉为"生命沉思者的歌"，充分体现了冯至在新诗创作中对哲理性的独特追寻。整部《十四行集》从多个不同的角度表现了他对民族命运与个体生命"存在"价值的深刻思考，表达了人类命运在"蜕变"与"超越"过程中完成并实现生命之"存在"的伟大主题。这部《十四行集》是我们全面认识、深入研读冯至诗歌艺术的理想教材和最佳模板。

第二节　冯至诗歌创作的艺术特色

冯至在汉语新诗艺术的发展历程中做过许多富有开创性的工作，取得了令诗歌界与学术界所瞩目的成就。他留下的诗歌作品数量并不算多，但在类型和题材方面辐射广泛，诗体上也善于自由变化。除了早期那些让他展露诗坛的一批精美清澈的爱情诗外，最令人称道的，还是他在西南联大时期创作的一系列十四行诗。冯至的十四行诗究竟有哪些艺术上的特色呢？下面我们可以来试着赏析、推敲一二。

冯至诗歌创作的艺术特色（视频）

冯至的十四行诗具有雕塑般的形象，这是他诗艺特色的第一个方面。相对于一般新诗中那些感性和抒情的面向，冯至的写作更倾向于表现智性和哲理。他的作品不追求精美的意象，这便不同于新月派诸君笔下那类擅长经营意象、营造意境的抒情诗。例如，在《十四行集》中有一首《原野的哭声》，这样写道：

　　我时常看见在原野里
　　一个村童，或一个农妇
　　向着无语的晴空啼哭，
　　是为了一个惩罚，可是

　　为了一个玩具的毁弃？
　　是为了丈夫的死亡，
　　可是为了儿子的病创？
　　啼哭得那样没有停息，

> 像整个的生命都嵌在
> 一个框子里，在框子外
> 没有人生，也没有世界。
>
> 我觉得他们好像从古来
> 就一任眼泪不住地流
> 为了一个绝望的宇宙。

从一个生活切片里，对整个时代无法逃离的苦难进行讽喻和批判，是冯至这首十四行诗所要表现的重要主题。对人生的悲哀与对世界的绝望，都凝聚在最后的三行诗中。诗人究竟是如何在一首十四行诗中来表达这些思想内容的呢？我们看到，冯至勾勒出一幅原野上的人向晴空啼哭的形象，来表达这种深切的绝望感。这种造型和姿态，跟鲁迅在《颓败线的颤动》里描述的那个荒野上"垂老的女人"有极相似的地方。冯至写道："像整个的生命都嵌在／一个框子里。"这里的"框子"可以看成整首诗的诗眼，正是基于它的作用，才能将诗人所描述的内容定义为一幅形象。"框子"提示和标明了一种观看的视野，在这个视野下，诗里的形象如此生动地变成一座雕像。从更广泛的意义上来讲，整首诗的思想和情绪似乎都融汇在这座雕像之中。建立了这样的一个坐标系，我们再去读冯至其他的十四行诗，会惊异地发现很多作品都有相似的艺术效果。一首诗可以径直地想象成一幅画或一座雕像，在一种凝定肃穆的氛围里，自然地流露出诗人的情感、参悟的哲理和高级的智性。

冯至的十四行诗艺术特色的第二个方面，体现在他作品中横贯着鲜明的"沉思"气质。《十四行集》中的绝大部分作品，涵盖了有关天与地、生与死、时与空、过去与未来等问题的思考。诗人通过简洁朴素的诗句，寄托对人生和宇宙的想象和思索，这在其他诗人那里是难以复制和超越的。例如，在《一个旧日的梦想》中，冯至写道：

> 是一个旧日的梦想，
> 眼前的人世太纷杂，
> 想依附着鹏鸟飞翔
> 去和宁静的星辰谈话。
>
> 千年的梦像个老人
> 期待着最好的儿孙——
> 如今有人飞向星辰，
> 却忘不了人世的纷纭。

他们常常为了学习
怎样运行,怎样降落,
好把星秩序排在人间,

便光一般投身空际。
如今那旧梦却化做
远水荒山的陨石一片。

这首地道娴熟的十四行诗,是冯至《十四行集》中的佳作。为什么这样说呢?首先,我们考察诗歌押韵的形式,采用的是间韵,让人读起来有一种"你中有我,我中有你"的感觉,也生出了与自然山水相互环抱与依存的安宁和快慰。其次,这首诗隐约处理了天人关系,写到人欲与大鹏鸟一起飞上高空,去做与星辰的密谈者;此外,我们还能注意到诗人对"千年的梦"与"人世的纷纭"之间关系的思考。跟上一首诗一样,全诗最后两行最具哲学意味,"旧日的梦想"将化成"远水荒山的陨石一片"。时间与空间、上天与人世、无形的梦想与有形的物质,都藏在诗人的词语与闪念之间。冯至在他的十四行诗中,比较密集地讨论了生与死、爱情的短暂与永恒、人与自然的关系等本体论问题,通过诗歌进行深入浅出的思考和智慧的播种,形成了中国新诗史上以智识见长、以思考为己任的写作传统。诗人郑敏对冯至有这样的评价:

> 在这个崇高浪漫主义和革命现实主义的强烈倾向的国家,百年来受颂扬的诗家多是以气势为长,或者以辞藻取胜,对冯至先生这种充满内在智慧,外观朴实的诗有所忽视。世间是浮躁喧嚣的,闪光刺目者在短时间内总是首先吸引镜头,这是常情,不足为怪。自从近一个世纪以来,对古典诗词的冷落,造成以"洋"为范,古典诗词中深沉、玄远的境界为一般诗歌读者所忽略。而冯至先生的十四行诗的基调恰是我国古典诗词中超越凡俗,天地人共存于宇宙中的情怀,虽非浩然荡然,却有一种隽永的气质。①

冯至十四行诗艺术特色的第三个方面,体现在其独特的语言形式构造上。我们读他的诗,可以很明显地觉察到,诗句之间能够形成某种间离效果,但这间离之中又保持着思想和节奏上的亲密性。李广田是这样描述冯至诗歌的这一特征的:"由于它的层层上升而又下降,渐渐集中而又解开,以及它的错综而又整齐,它的韵法之穿来

---

① 郑敏:《忆冯至吾师——重读〈十四行集〉》,《郑敏文集·文论卷》下,北京师范大学出版社,2012年,第858页。

而又插去。"①普通读者去读冯至的十四行诗,这种阅读体验也是非常强烈的:他的诗曲曲折折,高高低低,时而山重水复,时而柳暗花明。冯至尤其善于制造这种独特的句式,特别是许多诗句中都会采用跨行与跨节的形式,让诗歌语言更富有柔韧性和表现力,这也正好暗示着情感的灵活性与艺术的穿透力。郑敏也注意到了冯至十四行诗中这种非凡的形式特征:

> 朗读《《十四行集》》时会就感到一种参差的节奏美,既与古典格律诗的绝对对称整齐不同,但又同出于汉语词组的特色,因此,有千万种的相似的音乐美,足以为探讨白话新诗音乐美的诗人和读者提供一个范例。有些新诗虽注意到尾韵,或行数、字数的规律,但却忽视了行内、行间的音乐性的呼应对答;冯至的诗歌语言融会了白话书面语,古典诗的某些韵味和汉语特有的以词组(非音节)为节奏性的音乐感,不能不算是新诗诗语方面的创新。他提醒我们新诗诗语是不应当放弃音乐感的。所谓自由诗其实是最难写的,因为它的自由需要更复杂的不着痕迹的音乐性。十四行集舍弃了西方拼音语言的音步规定,而创造了汉语的词的结合与顿的音乐美,能不算作新诗的一个里程碑吗?②

比如在《从一片泛滥无形的水里》这首诗里,我们就会发现,这首诗中行与行之间是相连的,节与节之间也没有实质性的分别。也就是说,由于诗人没有按照语法规则来划分行与节,该断的时候没有断,该分的时候没有分,全诗便成为一个模糊的整体。从诗行间的关系来看,你中有我,我中也有你;从诗节间的关系来说,我中有你,你中也有我。因此,我们认为,这种层层上升,又层层下降,高低错落,而又曲折往复,并不只是来自经营韵式而产生的艺术效果,还要拜句子的打断与重组所赐。这种格式,也就接近了西方十四行诗特别追求的那种艺术境界,而对一个汉语诗人来说,则需要更加高超的掌控力和更加深厚的音乐修养。

第三节 冯至经典诗作导读

一、《我是一条小河》导读

> 我是一条小河
> 我无心从你的身边流过。

---

① 转引自冯至:《十四行集·序》,《悲欢的形体:冯至诗集》,新星出版社,2018年,第237页。
② 郑敏:《忆冯至吾师——重读〈十四行集〉》,《郑敏文集·文论卷》下,北京师范大学出版社,2012年,第859—860页。

你无心把你彩霞般的影儿
投入了河水的柔波。

我流过一座森林，
柔波便荡荡地
把那些碧绿的叶影儿
裁剪成你的衣裳。

我流过一片花丛，
柔波便粼粼地
把那些彩色的花影儿
编织成你的花冠。

最后我终于
流入无情的大海，
海上的风又厉，浪又狂，
吹折了花冠，击碎了衣裳！

我也随着海潮漂漾，
漂漾到无边的地方；
你那彩霞般的影儿
也和幻散了的彩霞一样！

《我是一条小河》是冯至早期的一首代表作，收入《昨日之歌》，可以看出，诗人独有的美学追求已初见端倪。冯至读完郭沫若《女神》之后惊喜异常，开始动笔写作这首诗。《女神》是五四精神的集中喷薄和释放，诗中尽是瑰丽的想象和涌动的情感。相反，冯至以温良敦厚的表达方式开辟了一块自己的园地。

这是一首清澈婉转的情诗。诗中以抒情主人公"我"开头，诉说着对"你"（女性倾诉对象）的思念和爱恋，并展开浪漫的自我想象。在温柔透迤的语调中透出平和与亲密。"我"对女子的爱慕注定是一场遥远的凝望，诗人于是创造出"小河"的形象，用来含蓄地表达"我"内心细腻的情感。相反，"你"的情影却始终停留在远方，诗中也并没有直接描述和赞美女子的姣好和秀美，只隐约地触及她"彩霞般的影儿"，给读者留下了无尽的想象空间。整首诗以小河奔向大海的旅程为主题框架，情感如同水流一样动感明快，节奏感十足，简约而又符合内心逻辑。从格式上来看，这首诗采用了半格律体,诗行和押韵都符合"大致上的整齐"。整体读上去,既澎湃又内敛的形式与蕴含的情感内容十分吻合、恰切,实现了思想和形式的完美统一。

这首诗作可分为三部分:在第一部分中,作为抒情主人公"我"甘愿变成小河,用自然无心的动作和过程来爱慕心仪的女子,在自述中透着淡淡的哀伤;第二部分,描述小河流过森林和花丛,只为"你"而裁剪衣裳、编织花冠,句式简洁灵动,两部分在句式上也较工整;第三部分,描绘了小河终究要流入大海,接受大海猛烈的吞噬,并消散于无形之中。在这里,小河喻指"我"的爱慕之心,"那彩霞般的影儿",象征"我"心仪女子的美好,大海可以理解为庞杂无边的现实和无常的命运。

透过诗作的表层叙述,我们不妨来推想一下诗歌背后蕴藏的深层意味。小河无心地绕过影儿,投入柔波;在奔向大海的旅途中,感知和体会到了想要追逐的"美好",却只能做泡沫般的梦;小河入海是命中注定的结局,既然这铁一般的命运无法改变,就暗示着一切对美好的倾心和爱慕都终将化为泡影。不论对柔美静谧的小河还是心思细腻的"我",这都是一个悲哀的消息。整首诗也由此产生了隐隐的悲剧性情调,但控制在一种恬淡节制的情绪当中,这也是汉语诗歌的魅力所在。

冯至创作这首诗作的时间是 1925 年,随着五四新文化的风潮不断蔓延,风气顿开的现代爱情观念在一个传统封建文化壁垒森严的制度观念下,很难找到生存的空间,这便成为这首诗创作的背景和契机。冯至早期的诗歌善于处理这类"爱而不能"的悲哀情感,但没有一味地追逐五四精神的激进潮流,选择有节制的抒情进而实现哀而不伤的效果,避免了情感和情绪的极端化,这在当时是难能可贵的。换句话说,正是这种有意识地节制情感和对平淡的追求,才奠定了冯至在新诗史上的重要地位。诗歌中潜在的哲理意味,展现出"他的抒情诗具有一种沉思的调子",为将来的"哲理抒情化"埋下了伏笔,也开启了更大的提升空间。

二、《十四行集》导读

关于冯至的《十四行集》,前面已经作了比较详尽的介绍。下面,让我们来品读一下这本诗集当中的部分代表作品。首先来看整部诗集的第一首——《我们准备着》,冯至开门见山,试图跳出传统文化的窠臼,陈说一种与西方浪漫派相近的生死观:

> 我们准备着深深地领受
> 那些意想不到的奇迹,
> 在漫长的岁月里忽然有
> 彗星的出现,狂风乍起。

我们的生命在这一瞬间，
仿佛在第一次的拥抱里
过去的悲欢忽然在眼前
凝结成屹然不动的形体。

我们赞颂那些小昆虫，
它们经过了一次交媾
或是抵御了一次危险，

便结束它们美妙的一生。
我们整个的生命在承受
狂风乍起，彗星的出现。

浪漫主义美学绝不认同那种庸碌无为的生活。尤其在技术和机械文明占统治地位的时代，各种琐屑无聊的事物和噪声淹没了人的灵性，日复一日的现实生活甚至比钟摆还要单调。叔本华的悲观哲学也就应运而生。人对生存的麻木比死亡带来的战栗更加可怕，这些消极的力量慢慢蚕食着一个人短暂的一生。于是，诗人们最先开始冥想死亡，在生命的意义上想象和观照神秘的死神。这也孕育了海德格尔"向死而在"的观念。一批先知般的诗人发现，与其在缺乏灵性的现实生活中消磨，不如在充满诗意的死亡面前勇敢地生活和相爱。在某种意义上，死本能地成为一种充满创造力的生命意识的先决条件。这里出现了一种辩证关系：生命只有在不断的毁灭之中，才拥有无限蓬勃创造的可能性。也就是说，只有在生与死的永恒轮回之中，才有生命中不断揭示和提升的永恒价值。

受到过德国浪漫派影响的冯至，在作品中诗化了死亡，记录了在死亡一刻所展露的辉煌瞬间：一次抵达高峰体验的交媾，或经历过惊心动魄的危险。因此，生命不再是虚度的，而是变得充满意义。死亡成为生命中不可承受之重，却灌注了整个虚无的生存。获取了诗化价值的死亡，就像情人间的首度拥抱，富含无限生机和开放的可能性，似乎人们重新找到了重返伊甸园的自由之路。

冯至深深体会到死亡的诗意化对麻木消极的现实人生能够起到无比激越的作用，冯至开始思考如何让有限的生命在经历"奥伏赫变"的过程中不断迎接重生。他毅然决定，脱落身上的旧我，将它化作泥土，放下过去的包袱，让它如秋叶般随风飘逝，伸展遒劲昂扬的树枝，重新抖擞精神，以迎接更为严酷的生之考验。在《什么能从我们身上脱落》这首诗中，我们读到这样的诗句：

> 我们把我们安排给那个
> 未来的死亡，像一段歌曲，
>
> 歌声从音乐的身上脱落，
> 归终剩下了音乐的身躯
> 化作一脉的青山默默。

从对死的冥想出发，诗人开始关心人生该如何度过这个本体论问题。何种人生才堪称良好？哪种生活才算是真实的？在冯至那里，名利不过是过眼云烟，喧嚣繁华从根底上讲都是虚无的，真正的人生是另一种情形，它就在我们毫不察觉的身边，以谦卑的姿态回敬着飞扬的生命。于是，诗人发现了"鼠曲草"这一形象，成为诗中赞颂的对象。让我们来看一下这首《鼠曲草》：

> 我常常想到人的一生，
> 便不由得要向你祈祷。
> 你一丛白茸茸的小草
> 不曾辜负了一个名称；
>
> 但你躲避着一切名称，
> 过一个渺小的生活，
> 不辜负高贵和洁白，
> 默默地成就你的死生。
>
> 一切的形容、一切喧嚣
> 到你身边，有的就凋落，
> 有的化成了你的静默。
>
> 这是你伟大的骄傲
> 却在你的否定里完成。
> 我向你祈祷，为了人生。

人的家庭出身和社会地位并不能决定灵魂的高贵和卑微、人格的健康和病态，或精神底蕴的厚实和肤浅。一个品格健朗、内心充实的人，并不需要太多虚名和修饰。往往越渺小的生活底色，才衬托出越高贵的精神追求。在能够与骄傲对话的谦卑里，孕育着人的自信与尊严。只有具备这样品格的人，才能勇敢面对人生迎面而来的一切，承受任何巨大的挫折，仍然韧劲十足。诗人赞颂看似渺小的鼠曲草身上洗尽铅华后彰显的真善美，渴望从它身上学习生活的真谛，视名利如同草芥，过一种精神上纯净而高贵的生活，不为浊世所羁绊。绝大多数世人对此缺乏足够的认识，鉴于此，冯至借由一位从战场上归来的普通士兵的经历来抨击这种市侩式的愚蠢——《给一个战士》：

  你长年在生死的边缘生长，
  一旦你回到这堕落的城中，
  听着这市上的愚蠢的歌唱，
  你会像是一个古代的英雄

  在千百年后他忽然回来，
  从些变质的堕落的子孙
  寻不出一些盛年的姿态，
  他会出乎意料，感到眩昏。

  你在战场上，像不朽的英雄
  在另一个世界永向苍穹，
  归终成为一只断线的纸鸢：

  但是这个命运你不要埋怨，
  你超越了他们，他们已不能
  维系住你的向上，你的旷远。

  明眼的读者都能猜出，这首诗化用了尤利西斯的典故，但诗人并不局限于诗歌表层对炎凉世态的讽刺，而是更深刻地揭示了生存的悖谬性：崇拜英雄的人往往最容易忽视那些最值得崇拜的英雄。事实上，有些人顶着虚假的光环和可疑的荣誉，那是因为更多缺乏判断力的众人愚蠢的认同。真正的英雄，就像鼠曲草，安静而清白地生死。在这首诗中，诗人向这位沉默的士兵投去真挚的敬意，他已超越芸芸众生，尘世间庸俗与浅薄的虚名维系不住士兵旷远高尚的意志。在整个社会的悲哀情调中，冯至赞颂了个体生命存在的伟大和不朽。
  在歌颂过无名的战士之后，诗人便开始把笔触移向他心目中那些谦卑的文化英雄，用诗歌铸造起蔡元培、鲁迅、杜甫、歌德、梵·高等文化名人的塑像，通过诗人的生花妙笔，树立在读者的面前。与那些生前煊赫一时的权贵们相比，他们生前身后的差异恰成了对比，蔡元培从宁静的启示里得到"正当的死生"，"永久暗自保持住自己的光彩"；鲁迅"为几个青年感到一觉"，"永不消沉"地走完了艰苦的行程，路旁的小草引发他希望的微笑；杜甫为了人间壮美的沦亡，不断地唱着哀歌，"安得广厦千万间"的舍身成仁的精神，使得贫穷生发出了高洁的新意。里尔克在《祈祷集》中曾经声称："贫穷是内在伟大的光辉。"贫穷像一件圣者的破衣，即便只有一丝一缕，也自有无穷的神性光辉存在，令一切装饰在它面前黯然失色。那些超脱了物质桎梏的人，精神是无比丰饶的。

《十四行集》中的第十四首，是献给画家梵·高（原文中称梵诃）的。在西方现代绘画史上，梵·高是最具知名度和独创性的艺术家之一。对待绘画，他显示出宗教般的狂热和激情，在他身上体现着为艺术而殉道的执着精神。他把全部生命献给艺术。与那些被"艺术家"这个冠冕所吸引的人们相比，梵·高首先关注的是艺术家的生活。他懂得：要成为一个真正的艺术家，必须深潜到生活的底部，了解生活，安于贫穷，甘于寂寞，体验那比欢乐与幸福更耐人咀嚼的无边苦难。唯其如此，他才能圆满完成艺术家的使命。梵·高以生命为燃料，蓬勃燃烧，终于画成旷世名作《向日葵》。这幅作品中超凡脱俗的金黄色，洋溢着生命的激情。在对太阳的神往中，梵·高的心灵深处升起了一颗新艺术的太阳。梵·高的名字而今已成为某种文化符号，即献身艺术之虔诚的圣徒。诗人在《画家梵诃》写道：

> 你的热情到处燃起火，
> 你燃着了向日的黄花，
> 燃着了浓郁的扁柏，
> 燃着行人在烈日下——
>
> 他们都是那样热烘烘
> 向着高处呼吁的火焰；
> 但是背阴处几点花红，
> 监狱里的一个小院，
>
> 几个贫穷的人低着头
> 在贫穷的房里剥土豆，
> 却像是永不消溶的冰块。
>
> 这中间你画了吊桥，

> 画了轻盈的船：你可要
> 把些不幸者迎接过来？

诗歌着力刻画了一颗燃烧的灵魂，艺术在此成为生命存在的高级形式，化为传播福音的媒介和救赎众生的桥梁。这位一生贫穷的画家真诚地表现着他对穷人无限的同情和关爱，不是居高临下地俯瞰，而是深深地参与和融入人类，自觉地成为他们中间的一员，站在共同的平面上进行心灵沟通。值得注意的是，诗中"冰块"意象，暗示了诗人对梵·高的创作热情所带来的收获将信将疑。世界一直误读梵·高，甚至在今天，当他的作品以几千万美元的高价被出售时，仍然无法证明艺术家的价值已真正博得了知音的赞赏。这是梵·高的悲剧，更是社会的大不幸。

冯至善于从平凡中发现不平凡的意味，从日常的琐事里发现伟大的奥义。比如一队队商旅的驮马，原本是再平常不过的景象，普通人遇见这种景象，很难发掘出多少意味来，冯至却以哲人敏锐的眼光，在看似习见的事物中，苦苦追索着深刻的内涵。诗人在《看这一队队驮马》中写道：

> 我们走过无数的山水，
> 随时占有，随时又放弃，
>
> 仿佛鸟飞翔在空中，
> 它随时都管领太空，
> 随时都感到一无所有。
>
> 什么是我们的实在？
> 我们从远方把什么带来？
> 从面前又把什么带走？

存在同时也是虚无，一切都是在拥有的同时而迅速失去。诗人以"鸟"作喻提醒我们：表面上看来，它们似乎掌握着世间的不少财富，其实哪个不是"一无所有"？人生实在是赤条条来、赤条条去，了无牵挂。永恒的虚无并不曾给我们带来什么，我们也无法把什么带到那无底的深渊之中。殚精竭虑地用异化自身的方式，猎取身外之物，不过是无谓的徒劳。但是，诗人并不悲观，在《我们站立在高高的山巅》这首诗中，他提出个体毁灭助成宇宙永恒的观点，传达了存在主义式的乐观精神，正如"我们走过的城市、山川，都化成了我们的生命"一样：

> 我们的生长、我们的忧愁
> 是某某山坡的一棵松树，
> 是某某城上的一片浓雾；
>
> 我们随着风吹，随着水流，
> 化成平原上交错的蹊径，
> 化成蹊径上行人的生命。

日常生活暗示了微妙的辩证法，冯至在诗中隐隐地表达了出来。从虚无证明存在的理论出发，诗人阐述了牺牲的意义。如同大海收纳了无数条河流，时间的长河也是由一个个瞬间组成的。人一生短暂，死亡每时每刻都笼罩着我们，宇宙的大生命是由无数小生命绵延而成的。从这个意义上说，我们的死就是一次新生，我们的过去也包含着未来。

顺着这一思路，冯至在第十八首《我们有时度过一个亲密的夜》中，将我们引入一个多少有点神秘的境界："我们的生命像那窗外的原野。"人与自然得天独厚的亲和力凝合了大化之流：

> 我们在朦胧的原野上认出来
> 一棵树，一闪湖光，它一望无际
> 藏着忘却的过去、隐约的将来。

时间的流动性在诗人的笔下，形成雕塑般凝固的现在时态。世人孜孜以求的永恒，并不在我们有限的生命之外，其实就在刹那间我们触手可及的地方。爱情的变易也因为有着永恒的追求得到了新的解释。里尔克的《严重的时刻》述说的是人类无缘由的悲哀，他"无端端在世界上哭"，"无端端在世界上笑"，"无端端在世界上走"，然后是"无端端地在世界上死"。这是一种说不出缘由的"焦虑"，当冯至在原野上看见一个村童，或一个农妇向无语的晴空啼哭时，他也为那"无端端的哭"所"焦虑"着，进行着痛苦的沉思，也就有了《十四行集》中的第六首《原野的哭声》。

冯至在这样的世界里，体会到孤弱无援，早年的、"寂寞是一条蛇"的感觉，一直咬噬着诗人的灵魂。在第二十一首《我们听着狂风里的暴雨》中，他不无沉痛地领会，那便是连爱情也无法抵御的人的孤独本性：

> 我们听着狂风里的暴雨，
> 我们在灯光下这样孤单，

我们在这小小的茅屋里
就是和我们用具的中间

也有了千里万里的距离：
铜炉在向往深山的矿苗，
瓷壶在向往江边的陶泥，
它们都像风雨中的飞鸟

各自东西。我们紧紧抱住，
好像自身也都不能自主。
狂风把一切都吹入高空，

暴雨把一切又淋入泥土，
只剩下这点微弱的灯红
在证实我们生命的暂住。

铜炉对矿苗的向往，瓷壶对陶泥的亲近，都是自然所赋予的个性使然。孤独是人的本质，也是万物的属性，强求一致反而显出更大的裂痕。在这里，冯至诉说的是人与人之间沟通的困难，人心与人心之间的距离，如同星辰与星辰之间那样遥远。"一个寂寞是一座岛"，架桥的希望永远成空，诗人唯有走向内心深处，才有得救的希望，祈求："给我狭窄的心／一个大的宇宙！"

参考文献

［１］ 冯至. 悲欢的形体：冯至诗集［Ｍ］. 北京：新星出版社，2018.
［２］ 蒋勤国. 冯至评传［Ｍ］. 北京：光明日报出版社，2015.
［３］ 冯姚平. 冯至与他的世界［Ｍ］. 石家庄：河北教育出版社，2001.
［４］ 陆耀东. 中国新诗史：第三卷［Ｍ］. 武汉：长江文艺出版社，2015.
［５］ 张德明. 百年新诗经典导读［Ｍ］. 广州：暨南大学出版社，2015.
［６］ 林建法. 诗人讲坛［Ｍ］. 沈阳：辽宁人民出版社，2014.
［７］ 杨绍军. 西南联大人物故事集［Ｍ］. 昆明：云南大学出版社，2015.
［８］ 张维. 西南角：民国文人抗战年月的那些事［Ｍ］. 南京：江苏文艺出版社，2014.
［９］ 李钧. 传统文化与现代中国文学名家［Ｍ］. 济南：山东大学出版社，2014.
［10］ 魏丕植. 解读诗词大家：现代卷［Ｍ］. 北京：作家出版社，2013.

[11] 姚国军. 中国经典诗词品鉴[M]. 北京：中国文史出版社，2016.

思考题

1. 怎样理解冯至十四行诗中的"沉思"气质？
2. 试分析冯至在《画家梵诃》一诗中寄寓的思想感情。

第四讲
在激情与沉哀之间
——戴望舒诗歌创作导读

第一节　戴望舒生平介绍

1950年2月28日,北京南池子,诗人戴望舒与这个世界永久地作别了。为了快点摆脱哮喘所带来的痛苦,戴望舒在为自己注射麻黄素时,没有按照往常习惯而特意加大了剂量。这使他的心脏忽然发生剧烈的跳动,最终抢救无效而死亡。戴望舒是在孤独与寂寞中长眠的,除年迈的老母亲外,没有其他家人陪伴左右。他所援引过的古罗马诗人提布卢斯的诗句,"愿我在最后的时间将来的时候看见你,愿我在垂死的时候用我的虚弱的手把握着你",也终究成了一种美好的奢望。

戴望舒

戴望舒祖籍南京,1905年出生于杭州一个小康之家。戴望舒的父亲戴立诚、母亲卓文临,为其取名戴丞,表字朝寀,二者皆意在希望他于仕途上有所作为。但一生醉心于诗歌与文学的戴望舒,却与来自父辈的期望背道而驰。他为自己取名"望舒"。"望舒"一词来源于屈原的《离骚》:"前望舒使先驱兮,后飞廉使奔属。""望舒,月御也",即神话传说中为月亮驾车的神。戴望舒的很多笔名,比如陈御月、戴梦鸥、江思等,无一不是源于朦胧的想象。

戴望舒少年时期就读于杭州宗文中学,结识了一批沉浸于鸳鸯蝴蝶派文学的朋友,早年也以梦鸥为笔名在鸳蝴派刊物上发表过作品。1922年9月,戴望舒与杜衡、张天翼、施蛰存等人成立了一个文学小社团"兰社",并创办《兰友》旬刊,共发行十七期。1923年中学毕业后,戴望舒与施蛰存一同前往上海,于上海大学中国文学系学习。上海大学在当时有"武黄埔,文上大"之称,是共产党培养革命青年的摇篮。共产党人和进步的民主人士,如瞿秋白、恽代英、任弼时、萧楚女、沈雁冰等人,将进步思想和革命的精神带入了上海大学,这对戴望舒有着潜移默化的影响。1925年秋,戴望舒转至震旦大学特别班学习法文,震旦大学特别班是为准备正式进入震旦大学各系进行学习的中学毕业生所开办的法文补习班,戴望舒在这里认识了刘呐鸥,刘呐鸥在很长一段时间里成了戴望舒文学事业的知己。在震旦大学的学习中,戴望舒接触到了魏尔仑和波德莱尔的作品。1927年年底,戴望舒与施蛰存、杜衡等人因参与革命宣传工作而被捕,经人保释后,各自回乡。与上海这一国际大都会的初次接触,为戴望舒带来的不只是光怪陆离的感官体验,更有革命的热血和惨痛,而他的文学生活也从此真正地开启了。

　　1928年春夏之际,戴望舒与杜衡、施蛰存计划合力筹办一本小刊物,名为《文学工场》。在他们看来,"工场"一词兼具时髦与革命的风味,很能代表他们的主张。但《文学工场》未能开工付印。但是,他们并未放弃自己的编辑理想;此后,还一起编辑了《无轨列车》《新文艺》等杂志,既热心于革命文学的翻译与创作,又积极地译介西方现代主义艺术。"革命"与"现代",也成为戴望舒这一时期主要的思想基调。

　　在戴望舒的诗歌地图中,感伤的抒情与潜隐的革命底色始终是相互交织的。"四·一二"事变后,戴望舒写下了诗作《断指》,表达他对革命者的敬仰以及深切的怀念:

> 这断指上还染着油墨底痕迹,
> 是赤色的,是可爱的,光辉的赤色的,
> 它很灿烂地在这截断的手指上,
> 正如他责备别人底懦怯的目光在我们底心头一样。①

然而正如这截"断指"之于诗人的意义,是一种"责备别人底懦怯的目光",并不具有真正的生产性。诗人此时也并不具备以诗歌真正参与到历史行动中的抒情能力,他更为偏向于《雨巷》式的写作,诗中弥漫着中国古典诗学哀而不伤的馥郁气氛。其实,在这位"雨巷诗人"笔下,作为象征而存在的"丁香一样地/结着愁怨的姑娘",在戴望舒心中是确有所指的。翻看戴望舒第一部诗集《我底记忆》,可以看到扉页上印着这样的题词:A Jeanne——献给绛年。施绛年是诗人好友施蛰存的妹妹,戴望舒对她的追求很热烈,但施绛年似乎并没有完全倾心于他,只给予他一个淡漠的回应。在感情生活中无法纾解的苦闷,在《林下的小语》中化为"绛色的沉哀":

---

① 本文所引戴望舒诗作,如无特别说明,均出自《戴望舒全集》,中国青年出版社,1999年。

> 什么是我们的恋爱的纪念吗?
> 拿去吧,亲爱的,拿去吧,
> 这沉哀,这绛色的沉哀。

作为一种"缓兵之计",施绛年答应与戴望舒订婚,但以戴望舒赴法留学并取得学位作为条件。本就对优美的法兰西文化与法语诗歌倾慕已久的戴望舒,接受了这一提议,即刻决定赴法。1932年10月7日,即赴法前夜,施蛰存到戴望舒所住的振华旅馆,从他的手记本上抄录了几段关于诗的片段。这些片段是戴望舒彼时还不完全成熟的关于诗的理念,刊发于《现代》2卷1期,也就是后来引起了极大轰动的《望舒诗稿》。这些作为诗论的雏形而出现的零星文字,倡导诗歌的内在情绪,促使现代诗歌由表面的格律而向内在的音乐性转变,在中国现代诗歌史上占有极其重要的地位。

戴望舒到达巴黎后,在巴黎索尔邦大学旁听,并在贝利茨语言学校学习西班牙语。事实上,他并不是循规蹈矩的学院派典范,而更像是现代文化与现代艺术的践行者。他在巴黎最为热爱的两件事,一是逛画廊,二是逛书摊,"在索居无聊的下午或傍晚,我总是出去,把我迟迟的时间消磨在各画廊中和河沿上的"[①]。与此同时,为了生活之必需,戴望舒一面吸取着来自异域诗歌的养分,一面也经常向外国友人介绍茅盾、丁玲、张天翼等左翼文学作家的成果,以译稿的方式赚取必要的生活经费。1933年,他编定了个人的第二本诗集《望舒草》,于当年8月出版。1934年8月,戴望舒到他梦想中的西班牙作短暂旅行。返回法国后,因有人举报他在西班牙参加反法西斯的游行,戴望舒被学校开除因而回国。

返回上海后,戴望舒在痛苦中得到了施绛年与他解除婚约的消息。不久,他便结识了穆时英的妹妹穆丽娟,二人于1936年6月结婚。这一段崭新的感情生活,使戴望舒度过了一段幸福时光。日后,在香港的兵荒马乱中回顾这一阶段的生活时,他在《示长女》中写下这样的诗句:

> 我们曾有一个安乐的家,
> 环绕着淙淙的泉水声,
> 冬天曝着太阳,夏天笼着清荫,
> 白天有朋友,晚上有恬静,
> 岁月在窗外流,不来打搅
> 屋里终年长驻的欢欣,
> 如果人家窥见我们在灯下谈笑,

---

① 戴望舒:《巴黎的书摊》,《戴望舒全集·散文卷》,中国青年出版社,1999年,第39页。

就会觉得单为了这也值得过一生。

1935年10月,由施蛰存实际编辑,戴望舒挂名主编的刊物《现代诗风》正式出版。此刊只出一期,即告停刊。随后,由戴望舒联络,徐迟、路易士协助,又推出了旨在"聚全国诗人于一堂,促进新诗坛之繁荣"的《新诗》月刊,编辑为卞之琳、梁宗岱、孙大雨和冯至。该刊虽提出"聚全国诗人于一堂",却并未收入左翼诗人的诗歌作品,而更多推进"纯诗"的建设。1937年1月,戴望舒的第三本诗集《望舒诗稿》出版。

1937年全面抗战爆发,戴望舒携家人与徐迟、叶灵凤等人一道前往香港。一大批文化人的南渡,使香港迅速成为全面抗战初期政治、文化活动的重要中心之一。在这一时期,戴望舒最主要的工作便是主编《星岛日报》的副刊《星座》,以"尽一点照明之责":"《星座》现在寄托在港岛上。编者和读者都盼望着这阴霾气候之早日终结。晴朗固好,风暴也不坏,总觉得比目下痛快些。但是如果不幸还得在这阴霾气候中再挣扎下去,那么,编者唯一渺小的希望,是《星座》能为它的读者忠实地代替了天上的星星,与港岸周遭的灯光同尽一点照明之责。"①萧红引人瞩目的作品《呼兰河传》最初就发表在这个刊物上。此外,戴望舒还与艾青共同推出一期诗歌刊物《顶点》,并期望它成为"抗战的一种力量"②。

1940年春,戴望舒与穆丽娟感情破裂,于三年后正式离婚。1941年12月25日,日军占领香港。东江纵队迅速组织文化界人士撤离香港。原本赴港只打算作短暂停留的戴望舒,却不在这一抵达大后方的队伍之中。一则,由于戴望舒舍不得丢弃那些多年收集的好书,害怕颠沛流离的生活③;二则因为负责营救工作的同志希望他能够留下,便于开展工作。不久,作为"文协"领导人的戴望舒就遭到了日军逮捕,短暂入狱。他此时的心境从他出狱后所写下的诗篇《等待》(其二)中可见一斑:

你们走了,留下我在这里等,
看血污的铺石上徘徊着鬼影,
饥饿的眼睛凝望着铁栅,
勇敢的胸膛迎着白刃:
耻辱黏住每一颗赤心,
在那里,炽烈地燃烧着悲愤。

把我遗忘在这里,让我见见

---

① 戴望舒:《〈星座〉创刊小言》,《星岛日报》,1938年8月1日。
② 戴望舒:《编后杂记》,《顶点》,1939年1卷1期。
③ 杜宣:《忆望舒》,《杜宣文集》第6卷,上海文艺出版社,2004年,第400页。

> 屈辱的极度，沉痛的界限，
> 做个证人，做你们的耳、你们的眼
> 尤其做你们的心，受苦难，磨炼，
> 仿佛是大地的一块，让铁蹄踩践，
> 仿佛是你们的一滴血，遗在你们后面。

"屈辱的极度，沉痛的界限"这两句为诗人正式发表此诗时所补充，在最初写成的时候诗人还尚感受不到这种沉痛之情，"只有在申诉未果、屈辱难以排遣时，这种体验才从悲愤中滋生"[1]，诗人回想深陷囹圄之中作为等待者的悲愤之情，在这深感耻辱与悲愤的同时，诗人并未抛却信念，在这首诗的末尾，诗人发出了这样的呼告：

> 让我在这里等待，
> 耐心地等你们回来：
> 做你们的耳目，我曾经生活，
> 做你们的心，我永远不屈服。

戴望舒被保释出狱后，以狱中生活为题材，写下了一系列幽婉动人、感情深沉的诗篇，如《我用残损的手掌》《等待》《心愿》等诗，这些诗作是他在沦陷区生活与思想的明证。1945年日本投降后不久，就发生了检举书事件，何家槐、黄药眠等21人联名检举戴望舒有"附敌"之嫌。进步文艺界几经查证，很快纠正了对戴望舒的错误判断，其中一个翻案的关键，即马凡陀（袁水拍）在《香港的战时民谣》一文中提及的，当时在香港流传甚广的一首民谣"巍巍乎，忠灵塔，今年造，明年拆"，出自戴望舒之手。1948年2月，《灾难的岁月》出版，这本诗集收录了诗人旅法后期到抗战期间的25首诗。1949年1月，北平和平解放，戴望舒立刻表现出他希望在北京开始新生活的愿望，在精神与身体的双重意义上坚定地表明自己"适宜于寒冷的天气"[2]。

不久，戴望舒就在北京受到热情的欢迎，组织上把戴望舒安排到华北军政大学第三部工作。同年7月，戴望舒出席中华文学艺术工作者代表大会。中华人民共和国成立后，戴望舒调至国家新闻总署从事编译工作。戴望舒在新的工作岗位上努力学习、积极工作，为新中国的建设而欣喜、奋斗。但是，当诗人崭新的生命之书行将展开之时，命运却将他带向了无可挽回的死亡。1950年2月28日，戴望舒因哮喘病加剧而于北京去世，公祭后葬于玉泉山下的万安公墓。墓碑上有茅盾手书碑文"诗人戴望舒之墓"。

---

[1] 王文彬：《戴望舒晚年的诗歌创作》，《新文学史料》，2002年第3期。
[2] 参见郑家镇：《我认识的戴望舒》，《香港文学》，1990年第7期。

第二节　戴望舒诗歌创作的艺术特色

作为20世纪30年代现代派诗歌的领军人物,戴望舒曾是一代青年诗人以及文学爱好者争相模仿的典范。《雨巷》是戴望舒的代表作,这首诗的发表,使他在诗坛初露锋芒;而后戴望舒在《现代》杂志上发表了一系列诗作,如《印象》《游子谣》《夜行者》等,并提倡象征派诗,开启了全新的象征主义诗歌的"黄金时代"。当时主编《现代》杂志的施蛰存,就收到过很多仿照戴诗的作品,并称赞他为"诗坛的首领",《现代》也随之成为现代派诗歌的大本营。

戴望舒为中国现代新诗作出的重要贡献,主要集中于以下几点:第一,戴望舒的诗歌创作兼采中西之长,既从中国古典诗歌中汲取营养,又借鉴西方象征主义诗歌技法,并经由诗人主体的浸润,而富有流动的音韵与朦胧的意象;第二,戴望舒看重"真实"与"想象"间的适度关系,强调诗歌要经由想象与暗示,营造凝练和谐、意蕴深永的诗境,达到主客体的深刻交融;第三,倡导以内在情绪的流动取代诗歌外在的节奏与格律,他的诗歌写作发生了从外在的音乐性到具有音乐感的诗体的深度转型;第四,戴望舒的诗歌以"现代词藻"与"现代诗形"勾勒现代人的现代情绪,阐发诗人对现代文明的感伤与质疑,丰富了新诗的"现代性"内涵。

随着时间的沉淀与岁月的淘洗,《雨巷》一诗在戴望舒诗歌创作中的重要意义越发清晰了。戴望舒在震旦大学法文班学习时接触到法文象征派诗歌,把握了象征诗歌幽微精妙的手法,重视用形象的暗示来表示内心的真实感受,《雨巷》正是一首象征色彩很浓的抒情诗。在此之前,戴望舒也如他的同时代人一样,醉心于格律所带来的音乐性与抒情效果。所谓"感情之起,实赖节奏有以激荡之"。《雨巷》中那种忧郁、惆怅的情感,就是以诗句末尾押 ang 韵的方式得以延绵的。这正是受到了前期新月派的影响。以徐志摩、闻一多为代表的前期新月派,倡导格律化的诗学准则,提倡诗歌的"三美",即音乐美、绘画美、建筑美。《雨巷》巧妙地运用词语的重叠、音韵的抑扬顿挫,反复拉长节奏,让诗形成了荡气回肠、反复萦绕的绝美格律。在新月诗人手中,"格律"被用来严格地诉诸"情"的部分。相对于将"格律"奉为金科玉律来实践的新月诗人,戴望舒很快就反叛了这种外在的音乐性,并未在追求音韵格律上停留太长时间,这与《雨巷》的发表几乎是同时期开始的。他说:"诗不能借重音乐,它应该去了音乐的成分。"又说:"诗的韵律不在字的抑扬顿挫上,而在诗的情绪的抑扬顿挫上,即在诗情的程度上。"[①]戴望舒试图摆脱音韵和格律的束缚,以诗歌的内在情绪构成诗歌的

---

① 戴望舒:《望舒诗论》,《戴望舒全集·散文卷》,中国青年出版社,1999年,第127页。

内部节律,以诗情的抑扬顿挫促成具备音乐感的诗体。

  初次实现了他的这一诗歌理想的,是写于 1929 年的诗作《我的记忆》。在《我的记忆》中,诗人通过描写一个抽象的属于诗人自身的"记忆",表现了"记忆"既无从摆脱,又慰藉着诗人苦痛心灵的复杂情感:

> 我的记忆是忠实于我的,
> 忠实得甚于我最好的友人。
>
> 它存在在燃着的烟卷上,
> 它存在在绘着百合花的笔杆上。
> 它存在在破旧的粉盒上,
> 它存在在颓垣的木莓上,
> 它存在在喝了一半的酒瓶上,
> 在撕碎的往日的诗稿上,在压干的花片上,
> 在凄暗的灯上,在平静的水上,
> 在一切有灵魂没有灵魂的东西上,
> 它在到处生存着,像我在这世界一样。

诗人在居室内随处可见的日常事物中捕捉"记忆"的影像,它存在于"燃着的烟卷""绘着百合花的笔杆""破旧的粉盒""颓垣的木莓""酒瓶""诗稿"等生活物象之中,无论诗人的视线投向何处,"记忆"都如影随形。《我的记忆》的特殊性正如卞之琳所说:"在亲切的日常说话调子里舒卷自如,锐敏、精确,而又不失它的风姿,有节制的潇洒和有工力的淳朴。日常语言的自然流动,使一种远较有韧性因而远较适应于表达复杂化、精微化的现代感应性的艺术手段,得到充分的发挥。"①这不仅意味着诗人的眼光由浪漫主义的直接抒情,转向日常经验中的内部生命体验,更为重要的是,戴望舒以内在诗情的流动推动诗歌行进,由此越过了音律的规则,转而探索自由的散文式的音节。从《我的记忆》开始,戴望舒的诗歌创作呈现出散文化、日常化和口语化的倾向,多运用现代口语,以不拘韵脚的自由诗体,表达与现代生活相适应的现代情绪。《萧红墓畔口占》也是这样一首诗,臧棣称其是"新诗历史上最伟大的短诗之一"②,这在于它语言与心智上的成熟:

> 走六小时寂寞的长途,

---

① 卞之琳:《戴望舒诗集·序》,戴望舒:《戴望舒诗集》,四川人民出版社,1981 年,第 5 页。
② 臧棣:《一首伟大的诗可以有多短》,《读书》,2001 年第 12 期。

> 到你头边放一束红山茶，
> 我等待着，长夜漫漫，
> 你却卧听着海涛闲话。

戴望舒和萧红在感情经历上相似，性格也相似，为人稍显天真，对人真诚，戴望舒欣赏萧红的才情与抱负，对萧红的个人命运有着深切的体悟。臧棣认为戴望舒写给萧红的这首诗仿效了悼亡诗的传统，但由于诗人和被追悼者的关系只是作家之间的倾慕，所以它在借助悼亡诗的基本情境的同时，又迅速偏离了典型的悼亡诗的图式，转而探寻人生的奥义①。悼亡诗有两种，其一为属于私人层面的，抒发个人的情感，追忆往事，赞扬逝者；其二为属于公共层面的，抒发的是属于社会的、公共的情感，西渡认为戴望舒的这首悼亡诗"综合了这两类悼亡诗的特征"，"一方面它是私人性的，它所表现的情感是基于诗人和逝者之间的个人友谊、写作上类似的抱负以及个人命运上的同病相怜，具有很强的私人性质"，另一方面，这首诗"主题却又不是纯粹私人的，而具有深广的社会内容"。去往萧红墓前诗人"走六小时寂寞的长途"，从这一平实的诗句中，我们得以看到路途之漫长，在这漫长的路途中诗人心怀孤独与寂寞，而后"诗句结束于'长途'，这个词是对'走''六小时'和'寂寞的'一个总结，前面三个音节的分量最后全都落在这个词上，使它拥有秤砣一般的分量"②，"到你头边放一束红山茶"，这句读来亲切而温暖，"放"这一动作是很轻的，与第一句所蕴含的"重"形成了鲜明的对照；"放"是刹那间完成的动作，与第一句中凸显的时间之长又形成了一种对照，这一"重"一"轻"、一"长"一"短"，"透露出诗人内心情感的波折。另一方面，它们也建构了这首诗层次分明而又曲折跌宕的结构"③。古人有诗云，"雪几茶花雅，风炉柿叶香。"（方回《癸未至节以病晚起走笔戏书纪事排闷十首》）"唯有山茶偏耐久，绿丛又放数枝红。"（陆游《山茶》）"茶花"这一意象积淀着"高洁""朴素""典雅"等内蕴，诗人以"红山茶"暗喻萧红，表达了诗人对萧红高洁品行的赞赏，"'红山茶'孕育这首诗的感情深度：细腻，深沉，节制，委婉中蕴含着激情"④。"我等待着，长夜漫漫"，西渡认为这里的"等待"是戴望舒"'永远不屈服'的意志的表现"，"长夜漫漫"是"诗人对自己的人生处境和时代处境的概括"⑤，隐喻着诗人自己的人生经历、萧红一生的苦难遭遇以及中华民族集体苦难的历程；"长夜漫漫"从表层意义上来说，"代表了一种特殊的时间现象，它独自流逝，超然于人生，拒不回答诗人在他的心灵里的追问与等待。而'你'由

---

① 臧棣：《一首伟大的诗可以有多短》，《读书》，2001年第12期。
② 西渡：《新诗成熟的里程碑——戴望舒与〈萧红墓畔口占〉》，《读诗记》，东方出版中心，2018年，第161—162页。
③ 臧棣：《一首伟大的诗可以有多短》，《读书》，2001年第12期。
④ 臧棣：《一首伟大的诗可以有多短》，《读书》，2001年第12期。
⑤ 西渡：《新诗成熟的里程碑——戴望舒与〈萧红墓畔口占〉》，《读诗记》，东方出版中心，2018年，第171页。

于身处冥界,也无法应答诗人内心的期盼与疑问"。在另一更深层面上来说,诗人懂得"在某种意义上,他期待的回答(至少是部分)已存在'长夜漫漫,你却卧听着海涛闲话'这样情景之中"。在这样的情景之中,"安详、恬淡、超然,甚至某种冷淡,都构成了对人生的评价,并将这评价延展到对生与死的领悟中"①。值得注意的是,这句诗出现了前两句被省略的主语——"我",此处"我"的出现"是要召唤出下一行的'你'"②,"我"与"你"之间隔着生死,"你却卧听着海涛闲话"这句诗是诗人想象萧红的场景,人与自然达到了和谐统一,而"闲话"一词,给这首诗"带来了一种特殊的反讽意味,这种意味反过来又揭示了诗人内心的成熟,特别是在面对命运多舛的人生的时候"③。"长夜漫漫"的痛感,与"卧听着海涛闲话"的超越性,构成了不同时空境遇下的二重参照。未用任一拗口之语,戴望舒以流动的音节、自然的口语,在短小的篇幅体式中传递出跨越生死之界的深挚情感。

纵观戴望舒的前期创作,主要收录于《我的记忆》《望舒草》《望舒诗稿》三本诗集之中。诗集《我的记忆》分为"旧锦囊""雨巷""我的记忆"三辑。"旧锦囊"和"雨巷"两辑中的诗歌多沾染旧诗意境,未能自然地化用古典诗词传统,后期则以《雨巷》为终点,以"我的记忆"为开端,标志着诗人的诗歌创作向现代主义诗歌的转型。《望舒草》就是转变后的成果。1937年出版的《望舒诗稿》,除收入先前两本诗集中的大部分诗作外,另收四首新作。综合而言,戴望舒的早期创作多带有感伤、秾丽的色彩,或抒发个人感情生活的苦闷,或表达动荡的大时代中一代知识分子的失落与挣扎、理想与现实的冲突,以及在传统文化与现代都市文明的夹击中生命的颓废与彷徨。诗人在《我的素描》中写道:

> 我是青春和衰老的集合体,
> 我有健康的身体和病的心。

诗人在《烦忧》中写道:

> 说是寂寞的秋的悒郁,
> 说是辽远的海的怀念。
> 假如有人问我烦忧的原故,
> 我不敢说出你的名字。

---

① 臧棣:《一首伟大的诗可以有多短》,《读书》,2001年第12期。
② 西渡:《新诗成熟的里程碑——戴望舒与〈萧红墓畔口占〉》,《读诗记》,东方出版中心,2018年,第169页。
③ 臧棣:《一首伟大的诗可以有多短》,《读书》,2001年第12期。

我不敢说出你的名字,
假如有人问我烦忧的原故:
说是辽远的海的怀念,
说是寂寞的秋的悒郁。

"秋"这样一个季节常让人想起"肃杀""凄凉"这样的字眼,"海"辽阔旷远,诗人将这弥漫的"烦忧"的内容具体化为"寂寞的秋的悒郁""辽远的海的怀念",已见烦忧之深沉,然而,这不是烦忧的全部,"假如有人问我的烦忧的原故,我不敢说出你的名字",诗人对更深一层的"烦忧"讳莫如深,甚至到了"不敢说出你的名字"的地步,足见对"你"的怀念之情深。在形式上,诗人运用反复的手法,使得这"烦忧"回环往复,更是萦绕读者心间,久久不散。"烦忧"实则是戴望舒诗歌的典型印记,《旧锦囊》中的《静夜》比起这首《烦忧》来,更为直白地表露了这种相思之情:

像侵晓蔷薇底蓓蕾
含着晶耀的香露,
你盈盈地低泣,低着头,
你在我心头开了烦忧路。

你哭泣嘤嘤地不停,
我心头反复地不宁;
这烦忧是从何处生
使你堕泪,又使我伤心?

停了泪儿啊,请莫悲伤,
且把那原因细讲,
在这幽夜沉寂又微凉,
人静了,这正是时光。

"你"的眼泪牵动着"我"的心绪,如蔷薇花般美丽的女子不知因何烦忧而垂泪,诗人的烦忧却显而易见,因她忧而忧,足见情之浓。在这些诗句中,我们可以感受到戴望舒感情生活的遗迹,诗人内心深处那种愁苦的"绛色的沉哀"。戴望舒善于使用独具意味的象征,在诗歌中作精微的自我抒情。他用来编织情绪的意象多存在于"表现自己跟隐藏自己之间",在朦胧的气氛与感伤的情调中建构诗的意境。这既来源于中国传统诗学对"兴象"、意境营造的注重,也受到西方象征派诗所推崇的"模糊与精确""亲切与暗示"的影响。比如在诗歌《印象》中,"深谷""青色的珍珠""古井""颓唐的残阳"等意象,给人带来悲哀、渺远的感受,在幽深的诗意中表达诗人对美好的事物终将消逝,而人世始终寂寞的喟叹。在诗歌《灯》中,戴望舒将笔墨集中于自身独对孤灯的景象,这盏灯随后又幻化为墓中孤照的鱼烛,既写出"帝王长卧"陵寝的孤寂,又烘托出诗人当时孤独、苦闷的心境。

对古典意象的吸收与借鉴,并不意味着戴望舒试图回到提供理想世界的抒情田园中去。孙玉石对此有精辟的论述:"30 年代的'晚唐诗热'里隐含了一种悄然出现的诗歌观念的变革。它着实代表了新诗现代性美学崛起的一个方向。一种对于古代诗歌审视评价的话语传达的是现代诗学观念强烈变革的声音。"①也就是说,借用传统资源总是与找寻中西融合的交点,传达现代人的现代情绪,建构崭新的中国现代诗歌的诗体相联系的。

20 世纪 30 年代现代派的诗作"在朦胧隐蓄的形式中浸透着人们对于现代意识的探求和现代社会人生的思考"②,戴望舒也是如此。他受《荒原》影响而构建的"寻梦者""乐园鸟"等形象,既是诗人对自我心境的写照,也反映着诗人对社会现实的批判以及由此而生的虚无情绪。与理想主义式的"寻梦"不同,戴望舒的"寻梦者"在经历过"九年的冰山""九年的旱海"所构成的艰难险阻后,终于接触到那枚理想的象征物——"金色的贝"/"桃色的珠"。但他们并没有成功或胜利的喜悦,而是相反地感到了一种衰老的情调。而《乐园鸟》中"没有休止,/华羽的乐园鸟",对早已荒芜的乐园的追寻,也并非一种"幸福的云游",而是"永恒的苦役"。亦如吴晓东指出:"作永恒的苦役般云游的'华羽的乐园鸟'不仅是戴望舒对自我形象的确认,同时也正构成了一代寻梦者的忠实写照,而对天上花园之荒芜的追问则象征了诗人们'乐园梦'的破灭。"③这些情景交融的意象,所反映的都是诗人在大时代中的彷徨与迷惘,在体会到现实的黑暗后,理想幻灭的苦闷心境。

作为一个现代诗人,翻译之于戴望舒而言,既是其精神史上一种必不可缺的慰藉,也帮助他克服诗歌技巧上的限制。施蛰存曾这样评价戴望舒的创作:"望舒译诗的过程,正是他创作诗的过程。译道生、魏尔伦诗的时候,正是写《雨巷》的时候;译果尔蒙、耶麦的时候,正是他放弃韵律,转向自由诗体的时候。后来,在四十年代译《恶之花》的时候,他的创作诗也用起脚韵来了。"④杜衡也称:"象征诗人之所以会对他有特殊的吸引力,却可说是为了那种特殊的手法恰巧合乎他底既不是隐藏自己,也不是表现自己的那种写诗的动机的原故。同时,象征诗派底独特的音节也曾使他感到莫

---

① 孙玉石:《新诗:现代与传统的对话——兼释 20 世纪 30 年代的"晚唐诗热"》,陈平原:《现代中国》第一辑,湖北教育出版社,2001 年,第 93 页。
② 吴凌:《诗神的成长——现代新诗本体发展论纲》,贵州人民出版社,2009 年,第 171 页。
③ 吴晓东:《临水的纳蕤思:中国现代派诗歌的艺术母题》,北京大学出版社,2015 年,第 67 页。
④ 施蛰存:《〈戴望舒译诗集〉序》,戴望舒译:《戴望舒译诗集》,湖南人民出版社,1983 年,第 3—4 页。

大的兴味,使他以后不再斤斤于被中国旧诗词所笼罩住的平仄韵律的推敲。"①但值得注意的是,戴望舒诗歌写作的精神资源,不仅仅来源于以魏尔仑、瓦雷里等人为代表的西方象征主义诗歌,还有一个重要的来源是西班牙内战时期复兴的谣曲。

西班牙是戴望舒心中的圣地,他曾在《在一个边境的站上——西班牙旅行记之三》一文中记录下他心目中的西班牙。戴望舒倾心于阿左林、洛尔迦以及塞万提斯等西班牙作家,他此行所得的成绩,不仅为其日后翻译洛尔迦的诗歌奠定了良好的基础,而且对他自身抗战时期的创作产生了深远的影响。作为"民间诗歌中最得人采用的一种形式"②,西班牙谣曲叙事抒情的体式,"逢双押韵"的特点,都有助益于体现抗战诗歌所要求的大众化,而为戴望舒所汲取、借鉴。

抗战全面爆发后,戴望舒的诗歌创作发生了一系列重要的转变,这主要体现在过往那个醉心于"天青色的爱情"、担负"永恒的苦役"的乐园鸟的诗人,顽强地加入了为抗战、为民族命运而歌咏的队列,诗作呈现出将现代主义与现实主义相结合的趋向。这些诗作都收录于1948年诗人生前所出版的最后一部诗集《灾难的岁月》之中。

实际上,戴望舒青年时期就曾接受过革命思想与无产阶级理论的浸润。他并不是一个完全内向性的诗人,而始终关注着中国的社会现实与阶级结构的变化。作为"左联"最早的成员,他翻译过伊可维支的《唯物史观的文学论》。在讨论马雅可夫斯基之死时,戴望舒也清楚地认识到在无产阶级革命面前个人与集体的关系,批判性地处理了马雅可夫斯基在革命激情过后与苏联的建设道路不相调和的问题。他敬佩革命者崇高与坚毅的精神,从而写下了《断指》《流水》《我们的小母亲》这样的诗作。《断指》中那节友人"光辉的赤色的"手指,就是革命者英勇牺牲的象征。而到了全面抗战时期,曾经作为牺牲的光明见证而出现的"断指",演变为诗人自身"残损的手掌"。无论是"断指"还是"残损的手掌",贯穿其中的都是诗人对民族灾难的悲痛与忧愤,以及对祖国深沉的爱。此外,戴望舒早期诗作中那位揽镜自顾的抒情主人公,也摇身一变为积极投入抗战的"我们"。但戴望舒诗中的"我们",并不是战场上冲锋陷阵的战士或藏身于象牙塔中的知识分子群体,而是战争年代的劳苦大众,它所彰显的是战时"英勇的人民"对祖国光明未来的热诚盼望。例如《元日祝福》一诗:

> 新的年岁带给我们新的力量。
> 祝福!我们的人民,
> 坚苦的人民,英勇的人民,
> 苦难会带来自由解放。

---

① 杜衡:《望舒草·序》,现代书局,1933年,第6—7页。
② 戴望舒:《跋〈西班牙抗战谣曲选〉》,《戴望舒全集·诗歌卷》,中国青年出版社,1999年,第591页。

艾青认为,戴望舒在此诗中运用了"人民""自由""解放"等字眼,"对望舒来说,真是一个了不起的变化"①。在战争年代,诗人逐渐褪去"现代派"的色彩,不再专注于"诉说个人的小悲哀,小欢乐"②,诗风更加明朗、强健有力,诗中洋溢着深沉的爱国主义情感。诗人在《心愿》中写道:

> 只有起来打击敌人,
> 自由和幸福才会临降,
> 否则这些全是白日梦
> 和没有现实的游想。

诗人在《赠内》中写道:

> 空白的诗帖,
> 幸福的年岁;
> 因为我苦涩的诗节,
> 只为灾难竖里程碑。

诗人期望加入拯救民族的抗日斗争的洪流中去,他深切地关心风云变幻的大时代里广大民众与国家的命运,并表达甘愿为最终的胜利而赴死的决心:"当你们回来,从泥土/掘起他伤损的肢体,/用你们胜利的欢呼/把他的灵魂高高扬起。"(《狱中题壁》)同时,戴望舒还在诗歌中表达了对充满光明、希望的新中国终将到来的信心。就外在形式角度而言,戴望舒的部分诗作,又重新将格律作为一种能够激发生命内在强力、引起深刻的情感共鸣的要素,融入创作中去。他试图在诗歌中突破现实的苦难与界限,以通感、隐喻、自由联想等手法,营构战争年代里最为庄严而壮丽的风景。

第三节 戴望舒经典诗作导读

写于 1927 年夏天,发表于 1928 年《小说月报》第 19 卷第 8 号上的《雨巷》,可谓新诗史上的名作。该诗甫一问世,就受到叶圣陶的赞誉:"替新诗底音节开了一个新的纪元。"③戴望舒因此收获"雨巷诗人"的称号。朱湘也称:"《雨巷》兼采有西诗之行

《雨巷》导读
(视频)

---

① 艾青:《望舒的诗》,《艾青选集》第 3 卷,四川文艺出版社,1986 年,第 298 页。
② 戴望舒:《致艾青》(1939 年 3 月),《戴望舒全集·散文卷》,中国青年出版社,1999 年,第 253 页。
③ 杜衡:《望舒草·序》,《望舒草》,现代书局,1933 年,第 8 页。

断意不断的长处。"①卞之琳则认为这首诗:"在回响着中国传统诗词的一种题材和意境的同时,也多少实践了魏尔伦'绞死'、'雄辩'、'音乐先于一切'的主张。"②时至今日,《雨巷》仍在中国现代诗歌史上占有非常重要的位置。当代学者在注意到《雨巷》音乐性上的转变之时,更为注重发掘此诗对于古典的现代重构。正如王光明所言,《雨巷》"一方面打通了深入现代人的感觉世界的道路,另一方面重新发现了中国诗歌以象写意的抒情传统在现代诗歌中再生的可能性"③。《雨巷》一诗如下:

撑着油纸伞,独自
彷徨在悠长,悠长
又寂寥的雨巷,
我希望逢着
一个丁香一样地
结着愁怨的姑娘。

她是有
丁香一样的颜色,
丁香一样的芬芳,
丁香一样的忧愁,
在雨中哀怨,
哀怨又彷徨。

她彷徨在这寂寥的雨巷,
撑着油纸伞
像我一样,
像我一样地
默默彳亍着,
冷漠,凄清,又惆怅。

她默默地走近
走近,又投出
太息一般的眼光,

---

① 朱湘:《致戴望舒》,《朱湘全集:书信卷》,安徽文艺出版社,2017年,第179页。
② 卞之琳:《戴望舒诗集·序》,戴望舒:《戴望舒诗集》,四川人民出版社,1981年,第4页。
③ 王光明:《现代汉诗的百年演变》,河北人民出版社,2003年,第267页。

她飘过
像梦一般地,
像梦一般地凄婉迷茫。

像梦中飘过
一枝丁香地,
我身旁飘过这女郎;
她静默地远了,远了,
到了颓圮的篱墙,
走尽这雨巷。

在雨的哀曲里,
消了她的颜色,
散了她的芬芳,
消散了,甚至她的
太息般的眼光,
她丁香般的惆怅。

撑着油纸伞,独自
彷徨在悠长,悠长
又寂寥的雨巷,
我希望飘过
一个丁香一样地
结着愁怨的姑娘。

  戴望舒认为:"诗是由真实经过想象而出来的,不单是真实,亦不单是想象。"[①]《雨巷》一诗,便是诗人通过内化真实经验及内心情感,经由想象而得来的佳作,孙玉石评论《雨巷》一诗及其背后所折射出的戴望舒诗歌的创作特点时说,"《雨巷》在艺术上一个重要特色是运用了象征主义的方法抒情",此外,他认为戴望舒创作的一个重要特点便是"注意挖掘诗歌暗示隐喻的能力,在象征性的形象和意境中抒情",而"《雨巷》就体现了这种艺术上的特点"[②]。诗篇在江南雨中一条悠长而寂寥的小巷内展开:诗人怀着苦闷而彷徨的心绪,徘徊在小巷内,"希望逢着/一个丁香一样地/结着愁怨的

[①] 戴望舒:《望舒诗论》,《戴望舒全集·散文卷》,中国青年出版社,1999年,第128页。
[②] 孙玉石:《读戴望舒的诗》,《中国现代诗歌艺术》,人民文学出版社,1992年,第355页。

姑娘"。这位丁香一样的姑娘,既是美好理想的象征,是诗人所祈望相逢的"知音",同时也是诗人内心情绪的外化,厚描着诗人孤寂、惆怅的心境。在中国传统诗词中,所谓"青鸟不传云外信,丁香空结雨中愁","丁香"乃是感情郁结的象征,但这"不是对于陈旧典故的简单搬用和稀释,所以有了富于美丽的象征意味的形象的创造。古典美的结晶经过了诗人现代性的转化"①。实际上,对作为象征而存在的"丁香一样的姑娘",学术界始终存在两种解读,其一是诗人爱慕的恋人施绛年,其二为并非真实的人物,是存在于诗人想象中的美好幻象。这一幻象因现实生活中大革命的失败最终在雨巷中消散殆尽,这意味着诗人理想的幻灭与不可追寻。无论是感情的失落还是革命理想的失败,个体的梦境终归是无法实现的,诗人只能孤身徘徊于寂寥的雨巷,并继续期待着希望的到来。

《雨巷》写于1927年大革命失败后,展现了身怀革命理想、对未来充满憧憬的一代青年知识分子,在社会秩序的动荡与错乱中,精神世界的歧路彷徨,以及理想幻灭后失望、痛苦的心境。"雨巷"这一象征物所对应的,正是当时黑暗的社会现实。但是,诗歌的抒情指向并非落于实处,而是在含蓄朦胧的意境中阐发题旨,流露出浓重的感伤情绪。在艺术形式方面,《雨巷》全诗押 ang 韵,以语言的复沓和一韵到底的江阳韵,形成一种情绪的回环往复之美,强化了诗歌的抒情色彩。

这种感伤与痛苦的心绪在戴望舒的其他诗歌创作中亦多有体现,如《生涯》一诗:

> 泪珠儿已抛残,
> 只剩了悲思。
> 无情的百合啊,
> 你明丽的花枝。
> 你太娟好,太轻盈,
> 使我难吻你娇唇。
>
> 人间伴我的是孤苦,
> 白昼给我的是寂寥;
> 只有那甜甜的梦儿,
> 慰我在深宵:
> 我希望长睡沉沉,
> 长在那梦里温存。

---

① 刘中树、许祖华:《中国现代文学思潮史》,华中师范大学出版社,2009年,第295页。

> 可是清晨我醒来，
> 在枕边找到了悲哀：
> 欢乐只是一幻梦，
> 孤苦却待我生挨！
> 我暗把泪珠哽咽，
> 我又生活了一天。
>
> 泪珠儿已抛残，
> 悲思偏无尽，
> 啊，我生命底慰安！
> 我屏营待你垂悯：
> 在这世间寂寂，
> 朝朝只有呜咽。

全诗读来悲苦的情绪萦绕心间，"人间伴我是孤苦""白昼给我的是寂寥"，现实生活的"孤苦"让诗人唯愿长睡不愿醒；然而美梦终会醒，清醒之时更觉现实让人悲哀，"世间寂寂"只有那"悲思无尽"长伴。诗人在这首诗中的情感变化可说是"觉来知是梦，更胜悲"[①]。对形而上精神的不懈追求，也是戴望舒诗歌中一个重要的主题。仅仅四句的小诗《我思想》就是其中之一。整首诗以蝴蝶作为最主要的描写对象，但它并非一只停留在风景观念中的蝴蝶，不是一个单纯审美的客体，而是披着思想织就的"斑斓的彩翼"。《我思想》一诗如下：

> 我思想，故我是蝴蝶……
> 万年后小花的轻呼
> 透过无梦无醒的云雾，
> 来振撼我斑斓的彩翼。
>
> 　　　　　　一九三七年三月十四日

诗的第一句，"我思想，故我是蝴蝶……"，揭示了"我"必须通过思想这一行为，才能化身为美丽的蝴蝶。笛卡儿曾说，"我思故我在"。透过"思想"，作为抒情主体的"我"在开启智性活动的同时，也确认了自身存在的意义。而诗的后三句——"万年后小花的轻呼/透过无梦无醒的云雾，/来振撼我斑斓的彩翼"则是一个整体，构成了对蝴蝶的

[①] 张亚权：《"肝胆楚越"与"万物皆一"——论戴望舒诗歌的"复古"与"新变"》，章培恒、胡明、梅新林：《中国文学古今演变研究论集二编》，上海古籍出版社，2005年，第763页。

召唤。首先,"万年后"提示了时间的久远,它更可能意味着一种永恒的价值。而正是"小花的轻呼"——这一思想与言语的共振,"振撼"了蝴蝶的彩翼。永恒的思想具有强大的精神力量,能够超越时空的阻碍,使"蝴蝶"与"小花"的心意相通。这首诗以极为短小的篇幅、简单纯粹而又精到的语言,赞美了永恒而绚烂的思想。

  当全面抗战的号角吹响,诗人不再沉溺于一己之小悲欢,其诗学观念和创作风格亦为之一变。诗人的创作摆脱了"雨巷诗人"时期彷徨感伤的暗沉,转而具有力感与亮度。这一时期的创作主要集中在《灾难的岁月》中,施蛰存认为戴望舒在《灾难的岁月》中表现出了"思想性的提高",是"左翼的后期象征主义"[①]。全面抗战的到来使得心怀国家的知识分子自觉思索起生与死的问题,具有敏锐感知力的戴望舒开始重新思考自己生命的价值与意义,《致萤火》一诗正体现了他对生命的思索:

  萤火,萤火,
  你来照我。

  照我,照这沾露的草,
  照这泥土,照到你老。

  我躺在这里,让一颗芽
  穿过我的躯体,我的心,
  长成树,开花;

  让一片青色的藓苔,
  那么轻,那么轻
  把我全身遮盖,

  像一双小手纤纤,
  当往日我在昼眠,
  把一条薄被
  在我身上轻披。

  我躺在这里
  咀嚼着太阳的香味;

---

① 施蛰存:《戴望舒诗全编·引言》,梁仁:《戴望舒诗全编》,浙江文艺出版社,1989年,第4页。

在什么别的天地，
云雀在青空中高飞。

萤火，萤火，
给一缕细细的光线——
够担得起记忆，
够把沉哀来吞咽！

卞之琳在评价 20 世纪 30 年代戴望舒的诗艺时说，他受法国象征主义、后期象征主义以至超现实主义的影响①，这样的诗艺特点在戴望舒的 20 世纪 40 年代的诗歌创作中仍有体现。诗歌营造了一个超现实的想象世界，诗人想象自己躺在泥土上，怀着沉哀，回忆一生，大抵是心绪不宁，诗人与萤火虫对话，希望它来照耀自己，萤火虫的光亮是很微弱的，对这微弱的光亮，诗人祈求不仅照耀自己，也能够照耀"沾露的草""泥土"，并且可以"照到你老"。诗人对萤火虫的祈愿，正揭示了诗人对生命的理解，微弱的力量也可以实现永恒的生命意义。"我躺在这里，让一颗芽/穿过我的躯体，我的心，/长成树，开花"，当生命以一种形式消逝以后，还可以获得重生，以另一种形式焕发生机，这种生机蕴藏着诗人对生命的热望。接下来，诗人说，自己躺在泥土上，希望青苔轻遮，自己"咀嚼着太阳的香味"，看"云雀在青空中高飞"，描绘了一幅充满希望的画面，"太阳"常让人想起"希望"与"光明"，"云雀在青空中高飞"又显得那么自由与快活，可见"诗人安息的生命中仍有一颗永不止息追求的灵魂"②。

1942 年春，戴望舒出狱后，他以在狱中的真实体验为灵感来源，写下了名篇《我用残损的手掌》：

我用残损的手掌
摸索这广大的土地：
这一角已变成灰烬，
那一角只是血和泥；
这一片湖该是我的家乡，
（春天，堤上繁花如锦障，
嫩柳枝折断有奇异的芬芳）
我触到荇藻和水的微凉；
这长白山的雪峰冷到彻骨，

---

① 卞之琳：《新诗和西方诗》，《卞之琳文集》中，安徽教育出版社，2002 年，第 500 页。
② 孙玉石：《读戴望舒的诗》，《中国现代诗歌艺术》，人民文学出版社，1992 年，第 366 页。

这黄河的水夹泥沙在指间滑出；
　　江南的水田，你当年新生的禾草
　　是那么细，那么软……现在只有蓬蒿；
　　岭南的荔枝花寂寞地憔悴，
　　尽那边，我蘸着南海没有渔船的苦水……
　　无形的手掌掠过无限的江山，
　　手指沾了血和灰，手掌黏了阴暗，
　　只有那辽远的一角依然完整，
　　温暖，明朗，坚固而蓬勃生春。
　　在那上面，我用残损的手掌轻抚，
　　像恋人的柔发，婴孩手中乳。
　　我把全部的力量运在手掌
　　贴在上面，寄与爱和一切希望，
　　因为只有那里是太阳，是春，
　　将驱逐阴暗，带来苏生，
　　因为只有那里我们不像牲口一样活，
　　蝼蚁一样死……那里，永恒的中国！

一九四二年七月三日

　　这首诗在卞之琳看来是戴望舒"也许是最有意义的一首诗"①；孙玉石认为这首诗戴望舒运用了"梦幻般超现实主义的手法，传达了最炽热的爱国感情"，以《我用残损的手掌》为代表的诗歌创作体现了"现代主义方法被注入新的大宇宙的感情之后闪放的艺术光彩"②；王文彬认为这首诗标志着戴望舒"写实和超现实手法交融的新的抒情方式的确立，达到了他诗歌创作的巅峰"③。

　　　　这首诗以"我用残损的手掌"一语开篇。这只属于心灵的"无形的手掌"，在想象中抚摸着祖国的版图，战争所带来的残酷景象与记忆中祖国秀丽壮美的山河，都在诗人的笔端与脑海一一展开。他所"摸索"到的首先是战火中的中国现实，是被战争所摧毁的土地，沾满了"血和灰"的深重的苦难。而后是风景如画的家乡与祖国的山川自然，对记忆中景象的书写，反衬着现实的沉重与艰险，以及诗人对处于灾难中的人民的关切。这首诗为读者生动形象地展现了战争的残酷、祖国的多难，但是戴望舒并没有简单停留在对现实苦难的描摹、勾勒之中，而是充满激情地期望着一个更为光

---

① 卞之琳：《戴望舒诗集·序》，戴望舒：《戴望舒诗集》，四川人民出版社，1981年，第3页。
② 孙玉石：《中国现代诗歌艺术》，人民文学出版社，1992年，第261页。
③ 王文彬：《〈我用残损的手掌〉：透视戴望舒》，《文艺理论与批评》，2000年第1期。

辉、灿烂的明日的中国。在诗歌结构上,"没有采用《雨巷》、《我的记忆》、《寻梦者》那样开头与结尾相同的圆圈式抒情框架,而是采用巨大的转折性的推移性结构,使得这里抒写的渴慕中的心景与前面苦难的心景构成强烈的反差"①。"只有那辽远的一角依然完整,/温暖,明朗,坚固而蓬勃生春。""恋人的柔发""婴孩手中乳"这样的比喻,以其温柔、细腻的特质揭示着诗人对祖国的爱意。通过运力量于手掌,诗人将目光投放于充满"爱和一切希望"的未来,坚信着苦难中会生长出更为坚强的民众以及"永恒的中国"。

作为串联全诗的重要线索,"我用残损的手掌"一语,既表明诗人在国家危难之时个人命运遭际的悲苦,又成为诗人感受灾难深重的祖国的方式,使个体的"残损"与国家、民族的命运紧紧相连。国家与民族的创伤使诗人感到巨大的心灵疼痛,他满含热血为"永恒的中国"而歌,其中寄寓着深沉的爱国主义情怀。现实主义手法与超现实主义手法的糅合,使"阴暗"的现实与象征着光明、希望的"永恒的中国"在其诗中构成鲜明的对照。全诗情思悲壮而震撼人心。

1944 年 6 月,诗人在出狱一年多后,写下了《在天晴了的时候》一诗,这首诗的抒情主人公不再是以往沉吟的绝望者、孤独的倦行者,诗人从自我郁结的屏蔽中走出,将过往青春的感伤、时代的悲苦、个人的郁结转化为宁静明朗的心境,信笔自然地书写了主体对自然生命的呼唤,皈依自然时心灵的欢愉,以及返璞归真的未泯童心、亲切无邪的超然之爱,表达了灵魂深处最细微的声音——对风雨过后明媚阳光的渴望:

> 在天晴了的时候,
> 该到小径中去走走:
> 给雨润过的泥路,
> 一定是凉爽又温柔;
> 炫耀着新绿的小草,
> 已一下子洗净了尘垢;
> 不再胆怯的小白菊,
> 慢慢地抬起它们的头,
> 试试寒,试试暖,
> 然后一瓣瓣地绽透;
> 抖去水珠的凤蝶儿
> 在木叶间自在闲游,

---

① 孙玉石:《一只残损的手掌唱出了一曲美丽的歌——读戴望舒的〈我用残损的手掌〉》,《中国现代诗导读(1917—1937)》,北京大学出版社,2008 年,第 204 页。

把它的饰彩的智慧书页
曝着阳光一开一收。

到小径中去走走吧，
在天晴了的时候：
赤着脚，携着手，
踏着新泥，涉过溪流。

新阳推开了阴霾了，
溪水在温风中晕皱，
看山间移动的暗绿——
云的脚迹——它也在闲游。

"在天晴了的时候，该到小径中去走走"可以看作诗人对自己的规劝或建议，引领全诗的抒情语境。"该"字更清晰地表明全诗抒情语境的预设状态——诗人的向往之情。较之这一句的委婉、平稳的抒怀，"到小径中去走走吧，在天晴了的时候"则突出了行为的主动性、活跃性和闲适的动态感。"到小径中去走走吧"，这是诗人对别人的呼唤，呼唤大家都能在天晴的时候出去走走，用自己的眼去发现，用自己的手去触摸，用自己的心去感受，这种回环的重复增强了内在的节奏力度，诗人的情感、诗歌的主题都得到了升华。标题在诗作中几次重复，暗示了灾难过后，新生活的开始，奠定了全诗愉悦明朗的格调。"抖去水珠的凤蝶儿/在木叶间自在闲游，/把它的饰彩的智慧书页/曝着阳光一开一收。""抖"字表现了凤蝶翅膀的灵动，水珠配着凤蝶"饰彩"的翅膀，在阳光的"曝"照下，格外地分明耀眼。这是非常美妙而贴切的想象，对那种悠闲的心态，诗人巧妙地完成了智慧的表达：蝴蝶翅膀的煽动不正如同书页的开合吗？"饰彩"本是凤蝶的衣装，但在雨后的晴空的映衬下，这多彩的衣装绝妙地闪耀在阳光下，这是怎样炫目的亮点啊！类似的表达在四年前诗人写作的《白蝴蝶》中也有相应的联想："给什么智慧给我，小小的白蝴蝶，翻开了空白之页，合上了空白之页？"然而，同样精巧的想象，两首诗表达的情感思绪却截然不同，《白蝴蝶》中，诗人难遣寂寞的思绪一览无余，诗人感怀道："翻开的书页：寂寞；合上的书页：寂寞。"在这首诗中，诗意的涟漪随处荡漾，全诗句句是明朗轻快的抒情，唯一的沉重，也被诗人瞬间地排除——诗人大胆地启用了一系列被着染了拟人化色彩的动词，"新阳推开了阴霾了"，一个"推"字表达了诗人破除一切黑暗的热切期望和决绝心境。"溪水在温风中晕皱"，在温暖的和风的送抚中，流淌的小溪也放慢了脚步，幸福地泛起圈圈的涟漪，在这里，诗人用"晕"字形象地表现了溪水的"闲游"情态。随后，"看山间移动的暗绿——/云的脚迹——它也在闲游","移动""闲游"两个动词巧妙地应和了"晕"的情状和诗人宁静平和的心绪。通读全诗,结合诗人落难的现实处境,可以想见,"天晴了的时候"不仅仅是诗人实写的场景,它亦是诗人心境的显露,诗人将雨过晴空的明媚美好想象成即将从"阴霾"中度过的未来的描绘。另外,全诗塑造了一个"雨后"的小径这一意象,"雨润过的泥路"或可象征着饱经战争的中国经历了苦难风暴的洗礼。雨后的泥路本应是湿润、松软的,诗人却用拟人的手法将它描绘成"凉爽又温柔",赋予其女性的性格与情态,细腻与微妙的体验瞬间得以呈现出来,诗意豁朗,温暖的生命气息迎面扑来。"小草""小白菊"这些被拟人化了的柔弱的意象纷纷"洗净了尘垢""不再胆怯"。这些平常柔弱的自然生命被诗人寄予了庄重的象征内涵,象征着惨遭践踏欺凌的中国人民从战争的阴影中走出,在烽火硝烟中历练成长起来的青年一辈愈加坚强有尊严。此外,这首诗读来具有自然和谐的节奏美。"在天晴了的时候"这一句本身就体现了舒缓的抒怀。全诗压"ou"韵:"候""走""路""柔""垢""头""透""游""收""手""流""皱""游"……但押韵不生硬,不是为了凑韵而凑字,韵与诗人的心绪、自然意象、行为状态融洽无隔,例如:"赤着脚,携着手,/踏着新泥,涉过溪流",这种亲近自然的节奏跳跃着敲打着我们的心扉。由此,一方面,我们很容易产生愉悦谐畅的阅读应和,另一方面,我们能够深刻地感受到生命的温馨惬意的律动美。如果说《雨巷》循环、跌宕的旋律和复沓、回旋的音节,衬托了一种彷徨、惆怅的心理情绪,表达的是痛苦和迷茫的时代氛围,抒写的是大革命失败后青年知识分子失望和彷徨的心态,那么,《在天晴了的时候》一诗中的重复,表达的是雨过天晴后的清新美好,格调悠闲淡雅从容,心态豁达释然,心绪安静,洋溢着对祖国美好明天的热切期望。

戴望舒从20世纪20年代开始创作诗歌到20世纪40年代搁笔,共留下四本诗集:《我底记忆》《望舒草》《望舒诗稿》《灾难的岁月》。从这四本诗集中,读者得以管窥以戴望舒为代表的诗人群体在新诗建设时期如何砥砺前行、探索新诗创作之路。在新诗建设期,戴望舒的诗歌创作"投影是多方面的、多色彩的。他留下的诗作数量虽不多,却异常丰富多样。从诗人的总体倾向性来看,他经历了从逃避现实到回归现实,从消极对待人生到积极参与人生,从人性的软弱到人格的坚强,从诗风的萎靡到诗风的雄强的变化过程"。这一变化具有时代的典型性,为"那个时代大多数追求进步的知识分子、有良心的诗人的共同特征"。戴望舒诗歌中所包含的特质,"都显示着或潜存着新诗的发展与流变的种种动向,也就是说,他的诗歌创作的丰富性、综合性、典型性,是可以作为新诗从幼稚到成熟、从奠基到拓展阶段的标尺来看待的"[①]。

---

① 龙泉明:《中国新诗第二次整合的界碑》,《中国社会科学》,1996年第5期。

从诗歌创作内容上来看，戴望舒的诗歌创作多是对爱情的歌咏，在这些对爱的歌咏中我们感受着诗人敏感而细腻的心灵，体味着爱情带来的甜蜜与忧伤，这一类的诗歌"境界往往狭小"。戴望舒也有一些诗歌是表现人民生活的苦痛的，"但恰好在这类作品里，未能像他的表现自我的诗歌那样有更真切的感受"①。在诗歌创作方法上，戴望舒的诗歌创作兼备现代主义、现实主义、浪漫主义、象征主义、意象主义和魔幻现实主义等元素，其诗歌风格"比较早地注意诗歌的现代化与民族化的结合，与那些欧美诗风甚浓的诗人相比，他的诗更多民族风味，与那些专注中国民族的通俗诗风的诗人相比，他的诗又更多现代派风貌"②。

参考文献

[1] 陈丙莹. 戴望舒评传[M]. 重庆：重庆出版社，1993.

[2] 戴望舒. 戴望舒全集：散文卷[M]. 北京：中国青年出版社，1999.

[3] 戴望舒. 戴望舒全集：诗歌卷[M]. 北京：中国青年出版社，1999.

[4] 孙玉石. 中国现代诗歌艺术[M]. 北京：人民文学出版社，1992.

[5] 孙玉石. 中国现代主义诗潮史论[M]. 北京：北京大学出版社，1999.

[6] 王光明. 现代汉诗的百年演变[M]. 石家庄：河北人民出版社，2003.

[7] 郑瞳. 读懂戴望舒[M]. 南宁：广西人民出版社，2014.

[8] 卞之琳. 新诗和西方诗[J]. 诗探索，1981(4).

[9] 高博涵. 复杂的人生地带——戴望舒早期经历及其诗歌创作[J]. 现代中国文化与文学，2014(2).

[10] 刘祥安. 别一抒情话语——论戴望舒诗歌的意义[J]. 文学评论，2002(1).

[11] 龙泉明. 中国新诗第二次整合的界碑[J]. 中国社会科学，1996(5).

[12] 罗大冈. 超现实主义札记[J]. 外国文学评论，1987(4).

[13] 罗振亚. 寻求隐显适度的朦胧美——三十年代现代诗派的一种诗学思想[J]. 文艺理论研究，1999(5).

[14] 梅启波. 戴望舒诗歌的民族化走向[J]. 学术论坛，2007(12).

[15] 王文彬.《我用残损的手掌》：透视戴望舒[J]. 文艺理论与批评，2000(1).

[16] 王文彬. 戴望舒晚年的诗歌创作[J]. 新文学史料，2002(3).

[17] 谢冕. 寻梦者的等待——论戴望舒[J]. 贵州民族学院学报：社会科学版，1985(1).

[18] 姚万生. 超现实主义与戴望舒《灾难的岁月》[J]. 兰州大学学报，1999(4).

[19] 臧棣. 一首伟大的诗可以有多短[J]. 读书，2001(12).

---

① 陈涌：《关于中国现代文学》，《陇上学人文存·陈涌卷》，甘肃人民出版社，2015年，第403页。
② 龙泉明：《中国新诗第二次整合的界碑》，《中国社会科学》，1996年第5期。

思考题

1. 从《雨巷》到《我的记忆》，戴望舒的诗歌创作发生了怎样的转变？
2. 简述戴望舒前后期诗歌风格的内在关联。

第五讲
"世界丰富了我的妆台"
——卞之琳诗歌创作导读

第一节 卞之琳生平介绍

卞之琳生平介绍（视频）

卞之琳

1910年12月8日，卞之琳出生于江苏海门汤家镇。他曾在散文《尺八夜》中这样追述自己的故乡："在北地的风沙中打发了五六个春天，一旦又看见修竹幽篁、板桥流水、杨梅枇杷、朝山敬香、迎神赛会、插秧采茶，能不觉得新鲜而又熟稔！我仿佛回到了童时的境地。"①卞之琳在家中排行第六，父亲卞嘉佑，母亲薛万芝。幼年时期的卞之琳就对文学产生了浓厚的兴趣，他不喜珠算，而多沉浸在《千家诗》《唐诗三百首》等家藏辞章之中。《繁星》是他所接触到的第一本白话诗集，这本诗集使天资聪颖的卞之琳觉察到新诗与旧诗在艺术形式上拥有明确的界限，并对新诗产生浓厚兴趣。而另一本对少年卞之琳产生了极大震撼的诗集，是徐志摩初版线装本的《志摩的诗》。

1927年"四·一二"政变后，国内政治形势紧张，卞之琳也曾受到这种紧迫局势的影响而备感失望、沮丧。这年夏天，卞之琳进入上海浦东中学读书。浦东中学重视英文教育，授课除国文外多选用英文课本，卞之琳从读中学时起，就已经开始悄悄笔译外国名诗，并且精益求精，对自己要求极高，这为卞之琳今后阅读与翻译西方文学

---

① 卞之琳：《尺八夜》，《卞之琳文集》中卷，安徽教育出版社，2002年，第8页。本文所引卞之琳诗作，如无特别说明，均出自《卞之琳文集》，安徽教育出版社，2002年。

作品,打下了坚实的基础。卞之琳过人的努力为日后取得杰出成就提供了先决条件,正如卞之琳自己所说:"出于逐步的工夫磨练和长期的经验积累。"①朱光潜在《诗论》中说:"诗是否容易作,我没有亲切的经验,不过据我研究中外大诗人的作品所得的印象来说,诗是最精妙的观感表现于最精妙的语言,这两种精妙都绝对不容易得来的,就是大诗人也往往须费毕生的辛苦来摸索。"②这段话用来评价卞之琳颇为恰切。

1929年秋,卞之琳考取北京大学英文系,便北上继续学业。北大求学期间,卞之琳结交了何其芳、李广田、秦宗尧等好友,他和何其芳、李广田三人的诗歌合集后来出版,取名为《汉园集》。他选修并旁听过毕莲女士、瑞恰慈以及梁宗岱等人的课,在师辈中对他影响最大的,当数徐志摩。在大学阶段,卞之琳还接触到了法国象征主义诗歌,比如波德莱尔、魏尔伦、马拉美等人的作品。1933年北大毕业后,卞之琳应曹禺之邀前往保定育德中学教书,年底又返回北平。翌年秋,协助靳以编辑刊物《文学季刊》,并主编纯文学刊物《水星》。1935年春夏之间,卞之琳卸下编辑的责任,赴日本京都翻译斯特莱切的《维多利亚女王传》。后两年间,他又翻译了纪德的一系列著作如《浪子回家》《赝币制造者》《窄门》等。1936年10月,卞之琳因母亲病危而返家,为母亲办妥丧事后顺道去苏州探望张充和。这段情缘,在他的生命中留下了很深的印痕,他为此写下五首无题诗,其中有这样的诗句:"三日前山中的一道小水,/掠过你一丝笑影而去的,/今朝你重见了"(《无题一》);"我在簪花中恍然/世界是空的,/因为是有用的,/因为它容了你的款步"(《无题五》)。

1937年6月,卞之琳与师陀落脚浙江南部的雁荡山,师陀总结他们这段时间的状态为"云游""倦行",是"不安于命运的小人物"③"二分之一的皮丘琳"④。1937年8月7日,卞之琳将上述提到的五首无题诗,连同当年所写的另外二十首诗编成《装饰集》,"手抄一册于雁荡山大悲阁"⑤,题献给张充和,但因战争而未能出版,后收入诗集《十年诗草》。至此,卞之琳的前期诗歌创作画上句号,在接下来一年多的时间里,他的诗歌创作全面停顿。

1937年8月初,卞之琳与芦焚在浙江雁荡山中听闻平津失陷的消息,随即动身返回上海,一路上饱经战时交通的错乱、庞杂和堵塞,正像卞之琳所概括的那样:"炮火翻动了整个天地,抖动了人群的组合。"⑥8月15日,抵达上海后,卞之琳寄宿在李健吾家中,译完了《窄门》,并于9月初离沪赴宁。不久后,又应在四川大学担任文学院院长的朱光潜之邀,到四川大学外文系当讲师。1938年春,有感于时局的动荡与文

---

① 卞之琳:《译诗艺术的成年》,《读书》,1982年第3期。
② 朱光潜:《给一位写新诗的青年朋友》,《诗论》,生活·读书·新知三联书店,2014年,第371页。
③ 参见师陀:《倦游》,《上海手札》,文化生活出版社,1941年,第1页。
④ 参见师陀:《鲁滨孙的风》,《上海手札》,文化生活出版社,1941年,第7页。皮丘琳是莱蒙托夫《当代英雄》中的主人公,厌倦生活且行旅不断,一贯是现代文学形象的代表。
⑤ 张曼仪:《卞之琳著译研究》,香港大学中文系,1989年,第203页。
⑥ 卞之琳:《〈雕虫纪历〉自序》,《卞之琳文集》中卷,安徽教育出版社,2002年,第451页。

化环境的沉闷,在何其芳的组织下,卞之琳与何其芳、方敬、朱光潜、谢文炳等创办《工作》半月刊,并任主编,刊物内容多反映从沦陷区逃难的切身经历,报道战区情况,并针砭时弊。该刊共出八期,其中连载了卞之琳于西湖小住时译出的纪德作品《新的粮食》,并于第四期发表了诗人写抗战实况的散文《地图在动》。这标志着卞之琳写作上的取材开始"跳出小我",转向现实。然而,成都"偏安一隅",也使他逐渐消沉起来。①该年8月14日,卞之琳就与何其芳及沙汀夫妇踏上了前往延安的路程,"刊物停了,其芳和沙汀夫妇……以及我,一行四人,在8月中一个已略显秋意的凉飕飕的早晨,登上了去西安转延安的旅程"。② 对于卞之琳而言,这次延安之行是有"计划性"的,他在晚年自述中曾提道:"……我到了那里,虽然思想上也大有变化,在延安访问(和参加临时性工作)并在前方主要是随军生活(和参加临时性工作)总共一年以后,以有'后顾之忧',还是坚持'按原定计划',回(原定暂回)'西南大后方'。"③"临时性工作"已然暗示卞之琳在延安的身份是客人,④对工作的参与也是有限度的。

8月31日,卞之琳一行经历了各种"人为的障碍"和"人为的方便",⑤终于抵达延安。9月初,在周扬的安排下,卞之琳等人受到了毛主席的接见。毛主席鼓励他们去前方体验战斗生活,卞之琳"向领导表示,在延安参观访问以外,还想到八路军活动的前方去走走,然后回西南,因此未即分配工作"⑥。出发之前,卞之琳为去前方作了大量准备,几次找周扬学骑马,秋后更是去城南十里铺帮助农民秋收,其间他还认识了吴伯箫、丁玲、田间、徐懋庸、艾思奇等,研读了《联共党史》和毛泽东在延安所作的演讲《论持久战》,在唯物主义辩证法的读书潮中感受着"乌托邦"氛围的"自由"和"民主",就是在这期间,他中断了一年多的诗歌写作热情被重新激发了。以诗笔写信,用诗歌公开介入民族战争,他开始"慰劳信"的写作,11月6日和8日,他分别完成了《给前方的战士》和《给修筑飞机场的工人》两首诗体慰劳信一并发表⑦。这一时期的经历也成为他的诗作《慰劳信集》的重要思想及材料来源。11月21日,卞之琳随吴伯箫带领的"抗战文艺工作团"出发,从延安前往晋东南,他和吴伯箫跟随七二二团,随军生活数月,并完成了通讯报告《晋东南麦色青青》。1939年四五月间,即从太行山返回延安。回到延安后,周扬、吕骥挽留他为鲁艺代课,在上课之余,他和吴伯箫还一起整理在前线搜集的材料,总结工作经验,发表文章⑧,并开始写作《第七七二团在太行山

---

① 卞之琳:《人尚性灵,诗通神韵:追忆周煦良》,《卞之琳文集》中卷,安徽教育出版社,2002年。
② 卞之琳:《何其芳与〈工作〉》,《卞之琳文集》中卷,安徽教育出版社,2002年,第290页。
③ 卞之琳:《何其芳与〈工作〉》,《卞之琳文集》中卷,安徽教育出版社,2002年,第287页。
④ 卞之琳:《〈雕虫纪历〉自序》,《卞之琳文集》中卷,安徽教育出版社,2002年,第451页。
⑤ 参见卞之琳:《"客请"——文艺整风前延安生活琐记》,《卞之琳文集》中卷,2002年,第111页。
⑥ 张曼仪:《卞之琳著译研究》,香港大学中文系,1989年,第204页。
⑦ 参见《文艺战线》第二期,1939年3月16日。
⑧ 参见吴伯箫、卞之琳:《从我们在前方从事文艺工作的经验说起》,《文艺战线》第四期;李基林:《抗战文学期刊选辑(二)·文艺战线》,书目文献出版社,1982年,第225—227页。

一带一年半战斗小史》。在鲁艺临时代三个月课后，卞之琳决意按照原定计划离开延安，返回"大后方"，8月中，他返抵西安，8月底，回到川大，10月，在峨眉山写完了《七二二团》，11月9日到28日，他连续完成了18首诗体慰劳信，并与在延安写就的那两首合并，结成《慰劳信集》，达到了他这一时期写作的巅峰。与何其芳等人积极地投入延安的实际工作不同，这趟延安之行，对于卞之琳并不意味着旅程的终点，而只是自我经验的扩张与历练。正如王璞指出：卞之琳试图投入抗战现实之中，但他把所有历史和个人的危机都当作"道旁"的"风景"，反身退回诗的、思想的"内在运动"。①

1940年暑假，卞之琳的"延安之行"被CC系（分布在国民党中央党务部门的一个政治派别）川大校长程天放所知，惨遭驱逐。卞之琳转往西南联大外文系任教，主要讲授亨利·詹姆斯的作品以及小说艺术选修课，在昆明，"他很快就融入以西南联大为中心的战时知识分子群体和'学院体制'"②。1941年初，"皖南事变"的打击，使卞之琳的文学兴趣开始向小说转移。他不再满足于诗歌短小的体式，而试图"写一部'大作'，用形象表现，在文化上，精神上，竖贯古今，横贯东西，沟通了解，挽救'世道人心'"③。这部"大作"就是1941年起笔，历时八年改定，后又因为自悔"写了一群知识分子而且在战争的风云里穿织了一些'儿女情长'"④，继而焚毁全稿只有残章留存的《山山水水》。

1949年3月，卞之琳与戴望舒结伴从香港返回北平，在北京大学担任西语系教授，教1949和1950年度的二年级英诗课。1950年6月，朝鲜战争爆发。卞之琳一改往日作风，在7月即写出短文《帝国主义的如意算盘》，斥责美帝国主义者。随后，"中华全国文学艺术界联合会"号召全国文艺界展开抗美援朝的宣传工作，卞之琳在此期间写了二十首"抗美援朝"诗，后结集为《翻一个浪头》。如在与诗集同名的诗作《翻一个浪头》中有这样的诗句："翻一个浪头，/我们向前涌！/强盗敢发疯/翻我们放手/建设的洪流?"这些诗作受到奥登、阿拉贡的影响，又吸取了中国民间传统艺术形式的特点，但主要为响应号召而作，思想上流于浅显。卞之琳后来也说这时期的诗，"大多数激越而失之粗鄙，通俗而失之庸俗，易懂而不耐人寻味"⑤。

1952年暑假北京大学文学研究所成立，卞之琳被调为研究员。1953年12月下旬在北京，卞之琳参加作协召开的"诗的形式问题"讨论会第二次会议。其会上发言的主要观点，可概括为如下两点：① 以"顿"建行，以顿而非脚韵作为格律的基础；

---

① 王璞：《"地图在动"：抗战期间现代主义诗歌的三条"旅行路线"》，《现代中文学刊》，2011年第4期。
② 王璞：《论卞之琳抗战前期的旅程与文学》，《新诗评论》，2009年第2辑，第130页。
③ 卞之琳：《〈雕虫纪历〉自序》，《卞之琳文集》中卷，安徽教育出版社，2002年，第452页。
④ 卞之琳：《〈山山水水（小说片断）〉卷头赘语》，《卞之琳文集》上卷，安徽教育出版社，2002年，第270页。
⑤ 卞之琳：《〈雕虫纪历〉自序》，《卞之琳文集》中卷，安徽教育出版社，2002年，第453页。

② 区分说话式调子(诵调)和歌唱式调子(吟调),认为二者皆具有语言内在的音乐性。而作为这种格律论的实践的,就是他在参加农业生产合作化期间所写的"农业合作化"五首,以及1958年写成的《十三陵水库工地杂诗》。

《十三陵水库工地杂诗》写成以后,在政治风波及多方面的影响下,卞之琳二十年内没有再写诗,主要从事外国文学的研究及翻译,此前他曾在《译文》1954年第4期上发表过威廉·莎士比亚的《十四行诗七首》,在同年第6期上发表过乔治·戈登·拜伦的《诗选》。在1957年第7期的《诗刊》上发表过威廉·布莱克的《短诗五首》《谈谈威廉·布莱克的几首诗》。1964年卞之琳调入文学所新成立的外国文学研究所。1976年10月"四人帮"粉碎以后,卞之琳才真正重新开始本职工作,主要集中于莎剧的翻译和研究,重新修订和新译了几首现代英、法诗,在1979年《世界文学》第4期上发表《新译保尔·瓦雷里晚期诗四首引言》、保尔·瓦雷里晚期《诗四首》,1980年《诗刊》第1期上发表《奥顿诗五首》《重新介绍奥顿的几首诗》,写回忆、纪念文章以及整理自己的著译,也发表少量诗作,并参加必要的文学活动。诗人卞之琳,于2000年12月2日,在北京协和医院逝世。

第二节　卞之琳诗歌创作的艺术特色

袁可嘉曾对卞之琳在诗歌史上的地位有过经典性的总结:"他有融古化欧,承上启下的一面……从新诗流派的发展来看,说卞之琳上承'新月',中出'现代',下启'九叶',大致是不错的。这就形成新诗优秀传统中与现实主义诗派平行发展的另一条线,卞之琳在其中居于承上启下的地位。"①袁可嘉这一评价非常准确。卞之琳的诗歌曾以"晦涩"之风见称于20世纪30年代诗坛,"晦涩"源于读者与作者之间经验的差异,这带来了诗歌阐释上的可能性与复杂性。批评家李健吾就曾与卞之琳就《圆宝盒》一诗的解读产生过分歧。李健吾依循自己的批评习惯,试图从这首诗中找出具体的东西来理解圆宝盒,认为它所象征的是"生命,存在,或者我与现时的结合"②,但卞之琳并不完全赞同这种说法,他在答复的信中说:"我写这首诗到底不过是直觉地展出具体而流动的美感,不应解释得这样'死'。"③并认为对于"圆宝盒","更妥当的解释"姑且可说是"心得""道""知""悟",或者"beauty of intelligence",也即"理智之美"④。在1981年的一次访谈中,卞之琳也曾坦言,圆的宝盒里面装的宝贝究竟是什

---

① 袁可嘉:《略论卞之琳对新诗艺术的贡献》,《文艺研究》,1990年第1期。
② 李健吾:《〈鱼目集〉——卞之琳先生作》,郭宏安:《李健吾批评文集》,珠海出版社,1998年,第115页。
③ 卞之琳:《关于〈鱼目集〉》,李健吾:《李健吾文学评论选》,宁夏人民出版社,1983年,第98页。
④ 参见卞之琳:《关于〈鱼目集〉》,李健吾:《李健吾文学评论选》,宁夏人民出版社,1983年,第96页。

么,这个圆究竟是什么,我也说不清楚。① 这实际上透露了卞之琳早期诗作中一个重要特征:通过"淘洗""提炼""结晶""升华"的技艺,将具体而微的象征物,转变为理智而空灵的慧心,将有限包蕴于无限之中。江弱水认为,他这一创作态度,"其背后的理论支持主要就是瓦雷里的诗教"②。

卞之琳的第一本诗集《三秋草》出版于1933年,而后出版诗集《鱼目集》(1935年),与何其芳、李广田的诗歌合集《汉园集》(1936年),《慰劳信集》(1940年),《十年诗草(1930—1939)》(1942年),《翻一个浪头》(1951年),《雕虫纪历(1930—1958)》(1979年)。

卞之琳最初写诗时,受到新月派诗人徐志摩、闻一多等人的影响,他初期的诗歌作品如《酸梅汤》《小别》等,也多刊发于新月派的刊物上。在这一阶段,诗人善于以较为平易、写实的笔法,勾勒社会现实情景与北平街头荒凉的景象,风格感伤。新月派诗歌对卞之琳创作的持久影响,并不体现在严谨的格律和内容的一致性上,而主要在于后来成为卞之琳诗歌重要特色之一的"戏剧性处境",以及对口语的灵活运用。卞之琳在学习写诗的过程中,也坚持诗歌"始终是以口语为主,适当吸收欧化句法和文言遣词",以达到"字少意多"和"精炼"的效果。③ 譬如在诗歌《酸梅汤》中,卞之琳借一位北平街头的人力车夫之口,来展现平淡生活中季节的转变与时间的流逝,全诗运用日常生活语汇,语调生动活泼、舒展自如。但是卞之琳自己认为,他和何其芳一样,是介于新月派和戴望舒之间的,他诗歌的内容,确实是与新月派不同的,而他被划入新月派中,也不是因为诗歌特色。"我最初是在《新月》和《诗刊》上发表的,其实我根本不是新月派,我是因为我的老师徐志摩看见我的诗,就在那边发表了,然后又编入《新月诗选》,一下就变得也是新月派了。像我被说成新月派,因为陈梦家,他编《新月诗选》,没有征求作者的同意,就把我的诗选进去,从此我就摆脱不了新月派。"④唐弢也曾说过:"在《新月》上写诗的人,能够跳出同侪的圈子,保持了个人的特点的,我以为有两个人,一个是卞之琳,别一个是方令孺。"⑤除此以外,卞之琳的早期诗歌中还贯穿着一个"倦行人"的形象,这一形象揭示了一代现代派诗人在大革命失败后内心理想的失落。正如孙玉石所指出的,"这种倦行者心态的一个重要内涵,是现代派诗人们对于自身寻梦价值实现的可能和付出的代价的思考,对于在现实中自身存在位置的根本怀疑"⑥。如《道旁》中的"异乡人",《水成岩》中的"沉思者"等。诗人在《水成岩》一诗中写道:

---

① 参见卞之琳、三木直大:《八个问题的回答及其他》,《新诗评论》,2018年总第22辑。
② 江弱水:《卞之琳与法国象征主义》,《外国文学评论》,2000年第4期。
③ 卞之琳:《〈雕虫纪历〉自序》,《卞之琳文集》中卷,安徽教育出版社,2002年,第447页。
④ 参见卞之琳、三木直大:《八个问题的回答及其他》,《新诗评论》,2018年总第22辑。
⑤ 唐弢:《臧克家诗》,《晦庵书话》,生活·读书·新知三联书店,1980年,第320页。
⑥ 孙玉石:《中国现代主义诗潮史论》,北京大学出版社,1999年,第217页。

> "水哉,水哉!"沉思人叹息
> 古代人的感情像流水,
> 积下了层叠的悲哀。

诗人在《归》一诗中写道:

> 像一个天文家离开了望远镜,
> 从热闹中出来闻自己的足音。
> 莫非在自己圈子外的圈子外?
> 伸向黄昏去的路像一段灰心。

这一"倦行人"形象,既表现出诗人与时代连接的方式,象征着一种苦闷的抵抗,也揭示着诗人对日常生活与生命本真的思索。在《水成岩》中,诗人感叹时间如永恒的流水,积攒起"层叠的悲哀";而在《归》中,"倦行人"的侧影揭示的,则是没有归宿的路途,是人生无定的漂泊感受。但值得注意的是,"'倦行者',不是游离于社会之外的多余者或厌世人,而是在内心深处非常关注社会现实与时代动向的清醒者"①。正是借助于"倦行人"的沉思,卞之琳在诗中展开了对人事变迁与自身命运的深刻思考。

卞之琳的诗歌创作具有"非个人化"倾向。1934 年,卞之琳受叶公超之邀,为《学文》创刊号翻译艾略特的著名论文《传统与个人才能》。"非个人化"一语,源于艾略特文中所说"诗不是放纵感情,而是逃避感情,不是表现个性,而是逃避个性"②。受此影响,具有良好的中西诗学积淀的卞之琳,试图在诗歌中透过"客观对应物"来表达主观情思,通过在诗中设置常见于西方诗歌、小说的"戏剧性处境"以及中国旧诗的"意境",来达到抒情主体的隐匿。卞之琳对此有较为明确的意识,他在晚年的自我回顾中这样表述:

> 我始终只写了一些抒情短诗。但是我总怕出头露面,安于在人群里默默无闻,更怕公开我的私人感情。这时期我更多借景抒情,借物抒情,借人抒情,借事抒情。没有真情实感,我始终是不会写诗的,但是这时期我更少写真人真事。我总喜欢表达我国旧说的"意境"或者西方所说"戏剧性处境",也可以说是倾向于小说化,典型化,非个人化,甚至偶尔用出了戏拟(parody)。所以,这时期的极大

---

① 孙玉石:《中国现代主义诗潮史论》,北京大学出版社,1999 年,第 218 页。
② T. S. 艾略特:《传统与个人才能》,卞之琳译,王恩衷:《艾略特诗学文集》,国际文化出版公司,1989 年,第 8 页。

多数诗里的"我"也可以和"你"或"他"("她")互换,当然要随整首诗的局面互换,互换得合乎逻辑。①

这种"非个人化"既表现在诗人刻意减淡诗歌的主观抒情色彩,也表现在通过人称互换而将自我意识客观化,隐藏其中的仍然是作者自身。如在诗歌《对照》中:"设想自己是一个哲学家,/见道旁烂苹果得了安慰,/地球烂了才寄生了人类,/学远塔,你独立山头对晚霞。"这里的"你",就是尝试以哲学家的视角思考万物运行与相互转化规律的卞之琳。

正如江弱水所说:"自我意识的遁化、客观化,与主体声音的分化、对话化,在卞之琳的诗中是密切相关的。两方面结合起来,造成了卞之琳独特的声音。他复杂的人称转换技巧,他的障眼法,完全是为了有助于其诗的对话化。"②譬如在诗歌《尺八》中:"像候鸟衔来了异方的种子,/三桅船载来了一枝尺八,尺八乃成了三岛的花草。/(为什么霓虹灯的万花间/还飘着一缕凄凉的古香?)/归去也,归去也,归去也——/海西人想带回失去的悲哀吗?"海西客的悲哀与乡愁,实际就是诗人客居他乡的哀愁。但通过调动"海西客"这一角色,诗歌中的声音分离为"海西客"、叙述者与作者三个层次,诗人的哀愁也因此不局限于个人的内心,声音主体呈现出对话的状态,从而在历史与现实、异域与古昔的多声部间回旋。

卞之琳具有以小驭大的能力,并且"强调感觉可及的诗的世界"③。朱自清曾说:"卞先生是在微细的琐屑的事物里发现了诗。"④李广田也说:"作者最惯于先由某一点说起,然后渐渐地向前扩伸,进一步又由有限的推行到无限的。在这情形,作者仿佛只给读者开了一个窗子,一切境界都在那窗子后边,而那境界又仿佛是无尽的。"⑤诗人善于在平淡的日常生活中发掘诗意,从细微处感悟人生哲理,诗歌显示出"智性化"倾向,并达到感性与智性的交融。取材于琐细之事,意味着诗人总是偏爱于小事物,正如其诗集《雕虫纪历》的命名。卞之琳将写诗视为一种"雕虫小技",既指明诗歌写作是一门精细的艺术,也说明他所雕刻的正是细腻内敛的情感与微小具体的物象。这也就不难理解,卞之琳的诗歌中遍布着"鱼化石""白螺壳""圆宝盒"一类的事物,借助于"淘洗""提炼""结晶""升华"的方式,诗人得以穿透经验世界的迷雾,将静态的单一的物体转变为包容万千的心智,一颗空灵的慧心。诗人在《圆宝盒》一诗中

---

① 卞之琳:《〈雕虫纪历〉自序》,《卞之琳文集》中卷,安徽教育出版社,2002年,第446—447页。
② 江弱水:《卞之琳诗艺研究》,安徽教育出版社,2000年,第98页。
③ 叶维廉:《论现阶段中国现代诗》,《叶维廉文集:秩序的生长》第3卷,安徽教育出版社,2002年,第197页。
④ 朱自清:《诗与感觉》,《新诗杂话》,生活·读书·新知三联书店,1984年,第16页。
⑤ 李广田:《诗的艺术——论卞之琳的〈十年诗草〉》,《李广田全集》第4卷,云南人民出版社,2010年,第219页。

写道：

> 一颗晶莹的水银
> 掩有全世界的色相，
> 一颗金黄的灯火
> 笼罩有一场华宴，
> 一颗新鲜的雨点
> 含有你昨夜的叹气……

诗人在《鱼化石》一诗中写道：

> 我要有你怀抱的形状，
> 我往往溶化于水的线条。
> 你真像镜子一样地爱我呢。
> 你我都远了乃有了鱼化石。

诗人在《白螺壳》一诗中写道：

> 空灵的白螺壳，你，
> 孔眼里不留纤尘，
> 漏到了我的手里
> 却有一千种感情

卞之琳的"智性"并非在于炫耀个人的知识或才学，而是将哲理思考融入独特的喻体之中，在细节中捕捉哲思与趣味。如"一颗晶莹的水晶"，能够映射"全世界的色相"，或是空灵剔透的"白螺壳"，得以容纳层出不穷的"一千种感情"，都是将世界的本质与幻象置于具象的"结晶"中呈现。而在历史中凝结而成的"鱼化石"，则是感情与时间的双重象征，其中也渗透出时间永逝的苍凉之感。

"相对"的观点是卞之琳智性思考的核心主题，也是他组织诗思的重要方式。这是卞之琳诗中最独到的观念，卞之琳受庄子的启示，认为一切都是相对的：

> 戴了X光眼镜，看透了一切，你就看不见一切了。把一件东西，从这一面看看，又从那一面看看，相对相对，使得人聪明，进一步也使得人糊涂。因为相对相对，天地扩大了，可是弄到后来容易茫然自失，正如理发店里两边装镜子，你进了

门左右一望,该不能再笑初进大观园的刘姥姥了。①

卞之琳在《成长》中直接谈到了庄子和孔子的一些观念,庄子"说彭祖算得了什么长寿",是把绝对打了个粉碎,而孔子"水哉、水哉"的长叹是以为时间绝对长逝,"不知老之将至"不失为"知其不可而为之"的甘愿糊涂。卞之琳在对两种观念的对比中展现出了对庄子观念的趋近:

> 这时候,庄子,你该含笑了。你扮起孙悟空,大闹"绝对"的天宫,虽然一个筋斗十万八千里,依然翻不出如来佛的手掌,可是你究竟演了一出好戏。②

卞之琳认为,当以整体观来看待世界时,物与物之间都是相互转化的,没有绝对的界限,把物看作有特定的形态实则是偏执之见。一物之成即他物之毁,成是毁,毁是成,而总体观之则无所谓成毁,此物和他物都是一气贯通的。③"大小""远近""看和被看""现在和未来"等都是卞之琳在诗歌中思考的对象,他的诗歌由此跳脱出单一视角,呈现出双向的视角对照。大到宇宙小到日常琐事,卞之琳把庄子"相对"的智慧融入其诗文之中。"相对"的观念灌注在卞之琳诗歌的意象中,往往超越其诗歌意象本身所具有的张力,交织出更广阔的空间。如"作为《断章》一诗的核心的'相对'观念,其实也正是卞之琳整体性哲学思考的一个核心和基点,在这个意义上说,《断章》也就具有了第一次清楚揭示诗人哲思核心的重大意义"④,诗人通过你(或我)与人之间的"看"与"被看",以及将明月、楼、桥、窗子、梦等意象统摄于内的"风景",建造了主客相对的情景,揭示了世间万物相互依存、相互关联的哲理。诗篇短小精致,情蕴悠长。这种"相对"不仅体现在你、我、他的角色互换、主客对调之中,也经常存在于远近古今的时空变换、实体与表象、存在与觉识之间。在《音尘》中,诗人就通过书写信件的邮递、尺幅千里的地图,来展开时间与空间的"交通史",将眼前的现实与久远的历史、迢遥的世界相勾连,在一系列"相对"的关系中展现时空的变幻。概括地说,卞之琳早期诗作的基本主题是具有玄学色彩的历史与人。"大小、远近、古今、你我之类的诡辩只是一种容纳并淘洗的技巧"⑤,纷繁的历史与人事就在这样的过程中化为"结晶",从而展现着诗人对生命及世界形而上的思考。但是,卞之琳也不是简单地因袭了庄子的"相对"思想,他反对把"相对"绝对化:"尘土归尘,你结果还是归于一抔黄土,何苦

---

① 卞之琳:《成长》,《卞之琳文集》中卷,安徽教育出版社,2002年,第19页。
② 卞之琳:《成长》,《卞之琳文集》中卷,安徽教育出版社,2002年,第21页。
③ 参见王攸欣:《卞之琳诗作的文化——诗学阐释》,《中国现代文学研究丛刊》,2015年第3期。
④ 张洁宇:《"智慧之美":卞之琳诗歌的"智性化"特征》,《南都文坛》,2004年第3期。
⑤ 姜涛:《巴枯宁的手》,北京大学出版社,2010年,第6页。

来!"①卞之琳试图以"相对"反观"相对",从"相对"相对化中寻得一条实际的人生出路。

卞之琳着力于诗歌写作的"化欧""化古",既从中国古代诗歌尤其是李商隐、温庭筠、姜夔的诗作中汲取营养,又在西方象征主义诗歌深远的脉络中寻求实践的可能。就前者而言,"晓梦后看明窗净几,/待我来把你们吹空,/像风扫满阶的落红"(《灯虫》),富有旧诗的风味。而对象征主义诗歌的借鉴,则含有一个变化、过渡的阶段。早期多吸取波德莱尔、马拉美等人的诗歌技法,而后则渐渐转至瓦雷里、艾略特、里尔克等人。比如卞之琳对北平底层民众的描绘,来源于波德莱尔笔下游荡着穷人、老人以至盲人的巴黎街头;而艾略特借由精神委顿的"荒原",批判二战后的社会秩序与政治现实,也可以在卞之琳对北京城的描写中见出端倪,"北京城:垃圾堆上放风筝",或在"伸向黄昏去的路像一段灰心"(《归》)中发现二者精神上的一致性。孙玉石将这种充满现代性的颓废感受称为"荒原"意识,"'荒原'意识经过作者创造性的转化,已经熔铸成了具有符合自己民族审美习惯和具有浓郁的地方色彩的构图",而"这本身就是对于荒凉的北国世界所象征的社会现实的一种批判性的揭示"②。此外,卞之琳在抗战全面爆发后的创作,则较多受到了奥登与阿拉贡的影响。

抗战全面爆发后,卞之琳以在延安及前线的真实生活体验为材料,书写民族危难之际,诗人"耳闻目睹的各方各界为抗战出力的个人与集体"③。这些诗歌结集为《慰劳信集》,它标志着卞之琳诗歌风格的转变。"慰劳信集"一名,源于1938年9月至10月,"文协"号召文艺界同志为前方将士写"一万封慰劳信"的运动:"本会顷接重庆市妇慰会寒衣募制委员会宣传部来函,谓该会第一期募集寒衣一万件,献给前方将士……惟每件寒衣中须附慰劳信一封,藉致慰问,并作鼓励……望我文化界同志一起动员,在一周内完成一万封慰劳信运动。"④当时正在延安学习、体验延安生活及革命热情的卞之琳,响应了这一号召。他以诗体写下了数封"慰劳信",其中隐含着"慰问"与"致敬"的双重含义。例如,诗人在《给空军战士》一诗中写道:

要保卫蓝天,
要保卫白云,
不让打污印,
靠你们雷电。

---

① 卞之琳:《成长》,《卞之琳文集》中卷,安徽教育出版社,2002年,第20页。
② 孙玉石:《中国现代主义诗潮史论》,北京大学出版社,1999年,第206页。
③ 卞之琳:《重印弁言》,《十年诗草:1930—1939》增订本,安徽教育出版社,2007年,第2页。
④ 《抗战文艺》二卷八期(1938年10月29日)启事。

> 与大地相连，
> 自由的鹫鹰，
> 要山河干净，
> 你们有敏眼。

诗人在《给修筑公路和铁路的工人》一诗中写道：

> 你们辛苦了，血液才畅通，
> 新中国在那里跃跃欲动。
> 一千列火车，一万辆汽车
> 一齐望出你们的手指缝。

卞之琳在诗歌中赞颂前线战士的英勇，也没有忘记在阵地后方齐心抗敌、为抗战做出自身贡献的"一切劳苦者"，这20首"慰劳信"，不仅敬献给"随便哪一位神枪手""地方武装的新战士"，也是为"放哨的儿童""实行空舍清野的农民""西北的开荒者"等而作的。这是卞之琳试图勾勒战时全景的努力。《慰劳信集》中的主人公不再是隐匿的主体，而是以不同的方式为抗战出力的"劳苦者"，诗歌的取材也不再是渗透着智性思考的细微之物，而是诗人在延安与前线阵地上真实的所见所闻。此时卞之琳的所见所闻和前期的"风景"是一脉相承的，如果说在卞之琳前期的诗歌中，"风景"还只是带有玄学色彩的一种姿态，那么，在延安，在前线，"看风景"中的"风景"已经被框定了出来，卞之琳则成了一个真正的"看风景人"。但不可忽视的是，"小处敏感"尽管在这一时期不再占主导地位，但依然发挥着症候性的机能，卞之琳这一时期的诗作也多有取材于生活中温和细微的部分，闻家驷曾评价道，诗人并未"带回一些战争的氛围或者是一些血迹未干的战利品"，"只是几个简单的手势、几幅轻淡的画景"①。如《给修筑飞机场的工人》中，"母亲给孩子铺床单要铺得平/哪一个不爱护自家的小鸽儿，小鹰/我们的飞机也需要平滑的场子/让它们憩下来舒服，飞出去得劲"，从母亲给孩子铺床的细节进入诗歌，创设了一种轻松有趣的情境，工人的努力和辛苦转化成了一种乐观幽默的处境，随后便进入了机场建成之后用来保卫山河和通信的美好想象之中，修筑飞机场的紧张感和硝烟四散的恐惧感也随之消解了。

卞之琳在20世纪30年代翻译的E. M. 马丁的《道旁的智慧》帮助他塑造了旅行想象。在《道旁的智慧》中，马丁赞美吉卜赛人生活方式中的风趣，强调智慧留在沿途的质朴的格言中，试图从文化意义上唤起"走江湖""流浪"，以此来抗衡现代文明的一

---

① 闻家驷：《评卞之琳的慰劳信集》，《当代评论》，1941年第1卷第15期。

致性。卞之琳早期的作品《道旁》正是这一原型的呈现。①"延安之行"则使卞之琳的这种追怀和想象转化为现实和行动。正如姜涛所指出的:"如果说,在何其芳那里,'延安之行'的结果,是一个'小齿轮'融入了'圣城'的新生活,延安构成了'出游'的终点,那么在卞之琳这里,'延安之行'似乎更多是为了'出去转一下接受考验',在出游中历练自我、扩张生命经验,因为它遵循的是纪德小说《浪子回家》的模式,外出巡游的终点还是返回,'延安'也只是螺旋式人生行程的一站,通过扩张经验的广度,以获得心智更高意义上'成熟',才是'螺旋'的主线。"②1939年,"返回"的卞之琳这样谈及他的这次出游:

> 我去年夏末离开成都,老远地出去走一年,主要的也就是为了想知道。当我经过西北走到华北去的时候,知道我从前是怎样一个人的都不免惊讶;当我回到四川的时候,忘记了我从前是怎样一个人的就又不免怀疑。其实来去都在我预定计划之内,纵然时间有了长短,路线有了出入,结果也有了歧异。可是我还是我……所不同者,我现在知道了一点,虽然还是太不够;所不同者,我现在居然可以写这么一篇文字了。

出游是卞之琳扩展自我旅程的结果,张曼仪也总结此行为为"知识性的探求"③。而卞之琳对历史的参与和时代的介入则标示出了旅行的意义。因此卞之琳的战时诗作并未与摇旗呐喊的公式化的抗战诗歌进行"同声歌唱",使诗歌成为政治概念或意识形态的单纯演绎,正如王璞所认为的那样:"避免直接抒发是卞之琳抗战书写的一个优点。"④《慰劳信集》以暗示的手法刻绘历史中的细节。比如,在《给一位用手指探电网的连长》中,卞之琳并未直接勾画战士们奋勇杀敌的情景,而是通过描写一位连长为了全营战士的安危,不顾个人危险用手指探触电网的事迹,赞扬战士们勇于牺牲、敢于奉献的光辉精神。而这些为抗战奉献自身的个人与群体,都有如一只手,"至少有一个机会/推进一个刺人的小轮齿"(《给一切劳苦者》),共同争取战争的最后胜利。这种"辉耀其余"的手法也不只是简单表现于取材上的独到、细腻,正如王佐良所说,这表明"西欧式的现代手法在一个敏感的中国诗人手里是可以用来传达滋生于中国现实的大的情感的"⑤。对象征、隐喻的灵活运用,使卞之琳为抗战而作的一系列诗

---

① 参见王璞:《论卞之琳抗战前期的旅程与文学》,《新诗评论》2009年第2辑。
② 姜涛:《小大由之:谈卞之琳40年代的文体选择》,《巴枯宁的手》,北京大学出版社,2010年,第197—198页。
③ 张曼仪:《卞之琳著译研究》,香港大学中文系,1989年,第65页。
④ 王璞:《论卞之琳抗战前期的旅程与文学》,《新诗评论》2009年第2辑。
⑤ 王佐良:《中国新诗中的现代主义——一个回顾》,《王佐良全集》第10卷,外语教学与研究出版社,2016年,第327页。

歌,并未沦为标语口号式的书写或政治的传声筒,而是具有明快的节奏与深远的情思。

晚年的卞之琳将《慰劳信集》看作个人写诗道路上的转折点。姜涛在考察卞之琳20世纪40年代的文体选择时认为,《慰劳信集》带有某种"应召"性质①。但是这种"应召"再次重启了卞之琳诗歌写作的热情,引发了他写作机制的"转折",同时,这种机制中也带有他身上已有的诗歌现代性的烙印。卞之琳这本"响应号召"的诗集,除了表达出"服务于抗战"的意图外,也在格律的严格上达到了前所未有的高度。这20首慰劳诗,都十分讲究押韵,在韵脚上环环相扣而又错落有致。例如,诗人在《给一切劳苦者》中写道:

不怕进几步也许要退几步,(u)
四季旋转了岁月才运行。(ing)
身体或不能受繁叶荫护,(u)
树身充实了你们的手心,(in)
一切劳苦者。为你们的辛苦(u)
我捧出意义连带着感情。(ing)

这段诗在诗句末尾隔行压 u 韵和 ing 韵,语音形式上变化多姿,所营造出来的声音结构已接近形式上的登峰造极,韵式、音节上的回环往复将诗歌推向了螺旋式曲线上升的高度,每一首诗的内部以及整本诗集共同形成了格律上的精湛。江弱水、张曼仪、王力等学者,都十分注重对《慰劳信集》诗律的阐释②。反而,诗歌的"政治抒情",在谨严巧妙的格律之中,沦为了陪衬。

张曼仪曾将瓦雷里的《风灵》与《给空军战士》比较,指出卞之琳自觉套用了法国变体十四行③,这一发现无疑揭示了卞之琳的形式锤炼和法国象征主义诗学存在着关联。瓦雷里作为法国晚期象征主义的代表诗人,工于格律,在他看来,"形式的力量"关系到一种"确定的信仰",关系到赋予语言以意义和建立"诗的世界"作为"另一个世界"。④ 卞之琳对瓦雷里十分推崇,他对瓦雷里的诗作和诗观产生兴趣,则可以一直追溯到他写诗和译诗的起步阶段:"直到从《小说月报》上读了梁宗岱翻译的梵乐希(瓦雷里)《水仙辞》以及介绍瓦雷里的文章《梵乐希先生》才感到耳目一新,我对瓦雷里这首早期作品的内容和梁译的太多文言辞藻(虽然远非李金发往往文白欠通的语言所

---

① 参见姜涛:《小大由之:卞之琳40年代的文体选择》,《巴枯宁的手》,北京大学出版社,2010年,第196页。
② 参见江弱水《卞之琳诗艺研究》、张曼仪《卞之琳著译研究》、王力《汉语诗律学》。
③ 参见张曼仪:《卞之琳著译研究》,香港大学中文系,1989年,第75—76页。
④ 瓦雷里:《象征主义的存在》,《文艺杂谈》,段映虹译,百花文艺出版社,2002年,第225页。

可企及)也并不倾倒,对梁阐释瓦雷里以及里尔克的创作精神却大受启迪。"①当卞之琳用象征主义的美学路线来介入战时中国的现实时,也强化了他对格律的要求、探究和使用。卞之琳对自己的诗歌语言观念作过如下描述:"以说话的调子,用口语来写干净利落、圆顺洗练的有规律诗行……"②这种诗歌形式观念在《慰劳信集》中也多有体现。例如,诗人在《给前方的神枪手》一诗中写道:

> 你看得见的,如果你回过头来,
> 胡子动起来,老人们笑了,
> 酒涡深起来,孩子们笑了,
> 牙齿亮起来,妇女们笑了。

"回过头来""动(深/亮)起来""笑了"这样的口语化表达确实显现出卞之琳为服务于抗战而求诗歌普及的基本态度。虽然《慰劳信集》中加入了口语应用,却是和朗诵诗运动所暗示的口语化的路子、格律的需要是相对立的,他的"格律",与之呼应的仍是新月派以来的"格律运动"。卞之琳形式的探索和语言的尝试,实际上对应的是英、法诗歌传统,更接近于现代纯诗的思路。这也正契合了他的希望——将"口语"和"格律"贯彻到抗战写作中,为抗战诗提供别于"朗诵"的另类声音,不可否认,卞之琳的诗歌是抗战诗中"压低的调门"③。杜运燮称《慰劳信集》为"过渡性集子"④,遗憾的是,后来卞之琳没有沿着这条路继续转变,导致这部诗集成为"绝响"。

卞之琳在文学翻译方面也卓有成就,他翻译的莎士比亚悲剧四种和英国诗歌、西班牙的阿索林小品、象征主义诗歌和纪德的小说都是典范之作,卞之琳的基本翻译理论是从他的翻译实践中自然产生的,他的翻译主张可以追溯到20世纪40年代在西南联大教书时期,他在昆明西南联合大学外语系承担英汉文学互译课时,就提出:"就译诗而论,大胆破'信达雅'说、'神似形似'论、'直译意译'辩……基本精神大约可以概括为三说中只能各保留一个字,即'信',即'似',即'译'。"⑤卞之琳认为艺术性翻译的标准,"严格讲起来,只有一个广义的'信'字——从内容到形式(广义的形式,包括语言、风格等等)全面而充分的忠实。这里,'达'既包含在内,'雅'也分不出去,因为形式为内容服务,艺术性不能外加"。⑥总体说来,卞之琳主张译者在严守原文的基础

---

① 卞之琳:《人事固多乖:纪念梁宗岱》,《新文学史料》,1990年第1期。
② 卞之琳:《完成与开端:纪念诗人闻一多八十生辰》,《卞之琳文集》中卷,安徽教育出版社,2002年,第155页。
③ 袁可嘉:《略论卞之琳对新诗艺术的贡献》,《文艺研究》,1990年第1期。
④ 杜运燮:《捧出意义连带着感情》,袁可嘉、杜运燮、巫宁坤:《卞之琳与诗艺术》,河北教育出版社,1990年,第90页。
⑤ 卞之琳:《英国诗选》,商务印书馆,1996年,第4页。
⑥ 卞之琳、叶水夫、袁可嘉等:《十年来的外国文学翻译和研究工作》,《文学评论》,1959年第5期。

上发挥自己的再创造性,他自己的翻译佳作,也是一以贯之地践行这个原则的。如在翻译英诗时,卞之琳在我国传统格律的基础上模拟英诗格律,每行算音步,严格按固定轻重音位置安排抑扬格音节(中文单字),如此便大抵保留了原作的韵式,真正做到了卞之琳所说的"入而出"①。

第三节 卞之琳经典诗作导读

世间万物的相对关系,可以说是卞之琳智性思考的主题之一。写于1935年的《距离的组织》,就是其中的典范之作,完整地展现了卞之琳处理时空的手法。他善于在看似并无关联的事物之间,通过"距离的组织",组接起有意味的联系,在一系列相对论式的诡辩中,发展自我的智性以及对人生世相的思考。诗人在《距离的组织》一诗中写道:

> 想独上高楼读一遍《罗马衰亡史》,
> 忽有罗马灭亡星出现在报上。
> 报纸落。地图开,因想起远人的嘱咐。
> 寄来的风景也暮色苍茫了。
> (醒来天欲暮,无聊,一访友人吧。)
> 灰色的天。灰色的海。灰色的路。
> 哪儿了?我又不会向灯下验一把土。
> 忽听得一千重门外有自己的名字。
> 好累呵!我的盆舟没有人戏弄吗?
> 友人带来了雪意和五点钟。

1月9日(1935年)

《距离的组织》一诗,初读易使人感觉到距离的"阻滞",卞之琳将他所要表现的内容,精心地隐藏在一系列"相对"的关系之内,隐藏于一个从现实进入梦境,又被友人的来访唤醒的"戏剧性处境"之中。诗歌起笔,便将读者由诗人期望阅读《罗马衰亡史》的此刻,引向了罗马帝国倾覆之前,跨越1500年的宇宙时空之中,由此形成了此刻与远古时空的相对。第三行"报纸落。地图开",通过报纸的掉落,侧写诗中的"我"已经由现实场景进入无意识的梦境之中,从而构成清醒与幻梦的相对关系。而在梦境中,友

---

① 参见卞之琳:《英国诗选》,商务印书馆,1996年,第6页。

人"寄来的风景"——这一实体与表象间关系的象征,所展现的是"暮色苍茫"的画面,也成为无意识睡眠中合理的观看。诗歌第五行所写的是"来访友人将来前的内心独白",这一独白的加入,在诗歌中生成了互可"对话"的主体:既暗示了友人的来访,又暗含着诗人对友人将来的期待。"灰色的天。灰色的海。灰色的路",则如卞之琳自己的注解所说,是"我"在梦境中所见。它暗示着诗人现实心境的晦暗,而且展现了一个更具完整性的空间。在这一完全由觉识构成的虚幻世界中,也仍然有着现实空间的插入:源于《大公报·史地周刊》上的短闻,"向灯下验一把土"。进入诗的末三行,诗人于梦境中听到"一千重门外有自己的名字","一千重门"凸显了梦境与现实的遥远,强调了声音穿越时空的能力,其中隐含着一系列的时空变迁。而此时诗人还没有真正从梦境中醒来,而友人带着"雪意和五点钟"的真实到访,才使诗人的幻梦在现实中落地。

卞之琳在此诗的注解中自述:"这里涉及存在与觉识的关系。但整诗并非讲哲理,也不是表达什么玄秘思想,而是沿袭我国诗词的传统,表现一种心情或意境,采取近似我国一折旧戏的结构方式。"也就是说,一系列感性思辨的落脚,并不在于得悟人生的真理,而只是心情或意境的营构。我们既可以在这首诗作中,读到有关时间、空间等一系列相对关系的最精妙的诡辩,其实也能够体会到隐藏其中的历史衰亡之感。譬如,诗人想要在"独上高楼"的古典情景中,追溯罗马帝国倾覆的历史。其中源于中国古典诗词"登临"传统的"独上高楼"一语,暗示着诗人在国家危难之际所产生的兴亡之感,也映射着诗人在动荡的岁月中沉重、苦闷的心境。

如果说《距离的组织》一诗是围绕时空的相对关系展开自身,那么卞之琳最为有名的短章《断章》一诗,处理的则是主体、客体之间的相对关系。孙玉石在讨论此诗的技巧时指出:"它是以两组具体物象构成的图景中主客位置的调换,隐藏了诗人关于人生、事物、社会等存在的相对关联关系的普遍性哲学的思考。"[①]这首诗在极为短小精悍的篇幅内,展现了一片"断裂"又能以诗思完整组接的风景。

《断章》全诗由两节共四句诗组成,语言清丽自然,又引人深思。作为新诗史上的名作,其多义性提供给读者阅读并理解它的不同角度。如此内蕴丰富的诗作却并非卞之琳殚精竭虑之作,而是一首"即兴""偶成"之诗。在《冼星海纪念附骥小识》中,卞之琳指明:"这首短诗是我生平最属信手拈来的四行,却颇受人称道,好像成了我战前诗的代表作。写作时间是1935年10月,当时我在济南。但是我常把一点诗的苗头久置心深处,好像储存库,到时候往往由不得自己,迸发成诗,所以这决不是写眼前事物,很可能上半年在日本京都将近半年的客居中偶得的一闪念,也不是当时的触景生情。我着意在这里形象表现相对相亲、相通相应的人际关系,本身已经可以独立,所

---

① 孙玉石:《中国现代主义诗潮史论》,北京大学出版社,1999年,第257页。

以未组成较长的一首诗,即取名《断章》。"①

作为一首抒情短章,《断章》在诗体上与 20 世纪 20 年代曾经兴盛一时的"小诗体"有相似之处,以三五行的短小篇幅,表现诗人刹那的感悟、瞬间的情意,其中寄寓着丰富的哲思。但卞之琳的《断章》之所以具有经久不衰的艺术魅力,还在于它并未使用繁复的修辞,只是通过几个意象的置换引出悠长的诗意,利用"相对"的位置与关系,拼接出引人深思的哲理。《断章》一诗如下:

你站在桥上看风景,
看风景人在楼上看你。

明月装饰了你的窗子,
你装饰了别人的梦。

10 月(1935 年)

诗歌的前两节,诗人首先为我们描绘了一个"看风景"的画面。关于"看风景"的抒情想象,在卞之琳早期的作品中多次出现过,这实际上是利用窗、镜子、光和自我的相互对照,达到"看"和"自鉴"的目的。如在《旧元夜遐思》中曾有这样的诗句:

灯前的窗玻璃是一面镜子,
莫掀帏望远吧,如不想自鉴。
可是远窗是更深的镜子:
一星灯火里看是谁的愁眼?

吴晓东认为这种窗与镜子的同构关系构成了一种"镜式"文本:"这种临鉴正是一种自反式的观照,镜子中反馈回来的形象是诗人自己。在这种情形中,诗人的主体形象便以内敛性的方式重新回归自身,能够确定诗人的自我存在的,只是他自己的镜像。"②张曼仪也曾指出,在卞之琳的早期诗歌中,"镜子——对照的组织"是一种常见模式。③在此,风景所表现的是诗人的内心世界,诗人在风景中凝望到的是自我的身影。在卞之琳全面抗战前的诗歌中,"看风景人"是主体形象,他的主体性和内在张力也借助"看风景"得到了精确表达。对于《断章》来说,也存在着一种相互参看、对照的处境,但存在于此处的风景,却不完全是诗人在"自鉴""远望"之间和自我内心的对视,而是

---

① 卞之琳:《洗星海纪念附骥小识》,《卞之琳文集》中卷,安徽教育出版社,2002 年,第 208 页。
② 吴晓东:《八镜》,《临水的纳蕤思:中国现代派诗歌的艺术母题》,北京大学出版社,2015 年,第 233 页。
③ 参见张曼仪:《卞之琳著译研究》,香港大学中文系,1989 年,第 44—48 页。

主客间的转换,其中隐含着诗人审美、静观的历史态度,以及万物互相依存的哲学思考。

以"你"作为中心视点,当"你站在桥上看风景"之时,"你"是看风景的主体,而风景成为被观看的客体;而当"看风景人在楼上看你"时,时间、空间与万物并未变换,只是诗人描述的视点有所转换,"看风景人"因此成为看风景的主体,"你"却成为客体的风景。在最为显要的层面,诗人想要揭示的主客互换的相对关系,呈现其中。为了更深入地理解这种相对关系,诗歌的后两句带领读者进入了一个更深玄的境界:"明月装饰了你的窗子,/你装饰了别人的梦。"这仍然是一种相对关系的展现,"明月"作为客体装饰着作为主体的"你"的窗子,而后是"你"作为客体,装饰了别人的梦。针对这首诗的语言形式问题,孙玉石指出卞之琳运用了"对举互文"的方法:"'你站在桥上看风景'和'看风景人在楼上看你','看'这一动词没有变。而看的主体与客体却发生了移位;'明月装饰了你的窗子'和'你装饰了别人的梦',也是同样的句法。这样做的结果,不单使句子的首尾相联,加强了语言的密度,主语和宾语、主体意象与客体意象的互换,增强了诗画意境的效果,在视觉与听觉上都产生了一种音义回旋的美感效果,隐寓的相对关联的哲理也得到了形象的深邃性和具体性。"[①]无论是"你""风景""明月"还是"看风景人"等,都只是这幅隽永的风景中一个微小的组成部分,是单一的、独立的个体,而只有世间万物彼此声息相通,才能构成这一诗意的境界。叶维廉在解读此诗时指出:"景进入我们的视觉时,已经带着它契合的结构与历史。"[②]因而,"以不断换位的方式去消解视限、消解距离,而能意会到物物之间的无限延展,物物之间互依互存互显的契合"[③]。《断章》所传达的正是这种对"相对"关系的智性思考,是诗人对大千世界与宇宙人生总体性的沉思。

《圆宝盒》一诗写于1935年7月8日,为卞之琳在日本期间所写的,最早收入《鱼目集》。20世纪30年代中期是现代诗的高潮期,也是卞之琳对现代诗艺探究的鼎盛时期,尤其是对佛道要义和象征主义诗学经验的借鉴和吸纳。在这一时期,卞之琳与另一位"汉园诗人"废名过从甚密,江弱水曾提到,废名对20世纪30年代的卞之琳有两方面的影响:一是艺术上从情景的写实转入了观念的象征,二是思想上以佛家的空灵结合了儒家的着实。[④]卞之琳这一时期的作品都带有禅悟的特征,如《断章》《航海》《圆宝盒》等。

《圆宝盒》的现实世界和想象世界在第一句诗里同时出现,以我"幻想"捡到圆宝盒的地点进入诗歌,这个地点又是不确定的——天河里?诗歌开篇便蒙上了一层玄

---

① 孙玉石:《小景物中有大哲学——读卞之琳的〈断章〉》,《中国现代诗导读(1917—1938)》,北京大学出版社,2008年,第233页。
② 叶维廉:《言无言:道家知识论》,《中国诗学》增订版,人民文学出版社,2006年,第51页。
③ 叶维廉:《言无言:道家知识论》,《中国诗学》增订版,人民文学出版社,2006年,第53页。
④ 江弱水:《卞之琳诗艺研究》,安徽教育出版社,2000年,第277页。

学色彩,充满幻象性。"圆宝盒"是圆形的宝盒还是圆宝形的盒子,意象指向的丰富性,增加了诗歌的含混度。这只圆宝盒里装有几颗"珍珠","珍珠"在此处成为一个代名词,包含了形态各异的他物:晶莹的水银,金黄的灯火,新鲜的雨滴。水银中掩有全世界的色相,灯光中笼罩有一场华宴,雨点中含有你昨夜的叹气,展现了世界、阶层、个人三重景象。诗歌此处连用三个排比,显而易见有雕琢的痕迹。卞之琳选取的意象"水银""灯火""雨滴""色相""华宴""叹气",都带有智思色彩,用"水银"对照"色相"、"灯光"对照"华宴"、"雨点"对照"叹气",凝聚起了某种玄思而又可想象的氛围,而这种氛围又强化了意象本身的延展性。意象与意象之间用"掩有""笼罩""含有"这些柔性动词连接,为诗歌营造出一种模糊却空灵的诗意美感。卞之琳甚至人为地舍弃了平行意象中的逻辑性关联,在平行意象之间留下了空白,也给读者留下了更多的想象空间。值得我们特别注意的是,"色相"一词本就是佛教用语,这也显现出卞之琳的诗艺有很大一部分来自中国传统文化。

"别上什么钟表店/听你的青春被蚕食/别上什么古董铺/买你家祖父的旧摆设"这四句静默而平实的诗句,寓意时间不可挽留,充满了对时间流逝的落寞感,捕捉到了人类共同的感受,触摸到人类个体的心灵。"钟表""古董"都蕴含了时间的意味,以"钟表店"对照"被蚕食的青春",以"古董铺"对照"祖父的旧摆设",用零枝碎节的意象把时间的流逝隐喻化,交织出更为开阔的时空,获得了内在的深度和外在的普遍性。这一时期的卞之琳也深受艾略特"非个人化"理论的影响,他自己曾说过要使诗的意象本身"跳出小我,开拓视野,由内向到外向,由片面到全面"①。从感觉出发的诗歌直击人类的普遍感受,是卞之琳有意雕琢的效果。

> 你看我的圆宝盒
> 跟了我的船顺流
> 而行了,虽然舱里人
> 永远在蓝天的怀里
> 虽然你们的握手
> 是桥——是桥——可是桥
> 也搭在我的圆宝盒里

这几句诗读来颇有黏稠感,也透露出"思辨之美","圆宝盒"与人如影随形,舱里人永远在蓝天的怀抱里,而舱里人的握手是桥,此处的"桥"与前面的"天河"相对照,遥相呼应中国古典文化中的"鹊桥",意象的延展性无限增加。作者在此着意表现的是

---

① 卞之琳:《〈雕虫纪历〉自序》,《卞之琳文集》中卷,安徽教育出版社,2002年,第451页。

"握手",是感情的结合,一刹那成千古,忘记时间。可是桥,也搭在了作者的圆宝盒里,充满幽默俏皮之感,使诗歌意外的生动,意外的丰富,充溢着一种独特的"理趣"。

卞之琳的诗中始终有一种很独到的观念,即"相对观",也是卞之琳诗学思想的核心观念。卞之琳曾提到过:"而一切都是相对的,我的'圆宝盒'也可大可小,所以在人家看来也许会小到像一颗珍珠,或者一颗星。比较玄妙一点,在哲学上例有佛家的思想,在诗上例有白来客(W. Blake)的'一砂一世界'。"①

> 而我的圆宝盒在你们
> 或他们也许就是
> 好挂在耳边的一颗
> 珍珠——宝石?——星?

诗句的表象中,反问号进一步增添了诗歌的含混美感,"在你们""或他们"显示圆宝盒的没有归属地,"珍珠""宝石""星"表现出圆宝盒为不确定的物质形态,"我们知道我们所看见的天上一颗小小的星,说不定要比地球大好几倍呢;我们在大厦里举行盛宴,灯烛辉煌,在相当的远处看来也不过'金黄的一点'而已"②,作者借这种归属和形态的"不确定"表达圆宝盒的可有可无,"圆宝盒"这一意象既是有限的和具体的,而在这一有限和具体中又包含着无限和抽象的成分。"有和无""确定和不确定""现实与想象""具体和抽象"正是卞之琳"相对观"的显现,这种"相对观"大大加强了诗歌的开阔度。

总体来说,《圆宝盒》这首诗简练而又不失朦胧之美,语调的舒缓平稳,呈现出有韵味的流动性,这种流动感和诗歌的空灵气质相辅相成。卞之琳试图在诗中运用日常口语增加诗歌的亲适感,但是他的诗歌又由于特定的意象组合方式,使其诗语产生了与日常语言相间隔的效果,这种间隔形成了语言的隐喻性,聚合起诗歌禅思的空间。

《白螺壳》写于1937年,收入赠予张充和的《装饰集》,《装饰集》因战争未能出版,后编入《十年诗草》。卞之琳在谈及1937年以前的诗时曾说:"当时由于方向不明,小处敏感,大处茫然,面对历史事件、时代风云,我总不知要表达或如何表达自己的悲喜反应。"③"规格本来不大,我偏又喜爱淘洗,喜爱提炼,期待结晶,期待升华,结果当然

---

① 卞之琳:《关于〈鱼目集〉》,李健吾:《李健吾文学评论选》,宁夏人民出版社,1983年,第97页。
② 卞之琳:《关于〈鱼目集〉》,李健吾:《李健吾文学评论选》,宁夏人民出版社,1983年,第97页。
③ 卞之琳:《〈雕虫纪历〉自序》,《卞之琳文集》中卷,安徽教育出版社,2002年,第446页。

只能出产一些小玩意儿。"①这首诗充分体现了卞之琳这一时期的创作特色,从"白螺壳"这一细微之物出发,生发出对生命存在的思考,充满了扑朔迷离之感,空灵而有哲思,饱含着沉思的情绪。朱自清在提及这首诗时曾说:"我以为只是情诗。卞先生说也象征着人生的理想跟现实。虽然这首诗的亲密的口气容易教人只想到情诗上去,但'从爱字通到哀字',也尽不妨包罗万有。"②这首诗包蕴着卞之琳对张充和的感情。更多的是,20世纪30年代彷徨于时代边缘的处于中间状态的知识分子,表现出强烈的正义感,而又方向不明,在时代面前自觉是被遗弃者。卞之琳作为其中的一员,发出了浓重的感伤音调,这首诗就是这种社会情绪的反响。③他在这首诗中不直接反映黑暗现实对心灵的压迫,也不沉迷于表达理想幻灭的伤痛之感,而是苦苦求索在理想和现实面前,如何找到人生出路、置放自我心灵的问题。

"空灵的白螺壳/你/孔眼里不留纤尘/漏到了我的手里","白螺壳"颜色为白色,白色寓意为虚空,螺壳里面也是空的,诗歌一开头便有佛家的虚空之味,"色即是空",充满禅思之美。空灵而又纯洁的"白螺壳",包罗着世间往来的色相,象征着人要追求的最美好的理想。世间的任何事物对时间的长河而言,皆为过往,存在只在旦夕之间,转瞬即逝,最后全部化为"纤尘"。"白螺壳"最细的"孔眼"连"纤尘"都不留,充满虚空之感,"白螺壳"和"纤尘"结合,使"白螺壳"这一静止的意象中充满了时间流动之美,蕴含着被时间淘洗过的沧桑感。在变幻世间万象的同时,"白螺壳"也引起了"我"对生命的思考,白螺壳与"我"偶然相遇,"漏"到了"我"的手里,引起了"我"内心的汹涌澎湃,不禁赞叹大海的"神工"和"慧心"。"大海"这一意象寓意着人生的磨难、时间的锻造、大自然神奇的造化之力,正是来自大海"洁癖"般的淘洗,才使"白螺壳"空灵而又晶莹剔透。这一节诗中,是对"白螺壳"的赞美,对"大海"的赞美,对经受生命磨炼的"人生理想"的赞美。

诗的第二节是"白螺壳"的独白,一湖烟雨像浸透鸟羽一样把它浸透,鸟羽是生命存在过的见证,以此来喻"白螺壳",肯定了历经风雨,实现人生理想的意义。"白螺壳"又仿佛是风、柳絮、燕子穿过的小楼,楼中的"珍本"中,书叶给银鱼穿织。从"大海"到"一湖烟雨"再到"小楼",最后又由"书叶"回到"银鱼","银鱼"表象中存在于"大海",意象的循环形成一个"圆",在这里,卞之琳把佛家"圆"的观念注入其中。"风""柳絮""燕子",象征着人间诸多磨难,"银鱼"喻指"书虫","珍本"暗含人生追求之意。"白螺壳"在经受了这些"风风雨雨"之后,自身的生命也愈加丰富起来,但是它以为楼中有"珍本","珍本"却早已被"书虫"噬完,结局又皆为空。作者最后用两句诗表达了

---

① 卞之琳:《〈雕虫纪历〉自序》,《卞之琳文集》中卷,安徽教育出版社,2002年,第444页。
② 朱自清:《新诗杂话·序》,《新诗杂话》,生活·读书·新知三联书店,1984年,第4页。
③ 参见陈丙莹:《前期诗作论之一——深味人生与思索人生之歌》,《卞之琳评传》,重庆出版社,1998年,第78页。

他的心境:"从爱字通到哀字——出脱空华不就成。""空华"即"空花",为佛教用语。从一方面看,人终其一生追求自己的理想,生于爱,归根到底还是要终于死,不论是"大海""烟雨",还是"小楼""珍本",最后都是一朵虚妄之花,都只是一场梦;从另一方面来说,"空华"也可以指彻悟人生之后,一个人可以视爱哀为妄念,达到自我超越的境界。诗人在谈及前期的诗歌创作时曾说,"我这种诗,即使在喜悦里还包含惆怅、无可奈何的命定感……色空观念"①。诗人找不到人生出路的无措感和无所依傍的怅然若失之感逐渐显露出来,但是诗人最后也在茫然中给自己悟到了一条路——出脱空华。

诗的第三节以一种戏谑的口吻展开,以反问的语气将抒情主体推出:"玲珑吗?白螺壳,我?"造成朦胧模糊之感。作者有意造成黏稠感,生出复调之音,使人感觉诗歌既是"白螺壳"在自白,又是在呈现作者的思考流脉。接着,诗歌回到现实之境,大海送"白螺壳"到海滩,"白螺壳"宁愿被原始人掌握,尽管它在原始人那里价值很小,换一只山羊还差三十分之二十八,只值一只蟠桃的价格。在这里,"白螺壳"已经拥有了"出脱空华"的超越感,这时的"白螺壳",对美好的感情不再执着,对自己的理想不再迷离,对自身的价值也不再困惑。它不愿意离开大海这一自然之物的怀抱,即使离开,也宁愿落在更为本真的原始人那里。"白螺壳"最怕的,是落入"多思者"之手,"多思者"是指还未"出脱空华"之人,他们依旧徘徊在黑暗中,对人生的理想和现实还没有彻底觉悟,也没有把握自己人生命运的信心。"空灵的白螺壳/你/带起了我的愁潮",人称代词的指代意义发生转变,这里的"我",指代一切的"多思者","白螺壳"带起了"多思者"的"愁潮"。

第四节是整首诗的高潮部分,集中凝结了作者所参悟出的人生哲理。作者用一系列的意象表现了一个"多思者"内心的痛苦与茫然,"我梦见你的阑珊/檐溜滴穿的石阶/绳子锯缺的井栏/时间磨透于忍耐",在"多思者"的梦中,"檐溜"已滴穿了"石阶","绳子"已锯缺了"井栏","时间"也"磨透"于忍耐,在漫长的时光中,"多思者"对理想苦苦求索,忍耐着追寻理想的痛苦,承受着时光对生命的磨炼。然而结果还是:

　　黄色还诸小鸡雏
　　青色还诸小碧梧
　　玫瑰色还诸玫瑰

"碧梧"这一意象的出现,使诗歌整体上多了一层古典风韵。这三行和冯至的"铜炉在

---

① 卞之琳:《〈雕虫纪历〉自序》,《卞之琳文集》中卷,安徽教育出版社,2002年,第450页。

向往深山的矿苗/瓷壶在向往江边的陶泥/它们都像风雨中的飞鸟/各自东西"①有异曲同工之妙,一切都还归原处,一切理想都失去了,一切仍还原到本来面目。这也契合了"白螺壳"为虚空即人生追求皆为虚空这一诗歌主题。这体现出作者对生命本源的追求,也呈现出作者"悟"的答案:只有回归生命本身才是通向"白螺壳"理想之境的道路,而这一切,也需要忍耐磨砺的痛苦,经历艰难的过程。黄色可以还给小鸡雏,青色可以还给小碧梧,玫瑰色可以还给玫瑰,也体现出了卞之琳的"相对观","变易"和"还原"是相对的,"变易"仍可"还原"。这里"还"的观念与佛家的色空观念有微妙的差别,"还"未必是纯粹虚无的,在"还"了之后,一切都发生了改变②,卞之琳对这种人生哲学有深刻的感悟:"(瓦雷里)《海滨墓园》的主旨就是建立在'绝对'的静止和人生的交易这两个题旨的对立上,而结论是人生并无智性的纯粹,人死后并无个人的存在,因此肯定现时,肯定介入生活的风云。"③"可是你回顾道旁/柔嫩的蔷薇刺上/还挂着你的宿泪",理想的追求以痛苦为代价,当回顾人生道路的时候,留下的只有眼泪,眼泪也会干枯,变为宿泪。对"宿泪"的参悟,蕴含着对生命彻悟之后的解脱感。诗人用具有禅思意味的白螺壳为理想与现实的冲突寻求到了一条可行的出路。

李广田在《诗的艺术》中提出了《白螺壳》的章法问题:"这种章法有时表现为层层剥脱,步步推衍,也就是渐透核心的形式。就比如剥笋,你剥到最后,也许什么也没有了,然而那最要紧的东西也就在那里。"④李广田对《白螺壳》的评价颇为恰切。《白螺壳》共四段,每段十行,每行一个单音节,三个双音节,共四个音节,整饬而匀称,"卞先生是最努力创造并输入诗的形式的人"⑤。在这首诗里,我们也可以清楚地看到瓦雷里对卞之琳的影响,这首诗套用了瓦雷里《棕榈》一诗的形式,极为工巧。值得我们注意的是,"戏拟"的手法在这首诗里得到了运用,抒情主体在一首诗里常常变换,人称代词也随着整首诗的逻辑而变化,在第一节里的抒情主体"我"是个"多思者"的形象。到了第二节,人称代词虽然还是"我",但是抒情主体已经变成了"白螺壳"。诗的第三节从"白螺壳"的视角出发,前两个"我"指代"白螺壳",后一个"我"指代多思者,但人称的变化是以统一的视角为前提的。诗的最后一节视角再次变为"多思者",用"我"来述说了梦见的内容。这种多视角、多人称的变换使卞之琳的诗风、诗思趋于复杂化,《荒原》中多声部复调写法对卞之琳的影响在此也有所体现。这种写法很明显还受到了艾略特"非个人化"理论的影响,借助于这种写法,诗中的代词隐去自己而具有

---

① 冯至:《十四行集 二十一 我们听着狂风里的暴雨》,《冯至代表作:十四行集》,华夏出版社,2010年,第89页。
② 江弱水:《卞之琳与法国象征主义》,《外国文学评论》,2000年第4期。
③ 卞之琳:《新译保尔·瓦雷里晚期诗四首引言》,《卞之琳译文集》中卷,安徽教育出版社,2000年,第245页。
④ 李广田:《诗的艺术——论卞之琳的〈十年诗草〉》,《李广田全集》第4卷,云南人民出版社,2010年,第220页。
⑤ 朱自清:《诗与感觉》,《新诗杂话》,生活·读书·新知三联书店,1984年,第22页。

了普遍性。卞之琳对西方诗学的借鉴，极大地推动了中国新诗的成熟。

所谓"诗无达诂"，诗歌的意义是不能穷尽的，对于卞之琳的诗歌写作而言，这句话尤其应如是。在《妆台（古意新拟）》一诗中，卞之琳曾写下这样的诗句："世界丰富了我的妆台。"诗人的"妆台"既是他展现精妙的诗艺之地，也包蕴着无限的具象世界。透过"妆台"，诗人既照见自身，也窥视镜内的风景，在广漠的时空中把握凝定的一瞬，从有限的存在中淘洗出永恒的慧心。

参考文献

［1］ 汉乐逸. 发现卞之琳：一位西方学者的探索之旅［M］. 北京：外国教学与研究出版社，2010.

［2］ T. S. 艾略特. 艾略特诗学文集［M］. 卞之琳，译. 北京：国际文化出版公司，1989.

［3］ 卞之琳. 卞之琳文集［M］. 合肥：安徽教育出版社，2002.

［4］ 卞之琳. 关于《鱼目集》［M］//李健吾. 李健吾文学评论选. 银川：宁夏人民出版社，1983.

［5］ 卞之琳. 十年诗草：1930—1939 增订本［M］. 合肥：安徽教育出版社，2007.

［6］ 卞之琳. 英国诗选［M］. 北京：商务印书馆，1996.

［7］ 卞之琳. 卞之琳译文集：中卷［M］. 合肥：安徽教育出版社，2000.

［8］ 陈丙莹. 卞之琳评传［M］. 重庆：重庆出版社，1998.

［9］ 袁可嘉，杜运燮，巫宁坤. 卞之琳与诗艺术［M］. 石家庄：河北教育出版社，1990.

［10］ 冯至. 冯至代表作：十四行集［M］. 北京：华夏出版社，2010.

［11］ 江弱水. 卞之琳诗艺研究［M］. 合肥：安徽教育出版社，2000.

［12］ 姜涛. 巴枯宁的手［M］. 北京：北京大学出版社，2010.

［13］ 李广田. 诗的艺术——论卞之琳的《十年诗草》［M］//李广田. 李广田全集：第4卷. 昆明：云南人民出版社，2010.

［14］ 李健吾. 《鱼目集》——卞之琳先生作［M］//李健吾. 李健吾批评文集. 珠海：珠海出版社，1998.

［15］ 刘祥安. 卞之琳：在混乱中寻求秩序［M］. 北京：文津出版社，2007.

［16］ 师陀. 上海手札［M］. 上海：文化生活出版社，1941.

［17］ 孙玉石. 小景物中有大哲学——读卞之琳的《断章》［M］//孙玉石. 中国现代诗导读：1917—1938. 北京：北京大学出版社，2008.

［18］ 孙玉石. 中国现代主义诗潮史论［M］. 北京：北京大学出版社，1999.

［19］ 唐弢. 臧克家诗［M］//唐弢. 晦庵书话. 北京：生活·读书·新知三联书

店,1980.

[20] 瓦雷里. 象征主义的存在[M]//瓦雷里. 文艺杂谈. 段映虹,译,天津：百花文艺出版社,2002.

[21] 王佐良. 中国新诗中的现代主义———一个回顾[M]//王佐良. 王佐良全集：第10卷. 北京：外语教学与研究出版社,2016.

[22] 吴晓东. 临水的纳蕤思：中国现代派诗歌的艺术母题[M]. 北京：北京大学出版社,2015.

[23] 叶维廉. 论现阶段中国现代诗[M]//叶维廉. 叶维廉文集 秩序的生长：第3卷[M]. 合肥：安徽教育出版社,2002.

[24] 叶维廉. 言无言：道家知识论[M]//叶维廉. 中国诗学：增订版. 北京：人民文学出版社,2006.

[25] 张曼仪. 卞之琳著译研究[M]. 香港：香港大学中文系,1989.

[26] 朱光潜. 诗论[M]. 北京：生活·读书·新知三联书店,2014.

[27] 朱自清. 新诗杂话[M]. 北京：生活·读书·新知三联书店,1984.

[28] 卞之琳,三木直大. 八个问题的回答及其他[J]. 新诗评论,2018,22.

[29] 卞之琳,叶水夫,袁可嘉,等. 十年来的外国文学翻译和研究工作[J]. 文学评论,1959(5).

[30] 卞之琳. 人事固多乖：纪念梁宗岱[J]. 新文学史料,1990(1).

[31] 江弱水. 卞之琳与法国象征主义[J]. 外国文学评论,2000(4).

[32] 王璞."地图在动"：抗战期间现代主义诗歌的三条"旅行路线"[J]. 现代中文学刊,2011(4).

[33] 王璞. 论卞之琳抗战前期的旅程与文学[J]. 新诗评论,2009,2.

[34] 闻家驷. 评卞之琳的慰劳信集[J]. 当代评论,1941,1(15).

[35] 张洁宇."智慧之美"：卞之琳诗歌的"智性化"特征[J]. 南都文坛,2004(3).

思考题

1. 卞之琳晚年在《〈雕虫纪历〉自序》中曾说自己写诗是"小处敏感,大处茫然"。有学者认为,卞之琳对于"小"的痴迷,使其在全面抗战时期的创作并未获得足够的历史感与思想深度。请结合卞之琳前后期诗风转变,谈谈你的看法。

2. 卞之琳曾说："我以为纯粹的诗只许'意会',可以'言传'则近于散文了。"请结合卞之琳诗歌的艺术特色,谈谈对这句话的理解。

第六讲
"为永远的谜蛊惑着"
——穆旦诗歌创作导读

第一节 穆旦的传奇人生

穆旦

穆旦,浙江海宁人,原名查良铮,与著名作家金庸(查良镛)为同族的叔伯兄弟,皆属"良"字辈。查良铮是将"查"姓上下拆分,得"穆旦"之名(最初写作"慕旦"),诗人还曾用过笔名"梁真"。1918年,穆旦出生于天津,六岁那年他的习作《不是这样的讲》刊载于天津《妇女日报·儿童花园》上,署名为"城隍庙小学第二年级生查良铮"。这极有可能是穆旦幼年时发表的处女作。少年时期的穆旦在著名的南开中学读书,对文学有浓厚兴趣,并开始进行诗歌创作。高三下学期还担任《南开高中生》的主编。

1935年,穆旦考入清华大学外文系,并参加了"一二·九"运动的学生游行。当年穆旦的高中同学赵清华来信对此表示担心,穆旦则回信写道,不怕,几乎所有的教授,包括冯友兰、朱自清、闻一多等进步教授,都支持他们。全面抗日战争爆发后,穆旦又随这批教授辗转于长沙、昆明等地。1938年2月底至4月底,由北大、清华、南开三个大学联合成立的长沙临时大学(即后来的西南联大)西迁,师生中有300余人主要靠步行,横穿湘黔滇三省,全程3 500里,历时68天,除乘舟车、休息、阻滞外,实际步行40天,行程2 600里。这就是当时抗战后方一支著名的知识分子队伍的小"长征"。穆旦根据这个经历写成了诗歌《三千里步行》。在这支队伍中,这位清华外文系的小伙子有个举动引起周围同学的特别注意:他每天从一本小英汉词典上撕下一页或几页,一边"行军",一边背单词及例句,到晚上,背熟了,也就把那词典的一部分丢掉。第二天,再继续背新的内容,就这样每天都坚持着这种方式。据说,到达目的地昆明时,那本词典也就所剩无几了。穆旦就是用这种方法在艰苦年代里学习英文的。

在联大期间,除了写诗之外,穆旦还和同学先后组织了三个文艺社团:青鸟社、高原社、南荒社。这些社团性质类似,都不论政治,为文艺而文艺,反对标语口号的政治诗。大学期间,穆旦在香港《大公报》副刊和昆明《文聚》上发表大量诗作,成为有名的青年诗人。在所有发表穆旦作品的报刊中,香港《大公报》副刊刊载次数和数量最多。据香港《大公报》统计,穆旦在该报上共发表作品约29次,其中诗歌15首,评论2篇,译作2篇。

穆旦与其他几位出身于西南联大的诗人,如杜运燮、郑敏、袁可嘉等,在特殊的校园氛围中接受了现代诗风的滋养和熏陶。当时的西南联大汇集了一批有影响力的现代诗人,如冯至、卞之琳、闻一多、朱自清、李广田等,他们或指导学生文艺社团活动,或编选诗集,收录校园诗人的诗作,或以自身的理论主张和诗歌写作对后辈产生直接影响。另外,全面抗战爆发后,英国青年诗人燕卜荪曾从剑桥大学远渡重洋来到昆明,在西南联大讲授"当代英诗",向穆旦等青年学生介绍叶芝、艾略特、奥登、里尔克等诗人的现代诗艺。这些都构成了西南联大浓郁的现代诗歌氛围。

穆旦与杜运燮、郑敏、袁可嘉等几位西南联大的诗人,连同其他几位与他们同样具有现代主义诗歌倾向的青年诗人,在新诗史上被称为"九叶派"。九叶派,或称"中国新诗派",是指20世纪40年代出现的一群具有现代主义诗歌倾向的青年诗人。"九叶"之名得自1981年由江苏人民出版社出版的《九叶集》,其中收录了穆旦、唐湜、唐祈、陈敬容、杜运燮、杭约赫、郑敏、辛笛、袁可嘉九位20世纪40年代诗人的诗作。但正如后来的学者所言:"九叶"的"九"应理解为多,它还包括40年代其他接近现代主义诗风的年轻诗人。

"九叶派"的阵容基本由两群诗人汇合而成。1947年,上海诗人杭约赫与臧克家等人创立了星群出版社,出版《诗创造》杂志。此杂志采取"兼容并包"的原则,发表了许多具有现代派色彩的诗作,九叶派的诗人几乎都曾在这里露面,发表了许多具有现代派色彩的作品。后来因《诗创造》内部发生意见分歧,杭约赫与诗友辛笛、陈敬容、唐祈创办《中国新诗》,并与已从西南联大毕业回到北平的穆旦、杜运燮、郑敏、袁可嘉取得联系,南北两批诗人在共同的诗艺追求下走到一起,汇集在《中国新诗》周围,形成一个新的诗歌流派,即"九叶派"。

1940年,穆旦在西南联大毕业后留校任教。由于当时日军战机轰炸昆明,联大师生的正常生活、工作和学习受到严重干扰,联大在四川叙永成立分校,外文系教师由陈嘉教授带领到四川叙永教大一英文,穆旦也是成员之一。1942年2月,国民党将领杜聿明率军入缅甸作战,向西南联大致函征求会英文的教师从军。三月初,穆旦有感于国难当头,书生投笔从戎的机会来了。他辞去教职,报名参加中国远征军,奔赴缅甸战场,在当时杜聿明的军队任军部少校翻译官,给参谋长罗又伦当翻译。这段经历,穆旦也有自述:"我从系中教授吴宓得知此事,便志愿参加了远征军。当时动机为:校中教英文无成绩,感觉不宜教书;想作诗人,学校生活太沉寂,没有刺激,不如去军队体验生活;想抗日。"①

在远征军队伍里最惨烈的记忆当属悲壮至极的缅北大撤退。战势所迫,杜聿明率领远征军将士撤往野人山。这是缅甸的一处神秘的无人区,分布着密集的热带雨林。当时正值雨季,倾盆大雨连日下个不停,引起山洪暴发,加之丛林中骇人的蚂蟥、蚊虫以及各种陌生的热带动物时时刻刻威胁着官兵们的生命。队伍中疟疾横行,大大削弱了这些热血男儿的体力,难于前行,无奈只能坐以待毙。在暴雨的洗刷下,几个钟头后就化为累累白骨,令人恐惧异常。穆旦就在这支溃散的队伍中,忍受着森林、暴雨、疾病乃至死神的威胁,终于拖着疲惫的身体逃往印度。这次惨痛的经历使穆旦的性情发生了微妙的变化,直到1945年抗战胜利,穆旦才在《森林之魅——祭胡康河上的白骨》这首震彻灵魂的诗歌中描述了这段经历,并表达了他深刻的思考。

1946年,穆旦在清华园结识了好友周珏良的妹妹周与良,二人随后相恋。1948年,穆旦的未婚妻周与良赴美留学,她从上海乘坐"高登将军号"游轮远涉重洋。穆旦前来南京送行,并送周与良几本书和一张相片。这张相片反面写着:

风暴,远路,寂寞的夜晚,
丢失,记忆,永续的时间,
所有科学不能祛除的恐惧
让我在你底怀里得到安憩——②

1949年,穆旦从曼谷出发,赴美国留学,入芝加哥大学英国文学系学习。同年12月,穆旦与未婚妻在美国佛罗里达州的一个小城结婚。周与良穿着从中国带去的一身旗袍,穆旦则穿了一套棕色的旧西服。当时正式的场合都要穿藏青色,可穆旦舍不得买,就选了这套已有的西装。婚礼的证婚人分别是:周与良的五哥杲良,当时他在那里的一个研究所做博士后,另一位是个美国心理学教授。

1952年5月,穆旦获得了文学硕士学位;同年二月,他的太太周与良获得了芝加哥大学植物病理学和哲学双博士学位。穆旦的二哥良钊为他们安排去印度德里大学教书。当时,穆旦一心想要回国,直到1952年10月,美国移民局才批准他们回香港。

---

① 易彬:《穆旦年谱》,中国社会科学出版社,2010年,第67页。
② 本文所引穆旦诗作,如无特别说明,均出自《穆旦诗文集》,人民文学出版社,2006年。

紧接着,穆旦和夫人一路辗转回到北京的家中。回国后,穆旦遇到好友萧珊,也就是巴金的夫人,萧珊建议他多搞翻译,介绍俄国文学给中国的读者。1953年5月,穆旦被分配到南开大学外文系担任副教授。

1954年,正值李希凡、蓝翎等人批判俞平伯研究《红楼梦》的观点。在南开大学中文系与外文系共同召开的《红楼梦》批判会上,穆旦刚发言,就被召集人阻止。此事件后来被定为"历史反革命"依据之一。接着,1955年肃反运动,穆旦成了肃反对象。紧接着,次年在"大鸣大放"期间,《人民日报》副刊主编袁水拍向穆旦约稿。穆旦写了《九十九家争鸣记》,发表在1957年7月5日《人民日报》副刊上,后来这首诗被批判为"毒草",也被作为定罪的依据之一。

1958年,穆旦受到了不公正对待,被定为"历史反革命"。随后被逐出课堂,到南开大学图书馆做清洁工。穆旦的诗歌创作也就此中断。其后,穆旦受到了三年管制,每月发60元生活费。管制结束后,穆旦从事整理图书、抄录卡片、清洁卫生等杂务。每逢"五一""十一"节假日还要去图书馆写检查。"文革"时期,穆旦被关进"牛棚",主要劳动是喂猪、淘粪、送肥、开沙滩、植树、插秧等。妻子周与良被指"有美国特务嫌疑",被关进生物系教学楼"隔离审查"。

穆旦从1953年被分配到南开大学外文系任副教授后,在从事教学之外的业余时间里,几乎每个晚上和所有节假日,都从事翻译工作。从以下译作出版的时间表,即可看出他是以何等的勤奋和毅力在日夜不停地工作着。1954年,穆旦出版《波尔塔瓦》和《青铜骑士》;1955年,出版《加甫神颂》及《文学原理》;1957年,出版《普希金抒情诗选集》一集和二集,《欧根·奥涅金》《拜伦抒情诗选》,另与友人合译《布莱克诗选》;1958年,出版《高加索的俘虏》《雪莱抒情诗选》《济慈诗选》《云雀》《别林斯基论文学》;等等。5年业余时间翻译出版了十几本诗集,两本文学评论。这样的速度,这样的产量,而且质量也普遍赢得赞扬;如果没有青年时代所打下的厚实功底,没有翻译时的争分夺秒的勤奋工作精神,那是无法达到的。

特别令人敬佩的是,他从1958年起"身陷囹圄",以及在十年动乱期间,每次从农场劳动回到家里的短暂时间,他也从不休息,仍是利用每一段可以利用的时间,坐到旧书桌旁,专心从事翻译。在这期间,他修改和补译了《唐璜》,增译修订了《普希金抒情诗集》(上下册)和《拜伦诗选》,修订了《欧根·奥涅金》。

1976年初的一个夜晚,59岁的穆旦独自骑自行车在昏暗的学生宿舍楼区摔伤。为了不给因他的"问题"而株连受苦的全家再增加负担,竟未让家人送医院检查。实际上,他已是股骨骨折,因延误治疗以致后来不得不动手术。从这一年开始,穆旦瞒着家人,在病床上重新开始创作诗歌,《智慧之歌》《理智和情感》《听说我老了》《冥想》《友谊》《停电之后》《"我"的形成》《退稿信》以及以《春》《夏》《秋》《冬》为题写作的一批作品,成为穆旦晚年生命境况和艺术风格的动人呈现。直到穆旦逝世之后,家人在整理遗物时才发现了这批手稿,令人不胜感慨。

1977年2月,穆旦将《欧根·奥涅金》修改稿抄写完毕,连同已抄好的《普希金抒情诗集》译稿,整整齐齐放于一只帆布小提箱中,交给小女儿查平,说:"你最小,希望你好好保存这些译稿。也许等你老了才能出版。"并对周与良谈道:"该译的诗都译完了。译完了又去干什么呢……"①

1977年2月24日穆旦住进天津总医院,准备接受股骨颈手术。次日午饭后,穆旦突发心脏病,经南开大学校医院心电图诊断,为"前心壁大面积坏死"。26日凌晨3时不幸病逝,享年59岁。

1979年8月,天津市中级人民法院对穆旦家属的申诉加以复查并判决:"查良铮1959年1月9日经天津市中级人民法院判处管制三年。其家属提出申诉。现经本院复查认为:根据党的有关政策规定,查良铮的历史身份不应以反革命论处,故撤销原判,宣告无罪。"1980年7月16日,中共南开大学委员会做出《复查决定》:"……查良铮同志1954年的'对抗领导'问题(即'外文系事件'),1957年在《人民日报》发表《九十九家争鸣记》问题,均属于正常范围内允许的不同认识方面的争论,不属于政治性问题……根据以上事实,经党委研究,并经天津市中级人民法院批准:撤销1958年定为历史'反革命分子'的决定。撤销由高教六级副教授为行政十八级的决定,恢复副教授职称。"②

1981年7月,《九叶集》由江苏人民出版社出版。扉页题记上写道:"在编纂本集时,我们深深怀念当年的战友、诗人和诗歌翻译家穆旦(查良铮)同志,在'四人帮'横行时期,他身心遭受严重摧残,不幸于一九七七年二月逝世,过早地离开了我们。谨以此书表示对他的衷心悼念。"1985年5月28日,穆旦的骨灰安葬于北京香山脚下的万安公墓。墓碑正面镌刻"诗人穆旦之墓"几个字,背面刻写着由周珏良撰写的"穆旦小传"。同穆旦一同下葬的还有一本他辛勤翻译的《唐璜》,这本书已于穆旦去世后的第三年由人民文学出版社出版。

第二节 穆旦诗歌创作的艺术特色

穆旦诗歌创作的艺术特色(视频)

在中国现代诗歌史上,穆旦是一位风格独特的诗人。20世纪的40年代,穆旦就已经形成了比较成熟的写作风格,并且先后出版了《探险队》(1945年)、《穆旦诗集》(1947年)和《旗》(1948年)等主要诗集。在他的诗中,既虚心向叶芝、艾略特、奥登等大诗人学习现代诗艺和创作技巧,同时又将目光投向周围宏大而混乱的历史现场。

---

① 周与良:《永恒的思念(代序)》,穆旦:《穆旦诗文集》,人民文学出版社,2006年,第10页。
② 易彬:《穆旦年谱》,中国社会科学出版社,2010年,第287页。

九叶诗人唐祈曾说:"穆旦早期徘徊于浪漫主义和现代派之间,但时间短暂。当他在40年代初,以现代派为圭臬,很快确立了自己现代诗的风格。"[①]穆旦的诗歌技艺精湛,熟练地运用反讽、象征、戏剧性场景,多声部独白以及拼贴、戏拟等多种现代诗歌技巧,成功地将对动乱的历史现实体会和个人精神的思考化合成令人惊叹的诗歌想象力,并从中引发出对整个历史、人生的形而上追问。

他置身当下,却又能够通过诗歌探索或暗示出永恒的价值。穆旦贴近现实和尘世,体验并开掘人生的一切苦厄,但又将此推向深层的思考。穆旦把他的诗性思考嵌入现实中国的血肉,他始终不脱离中国大地,使现世的关怀和永恒的思考达到完美的结合。穆旦不仅在"诗的思维"和"诗的艺术现代化"方面,而且在"诗的语言的现代化"方面,都跨出了在中国现代新诗史上具有决定意义的一步,从而成为中国诗歌现代化历程中一位里程碑式的诗人。

穆旦的诗是以现实世界为起点展开的,并无脱离实际的虚浮无根的概念。穆旦心目中的"现实世界"不是某些先行设定的革命世界观的诗人所认识的现实世界。也就是说,他不是植根于革命,而是以一个知识分子的良知在观照现实生活。这就使他的诗作有一种罕见的艺术冲击力,这正是他的诗歌在文学史上的价值和意义。

穆旦诗歌的艺术特色,具体表现可以概括为以下几个方面:

首先,穆旦的诗歌体现了强烈的忧患意识,这是他诗歌艺术特色的第一个方面。作为一个天才诗人,穆旦的心灵承载着整个民族的重量,这种忧患意识尤其体现在《赞美》《在寒冷的腊月的夜里》《不幸的人们》《中国在哪里》《哀国难》等诗作中。诗人对现实社会寄予强烈的关注,但他不是从政治或时代主流话语所规定的思路中去观照现实,而是信赖一个知识分子的道义和良心。诗人不满足于从表层现象透视社会现实,而是要从历史与现实本质的关联中,深层次地观照现实世界的复杂与矛盾,这就使他的诗歌具有了一种沉郁的美感。

穆旦敢于直面苦难的中国现实。在这些作品中,诗人将个体的不幸凝练为民族命运,上升到苦难的经验高度加以再现。我们在这些作品中能够聆听到一种泣血的悲鸣,他笔下的苍茫大地、山川草木和人生场景,无不承载着悠久旷远的苦难。诗人往往将个体的悲凉体验推向民族共同体和历史的沉积地带,让作品表现出辽阔的气象和厚重的风格。穆旦不只对中国现实表达了强烈的忧患感,更流露出对20世纪上半叶中国社会的绝望。在穆旦的诗歌中,读者经常能够感受到令人不安的焦虑感和危机感,这是人类有史以来始终无法摆脱的痛苦。正因为如此,人们只能从两亿光年的孤独中,伸出两只手,紧紧抱住"自己幻化的形象"。穆旦的诗尽管反映社会现实,但它将人类与生俱来的痛苦所交织成的种种矛盾和冲突当作抒情对象,理智地表达

---

① 唐祈:《现代杰出的诗人穆旦》,杜运燮、袁可嘉、周与良:《一个民族已经起来》,江苏人民出版社,1987年,第57页。

一个现代公民对民族和苦难同胞的责任感。

穆旦诗歌艺术特色的第二个方面,是深刻的怀疑精神。诗人的痛苦往往表现为对自我的拷问,这成为穆旦诗歌的一个重要主题。穆旦的诗歌不再像郭沫若那样,是一种自我的爆发或讴歌,而是关注自我的破碎和转变,探索向内的省察。诗人认真而严厉地对自我的灵魂进行拷问,这种自我审判体现了中国现代知识分子特有的怀疑精神。

穆旦以诗人的良知观照现实,发现了许多精神偶像、思想信仰与价值观念的盲目性与虚妄性。在《控诉》一诗中,他写道:"我们为了补救,自动的流放,/什么也不做,因为什么也不信仰。"正是基于这种思考,穆旦摆脱了"观念的丛林缠绕"(《蛇的诱惑》),看到了"愚昧不断地在迫害里伸展","庄严的神殿/原不过是一种猜想"(《潮汐》),"真理"不过是"句句紊乱"(《出发》),"理想"也无非是"一个奴隶制度的附带"(《幻想底乘客》)。穆旦还愤激地写道:"每一个自私和错误都涂上了人民。"(《时感四首》)"真的,现在已经变假。"(《隐现》)因而他宣布"什么也不信仰"。这种怀疑精神,有着浓厚的叛逆意味,让我们体会到他深沉的痛苦和艰辛的求索。正如诗人唐湜所说:"(穆旦)是经历了一番内心的焦灼之后才下笔的,甚至笔下还有一些挣扎的痛苦印记。他有一份不平衡的心,一份思想者的坚韧的风格,集中的固执,在别人懦弱得不敢正视的地方,他却有足够的勇敢去突破。"①这种勇毅的怀疑精神,是深沉的思考者真正力量的体现,它给穆旦诗歌的审美内涵注入了足够的厚度和深度。

穆旦诗歌艺术特色的第三个方面,体现于尖锐的现实批判。在强烈的忧患意识和深刻的怀疑精神的基础上,穆旦诗歌果敢地进行现实批判,对腐朽的社会制度和虚伪的社会文明,都给予无情地揭露和鞭笞,极为客观和逼真,令人触目惊心。从《防空洞里的抒情诗》中,我们可以看到,虽然是躲避轰炸,躲避死亡,但人们在防空洞里所关心的却是"五光十色"的市井新闻:

> 谁知道农夫把什么种子洒在这地里?
> 我正在高楼上睡觉,一个说,我在洗澡。
> 你想最近的市价会有变动吗?府上是?
> 哦哦,改日一定拜访,我最近很忙。

这首诗告诉人们,在大敌当前和民族命悬一线的时刻,市民的心态却未必对时代和生活产生更为清醒的认识。身边许多人意识深处的麻木和虚伪,即使是经历战争和轰炸,目睹无数人的死亡,也无法给他们带来教育。穆旦写道:"我站起来,这里的

---

① 唐湜:《穆旦论(续完)》,《中国新诗》第4集,上海星群出版社,1948年。

空气太窒息,/我说,一切完了吧,让我们出去!"防空洞是"安全"地带,但却令诗人感到"窒息";如同鲁迅的"铁屋子"一样,诗人要打破这种"窒息",宁愿先行就死,表现出坚毅不屈的血性和深刻的洞见:"我是独自走上了被炸毁的楼/而发现我自己死在那儿/僵硬的,满脸上是欢笑,眼泪和叹息。"诗人宁愿在不安全中选择去死的罕见立场,是对逆来顺受式市民心态的有力抨击。

穆旦从"防空洞"一直看向整个现代都市文明。都市是现代生产力与现代文明演进最充分而敏感的地方,也是现代人的情感活动和内心世界展示得最丰富而集中的空间。这种都市文明中的虚伪和浮华,都是诗人批判的对象。穆旦坚持一个诗人的气度和良知,展开了"抉心自食"般的自我反思。他诗歌中有一个突出的特征,就是"我"的诞生和出现。诗人对这个"我",充满着自我分裂和辨认的困惑。"我"作为一个"平凡的人"接受自审:"一个平凡的人,里面蕴藏着/无数的暗杀,无数的诞生。"(《控诉》)"我"时刻处于痛苦的挣扎中:"从子宫割裂,失去了温暖,/是残缺的部分渴望着救援,/永远是自己,锁在荒野里,//从静止的梦离开了群体,/痛感到时流,没有什么抓住,/不断地回忆带不回自己。"(《我》)诗人发现"我"已经是一个破碎而无家可归的游魂。同时,诗人又在等待着"新的组合":"虽然我还没为饥寒,残酷,绝望,鞭打出过信仰来,/没有热烈地喊过同志,没有流过同情泪,没有闻过血腥,/然而我有过多的无法表现的情感,一颗充满着熔岩的心/期待深沉明晰的固定。一颗冬日的种子期待着新生。"(《玫瑰之歌》)诗人以"熔岩"比喻自己的心,十分独到而精妙,传达出对"固定"和"新生"的热切期盼。诗人又写道:"不知哪个世界才是他的家乡,/他选择了这种语言,这种宗教,/他在沙上搭起一个临时的帐篷,/于是受着头上一颗小星的笼罩,/他开始和事物作着感情的交易:/不知那是否确是我自己。"(《自己》)这种种表述,都体现了诗人直观生命的反思和怀疑。

凡此种种,构成穆旦诗歌艺术特色的第四个方面,即罕见的自审勇气。作为一个现代诗人,穆旦因其气质之敏感,内心世界之复杂,自审之细密和严格,使得他的诗歌给读者造成许多困难。一些明眼的读者发现,穆旦诗歌中展开的对自我与灵魂拷问姿态,是对鲁迅精神的传承和发展,尤其来自鲁迅《野草》中的独特语调。穆旦与鲁迅在精神和思想上达到了内在的对话与沟通。他在鲁迅那里寻找到了自己的精神资源。穆旦以诗人的良知观照现实,因此,他对现实的理解领先于同时代的其他诗人。穆旦觉得一般诗人往往将现实简单化,生成为表层的题材和词句,难以探触本质。"现实"是个多棱体,而非单向度的一维世界,它还有源源不断的未知等待开采。穆旦曾言:"真理无处不在,在政治意识里,也在日常生活里。"他认为若要真实地观察生活,求取真知,并不是先行站在某个思想立场上,而要用个体的良心见证和关照不断变幻的现实世界。诗人写作在于听命于良心,而非听命于利害。

穆旦诗歌艺术特色的最后一个方面,是具有先锋性的诗歌语言。从西南联大时期学诗以来,诗人已经接受了西方现代主义思潮的洗礼,尤其善于制造语言的陌生化来获得非凡的美学效果,给读者带来新的艺术感受和刺激,这是穆旦在经营诗歌语言方面的重要建树。在穆旦的诗歌中,像"紫色的血泊""绿色的火焰""黑暗的孤独"和"虚假的真实"等非常规的语言表达方式俯拾皆是,不能不说是一种"语言的胜利"。王佐良认为,穆旦避用陈词滥调,但对普通白话也作了一番修剪,去其啰唆而保其淳朴,炼出了一种明亮的、灵活的、能适应他的不断变化的情绪的语言。词汇是简单的,但它们的配合则不寻常,形象更令人惊讶——"我缢死了我的错误的童年","你给我们丰富,和丰富的痛苦","水流山石间沉淀下你我",等等。有时他显得不那么流畅,那也只是反映了他内心的苦涩。由于这一切,他的风格是新鲜的、活泼的,常带戏剧性,有它独特的韵味。① 穆旦充分利用汉语词汇的语义弹性特征,在诗句的关联和词汇搭配上形成一种阻滞的形式结构,诗人积极采用反讽、扭曲、间隔、断裂和悖谬的句型,使思想表达极具张力,给人以强大的语言制动感。除此之外,穆旦在戏剧化的独白与对话、冷峻的对比与讽刺、强烈的形象密度与张力等方面,都对现代汉诗作出勇敢的尝试与革新。

第三节　穆旦经典诗作导读

一、《春》导读

绿色的火焰在草上摇曳,
他渴求着拥抱你,花朵。
反抗着土地,花朵伸出来,
当暖风吹来烦恼,或者欢乐。
如果你是醒了,推开窗子,
看这满园的欲望多么美丽。

蓝天下,为永远的谜迷惑着的
是我们二十岁的紧闭的肉体,
一如那泥土做成的鸟的歌,
你们被点燃,却无处归依。
呵,光,影,声,色,都已经赤裸,

---

① 王佐良:《论穆旦的诗》,穆旦:《穆旦诗全集》,中国文学出版社,1996年,第6页。

痛苦着，等待伸入新的组合。

《春》是穆旦诗歌的代表作之一，写于 1942 年。全面抗战爆发后，穆旦随清华大学师生长途跋涉，辗转大半个中国到达长沙，又经历"三千里步行"抵达昆明，见证了西南联大成立的艰苦过程。当西方现代主义诗歌浪潮与诗人那颗骚动敏感、激情澎湃的心灵相遇之时，迸发出现代汉语新的诗性创造力。穆旦的《春》，既描绘了春天般的万物萌发，也暗示了二十岁青年的生命冲动，交织着诗人生命直观的躁动和渴望，以及青春时代的痛苦和幸福。

意象之间相互冲突和对抗，暗示了年轻的身体在成长过程中经历的精神苦痛；春天里美丽的欲望，象征二十岁之妙人付出的热烈追求和漫长等待；思辨与形象，理性与感性之间交杂冲撞，萌生出诗人奇崛的形象和新奇的造型，表达出内心深处的反抗。绿色的气息摇曳在草上，带来春天急切的消息，这被诗人赋型为"火焰"，它渴望与花朵深情相拥。这种词语的对立沟通了内在的融合。花朵"反抗"地伸出地面，既体现挣扎与顽强，也倾诉着幸福与烦恼。"花朵"与"土地"，"花朵"与"暖风"，"烦恼"与"欢乐"都形成对立关系。这里，春的临近和花朵的绽放，暗示着青春时代相伴而生的各种错综复杂的情感和心绪。

摇曳的火焰象征飞扬的热情，拥抱花朵意味着追求美的渴望，花朵伸出来反抗着土地代表了一种强烈的反叛的意识，暖风带来烦恼也带来欢乐，说明了幸福与痛苦相伴而来的感受。"醒"与"迷惑"，"推开"与"禁闭"的对立，着力刻画了青春觉醒的美好；"泥土"与"鸟的歌"的对立，以及"被点燃"和"无处归依"的对立，着重揭示青春梦想的启动与现实目标的迷茫之间的焦虑；"光、影、声、色"本是无形的，但诗人却以"赤裸"来形容它们，在强调个体性的同时，突出了它们与"组合"的对立，这一对立，既照应了那"满园的欲望"，又表达了对青春觉醒之后第二次新生的期待。诗人正是在各组对立的刻画中突出了诗歌的内在张力，在早春、清晨、二十岁的青春的互相交叠中抒发了青春期的内在焦虑和丰富的痛苦。

穆旦是一个善于"用身体思想"的诗人，他的《诗八首》《我歌颂肉体》等诗都通过对身体感受和生命形式的描写表达了他对人生、自我、爱情以及生命的哲理思考。在《我歌颂肉体》中，他高呼"我歌颂肉体：因为光明要从黑暗站出来"，肉体虽是沉默的，但却是"丰富的刹那"与"美的真实"。《春》渴望打开"紧闭的肉体"，并努力去探索这大自然众多元素相组合的谜，要为这已点燃的青春之火找到精神的指引，将"赤裸"的各种欲望，通过再生的组合，引领到美的领地，就像歌德笔下的浮士德博士那样，在经历精神磨难和抵制住各种诱惑之后而皈依真善美的家园。

在这首诗中，"泥土做成的鸟的歌"是一种象征，按照中国的神话传说，人本是泥土抟成的，但沉闷的肉体一旦注入思想，却可以唱出飞扬的歌声，闪出智慧的火花。

肉体不应该被厌弃,而应当被歌颂,厌弃肉体也就是厌弃自我,关键在于,如何使肉体变得更生动、更丰富、更有价值,这就需要依靠精神的点化和凝聚,依靠正确而合理的世界观、人生观和价值观来加以引领和召唤。

二、《赞美》导读

走不尽的山峦的起伏,河流和草原,
数不尽的密密的村庄,鸡鸣和狗吠,
接连在原是荒凉的亚洲的土地上,
在野草的茫茫中呼啸着干燥的风,
在低压的暗云下唱着单调的东流的水,
在忧郁的森林里有无数埋藏的年代
它们静静地和我拥抱:
说不尽的故事是说不尽的灾难,沉默的
是爱情,是在天空飞翔的鹰群,
是干枯的眼睛期待着泉涌的热泪,
当不移的灰色的行列在遥远的天际爬行;
我有太多的话语,太悠久的感情,
我要以荒凉的沙漠,坎坷的小路,骡子车,
我要以槽子船,漫山的野花,阴雨的天气,
我要以一切拥抱你,你,
我到处看见的人民呵,
在耻辱里生活的人民,佝偻的人民,
我要以带血的手和你们一一拥抱,
因为一个民族已经起来。

一个农夫,他粗糙的身躯移动在田野中,
他是一个女人的孩子,许多孩子的父亲,
多少朝代在他的身边升起又降落了
而把希望和失望压在他身上,
而他永远无言地跟在犁后旋转,
翻起同样的泥土溶解过他祖先的,
是同样的受难的形象凝固在路旁。
在大路上多少次愉快的歌声流过去了,

多少次跟来的是临到他的忧患；
在大路上人们演说，叫嚣，欢快，
然而他没有，他只放下了古代的锄头，
再一次相信名词，溶进了大众的爱，
坚定地，他看着自己溶进死亡里，
而这样的路是无限的悠长的
而他是不能够流泪的，
他没有流泪，因为一个民族已经起来。

在群山的包围里，在蔚蓝的天空下，
在春天和秋天经过他家园的时候，
在幽深的谷里隐着最含蓄的悲哀：
一个老妇期待着孩子，许多孩子期待着
饥饿，而又在饥饿里忍耐，
在路旁仍是那聚集着黑暗的茅屋，
一样的是不可知的恐惧，一样的是
大自然中那侵蚀着生活的泥土，
而他走去了从不回头诅咒。
为了他我要拥抱每一个人，
为了他我失去了拥抱的安慰，
因为他，我们是不能给以幸福的，
痛哭吧，让我们在他的身上痛哭吧，
因为一个民族已经起来。

一样的是这悠久的年代的风，
一样的是从这倾圮的屋檐下散开的
无尽的呻吟和寒冷，
它歌唱在一片枯槁的树顶上，
它吹过了荒芜的沼泽，芦苇和虫鸣，
一样的是这飞过的乌鸦的声音
当我走过，站在路上踟蹰，
我踟蹰着为了多年耻辱的历史
仍在这广大的山河中等待，
等待着，我们无言的痛苦是太多了，

然而一个民族已经起来，

然而一个民族已经起来。

同样是在随西南联大千里步行向昆明进发的路上，穆旦还创作了这一首更加有名的作品——《赞美》。这首诗被诗人袁可嘉称为"带血的歌"，一路上，诗人的心灵和肉体都受到了严峻的考验。在这段艰苦之旅中，诗人接触了祖国广阔的河山、贫苦的农民，中华民族苦难的生存状况让他受到了深深的震撼。他从破旧的河山、苦难的农民身上看到了灾难、耻辱和悲哀，同时也看到了隐忍、坚韧的民族性格。于是，诗人怀着复杂的心情写下了这首诗。

在第一节里，诗人行走在祖国大地上，用一双饱经忧患的眼睛，从阴暗的天空到荒芜的大地，全方位地扫视着灾难深重的祖国大地。他用铺陈的意象描绘祖国山河，"山峦""河流""草原""村庄""鸡鸣""狗吠""土地""风""水""森林"，这些名词前有着"走不尽""数不尽""荒凉""茫茫""干燥""低压""单调""忧郁"等沉滞悲凉的修饰语，呈现的是背负着贫穷和苦难的民族沧桑。而人民的生存状态也同样充满着苦难：没有展翅高飞的鹰群，没有轰轰烈烈的爱情，"我到处看见的人民"是"在耻辱里生活的人民，佝偻的人民"。"干枯的眼睛期待着泉涌的热泪"，"干枯的眼睛"浓缩了人生的无限沧桑和民族沉痛的历史记忆，而"泉涌的热泪"却又让我们看到一种不甘屈辱的力量，诗人由此唱出了内心的期待与深沉的赞美："一个民族已经起来。"

在第二节里，诗人把一个民族浓缩为一个农夫的意象，农夫悲苦的一生就是整个民族受难的历史缩影。这个农夫世代过着刀耕火种的生活，"多少朝代在他的身上升起又降落了"，一个"永远无言"的"受难的形象"，表现了农夫勤劳善良、惯于隐忍、安于苦难的性格。然而，当外族入侵时，他们毅然放下祖祖辈辈赖以生存的锄头，走进了革命的队伍。"再一次相信名词，溶进了大众的爱"，这里的"名词"就是"在大路上人们演说，叫嚣"着的觉醒和革命，也许"他"并没有真正明白革命的内涵，"他"只是不逃避、不退缩，没有豪言壮语，也没有激情满怀，而是默默地、"坚定地""溶进死亡里"，即使这是一条"无限的悠长的"路，"他"也"不能够流泪"。这种坚强不屈的性格，使诗人看到坚韧的民族有着无限的希望，因而再一次赞美"一个民族已经起来"。

在第三节里，诗人赞美这个投身革命的农夫对家庭的牺牲与对未来的坚定信念。在春天和秋天经过家园的时候，路旁仍然是黑暗的茅屋，母亲和孩子仍然在饥饿里忍耐，革命并没有很快改变他们古老而贫穷的命运。然而，我们的农夫依然走去，并不回头诅咒，我们的人民默默忍受现实，坚毅地承受苦难，是因为他们依然抱有改变古老命运的希望。诗人对这种悲壮的抗争精神表达了由衷的赞美与沉重的愧疚："为了他我要拥抱每一个人。""为了他我失去了拥抱的安慰。"面对这种承受苦难并执着地为改变命运而牺牲的品格,诗人又一次发出赞美之情:"一个民族已经起来。"

第四节与开头相照应。依然是一片满目疮痍的景色:悠久的风、倾圮的屋檐、枯槁的树、荒芜的沼泽、芦苇和乌鸦。这些破败不堪的景象渲染了沉重而悲凉的抒情氛围,再次暗示了中华民族所走过的苦难与屈辱的历程是如此漫长。"我们无言的痛苦是太多了",但同时,民族已经在战火硝烟中觉醒,亿万个农民已经义无反顾地从苦难走向了抗争之路,诗人心中又涌起了无限希望。他坚信:一个民族已经起来!他激情满怀地歌唱:一个民族已经起来!

诗的每一节均以发自肺腑的呐喊"一个民族已经起来"作结,让我们感受到诗人胸中满溢着痛苦的激情。作为一个知识分子,诗人对历史与现实有着深刻的观照,他将自己融入劳苦大众,用对现实的深刻观察与心灵的痛苦体验记录了一个民族的苦难与觉醒,对中华民族坚韧不拔的品质发出了由衷的赞美。

三、《在寒冷的腊月的夜里》导读

在寒冷的腊月的夜里,风扫着北方的平原,
北方的田野是枯干的,大麦和谷子已经推进了村庄,
岁月尽竭了,牲口憩息了,村外的小河冻结了,
在古老的路上,在田野的纵横里闪着一盏灯光,
　　一副厚重的、多纹的脸,
　　他想什么?他做什么?
　在这亲切的,为吱哑的轮子压死的路上。

风向东吹,风向南吹,风在低矮的小街上旋转,
木格的窗纸堆着沙土,我们在泥草的屋顶下安眠,
谁家的儿郎吓哭了,哇——呜——呜——从屋顶传过屋顶,
他就要长大了渐渐和我们一样地躺下,一样地打鼾,
　　从屋顶传过屋顶,风
　　这样大岁月这样悠久,
　我们不能够听见,我们不能够听见。

火熄了么?红的炭火拨灭了么?一个声音说,
我们的祖先是已经睡了,睡在离我们不远的地方,
所有的故事已经讲完了,只剩下灰烬的遗留,
在我们没有安慰的梦里,在他们走来又走去以后,

在门口,那些用旧了的镰刀,
锄头,牛轭,石磨,大车,
静静地,正承接着雪花的飘落。

　　这首诗写于1941年2月,此时正是中国人民的抗日战争进行到最艰苦的时刻。在这个苦难的岁月里,每一个有良知的中国诗人都无法漠视时代和人民的苦难。作为"中国最自觉的现代主义者"之一,穆旦对于艺术个性的追求几乎是与生俱来的,但艺术的执着并没有妨碍他对民族与人民的关注。相反,这更进一步深化了穆旦的思索,促使诗人将个体的哲思玄想与现实关怀结合起来,以现代主义的独特方式去感受苦难,用敏锐的哲思去深化现实,穿透时空的遮蔽与情感的迷惘,直视历史的本质和真实。

　　《在寒冷的腊月的夜里》正是这样的一首作品。它写苦难,但不直接暴露苦难,在对北方原野冬夜景象的白描中,烘托出暗淡的情调、压抑的氛围,超越对苦难的表层渲染,而力求把握整个民族的精神层面,正视现实,展望未来,追问历史。不是呐喊和呼告,也没有意识形态的渲染,哲思玄想从现实的苦难中生发出来,传达出的悲哀反而格外凝重和纯净。

　　诗人首先描绘一幅凝滞、衰败、困窘的北方原野的冬夜图景,这正是笼罩在战争阴云下的中华民族的生存状态。狂风肆虐,田野枯干,牲畜憩息,河水冰冻,四寂无声,"岁月尽竭",仿佛一切生命都在这寒冷的腊月的夜里变得静止、停顿,北方的原野传来了死亡的气息。但终于"在古老的路上,在田野的纵横里"闪出了灯光,为枯竭的原野带来一丝生机。这灯光能否点燃中华民族的生命之火?能否映照出中华民族的前途和希望?"厚重的、多纹的脸"——这是一个平凡的老农的形象,也是历经苦难的中华民族的象征。道路已被"吱哑的轮子压死",显然这是一条行走多年的老路,亲切但陈旧,是历史之路,也是现实生存之路。老农沿着这条道路走着,"他想什么?他做什么?"诗人对中华民族的未来提出了疑问。

　　紧接着这疑问,诗人开始思考民族的未来。"我们在泥草的屋顶下安眠","安眠"包含着沉默、麻木、一成不变。"谁家的儿郎吓哭了",这哭声是孩子的反抗,仿佛生命的火光,反衬出父辈的沉默。但诗人并不肯给读者以希望,他近乎冷酷地指出:"他就要长大了,渐渐和我们一样地躺下,一样地打鼾";未来也许只是重复现在。孩童的哭声"从屋顶传过屋顶",哭声的传递拓展了空间,屋顶相连的空间下,生命在无声地流逝。流动的时间与拓展了的空间相互渗透,暗示出生命更深层的悲怆。哭声"从屋顶传过屋顶",这一意象的第二次出现,又引发了现实状态与心理渴望的交战。诗人也无力承受如此沉痛的悲剧结局,只能喃喃自慰:"我们不能够听见,我们不能够听见。"

　　"火熄了么?红的炭火拨灭了么?"这"火"是生命之火,也是人类文明之火。诗人扪心自问,由正视现实、展望未来,转入对历史的追问。然而历史并没有给未来以希望:祖先已经睡去、故事已经讲完、留下来的只是"灰烬",只是"没有安慰的梦"。最终诗人在现实中寻找到希望:"在门口,那些用旧了的镰刀,/锄头,牛轭,石磨,大车,/静静地,正承接着雪花的飘落。"这一系列的农具,构成了中国农村朴素的生活景象。有生活就有希望。苦难的中国人民"静静"地承受着生活的苦难,在这种静默中,诗人看到了一种微弱而生生不息的坚持和忍耐,这将成为中华民族的希望。

参考文献

[1] 易彬. 穆旦评传[M]. 南京:南京大学出版社,2012.
[2] 易彬. 穆旦年谱[M]. 北京:中国社会科学出版社,2010.
[3] 李怡,易彬. 穆旦研究资料:上、下[M]. 北京:知识产权出版社,2013.
[4] 杜运燮,周与良,李方,等. 丰富和丰富的痛苦:穆旦逝世二十周年纪念文集[M]. 北京:北京师范大学出版社,1997.
[5] 杜运燮,袁可嘉,周与良. 一个民族已经起来[M]. 南京:江苏人民出版社,1987.
[6] 王家新. 新诗"精魂"的追寻:穆旦研究新探[M]. 上海:东方出版中心,2018.
[7] 段从学. 穆旦的精神结构与现代性问题[M]. 北京:人民出版社,2014.
[8] 张新颖. 九个人[M]. 南京:译林出版社,2018.
[9] 吴向廷. 穆旦诗歌的历史修辞[M]. 北京:华文出版社,2017.
[10] 陆耀东. 中国新诗史:第三卷[M]. 武汉:长江文艺出版社,2015.
[11] 高永年. 中国现当代文学作品精选:诗歌卷[M]. 南京:凤凰出版社,2011.
[12] 一行. 词的伦理[M]. 上海:上海书店出版社,2007.
[13] 蒋登科. 九叶诗人论稿[M]. 重庆:西南师范大学出版社,2006.
[14] 刘树元. 中国现当代诗歌赏析[M]. 杭州:浙江大学出版社,2005.

思考题

1. 结合作品,谈谈穆旦诗歌中的现实批判精神。
2. 谈谈《赞美》一诗的艺术特色。

第七讲
"在这伸向远远的一片秋天的田里低首沉思"
——郑敏诗歌创作导读

第一节 郑敏的传奇人生

郑敏的传奇人生(视频)

《郑敏文集》(诗歌卷)

郑敏生于1920年,祖父王又典是前清颇有名气的碧栖词人,母亲读过私塾,聪慧好学,有文学的天赋,喜欢用闽调给她念古诗词。虽然郑敏后来并没有从事旧体诗词创作,但她很早就对中国古典诗词的抒情性和音乐性了然于胸。或许得自基因的遗传,郑敏从小学到中学一直爱好文学。当然也跟她特殊的家庭结构有关。郑敏的生父王子沅是辛亥革命后的留学生,曾在法国和比利时攻读数学,回国后担任过外交部公使。郑敏的继父郑礼明是王子沅的挚友,也是留法学生。两人的夫人是亲姐妹,即郑敏的生母是她继母的姐姐。由于这个妹妹婚后一直没有孩子,所以郑敏就被过继到郑家,于是她从王家的第四个孩子变成了郑家的独生女。郑敏的两对父母均对她的成长产生了很好的影响。尤其是养父郑礼明,是个开明的新派知识分子,对郑敏的教育完全依据法式的自由、平等、博爱思想,使她较少受到中国旧式封建教育的影响。这让郑敏在后来的求学生涯中对西方思想产生自然的亲近感,反而对中国传统的人情世故有些隔阂。

1939年,郑敏考入西南联大外国文学系,后转入哲学系攻读西方古典哲学。她认为,文学可以自学,但哲学无处不在。中学时读《世界文库》,读到尼采的作品,有许多哲学思想就深蕴其中,不易解读,懂哲学就能掌握这样一把开锁的钥匙。按照郑敏自己的话说:"我是因为喜爱文学,希望有所提高才走向了哲学的,而学完了哲学,我又回到了文学的道路上来。"①在西南联大,她听冯友兰讲中国哲学,听郑昕讲康德,听汤用彤讲魏晋玄学。当然,文学课是不能不听的,西南联大是北大、清华、南开三所大学文学精华的汇聚处。她听闻一多讲《楚辞》,听冯至讲德国文学,还听沈从文讲中国小说史。她很欣赏沈从文乡土小说中那股浓郁的湘西气息,却因他乡土口音太重,收获不多。一次西南联大的校友、诗人袁可嘉请她去家里吃饭,巧遇沈从文。席间,沈从文当着郑敏的面发问:"你们记得有个写诗的郑敏现在到哪里去了呢?"郑敏心中窃笑,沈从文只记得在他主编的《大公报·文艺副刊》上频频发表诗歌的郑敏,却不记得郑敏还当过他的学生呢。

西南联大在当时形成了在国内高校里极为罕见的诗学氛围和诗歌创作热潮。西方现代诗歌理论如春风拂面般涌入校园和课堂,让联大的师生们沐浴在思索和创作的激情中。著名诗人冯至在西南联大任教期间创作并出版了蜚声诗坛的《十四行集》,在中国现代诗歌史上具有里程碑式的意义;闻一多先生主编的《现代诗钞》以严格的标准和高超的艺术判断力贡献了当时的新诗集萃,还收录了穆旦、杜运燮、王佐良等联大学生的诗歌作品;杜运燮等联大学生发起的冬青社,穆旦、萧珊、汪曾祺等都是社员,其中,王佐良曾动情地回忆道:"这些诗人们多少与国立西南联大有关,联大的屋顶是低的,学者们的外表褴褛,有些人形同流民,然而却一直有着那点对于心智上事物的兴奋。在战争的初期,图书馆比后来的更小,然而仅有的几本书,尤其是从外国刚运来的珍宝似的新书,是用着一种无礼貌的饥饿吞下了的。这些书现在大概还躺在昆明师范学院的书架上吧:最后,纸边都卷如狗耳,到处都皱叠了,而且往往失去了封面。但是这些联大的年轻诗人们并没有白读了他们的艾里奥脱与奥登。也许西方会出惊地感到它对于文化东方的无知,以及这无知的可耻,当我们告诉它,如何地带着怎样的狂热,以怎样梦寐的眼睛,有人在遥远的中国读着这二个诗人。"②

西南联大空前的学诗热潮还要仰仗一位至关重要的人物,即毕业于剑桥大学的英国现代诗人、新批评理论家燕卜荪。他冒着战火来到昆明,在西南联大开"现代英诗"等课程。王佐良回忆道:"我们——一群从北平、天津的三个大学里跋涉到内地来的读英国文学的学生——是在湖南衡山南岳第一次听他的课的。那时候,由于正在迁移途中,学校里一本像样的外国书也没有,也没有专职的打字员,编选外国文学教材的困难是难以想象的。燕卜荪却一言不发,拿了一些复写纸,坐在他那小小的手提打字机旁,把莎士比亚的《奥赛罗》一剧硬是凭记忆,全文打了出来,很快就发给我们每人一份!我们惊讶于他的非凡的记忆力:在另一个场合,他在同学的敦请下,大段大段地背诵了密尔顿的长诗《失乐园》;他的打字机继续'无中生有'地把斯威夫特的《一个小小的建议》和 A. 赫胥黎的《论舒适》等等文章提供给我们……然而我们更惊

---

① 张洁宇:《诗学为叶,哲学为根——郑敏教授访谈录》,《文艺研究》,2014年第8期。
② 王佐良:《一个中国诗人(代序)》,穆旦:《蛇的诱惑》,珠海出版社,1997年。

讶于他的工作态度和不让任何困难拖住自己后腿的精神——而且他总是一点不带戏剧性姿态地做他认为该做的事,总是那样平平常常、一声不响的。"①

得益于西南联大哲学兼文学的熏陶,在20世纪40年代的诗人中,郑敏的诗歌创作脱颖而出。她是一个思考型诗人,她将哲学的思辨与感性的诗情水乳交融,形成了她诗歌创作的独特风格。郑敏选修了冯至讲授的德语文学课。当时,冯至已翻译了里尔克的《给一个青年诗人的十封信》,里尔克的诗歌观念对郑敏产生了深刻的影响。郑敏在写作之初就被里尔克迷住了。她的诗歌不仅具有里尔克那种注重内心体验的沉思气质,还体现在语言的凝练风格上,里尔克的诗歌精神在日后长期成为郑敏诗歌的重要构成。在郑敏看来,里尔克是与她至为投契的同行:"40多年前,当我第一次读到里尔克给青年诗人的信时,我就常常在苦恼中听到召唤。以后经过很多次的文化冲击,他仍然是我心灵接近的一位诗人。"②里尔克告诫青年诗人对人生和理想要保持执着虔诚的信念,同时,在写诗的时候要避免肤浅和感情的倾泻,要学会静观和体悟,让意象自然呈现,这样才能贴近事物的本质,诗中的感情经过自省和收敛,才不至泛滥。总之,郑敏从里尔克诗歌里所感受到的是诗歌精神的弥漫和心灵的契合,她强烈认同里尔克诗中"深沉的思索和超越的玄远"。

同样对她产生极大影响的,还有冯至刚刚出炉的《十四行集》。在郑敏看来,冯至的诗歌语言是质朴的,且皆出自现实,但每首诗都包含着永恒的智慧,它冲破了语言,直达读者心灵。所以在读冯至的诗歌时,就不得不停下来思索,是为"沉思"的诗。这种沉思一边深入每个人具体可感的现实生活里,一边又连接着冥冥浩渺的宇宙,带有一种超凡脱俗的隽永气质。这与冯至对杜甫、歌德和里尔克的理解有关,但又特别真挚而深情,因而是一种哲理抒情诗。这直接启发了郑敏其后的创作范式。当郑敏把第一首诗作呈送到自己的老师冯至手中后,冯至说了一句话:"这是一条非常寂寞的道路。"这句话让郑敏终生难忘,也让她对诗人未来命运有了充分的精神准备。她以一颗寂寞深沉之心去迎接诗坛的潮涨潮落,度过了一个诗人的写作生涯和日常生活。

读者最早是通过"中国新诗派"认识郑敏的。郑敏说,当初并没有这个流派,国统区的几位诗人如辛笛、曹辛之、唐祈、唐湜、陈敬容在上海新编了一本诗刊叫《中国新诗》,又邀请了当时正在北平的袁可嘉、杜运燮、穆旦和郑敏一起加盟,其实远隔千山万水,也只是投稿关系,彼此并不都认识。直到20世纪70年代末,由曹辛之发出邀请,昔日的九位诗友才得以在北京相聚相识。曹辛之希望每人各选一组40年代的诗作,出一本合集,让读者能够了解那个艰难岁月里中国新诗的面貌。这本诗集叫什么书名呢?那时的文艺园地还未复苏,大家自卑地认为,这是在旧时代中留下的旧作,不是"社会主义的花",辛笛便说:"那就算作陪衬社会主义新诗之花的九片叶子吧。"

---

① 王佐良:《中外文学之间》,江苏人民出版社,1984年。
② 郑敏:《天外的召唤和深渊的探险》,《世界文学》,1989年第4期。

这样,书名就定作《九叶集》,显示出一种与世无争、自得其乐的态度。

《九叶集》作品的艺术取向大多具有现代派诗风,抒写的却是当时国统区人民的苦难、抗争和对光明的渴望。以后,新诗史研究者就把这些诗人称为"九叶诗派"或"九叶派"。《九叶集》于20世纪80年代初出版,成为"文革"后新诗觉醒的先声。它重新提出了诗歌艺术的多元审美问题,提示了一批对于"五四"以来诗歌史有记忆的读者,应当重新接续"五四"以来对新诗现代性的追寻。经过"十七年"和"文革"的换血,很多前代诗人苦苦探索出来的宝贵经验和文学财富都被否定了,这个教训是惨痛的。《九叶集》能产生强烈的反响,并不是偶然的,而是跟历史的要求有关。"九叶派"的隐秘努力刚好呼应了方兴未艾的"朦胧诗"派。其时,以北岛、舒婷为代表的诗坛新秀冲破传统藩篱,推动诗歌挣脱了强加给它的工具身份的枷锁,中国新诗以崭新的容姿和独立的品格开创了一片新天地,成为改革开放40年来率先发出的春天的呼唤。据说北岛等人读到了"九叶派"的诗非常吃惊,感叹道:"我们想做的事,40年代的诗人已经开始在做了。"

九位诗人聚会的当晚,郑敏在回家的路上,坐在拥挤的公共汽车里,按捺不住内心的兴奋。郑敏心中压抑已久的诗情被点燃了,她默默构思,以腹稿的形式写下了搁笔30年后的第一首诗《诗啊,我又找到了你》,这无疑是她再度踏进诗坛的一次深情的宣言。此后,郑敏便一发不可收,拿出极大的创作热情,在随后几年里相继写出200多首新诗作品,出版了《寻觅集》《心象》《早晨,我在雨里采花》《郑敏诗集(1979—1999)》,同时还出版有诗学论集《英美诗歌戏剧研究》《结构—解构视角:语言·文化·评论》《诗歌与哲学是近邻——结构—解构诗论》《思维·文化·诗学》,编译有《美国当代诗选》,形成了她人生中第二个诗歌创作与理论的高峰。1956年到1961年,郑敏在中国社科院从事外国文学研究工作,1961年调入北京师范大学外语系任英美文学教授,直至退休。2012年,六卷本的《郑敏文集》在北京师范大学出版社出版,成为其一生创作与思考的汇集。

应当说,从踏上诗坛的那一天起,郑敏就显示出了与其他同时代诗人的不同。以同属于"九叶"诗派的女诗人陈敬容为例,陈敬容的诗犹如忧郁的少女的歌吟,而郑敏则是静夜的祈祷者。以同是西南联大诗人的穆旦、杜运燮为例,郑敏的诗中没有"三千里步行"的激昂和豪迈,没有入缅作战的"草鞋兵"般的乐观和坚韧,也没有"滇缅公路"上的硝烟与灰尘,更没有在胡康河谷累累白骨之上飘荡的"森林之魅"……而郑敏诗中所独有的品质,正是哲学的冥想与沉思。穆旦、杜运燮和郑敏并称为"联大三诗人",正如"九叶"诗人唐湜所描绘的:"这三个人里,杜运燮比较清俊,穆旦比较雄健,而郑敏最浑厚,也最丰富。她仿佛是朵开放在暴风雨前历史性的宁静里的时间之花,时时在微笑里倾听那她心头流过的思想的音乐,时时任自己的生命化入一幅画面,一个雕像,或一个意象,让思想之流涌现出一个个图案,一种默思的象征,一种观念的辩证法,丰富、跳荡,却又显现了一种玄秘的凝静。"①

郑敏始终坚持一条基本的观念:诗和哲学是近邻。哲学对于郑敏的影响是深入骨髓的。如她所言:"我一直记得冯友兰先生的'人生哲学'与'中国哲学史'课,那简直像一种什么放射性物质,被我吸收之后,就一直在我的心里放出射线,影响我的思维和感性结构。我这种人生哲学不仅影响到我的诗,也影响了我的人生态度,使我对于此生的生存目的有了自己的认识。其实,人来到这个世界上,就像参加一场越野障碍赛。支持你越过一次次障碍的精神力量,不是奖金或荣誉,因为那些都不是生命的内核。荣辱的暂时性,甚至相互转换性,都已经是由人类历史所证明的了。所以只有把自己和自然相混同、相参与,打破物我之间的隔阂,与自然对话,吸取它的博大与生机,才能达到一种天地境界,才有可能越过'得失'这座最关键的障碍,才能以轻松的心情跑到终点。"②正是这种在探索人生真谛方面的执着追求,这种立足于"天地境界"的积极人生态度,才一次次地伴随郑敏度过一个个人生难关,同时也使她的诗歌获得了一种广阔的境界。

郑敏说:"首先我解放了自己的诗,在无拘无束中我写了不少自由自在的诗。"能够在新时期有这样的突破,一方面是改革开放的新时期提供了创作的良好环境,另一方面归功于郑敏对于美国当代诗歌的关注与研究。郑敏认为,二战后的美国诗歌之所以超越了20世纪40年代的现代主义诗歌,它的创新和高明之处在于两点:一是所谓开放的形式,二是对"无意识"与创作关系的认识。这种对西方后现代主义诗歌的深刻理解,有助于郑敏挖掘出长期被掩埋的创作资源和生命体验。新时期以来,郑敏开始研究当代西方文化思潮,尤其是后现代主义和解构主义,它们不仅令郑敏产生了浓厚的兴趣,更大大地开拓了她的视野。德里达的非中心论和多元化思想使她学会反思,对汉语诗歌和中国传统文化有了全新的认识。她怀着极大的热情尝试以西方的现代精神解读东方智慧和中国的古老文明,力图将西方的解构主义与中国的老庄哲学融会贯通。

在谈及哲学与诗歌间的关系时,郑敏曾说:"我并不认为应当将哲学甚至科学理论锁在知性的王国中,也不应将诗限在感性的花园内。高于知性和感性,使哲学和诗、艺术同样成为文化的塔尖的是那对生命的悟性,而这方面东方人是有着丰富的源流的。宇宙也好,自然也好,说到底艺术是人的创造和体悟,所以核心还是在'人'。"③另外,对"无意识"与创作关系的认识,也使郑敏深深体会到"超我"过分压制人的原始生命力,并无奈地汇入作为生命深层结构的"无意识"中去了。作为艺术家和诗人,只

---

① 唐湜:《静夜里的祈祷——郑敏论》,《九叶诗人:"中国新诗"的中兴》,上海教育出版社,2003年,第184—185页。
② 张洁宇:《诗学为叶,哲学为根——郑敏教授访谈录》,《文艺研究》,2014年第8期。
③ 张洁宇:《诗学为叶,哲学为根——郑敏教授访谈录》,《文艺研究》,2014年第8期。

有不断地同"无意识"自我进行沟通和交谈，才有可能获得真实而丰富的创作源泉。因此，如何能够让"月亮那不朝向地球的另一面"，即"无意识"，也可以参与到诗人的创作中，也成为郑敏后期写作反复思考的一个课题。

郑敏的《心象》组诗就是这一时期的代表作品。她曾表示，这组诗"解放了自己长期受意识压抑的无意识，从那里涌现出一批心象的画面，在经过书写后仍多少保存其初始的朦胧、非逻辑的特点。这些图像并非经过理智刻意组织的象征体，也非由理性编成的符号表象。它们自动地涌现，说明无意识是创造的初始源泉，语言之根在其中"。[①] 郑敏在写作时不断释放和挖掘作为生命深层结构的"无意识"，不断与之交换汇通。种种充满活力和智慧的意象彼此嵌入、组合，不停地变形、生成，意识与无意识通力合作，各自发挥着不可替代的作用，沉思与抒情品质在她的意象中接近了完美的统一，感性与理性相映生辉，这些人类文明的火花饱满、充盈、跳荡，至大无外、至小无内地跃然于纸上。

时光荏苒，在"九叶"诗人中，近年大都一叶叶折枝凋零，健在者唯存郑敏先生一人。今天，"九叶诗派"这一在中国新诗发展史上影响颇大的流派，郑敏也真正算是硕果仅存，令人不胜唏嘘。

第二节　郑敏诗歌创作的创作特色

早在 1949 年，上海文化生活出版社就出版了郑敏的《诗集(1942—1947)》，列入巴金主编的"文学丛刊"第十辑。该诗集收录了郑敏那五年里创作的 62 首诗，按创作年代排序，分为三辑：第一辑可视为诗人创作的见习期，题材大都关涉青春期的爱情、自然的感受、希望与梦幻等；第二、三辑可视为诗人的成长期，内容已扩及对社会问题和形而上学的思考。从风格上来看，第一辑注重音乐的流动性，第二、三辑则增加了雕塑的凝固感。这本诗集可视为郑敏在 20 世纪 40 年代对现代主义诗歌探索过程中的艺术成就，也奠定了她在中国新诗史上无可替代的地位。以下将以郑敏 20 世纪 40 年代的诗歌创作(集中体现在《诗集(1942—1947)》中)为例，从三个方面来论述郑敏如何参与中国现代主义诗歌的建构。

郑敏诗歌艺术的特征之一，是将诗歌视为生命的矛盾运动。这主要表现在无意识和结构感这两个方面。

现代诗歌的优异性，集中迸发于诗人从内在的向度上遭遇自己生命的瞬间，这一刻也正是无意识冲决而出的时候。当我们谈论诗歌本质与生命体验的关系时，其实

[①] 郑敏：《我发现自己从黑暗中走出——〈郑敏诗集〉序》，林建法、乔阳：《中国当代作家面面观：汉语写作与世界文学》上卷，春风文艺出版社，2006 年，第 83 页。

我们是在谈论生命的无意识对诗歌创作的建构作用。无意识是沉潜和涌动在人类精神世界最深处的神秘能量,它一边与人类的本能领域相连,另一边又与意识领域有染,是多重生命潜能相互交织、不可区分的区域,因而在人类理性的目光中,它始终覆盖着一层神秘的面纱。崇尚诗歌与哲学的邻近关系的郑敏,尤其强调诗歌与无意识之间不可分割的关系,对此,她提供了精彩的描述:"有时一霎时的内心的一次颤动,会触发一首诗。人们称之为灵感的到来,其实可能就是那酿酒的无意识向你发出的酒香的信号……线条型的诗一经上意识的修改就会失去神韵,但并非主张写诗只需一挥而就,应当说在无意识中酿造时间是很长的,这个酒窖是由无意识和潜意识组成的,它的功能神秘而复杂,那里的酒曲是很古老的,有的是我们的始祖所遗留下来的。"①

在郑敏看来,无意识可以被理解为人类精神中某种被长期压抑的原初生命力,它隐秘而源源不断地为创造活动提供原料和动力。按照弗洛伊德理论的提示,诗人和艺术家的工作一方面要有能力认识,因超我的持续压制作用,人类的原初生命力被驱逐进无意识领域,另一方面则要养成与无意识沟通和交流的习惯,只有这样才有可能谛听到原初生命的本质信息和遥远召唤。出于对无意识的尊重和强调,郑敏一方面警惕理性成分对诗歌写作的过分占领和干预,她用一个精彩的比喻来解释:"果园总是隐藏在无意识的黑郁的原始森林中。当它成为你的逻辑的马车必然就能到达的地点时,它的果实就突然变成塑料的装饰品了。"另一方面她对自动写作或即兴写作持审慎的批评态度:"当代有些西方诗人强调即刻感,现场写作,非反思等,虽然也打开一些心得途径,但却不应当因此否定华兹华斯所说的写诗是在宁静中重记感情……时间短固然可以减少理性的插手,而时间隔得长些,在宁静中让理智安眠,而过去的一些情景从无意识中徐徐引起,突现在心灵的眼前,可能比现场的捕捉更深刻,更强烈,这与以理性对经验进行反思和整理是不同的。"②

除了对无意识的发现和强调之外,郑敏还特别注重诗歌创作的结构感。她曾说,结构感是打开诗歌的一把钥匙。她在诗歌创作中一直把结构作为诗歌魅力的重要本源,将结构磁力场发射信息量的多少作为判断诗歌质量可倚重的标准。郑敏认为:"诗永远是一个磁力场,各条磁线从那里发出,诗之所以是有生命的,因为它的各条力线不断地在与其他的力起作用,并同时放出能量,它的能量在读者的心态上引起反响,这样就形成了读者与诗之间的对话。"③一个优秀的诗人,就是能将诗的生成视为一种矛盾运动,如果他足够杰出,那他一定能将诗歌活动中各种矛盾的力有机组合在一个统一的场中,这个场就形成了诗的生命所倚重的内在结构。郑敏是这样解释的:

---

① 郑敏:《诗和生命》,《诗歌与哲学是近邻:结构—解构诗论》,北京大学出版社,1999年,第422页。
② 郑敏:《诗和生命》,《诗歌与哲学是近邻:结构—解构诗论》,北京大学出版社,1999年,第417页。
③ 郑敏:《诗人与矛盾》,《诗歌与哲学是近邻:结构—解构诗论》,北京大学出版社,1999年,第53页。

"诗与散文的不同之处不在是否分行、押韵、节拍有规律,二者的不同在于诗之所以成为诗,因为她有特殊的内在结构……诗的特殊内在结构正是为这种只有诗才能有的暗示和启发的效果服务的……如果一首诗只是描述一番而没有深刻的寓意,自然不能是佳作,即使有很深的思想,但缺乏一个体现这种思想的诗的结构,也会令人失望……诗的内在结构是一首诗的线路,网络,它安排了这首诗的意念、意象的运转,也是一首诗的展开和运动的路线图……诗的内在结构可以有很多类型,但它的目的都是为了使诗含蓄而有丰富的暗示魅力。"①因而,结构感是打开一首诗的钥匙,培养对一首诗的结构意识是一个内行读者必备的素质。

郑敏描述了两种典型的诗歌结构:一是展开式结构,其中包括层层展开、突然展开、在诗尾别开生面的展开等模式,二是高层式结构,这是现代派诗歌常用的一种结构,它"使读者在读诗过程中总觉得头顶上有另一层建筑,另一层天,时隐时显,使人觉得冥冥中有另一个声音"。②郑敏还特别留意到,诗的结构意义不仅在于写诗本身,还体现在诗与读者的关系中,她说:"诗的结构像一座桥梁,连接了诗人的心灵与外界,连接了诗人与读者。诗人是通过这种结构给他的精神世界以客观的表现。诗的真意存在在它的结构里,在读诗时如果较清晰地掌握了一首诗的结构就可以对它有深刻的理解。"③郑敏有意识地在自己的写作中建构高层结构,这种诗歌结构经常会体现出两个相互交融的信息源——写实和象征,在写实的基底上有一层超写实的象征光晕。比如在《树》中,描述物象之余,读者总能收获到背后隐藏的一种精神蕴含,但却无法得到直观表达。这种诗的结构特点在于既抵达具象,同时又超越具象;既再现实体,又力图重构实体背后的超验含义。按照通常的表达途径,诗人的情志依靠由此及彼逐层展开的起兴模式,或者采取树与人的情景交融,但在这里,郑敏却毅然采取了高层结构,将写实与象征压制为一层,用以展现其运思方式的独异性。诗人注视着室外"悲伤""忧郁"的树,在无意识的作用下,联想到丧失自由的人民。在这种情境下,树与人民两个形象叠合在一起,彼此交融。这种幻觉对诗人产生了积极作用,因而能够将自己对人民的想象移情到"树"的形象上。如此这般,"树"既是树,又多于"树",建立了在现实情境和象征秩序中的多重蕴含。在此过程中,诗人不但追求联想顿悟,而且也追求转换升华之后的联想顿悟,这只能依靠那些丰富、动态有张力的意象才能实现,这便是出现在《树》中的"婴儿""春天""手臂"等充满运动感的意象。郑敏诗歌屡屡在这种高层结构中将作品的象征含义和智性风格统摄在一起,并相得益

---

① 郑敏:《诗的内在结构——兼论诗与散文的区别》,《诗歌与哲学是近邻:结构—解构诗论》,北京大学出版社,1999年,第23页。
② 郑敏:《诗的内在结构——兼论诗与散文的区别》,《诗歌与哲学是近邻:结构—解构诗论》,北京大学出版社,1999年,第12页。
③ 郑敏:《诗的内在结构——兼论诗与散文的区别》,《诗歌与哲学是近邻:结构—解构诗论》,北京大学出版社,1999年,第26页。

彰，让有限的诗歌文本空间召唤出无限的沉思和意义。诗歌与哲学这对近邻，也在这种高层结构的参与下，实现了完美的共振。

郑敏诗歌艺术的特征之二，表现为意象的心智化。

意象，是中国传统诗学中一个重要的概念，郑敏对它有着独到的理解："意象是诗人的理性和感性在瞬间的突然结合。因此，我们可以说意象是呼吸着的思想，思想着的身体。意象在经过这种改造后再不是仅起着修饰作用的比喻，它和诗的关系是有机的，内在的。"①"九叶"诗人唐湜曾把意象分为直觉意象和思想意象。他认为，直觉意象是直接的抒情、主观的突击；思想意象是间接的抒情、沉潜的深入和客观的暗示。他说："由灵魂（heart）出发的直觉意象是自然的潜意识的直接突起，是浪漫蒂克的主观感情的高涌，由心智（mind）出发的悟性意象则是自觉意识的深沉表现，是古典精神的客观印象的凝合，而它们的更高的完成则是由于古典精神与浪漫蒂克力量的意象内部平行又对抗的凝合，自然的基础与自觉的方向、潜意识的'能'与意识的'知'的完整的结合，思想突破直觉的平面后向更高的和谐与更深的沉潜，最大最深的直觉与雄伟的意志的发展。"②直觉意象大多被浪漫主义诗人所捕捉，而思想意象是更深层的发现，它们成为郑敏等"九叶"诗人的自觉选择。郑敏诗歌中如果存在着思想意象，那它们包含了她复杂的生命体验和思想历程，大致表现为隐藏在直观物象背后更为深刻辽远的意义结构。这种新的诗艺方式追求感性和知性的平衡，因而破除了长期以来"情感"因素对诗歌的主导和把持，强调官能感觉与抽象玄想的耦合，使生活的内在经验升华为底蕴丰富深厚的诗。

对思想意象的探寻，对凝合和平衡的渴望，同样可以追溯到里尔克的诗论。冯至概括过里尔克诗歌的品质——"他使音乐的变为雕塑的，流动的变为结晶的，从浩无涯涘的海洋转向凝重的山岳"——这正是郑敏创作之初的向往所在。她渴望跟踪内心变化莫测的思绪，借由赋予它凝重静穆的形象，而获取一种雕塑般的品格。袁可嘉曾一针见血地指出："'雕像'是理解郑敏诗作的一把钥匙。""深受德语诗人里尔克的影响，和西方音乐、绘画熏陶的郑敏，善于从客观事物引起深思，通过生动丰富的形象，展开浮想联翩的画幅，把读者引入深沉的境界。"③这一论断，开辟了读者进入郑敏20世纪40年代诗歌世界的确凿途径。在里尔克那里，给郑敏留下深刻印象、对她的诗歌写作产生深远影响的，是他的"物诗"。里尔克曾担任著名雕塑家罗丹的助手，并深受其工作风格的启示。他"像一个画家或雕塑家那样在自然面前工作，顽强地领会和模仿"，并意识到，艺术家的任务就是把外部现实变成艺术之"物"，使其从本身的偶

---

① 郑敏：《诗歌与哲学是近邻：结构—解构诗论》，北京大学出版社，1999年，第64页。
② 唐湜：《论意象》，许霆：《中国现代诗歌理论经典》，苏州大学出版社，2008年，第456页。
③ 袁可嘉：《〈九叶集〉序》，辛笛、穆旦、郑敏等：《九叶集》，江苏人民出版社，1981年。

然性、模糊性和时间流变性中解脱出来①,从而习得了怎样去"看",创作出一批独领风骚的"物诗",其中最著名的一首就是《豹》。

郑敏精确地领悟到里尔克"物诗"的神髓。在她看来,里尔克为自己情绪的表达寻觅到了某种"客观对应物"。比如,《豹》中并无情绪的宣泄,因为它被转移到"物"(即豹)之中并加以客观化,抒情主体的心智意念与他所观察的对象达到了同一。这种创作范式启发了年轻的郑敏,促使她开始捕捉在心底瞬刻产生的情绪旋律或意识图像,将它们在刹那间定格。诗的雕塑品质和思想意象的凝合也随之实现。在郑敏的创作中,诗的雕塑品质并非仅仅赋予诗的外形以"美",更重要的是,它作为诗的内在质地,将还原为一种摄人心魄的"真",凝定在诗歌中的思想意象上。深得里尔克《豹》的启发,郑敏开始写作自己的"物诗"系列,如《马》《鹰》《池塘》《树》《兽》《金黄的稻束》等。在《鹰》这首诗中,郑敏写道:"它只是更深更深的/在思虑里回旋/只是更静更静的/用敏锐的眼睛搜寻/距离使它认清了世界/远处的山,近处的水/在它的翅翼下消失了区别/当它决定了它的方向/你看它毅然地带着渴望/从高空中矫健下降。"②"鹰"的形象透着雕塑的质感,冷静但不冷漠,敏锐搜寻着生命的本真意义,它飞离盘旋,象征着圣者在寻找目标进击之前的人生姿态。作为思想意象,"鹰"意象蕴含着生命的哲理意义。在郑敏的"物诗"《马》中,诗人将"鬃发""前蹄""栈道""街市""日暮"等几个意象相互交融,构成了一座骏马前驰的流动雕像。"荒凉""冷酷"暗示着悲戚、忧郁的色泽,在这一系列思想意象背后,隐藏着哲理性的思想:人生旅途,历经磨难;英雄搏击,归于虚无。郑敏诗歌中的思想意象不是得自凭空的想象,而是诗人从生活经验出发,在认识的途径中将理性和思想心智化,这种内化的智慧便通过凝定的"客观对应物"表现出来。郑敏笔下的"马""鹰""树""稻束""池塘"等就有别于一般作者的理解,它们正是思想凝定的意象,是郑敏对汉语新诗写作开垦的一块崭新的土壤。

新诗的戏剧化问题,是郑敏诗歌艺术第二方面的特征。

学者龙泉明指出:在中国新诗坛,新月派诗人闻一多、卞之琳等最早尝试新诗戏剧化,采用"戏剧性处境"和"戏剧性台词"来营造诗的意境。九叶诗人从前辈诗人那里得到启示,从两方现代派那里获得理论依据,从而发展起各种戏剧化手法,丰富了诗歌的表现手段。他们的戏剧化手法,表现比较明显的是戏剧性结构、戏剧性情景、戏剧性独白等在诗中的运用,诗的戏剧性结构,甚至采用戏剧以矛盾冲突为中心组织完整的戏剧情境的结构方式,以展示丰富复杂的诗歌内涵。新的历史要求新的诗人在现代世界里承担不同于前代诗人的责任,即表达更富变幻的历史场景、呈现更错综复杂的心理状态以及记录更微妙丰厚的思想。过去那种直抒胸臆、激情四射的言说

---

① 魏育青:《译者序》,霍尔特胡森:《里尔克》,魏育青译,读书·生活·新知三联书店,1988年。
② 本文所引郑敏诗作,如无特别说明,均出自《郑敏文集·诗歌卷》,北京师范大学出版社,2012年。

方式,已经不再能适应这类不折不扣的现代经验了。这就要求新一代诗人的写作需要朝向某种综合的心智和间接的途径,20世纪40年代,"九叶派"的努力正体现了这种倾向,其中一个比较重要的建构维度,便是"新诗戏剧化"。在他们的诗歌表现艺术中,现代社会的各个方面都将高度呈现为戏剧化景观,正如袁可嘉所说:"从浪漫主义到现代主义的诗底发展无疑是从抒情的到戏剧的,这却不是现代诗人不再需要抒情,而是说抒情的方式,因为文化演变的压力,已必须放弃原来的直线倾泻采取曲线的戏剧的发展。"①"戏剧效果的第一大原则即是表现上的客观性与间接性。"②

这里所讲的"新诗戏剧化",是从西方诗学里引来的概念,它要求诗歌不仅仅满足抒情的功能,还应像戏剧那样具有一定的冲突性和较大的情感张力,能够显示心灵深层的运动与变化。一般认为,"新诗戏剧化"呈现为三种不同的开拓方向,即里尔克式、奥登式以及诗剧。其中,郑敏是"九叶派"中里尔克式的代表诗人。袁可嘉在《新诗的戏剧化》一文中又指出:"诗的戏剧化至少有三个不同的方向:第一类比较内向的作者,努力探索自己的内心,而把思想感觉的波动借助对于客观事物的精神的认识而得到表现的。这类作者可以里尔克为代表。里尔克把搜索自己内心的所得与外界的事物的本质(或动或静的)打成一片,而予以诗的表现,初看诗里绝无里尔克自己,实际却表现了最完整不过的诗人的灵魂。"③

郑敏也曾夫子自道:"我希望能走入物的世界,静观其所含的深意,里尔克的咏物诗对我很有吸引力,物的雕塑中静的姿态出现在我们的眼前,但它的静中是包含着生命的动,透过它的静的外衣,找到它动的核心,就能理解客观世界的真义和隐藏在静中的动。"④郑敏善于仰仗对物的本质精神来呈现自我的内在世界,把复杂的心智、思想和情绪投诸客观对应物,从而形成了一种双重结构,既有流动跳跃的思想感情,又保持了物象的相对凝定。郑敏的作品中,《金黄的稻束》很好地体现了这种美学追求,通过灵动丰富的形象,铺开具有想象力的画面,生成了雕塑般的动静结合之魅力,达到了油画般的色彩效果,带领读者进入深刻可感的思想境界。

对"新诗戏剧化"的追求,成了郑敏以及"九叶诗人"的共同责任和理想,也成就了其现代主义诗路的自觉选择。通过与"七月派"相比较,我们更能领会郑敏和"九叶"诗人的现代主义风格特征。"七月派"强调"主观战斗精神"的现实主义诗歌道路,提倡感情的真挚和浓烈,把情感视为诗的第一生命。这些感情必须源于诗人真实的内心深处,而不可无病呻吟。"七月派"诗歌扎根于现实生活土壤上的歌唱,是与祖国人民的命运相联系的苦难和战斗的声音。因此他们的诗大都有一种鲜明的形象、明晰的主题、明朗的

---

① 袁可嘉:《诗与民主》,《论新诗现代化》,生活·读书·新知三联书店,1998年,第47页。
② 袁可嘉:《新诗戏剧化》,《论新诗现代化》,生活·读书·新知三联书店,1988年,第25页。
③ 袁可嘉:《新诗戏剧化》,《论新诗现代化》,生活·读书·新知三联书店,1988年,第25—26页。
④ 转引自袁可嘉:《西方现代派诗与九叶诗人》,《文艺研究》,1983年第4期。

战斗倾向和浓郁的生活气息。20世纪40年代,以郑敏为代表的现代主义诗歌写作者与现实保持着一定距离,给以"七月派"为主导的沉闷诗坛带来新鲜空气。唐湜曾在《诗创造》中对"七月派"和"九叶派"两个群体作出过如是评价:"让崇高的山与深沉的河来一次浇铸吧,让大家都以自觉的欢欣来组织一次大合唱!"在这里,如果把"七月派"看成"崇高的山",那么"九叶派"就是"深沉的河",而郑敏,堪称中国20世纪40年代诗坛上一条深沉、内敛又不失激流的长河。相比之下,郑敏发明着自己独特的认识和把握世界的艺术,她既不囿于单向度的现实主义和浪漫主义,也不盲目追逐西方的现代主义,既不割断传统影响,也不排斥与他者的对话,她本着对诗歌艺术的诚挚投入和对现代性的自觉追求,从事着独立的艺术创造,不断将新诗写作推向深奥、高妙和深沉的艺术境界,让诗歌文本具有更为复杂丰沛的特质和更高级的综合质地。从中国新诗史的整体来看,20世纪80年代的"新诗潮"运动,可以看作对郑敏等人的现代主义诗歌探索的继承。

第三节　郑敏经典诗作导读

一、《金黄的稻束》导读

金黄的稻束站在
割过的秋天的田里,
我想起无数个疲倦的母亲,
黄昏路上我看见那皱了的美丽的脸,
收获日的满月在
高耸的树巅上,
暮色里,远山
围着我们的心边,
没有一个雕像能比这更静默。
肩荷着那伟大的疲倦,你们
在这伸向远远的一片
秋天的田里低首沉思,
静默。静默。历史也不过是
脚下一条流去的小河,
而你们,站在那儿,
将成为人类的一个思想。

《金黄的稻束》这首小诗透着一种油画的既视感，令人想到米勒的《拾穗者》。诗中展现的风景，并非传统中国的山水和农耕意境，而是现代中国堆积着苦难的辽阔国土。20世纪这块美丽的土地曾充满战火、硝烟、疮痍和血泪，诗人将自己的困惑和探索，慢慢凝结成趋向庄重沉思的文化境界。"金黄的稻束"这一形象，在开篇就将我们带入这种境界，接着又切换到一系列跳脱的意象群，"疲倦的母亲""收获日的满月"静默的远山，最后定格于"金黄的稻束"，在秋天的旷野中垂首沉思。这种沉思感，已经沉淀为一种连绵不绝精神，将这些意象串联起来。

　　"金黄的稻束"，象征收获的仪式。其间流荡着丰收时刻的欣喜，也意味着对艰辛劳作的馈赠；它浸透着烈日之下的汗水和风雨过后的泥泞，寄托着劳动者对幸福的期待和对匮乏的忧虑；也销蚀着母亲原本丰满的脸庞，那张脸在辛劳与忧虑中渐渐憔悴。"稻束"与"母亲"两个意象由此相遇，漫长岁月中的艰辛和期待，使秋日的收获与老去的母亲映射出令人心酸的美丽。这种美丽与那高悬在树巅上的"收获日的满月"既有形的关联，更有出神的比附：这是一种收获的满足，无言的欣悦升起于树巅，虽不伟大，但也丰盈自足。圆月之后，群山连绵，它仿佛很遥远，构成一个静穆的背景，如油画的底色，浮雕般衬托出稻束的金黄、母亲的苍老、圆月的荧白；又仿佛很近，在苍茫的暮色中逼近我们的心灵，用比雕像更静默的姿态压迫我们感受到某种尚未说出的秘密；其实这不是什么秘密，它只是在群山之围中，一代代人默默演绎着的生存的轨迹，也就是母亲的老去、稻束金黄的沉积和收获日的满月一次次地升起……

　　诗人由近而远，层层拓展出一个开阔的诗意空间，但诗思在此转向，诗人收回伸向远方的视点和思绪，重新落到近景中的稻束，那由母亲、满月、群山延伸而来的思绪，共同熔铸出稻束凝重的身影——"肩荷着伟大的疲倦"在"秋天的田里低首沉思"。为生存而操劳的疲倦，虽没有改天换地的壮烈，却是支撑民族、生命繁衍生息的根基，它是伟大的，但又是沉默的。即使在最辉煌、最丰盈的秋日，也只是"低首沉思"。

　　在历史的长河中，那属于"金黄的稻束"的群体，早已模糊为一个暗淡的背景，无声无息地滋生和死亡，无声无息地支撑起英雄的伟业，也肩荷起历史的苦难。而它们只是保持"静默"的姿态，在静默中继续自己辛劳辗转的生命。但在这静默中，我们感到稻束兀然耸立，仿佛一座丰碑，显示出群山一般厚重敦实的品格和不可藐视的力量，正是它们支撑起了真正的历史。那些由一串英雄的名字缀结成的煊赫历史，不过是其下"一条流去的小河"，只有这些静默的"稻束"，才能以始终沉默的姿态，进入人类的思想。

　　对于习惯中国传统诗歌的读者来说，初读这首诗可能会有些理解上的困难。现代主义的诗歌已不再满足于单纯的写景、状物和抒情，对宇宙、历史以及人生的哲理性关注不仅深深揳入诗人们的思想，也介入诗的风格技艺当中。充分发挥形象的力量，将抽象的观念、深厚的情感寓于可感的形象之中，使"思想知觉化"，这是以郑敏为代表的"九叶"诗人们从西方后期象征派和现代派诗人如里尔克、艾略特、奥登那儿学来的表现手法。《金黄的稻束》成功地运用了这种表现手法，诗人一连用五个意象，借助象征和联想，将知性与感性糅合为一体，在连绵不断、新颖别致的局部意象转换中，含蓄地表达出对稻束、田野、土地、母亲、远山等平凡又伟大的事物的赞美。

在这里，"稻束"的意象，实际蕴含着一种对生存根基性的归依和沉思。相对于传统的理解，这是近代中国的屈辱历史和外来文化的影响共同培植起的异调。20世纪40年代，郑敏毕业于西南联大哲学系，深受西方音乐、绘画熏陶和德语诗人里尔克的影响。里尔克曾在他的《穆佐书简》中这样写道："我们的使命就是把这个短暂而羸弱的大地深深地、痛苦地、深情地铭刻在心，好让它的本质在我们心中'不可见地'复活。"《金黄的稻束》正体现出诗人追寻"大地"的沉思，"大地"是什么？大地就是根基，是我们的栖息之所，是我们的存在之根，是万事万物的诞生之地，又必将是回归之地。

被践踏、被忽略、被遗忘是"大地"的特征。在诗的歌咏中，被苦难所遮蔽的"大地"被带入澄明，它的伟大、它那不可动摇的坚实性，在人们心中潜在的复活。这是中国现代知识分子以虔敬的姿态、以自己的真实内心，去感受、体验和逼近劳动者卑微存在的尝试。隐逸、悲悯、闲适的传统田园情怀被充满宗教般谦卑的形而上沉思取代，这种哲理化倾向打造出全诗深邃悠远的意境。

"九叶"诗派的另一位诗人袁可嘉说，"雕像"是理解郑敏诗作的一把钥匙。米勒式油画的厚重、质朴是全诗整体性的背景，而油画中的静物则如"雕像"一般突现出来。它既是诗歌所呈现的沉思者的造型，也是诗中形象兀然伫立的姿态。这种美感效果的产生，依赖于诗与思的完美结合。哲思的渗入，使密集的意象不流于浮艳，使那片立于满月之下、秋野之上、暮色远山之围中的质朴稻束变得如雕像般凝重、静穆，充满内在的坚实性。明丽、跳跃的意象使哲思的表达免于晦涩抽象，而是转化为雕塑般沉思默想的身影，以极为感性的形式表达出深刻的内涵。正是意象的"如画性"与诗意哲思的和谐融合，形成这首诗如雕像般凝重饱满的意境。

《金黄的稻束》是将诗的语言艺术与雕塑的时空艺术相互融通的典范，郑敏十分艺术化地运用了空间的衬托和时间凝结的雕塑手法，融入诗的结构当中。在由秋野、圆月、暮色和远山所组成的苍茫图景中，我们感受到一种空间性的慰藉的力量；在稻束和母亲所隐喻的收获、艰辛和劳作中，我们体会到一种对中国苦难历史的现代性感悟，诗人将一个现代人对宇宙、历史和人生的理解，投注到中国诗歌境界的重建之中，以现代诗歌的技巧营造了一片全新的但又属于中国人的诗意氛围。凭这一点，《金黄的稻束》就能跻身中国现代白话诗的佳作之列。

二、《马》导读

这雄浑的形态当它静立

在只有风和深草的莽野里
原是一个奔驰的力的收敛
渺视了顶上穹苍的高远

它曾经像箭一样坚决
披着鬃发,踢起前蹄
奔腾向前,像水的决堤
但是在这崎岖的世界

英雄也仍是太灿烂的理想
无尽道路从它的脚下伸展
白日里踏上栈道餐着荒凉
入暮又被驱入街市的狭窄

也许它知道那身后的执鞭者
在人生里却忍受更冷酷的鞭策
所以它崛起颈肌,从不吐呻吟
载着过重的负担,默默前行

形体渐渐丧失了旧日的雄美
姿态的潇洒也一天天被磨灭
也许有一天它突然倒下在路旁
抛下了负担和那可怜的伙伴

从那具遗留下的形体里
再也找不见英雄的痕迹
当年的英雄早已化成圣者
当它走完世间艰苦的道路

　　《马》这首诗所表现的是一个生命完成飞跃的精神历程,是英雄历尽种种磨难成为圣者时留下的深深的足迹。在诗中,最初的马是一个可以叱咤风云的英雄。在属于自己的世界里,在"只有风和深草的莽野里",马充满了征服这个世界的强烈渴望。静力之时,它是"力的收敛",隆起的肌肉里蓄积着强健,就像一尊雕像,一动不动地矗立于旷野,成为天地之间一个不容忽视的交点。既有潇洒英俊的外貌,又拥有实力和信心,它怎能不"渺视了顶上穹苍的高远"呢?当它飞奔的时候,更显其英雄本色。它"披着鬃发,踢起前蹄","像箭一样坚决"地奔腾向前。纵横千里,驰骋天下的豪壮之气令人敬佩不已,似乎在激励着天下所有的有志之士去建功立业。

然而,并不是所有具备自身条件的生命都可以如期实现自己的梦想。通往理想的道路上总是充满了艰辛与陷阱,高远的天空随时可以布满诡谲多变的阴云,有时看来似乎唾手可得的胜利,或许只是无数选择中概率最小的一个。所以,诗人在诗中感慨道:"在这崎岖的世界,英雄也仍是太灿烂的理想。"诗人所说的"崎岖"是人心的叵测和世道的不公。英雄的马,一旦离开了生养自己的莽原,便再也无法把握自己的命运。"白日里踏上栈道餐着荒凉/入暮又被驱入街市的狭窄。"生命不是完成从自在到自为的飞跃,而成了从自在沦为奴仆的悲剧。惠子说:"子非鱼,安知鱼之乐?"我们不是马,但此刻马的痛苦与渴望,马的难以割舍的英雄梦,几乎是一个令人伸手可触的实体。在现实生活中,我们哪一个没有经历过这种因现实和理想巨大的落差而造成的深刻的痛苦呢?

或许是命运这只不可抗拒的手,将马放在一个令它无法忍受的环境里,让它经历着无边的磨难;但是,从另一方面看,祸福相依,命运又给了它另一次选择的机会。诗人在《生命的美:痛苦·斗争·忍受》一诗中曾这样写道:"沉默,沉默,沉默/……/只有痛苦深深浸透了身体,/灵魂才能燃烧,吐出光和力。"对于马来说,生命已不再"像水的决堤"那样,充满了势不可挡的奔腾的美丽,而成为对痛苦和忍耐的超越,成为没有极限的韧性的战斗。这种选择虽然是非自愿的,但却是不可逆转的。

马深深懂得这一点,"所以它崛起颈肌,从不吐呻吟/载着过重的负担,默默前行"。在残酷的现实面前,马除了理智的选择之外,没有丝毫的哀怨与懦弱,甚至对身后的执鞭者也报以令人难以置信的宽容。之后漫长的岁月,马就这样默默地忍耐着,坚持着。这不是弱者的逆来顺受与苟且偷生,因为,真的猛士不仅敢于面对淋漓的鲜血,更敢于直面惨淡的人生。虽然马的"形体渐渐丧失了旧日的雄美/姿态的潇洒也一天天被磨灭",但一个崇高的灵魂却因之而渐渐诞生。或者说因为命运,马没有成为驰骋天下的英雄,但是,靠着自己的智慧和顽强,它却完成了一个从英雄到圣者的转化。马所留下的深深的足迹对于生活在现代社会的我们,无疑是具有启蒙意义的。

三、《有什么可怕》导读

为什么要怕?
有什么可怕?
诚然那阴沉的目光天天逼近

那威胁的脚步声愈来愈响,
设想我是一个跳栏的运动员
正冲向最后一次障碍,
我是一个掷铅球的人
正在疯狂地旋转着躯体,
在这短暂的分秒中,我的生命
爆发出光彩,留下它的足迹,
每一节火箭都将卫星送上
更高的轨道,而自己焚化。

为什么要怕?
有什么可怕?
当我的腿不肯再登上山巅,
当黑夜显得格外严峻,
当冰铺的山路不再显得顽皮,
当北风从窗缝里侵入
啃噬着我的衰老的手臂,
有什么可怕?
为什么要怕?
即使是魔鬼等在浮士德的身后,
他的黑斗篷也只能
卷走老浮士德的肉体,
而青春的愿望永远巡回在大地上,
在冬天的阳光中,
在白杨灰白、发亮的树身里,
留下了希望、理想,
蓬莱岛一样
永远站在海上,不管是
雨天,还是晴天,不管是
有雾,有云,还是有帆,
它默默地守望着陆地。

因此当冬天的阳光晒暖了
孩子们的脊背,

他们知道是老人在抚摸他们

说着一个古老的故事：
从前有一个勇敢的人①
他在嗅到谋杀的血腥气时说
"死亡是我的孪生兄弟
而我比他要大！"
真正的死亡不是停止呼吸
而是对死亡的畏惧。
为什么要怕？
有什么可怕？

《有什么可怕？》这首诗涉及对生死问题的思考。在革命战争年代，人们着重从政治和道德的角度看待生死问题。在战场上或敌人的法庭上，怕死会导致政治和道德上的背叛和失节，这是人所共知的。至于和平环境中的老死，情况就不同了。希望健康长寿，这是人之常情。有人经过几十年的幸福生活，一旦进入暮年，当死神"那阴沉的目光天天逼近/那威胁的脚步声愈来愈响"时，不免感到战栗。也许人类永远不能完满地回答关于生死的问题，但从未停止寻求这个问题的解答。回答这个问题需要诗的真诚和哲学的睿智。郑敏的这首《有什么可怕？》在一种很高的格调中，把她对人的死生的富有哲理的思考和体会娓娓道来。

对于死的悲哀，对于死的畏惧，对于生的留恋，起源于希望。希望可能是兴邦安国，可能是寻欢作乐，也可能是区区小事。树下的一盘棋，凡人之间的唠叨，明日的朝阳，都可以引起对于生的留恋。一旦希望泯灭，则生不留恋，死不悲哀。于是，便有人主张借清心寡欲、通达超脱以淡化对于死的畏惧。郑敏不是这样。她追求陨星的最后光辉，她"设想我是一个跳栏的运动员，/正冲向最后一次障碍，/我是一个掷铅球的人/正在疯狂地旋转着躯体"，如果只有这样辉煌的设想，如果仅仅追寻在"短暂的分秒中"，"生命爆发出光彩，留下它的足迹"，那么，这可能仍是一种空洞的慰藉，它的鼓舞力量不免虚幻，并不能真正征服死的畏惧。这首诗的深刻之处，它的感人力量，在于作者对"真正的死亡不是停止呼吸/而是对死亡的畏惧"的认识，使她在畏惧的时候醒悟过来。因此，当她设想"当我的腿不肯再登上山巅"，"当北风从窗缝里侵入/啃噬着我的衰老的手臂"的时候，依然能说出"为什么要怕？""有什么可怕？"诗的语气平静，更显出了作者对于死亡的视之泰然。整首诗格调高而不矫情，这便是郑敏这首诗

---

① 恺撒（前100—前44），古罗马统帅、政治家和作家（作者注）。

动人的原因。

参考文献

[1] 郑敏. 郑敏文集：诗歌卷[M]. 北京：北京师范大学出版社，2012.

[2] 郑敏. 郑敏文集：文论卷[M]. 北京：北京师范大学出版社，2012.

[3] 郑敏. 诗歌与哲学是近邻：结构—解构诗论[M]. 北京：北京大学出版社，1999.

[4] 袁可嘉. 论新诗的现代化[M]. 北京：生活·读书·新知三联书店，1988.

[5] 辛笛，穆旦，郑敏，等. 九叶集[M]. 南京：江苏人民出版社，1981.

[6] 赵志峰. 中国现代诗歌经典选读[M]. 北京：中国民主法制出版社，2012.

[7] 蒋述卓. 诗词小札[M]. 广州：羊城晚报出版社，2013.

[8] 赵敏俐，吴思敬. 中国诗歌通史：当代卷[M]. 北京：人民文学出版社，2012.

[9] 林建法. 诗人讲坛[M]. 沈阳：辽宁人民出版社，2014.

[10] 王圣思. "九叶诗人"评论资料选[M]. 上海：华东师范大学出版社，1995.

[11] 吴思敬. 中国当代诗人论[M]. 北京：社会科学文献出版社，2015.

[12] 伍明春. 沉潜与喧嚣：当代诗歌论[M]. 福州：福建人民出版社，2014.

[13] 张桃洲. 声音的意味：20世纪新诗格律探索[M]. 北京：人民文学出版社，2014.

[14] 陆耀东. 中国新诗史：第三卷[M]. 武汉：长江文艺出版社，2015.

[15] 周礼红. 郑敏创作思想研究：兼及1940年代以降中国新诗发展动向的考察[M]. 北京：中央编译出版社，2014.

[16] 张岩泉. 20世纪40年代中国现代主义诗歌研究：九叶诗派综论[M]. 武汉：华中师范大学出版社，2012.

[17] 王泽龙. 中国现代主义诗潮论[M]. 武汉：华中师范大学出版社，2008.

[18] 游友基. 九叶诗派研究[M]. 福州：福建教育出版社，1997.

[19] 张洁宇. 诗学为叶，哲学为根——郑敏教授访谈录[J]. 文艺研究，2014(8).

思考题

1. 如何理解郑敏诗歌中体现出的"意象的智性化"？
2. 试析《金黄的稻束》的艺术成就。

第八讲
跋涉的汗血诗人
——牛汉诗歌创作导读

第一节　牛汉生平介绍

1923年10月23日[①],牛汉出生于山西定襄下西关一个农民家庭。原名史成汉,牛汉是他的笔名,他是由仙园老姑姑接生到人世间,诞生于绵绵土之上,也就是热炕上焙得暖乎乎的沙土。离他的村子不远的地方有一条河,叫滹沱河,祖母经常说他的脾气像滹沱河。牛汉的祖父和外祖父都是蒙古族人,所以牛汉天然地迷恋草原和沙漠,血液里流淌着民族气质。

牛汉小时候被村人称为"灰小子",即说他顽皮成性、难以驯服。翦伯赞先生曾笑着说他"是蒙古人的那副神气"[②]。受故乡的地域风貌及自身的民族气质影响,牛汉早期的诗多写沙漠、草原,如《沙漠散歌》《西中国的剑》《鄂尔多斯草原》等。绵绵土和沙漠无形中打通了他内在的生命体验,于是牛汉在从未见过沙漠的情况下创作了第一首诗《沙漠散歌》:

牛　汉

　　希望在风沙里埋葬,
　　多少个世纪,
　　命运像一颗流星,

[①] 牛汉的出生日期有多种说法,《诗选刊》牛汉纪念专号中标注是1922年,在《我仍在苦苦跋涉——牛汉自述》中则是1923年10月,本处采用史佳、李晋西整理的《牛汉年谱》中的日期,即1923年10月23日。

[②] 牛汉:《我的祖先和一把剑的传说》,《中国民族》,2000年第8期。

拖一线淡漠的生命。①

　　沙漠四季的变化浓缩为几个简短而衔接自如的画面,画面的快速流动和组接也体现了抒情主人公情感的律动,从春到冬再走向春,生命的流程几番回复,草原上历代牧民们在苦难的历史长河中艰难地跋涉着,环境的恶劣加重了他们生存的负荷,他们生生不息的血脉和跋涉的步履却永远都不会断流、驻足,时空的流动感体现出诗人如史诗般的情怀和宏大的气魄。

　　牛汉的父亲虽是个庄稼人,但曾在北京大学旁听,家中有一架书,置放成套的《新青年》《语丝》《创造》《新月》等杂志书刊,在这一架"莫测高深"的书刊潜移默化的影响下,牛汉初步了解到除旧体诗之外的新诗。说到旧体诗,牛汉受母亲的影响更多,母亲经常用家乡的口音教他背诵唐诗。他的母亲是一个"生性火爆"的女人,在他早期的诗歌《爱》中记述了母亲怀里揣着菜刀,悄悄闯到阎锡山家中想杀了他,后被吊在树上三天三夜的故事;当牛汉被国民党关进汉中牢房时,也是母亲跋山涉水去探望他。牛汉据此创作了《在牢狱》:

　　　　母亲
　　　　到牢狱看我,
　　　　我和母亲中间
　　　　站着一个狱卒,
　　　　隔着两道密密的铁栅栏,
　　　　母亲向我伸出
　　　　颤颤的手,
　　　　我握不到,握不到……

　　　　但母亲和我
　　　　都没有哭泣。

　　　　母亲问我:
　　　　狱里
　　　　受罪了吧!
　　　　我无言……

---

① 本文所引牛汉诗作,如无特别说明,均出自《牛汉诗选》,人民文学出版社,1998年。

母亲懂得我的心，
狱里，狱外
同样是狂暴的迫害，
同样有一个不屈的
敢于犯罪的意志。

在1937年响彻平型关的枪炮声中，牛汉与父亲不得不离开家乡，走上流亡大西北的征程。1938年4月牛汉考入国立甘肃中学（后改为国立五中），在这里接触到田间的《呈在大风砂里奔走的岗卫们》，胡风的《野花与箭》，艾青的《北方》；后来又接触到《七月》《文艺阵地》等进步文学刊物；这为牛汉日后的诗歌创作奠定了基础。

1940—1942年牛汉迎来了诗歌创作的一个高峰，这时他正在读高中，他独居在天水城外万寿庵，在万寿庵的青灯瓦檐下，写诗第一次成为诗人反拨命运的救星，从此一发不可收拾。1940年，年仅17岁的牛汉开始用牧童和谷风等笔名向天水《陇南日报》文艺副刊、西安的《青年日报》与《黄河》月刊、兰州的《民国日报》文艺副刊"草原"（沙蕾、陈敬容主编）和《现代评坛》等刊物投稿，发表了为数不少的诗歌与散文，这些作品现在已经很难全部找到，牛汉对它们的评价是"写得很幼稚，没有什么保存价值，这些诗的情感基调，近似个人的梦幻"。① 在西北地区的文学期刊中，给牛汉印象最深的就是女作家谢冰莹主编的西北地区唯一的纯文学性综合期刊——《黄河》月刊。牛汉早期发表作品曾经得益于谢冰莹的扶掖，他公开发表作品的第一年，其诗歌《沙漠散歌》（署名谷风）便被登载在《黄河》月刊第1卷第11期上。谈及《黄河》月刊，诗人说："当时《黄河》在西北颇有影响，许多文学爱好者都投稿，大家知道它是鼓励青年人来稿的，而且没有成见，事实上也的确如此。我的诗歌《沙漠散歌》投去后很快被发表出来，还在新年之际意外地收到谢冰莹的亲笔信，是些鼓励的话。给我印象最深的，是第二次我以牧漳为笔名在《黄河》上发表散文《沙漠》后，又收到谢冰莹的来信，其中她谈到'牧漳'这个笔名不好听……从这以后我再也没用过这个笔名。"② 创作于1941年的诗剧《智慧的悲哀》，是牛汉唯一一个诗剧，这是一篇极具想象力并有哲理闪念的诗剧，诗人的笔触深入各类人物性格和心理状态中，悲剧的气氛始终笼压在诗中，通篇被其中强烈的悲壮情绪所感染。《智慧的悲哀》不仅是作者在理想与现实双重挤压下的精神痛苦和不屈心声的吐露，还是一首渴慕崇高人生、讴歌坚毅者灵魂的赞歌，更是诗人揭示民众精神被奴役和张扬个性的创作。

1942年准备去延安而遭到父亲阻止的牛汉，在1943年考入西北大学俄文组，1944年冬天，因为拒绝加入青年军而被学校反动当局取消了公费资格，他决心再度

---

① 牛汉：《牛汉诗文补编·后记》，《牛汉诗文补编》，作家出版社，2000年，第208页。
② 孙晓娅：《谢冰莹与〈黄河〉月刊》，《中国现代文学研究丛刊》，2001年第3期。

奔赴延安。中共西安办事处指示牛汉留在西安编刊物，1945年他便与寿孝鹤、张禹良等筹办了《流火》杂志，刊名"流火"二字是牛汉和寿孝鹤亲自从西安碑林手拓的清代书法家何绍基的字。《流火》于1945年3月出版第1期，发刊词《人的道路》由牛汉亲自执笔，封面也经他独自设计。为办好刊物，牛汉四处组稿，第一期的作者阵容比较庞大，有苏金伞、魏荒弩、郑伯奇、冯振乾、青苗、朱健、白莎等人，牛汉的长诗《老哥萨克刘果夫》也得以发表。《流火》是一个综合性文学刊物，涵盖了诗歌、散文、小说、文论和翻译文章，刊物有意识地反映西北、陕北一带的民间生活，具有地域特色。但遗憾的是《流火》仅出一期，创刊即为终刊。编《流火》时，牛汉曾经给胡风写过一封信，向他组稿，胡风并没有回信，他比较谨慎，托人转告牛汉说他很支持这个刊物，至于写稿，还是等看看刊物再说。20世纪50年代初，牛汉曾问及胡风为什么不给《流火》写稿子，胡风说当时出于各种原因的考虑，西安是反共前哨地带，政治方面比较敏感，他不相信这种地方能办好进步刊物。① 果不出其所料，《流火》自1945年3月出版第一期后，就被国民党查禁，已经编辑好的第二期原本可以刊发一些"七月派"作家的作品，最终都未能发表。《流火》停刊后，党组织派牛汉返回西北大学所在地城固，发动民主学生运动，建立起学生自治会。

在此期间，牛汉还收获了爱情。1945年牛汉与吴平相恋，1946年他去西北大学搞学运，被捕入狱。1947年在《泥土》杂志发表长诗《彩色的生活》，第一次使用笔名"牛汉"。

牛汉在1948年将手头积存的诗稿经郯潭封转给胡风，胡风对文字作了少许修改编成一集，也就是列入《七月诗丛》第二辑的《彩色的生活》。1950年牛汉在东四头条胡同文化部招待所第一次见到仰慕已久的胡风先生。在之后的两年里与胡风通信近20封，探讨对文艺的看法。"七月派"是由抗日战争催生的一个文学流派，因胡风主编的《七月》②而得名。胡风和《七月》以及后来的《希望》③《泥土》，像"磁石"吸引"铁屑"一样，将一大批青年进步作家如绿原、邹荻帆、阿垅、路翎等紧紧聚拢在一起，他们在艾青、田间的影响下，在几个刊物的凝结下，为受难的民族呐喊，为忧伤的人民歌唱，朝着抗战的目标奋进，从而形成我国现代文学史上历时甚长、富有探索精神而又具有沉重的悲剧命运的进步文学流派。"七月派"包括"七月诗派"和"七月派"小说家，他们大多是在胡风的文艺理论指导下进行创作的，胡风是他们的精神领袖。胡风作为七月派的精神导师，倡导"第一义诗人"，热心于"主观精神的燃烧"，这些都潜移默化地影响着牛汉创作的思维内质。《七月》创刊之初，胡风署名"高荒"的诗歌《敬

---

① 孙晓娅：《附录：牛汉访谈录(2001年4月10日)》，《跋涉的梦游者：牛汉诗歌研究》，北方妇女儿童出版社，2003年，第175页。
② 1937年9月在上海创刊的文艺期刊。
③ 《七月》《希望》是"七月派"两个一脉相承的刊物。

礼》赫然出现于卷首,同期还发表了艾青、萧军等人的诗歌,刊物上一直占据重要地位和大量篇幅的是诗歌,刊登的内容都是反映全面抗战初期人民充沛的爱国热情和实际斗争生活的,饱含着对祖国、民族、人民命运的深切关怀,因而吸引了孙钿、冀汸、侯唯动、庄涌、鲁藜、彭燕郊、牛汉、阿垅、路翎、丘东平等一批进步作家,同时也受到了广大读者的热烈欢迎。牛汉曾说:"当时我是初中生,作为一个读者,看到这个杂志,觉得它的作者们都是在鲁迅精神哺育下成长起来的青年作家,大都与鲁迅有过亲密的关系(特别是胡风、二萧等),在创作上都是以鲁迅为导师,坚持现实主义道路的作家。他们以昂奋的激情及时反映抗日斗争的作品,吸引了广大的读者,是十分自然的。"①牛汉1986年主编了胡风诗选《为祖国而歌》,1992年与绿原合编了《胡风诗全编》。

胡风的赏识是成就牛汉早期诗歌创作的催化剂,但牛汉也因此而命途多舛。1955年,因受"胡风反革命集团"案牵连,牛汉第一个被捕,先是留在人民文学出版社继续从事编辑工作,之后"文革"期间被关押到"牛棚",下放到"五七干校"接受劳改,直至1980年平反。在咸宁劳改的5年中,在杳无人烟的云梦泽之中,那些承受着自然灾难的山林湖泊,唤醒了诗人积孕良久的诗性直觉,诗人开始咀嚼苦难、反刍人生,他找到了人与大自然相似的命运和习性,人与诗、生命与创作狂热地交融为一体。诗人在《悼念一棵枫树》一诗中写道:

  清香
  落在人的心灵上
  比秋雨还要阴冷

  想不到
  一棵枫树
  表皮灰暗而粗犷。
  发着苦涩气息
  但它的生命内部
  却贮蓄了这么多的芬芳

  芬芳
  使人悲伤

在这个最没有诗意的时期,牛汉却从未放弃过创作。他创作了《鹰的诞生》《半棵

---

① 牛汉:《关于"七月派"的几个"问题"》,《学诗手记》,生活·读书·新知三联书店,1986年,第46页。

树》《悼念一棵枫树》《华南虎》《根》《麂子》等代表作,可谓与诗相依为命。他形容这些诗"是无法投寄的信/是结绳记事年代的日记/是古洞穴岩壁上的图腾/是一粒粒发胀的种子"。

驰隙流年、斗转星移,平反后牛汉作为"归来诗人"的代表受到了更多的关注和认可。《诗刊》《人民文学》《星星》等文学刊物相继刊登了牛汉在干校时期的诗歌作品,《温泉》《海上蝴蝶》《蚯蚓和羽毛》《沉默的悬崖》等诗集也陆续出版。20世纪80年代以来他笔耕不辍,老而弥坚,他的诗歌创作驶入一片全新的境遇,以携带泥土的质朴和粗犷融汇现代诗的技巧,产生出"强劲的摩擦力和冲击力"。

在2003年《北京文学》奖的颁奖现场,牛汉发表获奖感言时说:"我的确是一个朝向人类诗歌圣境苦苦跋涉了多半生的平凡的人;在过去半个多世纪动荡而严酷的生涯中,曾渴望为理想世界的到来全身心地将自己燃烧干净,血浆,泪水,筋骨,还有不甘溃败和寂灭的灵魂,都无怨无悔地为之奉献。"这也契合他在诗歌《三危山下一片梦境》中所传达的诗境:

> 我是一个走路从不回头有河流性格的人
> 我不相信岸和岸上美好的传说
> 航海的水手都晓得,大海不相信有岸,大海无边
> 就是小河也明白岸只呆呆地立在流水的两边
> 河水的前面永远不会有岸
> 我是一个憎恶岸冲垮岸的波浪
> 在三危山下没有岸没有水的命运的河道里
> 我艰难地行走了好久好久,仿佛走过了一生

这时期的牛汉不仅继续跋涉在诗歌圣境中,而且在编辑工作中兢兢业业、执着探求,卓有成效。1975年牛汉回到人民出版社抄卡片,1978年始受韦君宜任命参加《新文学史料》的筹备工作,走访了沈从文、萧军、施蛰存、朱光潜等老一辈的文学家。在走访萧军的过程中得知了胡风在成都的通讯处,并寄去了《新文学史料》第2期的样刊,很快就收到了胡风写的回信。从1983年到1996年,牛汉一直担任《新文学史料》的主编,在编辑工作中显露出无门户之见的气概,探寻茫茫九派的史家视野,对书信、日记、回忆录、年谱等多方面史料的发掘,为中国现代文学史的写作注入了前所未有的生动和血质。

1984年牛汉又受丁玲之邀参加文学刊物《中国》的筹备。1986年在丁玲逝世后,担任《中国》执行副主编。在这期间对名不见经传的青年作者和新生代作家的倾心扶掖,对那些将文学视为生命体验的作品积极推崇,使刊物呈现出锐意进取的姿态。

《中国》1986年第3期上刊发了牛汉的《诗的新生代——读稿随想》一文,他在文中盛赞这群年轻的生命,这些超越沉重与苦难而新生的创作:"这里没有因袭的负担,没有伤疤的阴翳和沉重的血泪的沉淀,没有瞳孔内的恍惚和疑虑,没有自卫性的朦胧的铠甲,一切都是热的蒸腾,清莹的流动,艺术的生命,红润的肤色,强旺的肌腱,有弹性的步伐,头颅上冒三尺光焰:这是一个年轻人体魄的形象。"①然而《中国》创刊不到两年就被迫停刊了,编辑部对此表示强烈不满,并在终刊号上刊登了《〈中国〉备忘录——终刊致读者》,同时发行两个版本的终刊号,这在整个现当代编辑史上都是少有的。

牛汉先天具有叛逆的气质。1981年他与绿原编选了《白色花——二十人诗集》,收录的多是"七月派"成员的诗作,宣称"要开作一枝白色花——/因为我要这样宣告,我们无罪,然后我们凋谢"②。1998年他与邓九平主编了《思忆文丛——记忆中的反右派运动》。这一系列编辑工作以无声之姿向世人宣告:他就是要做那位逆着风沙前行的老人。诗人在《逆着风沙》一诗中写道:

> 风沙无孔不入,
> 落满了蓬乱的头发,
> 沙粒磨得眼睛火辣辣,
> 连牙缝和喉管都灌进了带刺的沙。
> 鼻孔被堵塞,
> 只能张大嘴呼吸,哦,好痛快,
> 吸一口风沙,
> 吐一口风沙!

进入20世纪90年代,牛汉在从事诗歌创作的同时又开始了散文创作,追溯悠远的血缘,歌颂土地和亲情,先后出版有《滹沱河和我》《萤火集》《童年牧歌》等散文集。2006年,牛汉回到阔别69年的家乡山西定襄,跪在坟茔前拜祭亲人。诗人在《诗的身体》一诗中写道:

> 有的诗是为别人挖的墓穴
> 作为我墓穴的诗有很多
> 我只能在一首诗里安息几天

---

① 牛汉:《诗的新生代——读稿随想》,《中国》,1986年第3期。
② 绿原,牛汉:《白色花——二十人集·序》,《白色花——二十人集》,人民文学出版社,1981年,第4页。引用诗人阿垅一九四四年的一节诗句:要开作一枝白色花——/因为我要这样宣告,我们无罪,然后我们凋谢。如果同意颜色的政治属性不过是人为的,那么从科学的意义上说,白色正是照在自己身上的阳光全部反射出来的一种颜色。我们曾经为诗而受难,然而我们无罪!

再去另一首诗里

我变成了一只蝴蝶

这是牛汉的一首遗作。2013年9月29日,牛汉病逝于北京,享年90岁。他住进了自己的诗中,化为蝴蝶,轻盈起舞。把一生的苦难和伤疤都带走,把体温和美丽的骨头留在人间,朝着梦游中的远景不停地奔跑,像汗血马一样耗尽心血而死,在生命的顶点,焚化成一朵雪白的花……

第二节　牛汉诗歌创作历程

牛汉诗歌创作历程(视频)

牛汉曾被称为"汗血诗人""归来诗人""七月派诗人",他与郑敏一同被誉为诗坛的"世纪常青树"。他的诗歌创作长达70余年,而且愈老弥坚,是现当代诗坛上创作力最为旺盛的诗人之一。"牛汉先生在创作中始终坚信:诗永远要有大美的真情和坚硬风骨,并认为,诗永远是站立着的帕米尔,不是逶迤匍匐的小山丘。"①他一生都在努力探索突破既有方法的规范,吸收融汇多种创作方法,进行创新的艺术尝试。2013年9月牛汉逝世,《新文学史料》2014年第1期设专栏刊发了对牛汉的纪念文章。洪子诚先生认为:"牛汉先生的去世,事实上可以看作是中国一个诗歌时代的终结。这种人与诗的联结方式,这种诗歌是成为人生和历史的'生命档案'的状态,以后也许不会再出现了——至少是不会呈现过去这样的群体性状况。"②

客观地回视,牛汉是"七月派"的代表诗人,这一点毋庸置疑。首先,牛汉在20世纪40年代的诗歌创作实则深受"七月派"创作风格和艺术主张的影响。牛汉"史诗"意识的自觉性首先受到胡风等"七月派"诗歌那种宏大的包容度、历史题材的归趋适时效果的影响。牛汉最初从事诗歌创作时并没有明确的流派意识,但他阅读最多、给他影响最深的就是"七月派"的诗歌。那一阶段,"七月派"诗人的领袖胡风十分强调和推崇诗歌的史诗形态的建构,在其"史诗意识"的倡导下,七月诗群显示出飞扬不息的民族精神风采。作为40年代后期才正式成为"七月派"成员的牛汉,进入诗坛伊始就深受"七月派"诗人创作的影响。虽然他的诗风与"七月派"发生了从游离走向顺应的联结,但是,诗人的艺术成长、情感取向、艺术的经营和形式的约束方面曾自觉地维系于"七月派",他有意识地克制激情的自然流露,注重通过内在情感的充实弥补其诗歌凝练和细致方面的不足,从而改变了以往奔泻无遗而内蕴不足的气势,坚韧的战斗

---

① 孙玉石:《铮铮风骨　大美诗魂——深切缅怀诗人牛汉先生》,《新文学史料》,2014年第1期"牛汉专辑"。

② 洪子诚:《像牛汉先生那样真实生活》,《新文学史料》,2014年第1期"牛汉专辑"。

精神以一种内在的力量爆发出来，呈现出厚重沉实的美学风格。同时，诗人开始注重把握生活的思想性并努力从个人狭小的格局中跳出，将苦斗精神指向革命战斗和复杂的现实生活，与现实的人生并进，与革命一同成长，历史情境与情境中人的相互渗透在他的诗歌中几近水乳交融，诗歌的表现力也有所增强。

从文学史的角度看，牛汉真正在诗坛上脱颖而出并确定了其在诗坛中的地位，并非因为他是"七月派"成员，也不仅仅缘于他在20世纪40年代创作了《鄂尔多斯草原》和《彩色的生活》等诗篇，更为重要的是，其自"文革"以降所创作的富有经典意义的诗作，它们从思想深度、情感内涵、美学风格等多方面体现出牛汉在思想、诗艺和人格上的超越，其受难的悲剧意识和反抗的诗学立场给中国诗坛注入了生命之流。随后，80年代的他又重新孕育了一个"新生"的自我，在不断裂变与再生过程中开拓自己的思想空间。

从诗歌创作历程来看，牛汉早期的诗歌创作深受艾青与胡风的影响，以1946年为界，牛汉的诗歌创作存在泾渭分明的前后两个阶段。1940年代初期，作为一个刚踏上诗坛、踌躇满志的年轻诗人，牛汉的诗笔总是伸向遥远的梦幻世界，他创作了不少洋溢着青春活力和富有生命强力的"绿色"诗篇。他不仅创作了多篇具有宏阔史诗特色的长诗，还创作了不少富有民族忧患意识的小诗和诗剧，无论是豪放爽朗还是苦闷忧愁，这些诗篇都充溢着浓郁的浪漫主义气息。1946年，汉中监狱的生涯改变了诗人的创作风格，他不再从梦境和遥远的历史中寻找精神的依托，对人生的感悟与对严酷现实的冷峻批判紧密地交融在一起，在艺术经营创作方面，他获得了成长、发展。牛汉作为一个精神界战士的形象其实在这一时期就已经萌现。

从诗歌的艺术成就来看，牛汉1950年代初期的诗歌创作在其近70年的创作历程中是最轻微的，晚年的他，也主动忽略这一阶段的创作。但是，管窥其1950年代初的诗歌创作、通信，可以呈现出一个更为立体的牛汉。最早对牛汉50年代创作进行评论的是胡风，他从牛汉的诗歌中看到诗人对祖国的爱源于真挚的情感："诗人的对于祖国的爱情，是活在一种血肉的感觉里面了。"诗人所追求的是一种血肉的感情，他要把生活刻"透"，他要把生活刻"深"。因为，对祖国的热爱，祖国的美丽，新的美好的一面，只有从血肉的生活里面蒸馏出来，升华出来，结晶出来，那才能和一切生活相通，和这个伟大时代的人民的心相通，才能够成为更宽广而真实的生活内容；如果是这样的声音，那才能够每响必中于人心。爱祖国，是爱我们现实生活里的人民，是爱花样复杂的现实生活和这个生活里面的斗争。祖国的美丽，新的美好的东西，是生长在这样的生活里面，是潜伏在这样的生活中间。如果我们对于祖国的爱不是这样的爱，而是片面化了或者虚浮化了的东西，那些对于生活的"轻佻"或"侮辱"固不必说了，即使是真诚的"一种单纯的热爱"吧，有时候也会难免多多少少带有"一些消极成分"的。针对牛汉50年代初创作的小诗，胡风也鞭辟入里地指出其不足之处："这里面还应该有更雄厚的东西,现在好像是看到了花而不能看到泥土似的。"①诗人这一时期的诗歌创作体现了特定历史时期的纠结和悖谬,其创作实践和内心情感的波动呈现出矛盾的对立。一方面,他强调坚持作家的创作个性、强调主观精神对生活的投注,力图发挥主体的参与精神,寻找与时代碰撞的切合点;另一方面,他被裹挟在汹涌的政治漩涡中,创作了顺应潮流的"颂歌"。回顾历史,牛汉与同时代具有代言人的身份的诗人又有所不同,他力图发挥主体的参与精神,寻找与时代碰撞的切合点,他的"颂歌"虽然成绩并不突出,但却是其主观情感与现实生活的诚实的融合,他没有盲从或迎合什么,也没有因为历史语境的变化而否认自己以往的创作态度,现实中,他也没有接受当时作家都自觉接受的"蜕变"。他无非是希望用"真实、朴素"的语言,把生活里首先感动了自己的情感写出来。另一方面,同样创作"颂歌"体诗,同样是怀着自觉而崇敬的情感讴歌经过血与火洗礼的共和国,牛汉的作品被公开发表出来的却极少,这其中隐藏着极为深层的社会和文化的因由。

诗歌语言体现着诗人的心理习惯和审美趣味,在主客观多种因素影响下,牛汉选择了诗歌语言的散文化,但是诗人不同阶段的创作个性又使得诗歌语言呈现各异的散文化表述特征。我们可以用艾青的一段话来概括牛汉20世纪40年代诗歌语言的特质,即"不是萎靡与陈腐的语言,不是飘忽与朦胧的语言,不是无力与柔弱的语言,不是唏嘘与呻吟的语言",而是"明显与正确的语言,深沉与强烈的语言,诚挚与坦白的语言,素朴与纯真的语言,健康与新鲜的语言,是控诉与抗议的语言"。② 40年代初期,牛汉的诗歌语言铿然有力,无拘无束,于不规整处生发一种奔放的力度,洋溢着淳朴的生命气息,开阔的气势使语言具有强劲的张力,语言有民族性也有时代感。40年代中后期,由于生活经历和创作经验的丰厚,牛汉在创作中开始力求语义的深化,诗句朴实平易,于平实中渗透着铿锵的情感,于朴素中蕴含着饱满的形象。诗人开始注重突入生活的底层中去,以便更深入地揭示现实生活的本色,把诗歌与现实紧密地结合一体:"我醒了——/江边古老的时钟,一下一下地响着,/遥远的工厂的汽笛正嘶哑地鸣叫,/我听见,远远近近/缆绳擦着船舷/起锚的响声,/轮船母牛一样的低沉地呼号了,向大海驶去,/街道上,人声噪闹,警车啸响而过;//我醒了——/心狂奋地跃响,/知道心里还有湍流的血,/脉搏像钟一样响,/血像汽笛一样呼号,/哦,我还活在世界上。"(《彩色的生活》)

然而,20世纪50年代初期,流转于时代的漩涡中,牛汉同其他许多诗人一样,失去驾驭和把握个体语言的能力,他没能延续其40年代后期所形成的语言风格,也缺少40年代初期诗歌语言的那份野性的活力。相反,在时代主流基调的控制下,他的诗歌多了一些文学主流词语,抒情方式与主流话语方式也有接近之处,语言过于直

---

① 胡风:《祝福祖国,祝福人民!》,吴思敬:《牛汉诗歌研究论集》,时代文艺出版社,2005年,第1—5页。
② 艾青:《论抗战以来的中国新诗——〈朴素的歌〉序》,《文艺阵地》,1942年第6卷第4期。

白,情感的表达也过于"慷慨",语言缺乏形式美,诗体语言的失范和粗糙在这一阶段比较明显地暴露出来。曾经,在语言的繁简上,艾青对自己的要求是"适度地慷慨,适度地吝啬",而50年代初期,包括艾青在内的很多诗人都以语言的"慷慨"为美,少有简约者,牛汉也未能超越历史的局限。这一阶段,他创作的大量诗歌作品,语言都不够洗练,欠斟酌,缺乏含蓄内敛的诗美。在停止诗歌创作十几年之后,诗人再次拿起诗笔时,他才在受难的悲剧中一改这种浅白,以精粹表达复杂的内容,以意象承载丰富的思想,艺术水准得到显著提高。

在"文革"后期,很多诗人失落了创作的自主性和人格的独立意识,他们或停止新诗创作,或开始写旧体诗,或陷入那个时代的词语陷阱迷失本我。从事"潜在写作"的牛汉,他的切身体验使得他的话语演说不再轻率地指向某种意识形态及其许诺的未来图景,而是从自己独特的生命体验出发,将其最大的精神关怀置放于"生命"本身,伤痛于生命的受戮并且为生命的尊严而呐喊,这造成他的语言渗透着生命的紧张感。牛汉拒绝走进历史的语言——霸权专制的语言,他坚守着历史的真和个体生命体验的真,他在用自己的笔写作,将生命投入创作中,正因此,他没有成为历史话语方式的殉葬者。在《鹰的诞生》中,诗人写道:

> 鹰的蛋,
> 是在暴风雨里催化的,
> 隆隆的炸雷
> 唤醒蛋壳里沉睡的胚胎,
> 满天闪电
> 给了雏鹰明锐的眼瞳,
> 飓风十次百次地
> 激励它们长出坚硬的翅膀,
> 炎炎的阳光
> 铸炼成它们一颗颗暴烈的心。

诗歌一方面暗示了诗人于险恶的境遇中精神自主地实践着由内向外的突围,心灵受到压抑后仍保持的自由境界;与此同时,它也形象地表达了语言从酝酿到诞生的艰难过程。与外界紧张的社会环境形成强烈的对比和反差,那些富有张力的语言渲染了诗人征服磨难与厄运、超越现实压力的渴望与向往。从"文革"后期开始,牛汉在驾驭语言表现思想的深刻和情感的转变两方面均得到显著提高,他准确地把握了事物的特征、现象的内质,其分辨事物之间的细微差异、鉴别语言的能力有所增强。经过艰难时期的孕育,诗人一改初涉诗坛时的语言风格,在诗歌语言建设方面走向成熟。

20世纪80年代以来,牛汉诗歌的散文化倾向开始淡薄,逐渐被其诗歌的哲理性替代,语言也日益凝练、深邃和个性化,少有直白,也不见绮丽之语,达到了一定的精纯度,语言的紧张感淡化了,很多语言在引发读者思考的同时也为自己创造出一方广阔的话语空间,耐人寻味。最为可贵之处在于,牛汉关于语言形成了自己独特的感悟,他曾在《每个词语都通向未来显现的黎明》一文中写道:"不论身处何时何地,我写一首诗,不论长短,总感到自己奔跑在一个混沌的黑暗的氛围之中,没有天,没有地。但是心里明白,诗的每个词语,每一行,都通向一个从未见过的黎明。"[1]同时,牛汉曾多次在不同场合提到其诗歌创作中语言的"分娩"观,在实践体验的基础上,他提出诗歌创作中存在着一种"母性的虔诚",即:"每个字、词语,都是由我生的,不是从传统的辞典中取来的,我的散文和诗,没有取来的文字,都是我生成的,属于这个即将诞生的(艺术)生命所应有的。"诗人进而又说:"总之,我的这些散文(诗也如此),不是制作出来的,而是我生出来的,包括它的语言,都是只属于这篇散文(或诗)的。如何把心灵里的那个要出世的活生命,转变为可读的生命形态的文字(汉字),是极难以说明白的。我深深懂得语言的生命感,它的神圣和神秘,没有它就无法显现出有形的艺术生命。如灵与肉那种关系。"[2]在牛汉看来,语言是有生命的,语言不是工具,语言不是你想拿来为你服务就能如意的,诗人和语言之间不是统治与被统治的关系,也不是调动的关系,它不愿意被人统治和调动,如果语言不服从你,它就会进行反抗,被统治和调动的语言是强硬的,没有活力。作家和语言的关系、创作和语言的关系、诗和语言的关系都是互动的。在此基础上,牛汉认为诗的语言应当与诗歌一同"分娩",没有先后,不是先想好主题再选择词语,更不是先写出诗句再构思主题,语言本身就存在着,他着重强调诗歌语言与诗歌生命融为一体的互动关系。

牛汉提出的诗歌语言的"分娩"说与海德格尔对语言的看法十分相契。牛汉对诗歌语言的看法一方面来自他的创作体验,同时,我们也不能排除海德格尔对他的影响。1989年,诗人刘湛秋曾经采访过牛汉,在那次采访中牛汉也承认海德格尔对诗的形成、对语言的形成的观点影响和启发了他。[3] 在《存在与时间》中,海德格尔主要从存在论的角度理解"语言",他要扭转一个普遍被人认同的观念,即把语言当作一种利用工具(instrument zuhanden),海德格尔关于"语言"的存在性的一个有名的论断:不是"人""说""话",而是"话"让"人""说","人"有"话"要说。其实,较早反对将语言当作工具的是胡塞尔,而他所恢复的无非又是洪堡尔特的观点。海德格尔将他对语言的理解和存在论联系起来,他认为"语言"本是"人"的存在方式,而不是抽象的语词

---

[1] 牛汉:《梦游人说诗》,华文出版社2001年版,第75页。
[2] 牛汉:《关于文字创作的互动关系》,《梦游人说诗》,华文出版社,2001年,第206—207页。
[3] 牛汉、刘湛秋:《裂变·超越·生命的形态》,《人民文学》,1989年第1期。

体系,他认为真正的本源性的"语言"与"人"的原始状态不可分割,"语言"不是"人"的功能之一,而是"人"的本质。他要人们"设身处地"地以"原始的心境"来"体验"这些原始的状态,并认为这才是对语言本质的真正把握,这就是他在《在通向语言的路上》一书中所阐述的核心思想。所谓"在路上"就要"亲身"去"体验",去"体察"语言的特点,而不是把语言作为事实对象来静观,只有亲身去体察,才能掌握语言的本源性意义,而不至把它用抽象概念分割得支离破碎。可见,语言的本质并不是一种抽象的、概念式的东西,并不是为了交往而互相商量好"规则"的一种"博弈",而是自然产生的存在方式。海德格尔说语言这种"活动"既是感性的,又是理智的。语言既不是客体的知识,也不是主体的行动,而是主体与客体未分化时的一种活动。在牛汉那里,他用互动的关系来解释海德格尔所说的那样一种"活动",牛汉在给诗人郑敏的信中详细分析了他是如何在创作过程中和文字互动的。

牛汉关于语言的"分娩"说与其自由自主的创作观念契合,它体现了牛汉思想的现代性和前驱性。牛汉反对诗人主观对诗歌语言的生硬把握,他反对"写诗"一词,更喜欢创造和生成,他在表述方式上侧重于说"一首诗如何生成的怎么诞生的",而不是说"一首诗是怎么写成的","写"字是诗人主观意志的强行渗透,是诗人客观行为对诗意刻板地把握,所以他喜欢"创造"这个词。受其语言观念的影响,牛汉游刃于平易却深远的诗句中,自如地拓展着创作空间和生命空间,没有伪饰也没有牵强做作。

牛汉诗歌创作的第二个井喷期是"文革"时期。当整个文学场都陷入失语的尴尬境遇时,牛汉却矢志不渝地秉持着诗人的良知和责任感正视十字架下的真,沉默而冷峻地抒写着独特的精神感悟,正如绿原所说:"只因为这些新诗大都写在一个最没有诗意的时期,一个最没有诗意的地点,当时当地,几乎人人都以为诗神咽了气,想不到牛汉竟然从没有停过笔。"牛汉在《我与石头的情谊》中写道:[①]

> 我走过三山五岳,见过火山岩,可没有见过如此瑰丽的来自地心的火的结晶。从它的神态,我懂得了诗应有的原生形态:具有地火的不灭的光焰。

从1955年到1969年,牛汉几乎停止了诗歌创作,是咸宁向阳湖附近伤残的生命激发了诗人尘封良久的诗笔。正如诗人所说:"大自然的创伤与痛苦触动了我的心灵。"伤残意象与残败的生命情境碰撞交融,促使牛汉从这精神困境中突围出去,从个体具象的生命影射了整体生命群的遭际,反抗强权而张扬人的尊严,追求与向往自由。以受难者的姿态主动承担历史的和个人的苦难,表现出受难的悲剧精神和绝境中反抗的诗学立场。诗中在《半棵树》中写道:

---

① 绿原:《活的诗——代序》,牛汉:《温泉》,上海文艺出版社,1984年,第3页。

人们说
雷电还要来劈它
因为它还是那么直那么高
雷电从远远的天边就盯住了它

　　半棵树是大写的人的象征,是诗人及同他一起受难的知识分子的战斗姿态的缩影。寥寥几句作结,加重了全诗的悲剧氛围,凸显了那些富有现实战斗精神的知识分子向黑暗抗争的坚韧意志。同时诗人所选取的这些伤残意象负载着诗人的刚强和"善良的本性",无论是高飞远举的鹰,还是沉潜在地下的根,还是微不足道的车前草,每一个生命都有其存在的价值和意义,一根一树都包含诗人对于微小、具象的生命的尊重和怜悯。这是一种珍贵的生命意识。每一首诗都融入了诗人的血脉,表达出他生命的痛感和心灵的颤动。

　　海德格尔曾说:"时代处于贫乏并非在于上帝之死,而在于短暂者对他们自身的短暂性几乎没有认识和没有能够承受。"[①]当主体生命意识受到压抑时,出于对自身短暂性的认识,牛汉充分地燃烧着生命,用生命的火焰塑形成诗。历史性浩劫带给诗人以伤疤,但牛汉将心灵的血迹凝聚于笔端,转化成了对人生哲理和人生彻悟的冥想,诗人直接面对现实中纷纭复杂的矛盾和事物,直抒胸臆,昭示其在日常生活中所发现的哲理,牛汉建立了自己的空间哲学——超越有限,以至无限,从而显示出某种外在的敞开。经历了生命的酝酿与再生、诗歌的酝酿与再生后,受绝对精神的引领,牛汉完成了个体生命的哲理性探询,他不再游离本我,也不再将感情和思想寄托于外界,而是向内转,遨游于纵深的精神空间,体现出"自高自大"、顽梗与坚执等人格特征。

　　20世纪80年代以来,牛汉逐渐由放射性地表达情感转向探入博大的心灵境界和神秘深邃的哲理境界,深入生命本体的律动中,突出地表现情感内部发生的冲动和运动,反复实践着具象与抽象、有限与无限、感性与理性等的多元融合,这使得他的不少作品都富有哲理性,蕴含和放射着生命的活力、人格的光辉。牛汉是能够在苦难和受难中秉持住高洁品性的诗人,与悲剧命运的顽抗促进了诗人灵魂的升华,也使他的人格和诗品随着人生阅历的丰富日渐成熟。就牛汉80年代以来的诗歌创作,孙玉石在《时代与生命苦难的睿智升华——牛汉诗及其魅力的一些思考》一文中给予过极高的评价:"牛汉晚年诗歌艺术创造的升腾与超越,为新诗的发展赢得了新的高度,也赢得了世界关注的目光。"[②]时隔十年,孙玉石进一步将牛汉80年代诗歌探索的艺术突破力概括为三点:"首先,他尝试自己用伤疤和痛苦去感觉世界,发展一种将咀嚼自身痛

---

① 海德格尔:《诗·语言·思》,彭富春译,文化艺术出版社,1991年,第87页。
② 孙玉石:《时代与生命苦难的睿智升华——牛汉诗及其魅力的一些思考》,《文学前沿》第7辑,学苑出版社,2003年,第243页。

苦生活升华为刻骨铭心艺术美的诗学探索。……其次,他探索努力突破既有新诗创作方法的规范,实现一种在多种创作方法吸收融汇交叉互动基础上进行创新的艺术尝试。……还有,他特别强调,诗人要改变简单的思维,坚持诗人自我个性,进行更富个性化的、更深入复杂的思考。"①诚然,与80年代初很多作家一样,牛汉有一种生命再生的感觉,他以积极的创作心态投入崭新的诗歌创作中。但与"归来"者诗人不同的是,他并不急于摆脱历史伤疤的负累,"伤疤记忆"成为促进他完善、创建诗歌艺术和人格发展的精神激励。当别人仍在反思和清算历史时,他却努力调整着自己的创作步伐,以强劲的生命原创力在诗坛上保持着活跃的姿态,并达到了他的创作顶峰。

黑格尔有一句名言:"人格的伟大和刚强只有借矛盾对立的伟大和刚强才能衡量出来,心灵从这对立矛盾中挣扎出来,才使自己回到统一;环境的互相冲突愈众多,愈艰巨,矛盾的破坏力愈大而心灵仍能坚持自己的性格,也就愈显出主体性格的深厚和坚强。"②牛汉的诗歌映射出强大的人格力量。不妨用"自高自大"概括牛汉的人格,这一人格其实是鲁迅精神的一脉延续。牛汉的"自高自大"不是非常年代政治批评和人品批评术语中的自以为是或者是盲目虚幻地估计自己的自高自大,它是一种在内部精神的发展中超越了外部世界容受力的人容易产生的人格精神,是主观对自我灵魂的肯定,是独立而富有自主意识的个体向庸众挑战的内在的生命勇气,是鲁迅所推崇的"个人的自大"。牛汉的"自高自大"正是"在空间的压迫下自我爆炸"的人格诞生物,也是中国古代"抉心自食"的刚性精神的体现。

最后,牛汉的人格力量还体现在对青年一代的关注上,参与、支持和理解新诗潮。牛汉对新的诗潮的参与、支持和理解,是发自内心而心心相印的,他对北岛等"朦胧诗人"和"新生代"倾心扶植,还有残雪的《苍老的浮云》,刘恒的《狗日的粮食》,格非的《追忆乌攸先生》等文章的发表都与牛汉的肯定和支持有直接关系。他对青年诗歌界,不仅有精神上的融通,更有艺术上的理解;不仅是文学上的指导和鼓励,更是人生大道的引导,因为他的率直和热诚,他在历史面前永远可以对得起大写的"人"字,同时牛汉对青年诗人的影响极具穿透力,诗人臧棣将牛汉视为"老英雄",2013年秋,他得知牛汉去世的消息,曾迅速作诗一首:"我不会像你那样写诗;/但,我会被你的诗吸引。/……令我暗暗吃惊的是,/最终,我们也许都会被我和你之间的差异吸引。"(《老英雄协会——悼诗人牛汉》)在他看来,牛汉是那一代诗人中为数不多值得文学史重新评估的人。沈奇先生说:"老诗人牛汉的存在,已成为纯正诗歌的人格化身。从朦胧诗派到第三代后二十载新诗潮的风云际会,数不清有多少青年诗人从一米九零的牛汉身旁走过,发现自己也长高了许多。"③

---

① 孙玉石:《铮铮风骨 大美诗魂——深切缅怀诗人牛汉先生》,《新文学史料》,2014年第1期牛汉专辑。
② 黑格尔:《美学》第一卷,朱光潜译,商务印书馆,2011年,第227—228页。
③ 沈奇:《牛汉:永远不老的世纪之树》,吴思敬:《牛汉诗歌研究论集》,时代文艺出版社,2005年,第152页。

第三节　牛汉经典诗作导读(上)

　　1942年,牛汉迎来诗歌创作的第一个高潮期。正在读高中的牛汉痴迷地热爱上诗歌,他几乎天天写诗,分别刊发在学校的壁报和省内外的刊物上。1942年2月下旬,陇南棕黄色的山野开始透出春意,在一种神秘力量的催促下,诗人花费半天时间,完成近400行的长诗《鄂尔多斯草原》,这首诗仿佛是从诗人生命内部爆发的一束火光,带走了他的灵魂。《鄂尔多斯草原》的诞生以及诗歌意境的产生与一中一外两位诗人分不开,如前所述,牛汉始终强调艾青对其早期创作的重要影响,他说:"明显地对《鄂尔多斯草原》有影响的诗主要是艾青的《雪落在中国的土地上》与《北方》,不难看出《鄂尔多斯草原》的抒写手法,受了这两首诗的启迪与感染。艾青诗的那种深沉、忧郁而凝重的情调,与当时祖国、民族、个人的命运十分一致。在我幼稚而苦闷的心灵上,蒙古草原似乎冥冥之中能给我以雄浑的力量,成为诱惑力极强的梦境。"[①]这种梦境也是诗人1941年年底初次阅读莱蒙托夫的《童僧》时所体味到的人生境界,也就是诗中的那句名言"让我尝一点蜜我就可以死去"。《童僧》里,一个小和尚天天念经,受限制,倍感苦闷,他不愿意如此生活,就跑出去,追求自己的自由……这个过程跟诗人当时的心情一样,他也不愿意像小孩似的待在学校里受约束,诗人想去外边开拓一个属于自己的自由空间,他宁愿到前线打日本侵略者,哪怕是为革命牺牲。历史的和现实的感情在诗人的生命内部交融、奔腾、碰撞,潜藏多年的民族情节、对祖先生活的好奇引爆了诗人蠢动着的诗的情愫,国统区生活的苦闷和单调又促使他寄情于充满神奇传说的理想境地——鄂尔多斯大草原,受浪漫主义诗人莱蒙托夫的激发,牛汉随即拿起笔谱写了一个他憧憬多时的理想世界中的鄂尔多斯草原。

　　诗歌开篇,诗人用粗犷的手笔展开史诗般雄阔波澜的书写,铺展了草原上几代人生生不息的生活图景,长诗浸透着诗人对草原深厚的爱和对穷苦牧民的深切忧思。诗人饱含激情,寥寥数笔就鲜活地勾画出草原的整体状貌和古老的历史,笔力遒劲、场面壮阔,继而,诗人将笔锋转向草原上寒寂而苦难的生活和岁月对草原的剥蚀改变,在《鄂尔多斯草原》中写道:

　　　　草原
　　　　被太阳摈弃在
　　　　寒冷的北回归线上,

[①] 牛汉:《我是怎样写〈鄂尔多斯草原的〉》,《学诗手记》,生活·读书·新知三联书店,1986年,第87页。

悲哀压在草原上，
生活的激流
在冰冷的日子里冻结了

那些曾经"从鄂尔多斯向西打过亚细亚的脊梁"的草原上的骑士，却伴随阴冷的岁月和草原一起衰老了，"老年的骑士，/一去不返：/在怀乡病的困恼中/郁郁地战死。//草原/像老牧人干枯的须发/痉挛地飘着，/生命/是干涸的沙窝：/没有草/没有花/没有一滴水，/没有一个脚印"。诗人由对祖先的怀想进入感喟当今草原的寒郁、干枯和寂寞，长诗的第三章，诗人转移视点，集中叙写了草原上苦难的人民："他们世世代代/牧放着牛羊，/而他们自己也是/王爷们的牛羊/被剪去温暖的毛/被挤干甜蜜的奶。"他们忍受着悲哀和欺凌，用奶茶温暖苦寒的心，用"牧鞭"与苦难顽强地抗击着，沉默并不等于懦弱，隐忍也不同于屈服，草原上的牧民们要用生命之血染红黑夜糜烂的边沿，他们酝酿良久的反抗终于在长诗的第四章爆发出来。与前三章出现的"寒郁""夜雾""苍白""阴暗"等冷色调的词语相对应的是，第四章的鄂尔多斯草原充斥着壮丽的红色："牧民的血/像解冻的热流/从冰冷的皮肤里/从冰冷的生活的牢狱里/喷出来了，/喷出来了……//草原上/牧民/在战斗的血火里冶炼，/他们的生活，/闪着血红的光芒，/他们的生命，/像沙土里滋长的红柳。"血色人生预示着牧民的觉醒与反抗，诗人从战斗的牧民身上真切地感受到深蕴在这个古老民族内部的韧性精神和顽强的生命力，花开花落，草枯草荣，生命在苦难中顽强地燃烧着，血色调染的草原重现绿色生机，这种不屈不挠的精神何尝不是诗人自身人格的一种建立呢？草原的绿色和牧民强劲的生命力又何尝不是诗人希望和幻想的象征呢？作为蒙古英雄的后裔，诗人多么希望自己能像祖先那样驰骋疆场，过着没有屈辱没有奴性的自由生活。鄂尔多斯草原广阔的意境吸引诗人从沉寂的书斋中走出来，它唤醒诗人全部的近于诗的情感，也唤醒其充沛的激情和深重的民族忧患意识，诗人开始自觉地为民族的新生和历史的未来而呼唤。长诗气韵连贯，充盈强悍的生命力，气魄雄强、意态蓬勃，节奏忽儿如竖琴般沉缓，忽儿如马蹄奔跑般急骤，悲哀与雄浑交织，苦难与抗争交融，那个令诗人日夜眷念的北方成为一个开阔的生命场，激发着诗人的情感和想象，也打开诗人创作的闸门。

《鄂尔多斯草原》的成功在于诗人情感的真实，是诗人真情的流露，正如曾卓所说：真正的诗"必须是自己心声的倾诉。当你倾诉自己的心声时，也就表现了你自己的个性、素养、感情和感受，因而也就自然而然慢慢地会产生自己的风格"。① 与曾卓的情韵、绿原的智慧比，牛汉的诗侧重于生命力的激荡和冲击，半个多世纪过后，我们

---

① 曾卓：《在学习写诗的道路上》，《曾卓文集》第1卷，长江文艺出版社，1994年，第412页。

重新阅读长诗《鄂尔多斯草原》，会发现它至今仍荡漾着生命的激情，我们仍能深深感触到诗人创作这首诗歌时那种充沛而激越的情感，这或许就是艾略特所说的"历史意识又含有一种领悟，不但要理解过去的过去性，而且还要理解过去的现存性"。几十年来，在我国的诗坛上，有许多轰动一时的诗，往往不到几年就失去了它的"现存性"，这种短命的诗，多半是属于缺乏艺术真诚和功利性强的制作，《鄂尔多斯草原》的成功就在于诗人艺术的真诚和生命的投入。除《鄂尔多斯草原》外，那一段时间牛汉还创作了不少洋溢着青春的热情朝气和膨胀着"野性"生命力的诗篇，它们的艺术成就虽然一般，但诗歌的内在情调和粗犷朴质、豪放明朗的风格却为诗坛注入了新鲜的活力和生机。

1969年9月末，牛汉被送往湖北咸宁文化部"五七干校"劳动，时间长达五年有余。在咸宁干校，尽管当时无法发表作品，但是诗人的激情无可阻遏，牛汉重新开始写诗。这一时期牛汉的诗歌创作体现了悲剧的受难精神和受难者的抗争精神，代表牛汉这一时期诗歌创作艺术高峰的是《华南虎》，该诗的成功首先要归功于诗人对华南虎这一立体丰富的形象的塑造。

《华南虎》创作于1973年6月。创作的缘由是有一次诗人到桂林，在动物园中见到了一只趾爪破碎、鲜血淋漓的被囚禁的老虎，相似的遭际使诗人感思万千，回到干校后，他就写下了这首诗：

……
我挤在叽叽喳喳的人群中，
隔着两道铁栅栏
向笼里的老虎
张望了许久许久，
但一直没有瞧见
老虎斑斓的面孔
和火焰似的眼睛。

笼里的老虎
背对胆怯而绝望的观众，
安详地卧在一个角落，
有人用石块砸它
有人向它厉声呵喝
有人还苦苦劝诱
它都一概不理！

又长又粗的尾巴
悠悠地在拂动,
哦,老虎,笼中的老虎,
你是梦见了苍苍莽莽的山林吗?
是屈辱的心灵在抽搐吗?
还是想用尾巴鞭打那些可怜而可笑的观众?

你的健壮的腿
直挺挺地向四方伸开,
我看见你的每个趾爪
全都是破碎的,
凝结着浓浓的鲜血!
你的趾爪
是被人捆绑着
活活地铰掉的吗?
还是由于悲愤
你用同样破碎的牙齿
(听说你的牙齿是被钢锯锯掉的)
把它们和着热血咬掉……

我看见铁笼里
灰灰的水泥墙壁上
有一道一道的血淋淋的沟壑
象闪电那般耀眼刺目!

我终于明白……
我羞愧地离开了动物园,
恍惚之中听见一声
石破天惊的咆哮,
有一个不羁的灵魂
掠过我的头顶
腾空而去,
我看见了火焰似的斑纹
和火焰似的眼睛,

还有巨大而破碎的

滴血的趾爪!

《华南虎》的成功首先要归功于诗人对华南虎形象的塑造。在诗中,华南虎以一个被看者的身份出场,然而,诗人却懂得它的沉默和坚忍,他向这个同遭劫难的生命问道:"哦,老虎,笼中的老虎,/你是梦见了苍苍莽莽的山林吗?/是屈辱的心灵在抽搐吗?/还是想用尾巴鞭打那些可怜而又可笑的观众?"老虎对自然山野的向往不正是诗人对自由社会空间的神思吗?老虎对看客的无视不正是诗人对庸众和卑俗小人的蔑视吗?人虽然没有看见"老虎斑斓的面孔和火焰似的眼睛",但他却感到了火山岩的滚沸与燃烧,直到那触目惊心的一幕跃入眼帘:"你的健壮的腿/直挺挺地向四方伸开,/我看见你的每个趾爪/全都是破碎的,/凝结着浓浓的鲜血!"接下来,诗人对老虎的趾爪与带血的趾痕,做了分外用力的特写,那富含穿透力的画面让人心战栗不已。笼中的老虎不但身心遭受摧残,它的天性还遭到惨绝人寰的扼杀,强者不屈服的抗争导致它必然走向悲剧,诗人写道:"有一道一道的血淋淋的沟壑/像闪电那般耀眼刺目!"这是被囚禁的心灵向杀戮者发动的最猛烈的抗争,也是它为自由而撕拼留下的历史见证,亦如诗人1997年根据当年的札记为该诗添加的一行诗句"像血写的绝命诗"。很显然,被囚禁的老虎是受难的诗人自身的写照,也象征了所有为探索人生真理而受难的精神界战士,他们不甘屈服的搏斗精神和坚持真理的决心使他们注定走向命运的悲剧,这是无可挽回的追寻自由人性的悲剧,是让同类永远感到惭愧与沉痛的悲剧。最后,诗人通过对华南虎新生的讴歌将全诗推向高潮:"恍惚之中听见一声/石破天惊的咆哮,/有一个不羁的灵魂/掠过我的头顶/腾空而去。"腾空而去的恢宏气势给人以震惊,绝望中反抗的壮举让人敬畏,华南虎凌厉的呐喊姿态以及冲破牢笼永远向上的拼搏精神不正是中华民族诗意的造型吗?在它身上,诗人寄予了他的反抗的诗学立场和对自由的神往。《华南虎》以受难和伤残的悲剧形象始,以对抗专横的统治者的战士形象终,中间渗透着抒情主人公的自悲、自省和忏悔,从而使这首诗充满了内在的情感张力。毫无疑问,诗中的抒情主人公就是诗人自己,与老虎相同处境的他竟然也加入围观老虎的看客队伍中,那绝命的血痕刺痛了诗人的灵魂,目睹"老虎那派不驯的气魄,不但自惭形秽,而且觉得心灵卑劣"[①],诗人倍感惭愧,诗中省略的就是他内心深处的忏悔之情,这种精神并非笔者的牵强或"过度的诠释",也绝非诗人一时的闪念,它真正成为诗人内省的一部分。在同年创作的另一首诗歌《蚯蚓的血》中,诗人毫不掩饰地表达了这一情感。诗中的蚯蚓和"我"是精神的给予者和接受者的关系,蚯蚓是诗人极力高扬的崇高形象,它的生命中"只有一滴两滴血",与我的

---

① 牛汉:《我与华南虎》,《梦游人说诗》,华文出版社,2001年,第29页。

"何止几万滴"形成鲜明对比,这愈发反衬出"我"的渺小、蚯蚓的伟大,于是,"我"感慨道:"我多么希望/在我的粗大的脉管里/注进一些蚯蚓的血/哪怕只是一滴",迫切渴望中诗人带着深深的自责和忏悔。如果我们忽视了历史的局限和时代背景去谈牛汉的忏悔精神,恐怕只会剩下空洞的感叹,我们要注意的是,诗人的忏悔精神竟然诞生于个体生命无辜受戮、整个民族都无辜受戮的年代。

从民族性格看,自古以来,很多中国人多只会羞愧、认错和反省,没有深刻的忏悔意识,更看重的是面子,如何证实、肯定自己的清白是首要的。更可怕的是,很多人相信人性本善,人之所以会犯下罪过,是因为他受外界的诱惑放弃了自己的本性,很多人往往把个人的行为所应承担的责任推卸给自身以外的某种力量,这造成似乎谁都有权评判和指责他人,而且越是苛刻地对待别人,就越能证明自身的清白和纯洁。正如诗人在诗中所写,那些观看老虎的看客或"用石块砸它"或"向它厉声呵喝""有人还苦苦诱劝"。俄罗斯人具有强烈的忏悔意识,他们认为每个人都无权去裁判别人,他在尘世所做的一切应该是救赎人性的过程,他们认为忏悔是人进行救赎的第一步。忏悔使人从自己出发,它着眼于对人天性中的卑劣成分进行反思。牛汉忏悔意识的产生一方面是受华南虎被残害的肢体和不羁灵魂的震动,同时与俄罗斯民族精神的渗透也有关系。俄罗斯民族、俄罗斯文艺、俄罗斯的作家对牛汉的一生都产生过不同程度的重大影响,牛汉忏悔意识的诞生是特定历史时期的爆发,它使诗人成为一个真正的精神界战士,在维持了人本身的纯洁性的前提下,又坚守住个人对民族的责任感。正因此,我们看到,当一个人的尊严和自由面临被剥夺的危险时,帕斯捷尔纳克创造了日瓦戈医生,而牛汉创造了华南虎。

同年秋天,诗人写下了《悼念一棵枫树》,为感念一棵被伐倒的枫树而作,诗中融入了自己的生命体验,是诗人"生命树"的呐喊怒响。"湖边山丘上/那棵最高大的枫树/被伐倒了……/在秋天的一个早晨",开篇起笔,诗人以沉缓而忧伤的手法直切主题——在一个即将是枫红似火的丰收季节,一个强大的生命被无情地砍伐了。这是一棵饱经风雨吹打的"表皮灰暗而粗犷/发着枯涩气息"的枫树,它"直挺挺的/躺在草丛和荆棘上",那悲惨的一幕刺痛了旁观者——诗人,顷刻间,诗人忘记了自己与枫树本属两个生命个体的差距,枫树"一圈圈年轮"上"凝固的泪珠"仿佛凝结着诗人自体内早已风干的血泪。牛汉曾经说过:"有一些诗,它们的出生和经历的坎坷的命运,我都一清二楚。作为作者我与它们几乎是同体的生命(卡夫卡有过这个神奇的体验)。"[1]《悼念一棵枫树》的创作起因正出于对那"同体"伤痛的相惜,诗人回忆说:"一天清晨,我听见一阵'吱拉吱拉'的声音,一声轰然倒下来的震响,使附近山野抖动了起来,随即闻到了一股浓重的枫香味。我直觉地觉得我那棵相依为命的枫树被伐倒

---

[1] 牛汉:《一首诗的故乡》,《梦游人说诗》,华文出版社,2001年,第36页。

了……我立即飞奔向那片丛林。整个天空变得空荡荡的,小山丘向下沉落,垂下了头颅,枫树直挺挺地躺在丛莽之中。我颓然地坐在深深的树坑边,失声痛哭了起来。村里的一个孩子莫名其妙地问我:'你丢了什么这么伤心?我替你去找。'我回答不上来。我丢掉的谁也无法找回来。那几天我几乎失魂落魄,生命像被连根拔起,过了好些天,我写下了这首诗。"① 《悼念一棵枫树》如下:

枫树直挺挺的
躺在草丛和荆棘上
那么庞大,那么青翠
看上去比它站立的时候
还要雄伟和美丽

伐倒三天之后
枝叶还在微风中
簌簌地摇动
叶片上还挂着明亮的露水
仿佛亿万只含泪的眼睛
向大自然告别

哦,湖边的白鹤
哦,远方来的老鹰
还朝着枫树这里飞翔呢

枫树
被解成宽阔的木板
一圈圈年轮
涌出了一圈圈的
凝固的泪珠
泪珠
也发着芬芳

不是泪珠吧

---

① 牛汉:《一首诗的故乡》,《梦游人说诗》,华文出版社,2001年,第38页。

它是枫树的生命
　　还没有死亡的血球

　　村边的山丘
　　缩小了许多
　　仿佛低下了头颅

　　伐倒了
　　一棵枫树
　　伐倒了
　　一个与大地相连的生命

　　诗中,"枫树"的被砍伐的确是它在客观世界中的不幸遭遇,由于枫树的遭遇与诗人的现实处境有某些契合之处,由此牵动诗人联想到"文革"中自我身心的被摧残,以及一切为诗为真理而受难的国民的被迫害,于是,他在诗中借客观物象记下那噬心的主题和属于整整一个时代人的伤残的悲剧心理。基于相同命运的"物伤其类"的连带与感应关系,人与枫树之间的心灵沟通在诗中密切地融合一体,但那不是天地间美与善的圆融,而是受难者之间悲痛感应的融通,所以,诗人的描述很快就由客观地叙述交代进入不同生命个体之间的平等交融:当枫树被伐倒时,"几个村庄/和这一片山野/都听到了,感觉到了/枫树倒下的声响","家家的门窗和屋瓦/每棵树,每根草/每一朵野花,树上的鸟,花上的蜂/湖边停泊的小船/都颤颤地哆嗦起来……"潜在的惊惧、惶恐、叹息、迷惑……多种复杂情绪交织的体验连同那个倒下的生命奔涌而至,诗人不由得自问:"是由于悲哀吗?"简单的设问将所有纷繁的思绪都凝滞了,枫树的"清香/落在人的心灵上/比秋雨还要阴冷",叶片上簌簌摇动的露水"仿佛亿万只寒泪的眼睛",诗人将这泪珠看作"枫树的生命/还没有死亡的血球",这何尝不是他的滚动的泪水?

　　诗人独辟诗思,使全诗整体的诗情意绪连贯而相互映照:与"阴冷"伤残的悲剧氛围相对应的是枫树内部贮存的芬芳,即使倒下了,它依旧"庞大""青翠""雄伟",整个山野都因为它的"芬芳"而"飘着浓郁的清香",借前后一冷一暖色调的对比,全诗的抒情基调形成强烈的反差,强化了"悼"的悲哀基调与抒情对象的悲剧性。被伐倒的枫树引起诗人的悲伤本来是一种主观的感情,但诗人完全用客观描述的方法来写,显然,在他的感觉中人与客观物象的交流、感应是非常自然的,用不着夸张与刻意。

　　至此,有一个创作现象应该引起我们注意:从"文革"开始,牛汉在诗歌艺术表达方式上进行了调整,这一调整强化了其主体精神和内在情感的表现力。与此前的创作明显不同的是，牛汉开始努力在创作中使主体精神客观化、象征化与现实化。确然，人类精神是主体的、内在的，一切精神的东西都来自内部、来自个体心灵深处，它既可以在主体里被直接剖示出来，也可以向外"抛"，过渡为外部的东西，通过他者的存在而得以表现。如此表现的优势当然很多：其一，我们知道，"表达出来的思想是谎言"在某些场合千真万确，其二，直白的表达常常有损于情感的丰富性和表现力，相反，过于曲隐往往造成晦涩的弊端。当主体精神走向客观世界时，就会发生精神与自己的异化，那么，一旦主体精神以主体世界和客体世界的双重身份呈现出来后，两个世界的精神强度就会加深主体精神的分量。作为客体世界，车前草与枫树分别具有它们独立的生命形态与自然生存的秩序，当诗人的主体精神经由它们完成客体化后，在具体的诗境中就释放出双重的悲剧精神，由此，加重了主体精神的悲剧成分。牛汉打破了在旁人看来主观精神在所谓的客观精神里看不到自己的说法，也摆脱了主观精神是客观世界里的俘虏的受动状态，他以平等、超然的姿态娴熟地行走于两个世界之间。唯其如此，诗人在《悼念一棵枫树》中发出"伐倒了／一棵枫树／伐倒了／一个与大地相连的生命"的感叹方才显得平实真挚，未掺杂半点伪饰。不是吗？作为平等的生命，树的死亡与人的死亡同样可叹可哀。但是，诗人没有就此终止他的哀悼，更耐人寻味的是，诗人感觉到被伐倒的枫树并没有就此沉寂，"枝叶还在微风中／簌簌地摇动"，一个在命运面前不甘屈服的生命个体被诗人具象化了。它就是诗人自身，是所有为伸张正义而嘶哑着喉咙吟唱的诗人，是那些已经受难、正在受难的知识分子的化身。

　　这种受难与承担、超越的主题在牛汉的诗中数见不鲜，在《鹰的诞生》（1970年）和《鹰的归宿》（1980年）中再度呈现出来。这两首连接了牛汉叛逆精神的起点与终点的诗歌，构成了反抗者永不屈服的生命交响，在富有紧张生命节律的交响之中，由反抗者的个体生命蒸腾而出的汗血之气和激情呐喊构成最为基本的诗学基调。对此，牛汉在《诗与我相依为命一生》《谈谈我的汗血气》等文章中均曾有过明确的表白，尤其值得指出的是，牛汉晚年仍没有放弃他的这一诗学追求，在其80年代以降的创作中通过"伤疤记忆"加以拓深。同样写鹰，牛汉诗中的鹰与曾卓笔下自由翱翔的鹰不同，与某些诗人笔下坚强勇敢的鹰的形象也不尽相同。牛汉诗中的鹰，无论是刚从风暴中诞生就"钻进高空密云里学飞"的雏鹰（《鹰的诞生》），还是带着"凄厉而悲壮的啸声"、最后连尸体也不留在人间的"向太阳／向大地／永远告别"的老鹰（《鹰的归宿》），它们承担了太多的艰难，但最终，它们的灵魂都从沉重的负荷和压抑下升腾而出，肉体的毁灭换来精神的永生。近年来，诗歌研究者在谈及牛汉诗中鹰的意象时，多以《鹰的诞生》和《鹰的归宿》这两首诗为例，却从未有人关注过被诗人收在《牛汉诗文补编》中的《坠空》，恰恰是这只在诗题中不显的由空而坠的鹰，最为真切地凝聚了牛汉的精气、神髓，那是诗人人生观与创作思想的浓缩："从雷劈电闪的高空／一个带着啸声的火团,/像一颗闪亮的流星,向闷热的大地坠落。//人们呼喊着:/'陨石,陨石!'//雨过天晴,在湖边的芦苇丛中,/我们找到了,/这一颗崭新的陨石。//哦,哪里是陨石,/是一只坠空的老鹰!/老鹰,浑身乌黑/像一块没有烧透的焦炭,/翅羽翎毛被风暴撕成烂缕,/爪子还铁锚似地紧攥着,/发亮的眼睛/痴痴地望着湛蓝湛蓝的天空,/尖尖的嘴插进泥土/跟仁慈的大地吻别……//是的/天空又少了一颗星"。诗中,每一个受难者都以不同的方式进行着生命的反抗,体现了涅克拉索夫所说的"纵然不是每一个战士都能杀伤敌人,/但每一个人都应该投入战斗"的精神。在牛汉的诗歌中,无论是鹰、汗血马还是梦游者、长跑者……他们都是生命的跋涉者,不屈的过客,是刚烈执着的人格化身,背负着现代人的痛苦,在自我跋涉的途中,用自体贮存的水分解渴,用自体的汗水和血水补给,他们体现了中华民族坚执的人格美和不屈的尊严。

第四节　牛汉经典诗作导读(下)

　　如果说,"文革"时期牛汉悲剧的生命形式和反抗的诗学立场产生于现实的灾难和生存的不自由,20世纪80年代后,牛汉的困扰则主要来自个体灵魂深处的宿命的纠缠,以及灵魂为了摆脱抵御个体命运约束进行的艰难跋涉。牛汉曾在致北大孙玉石教授的一封信中写道:"近几年,我常常反省自己的一生(从人到诗),我最多是一个痛苦而真实的过程,走向诗的过程。不悔恨,不懊恼,只怨自己的创作太'粗野',极少有真实完美的。但从我的创作历程与艰难,可了解中国诗人的命运,他的一点'成就',他的更多的遗憾困恼,以及自身的弱点,都是历史的真实的痕迹。我的付出是惨重的,也是值得的。""从我的长而曲折的经历和遭遇,可以知道历史、时代的庄严的一面,也能看到诗的生存的种种难言的境遇。中国新诗的萌生和成长是多么艰难啊!……多少有才华的人未能得到正常的进展(如何其芳、卞之琳……)。不到四十岁的人竟然都写不出自己心灵的诗?!今天我只觉得沉痛,历史的过错和教训真需要清醒而勇敢地回顾批判。"[①]在商品经济大潮冲击下,牛汉没有被异化,他及时作出了调整:他以对灵魂的哲理性探究来反照个人对时代对生命的思考,他以审视和咀嚼伤疤与苦难的姿态激励受难的民族,他以生命的逆旅者形象走上超越无限的不归之路。他像一个老而弥坚的硬汉,表现出旺盛的生命力和创作力。

　　厨川白村认为:"倘没有两种力量相触相击的纠葛,则我们的生活,我们的存在,在根本上就失掉意义了。正因为有生的苦闷,也正因为有战的苦痛,所以人生才有生

[①] 牛汉:《困惑和思索——致孙玉石教授的信》,《牛汉诗文补编》,作家出版社,2000年,第176页。

的功效。"①困厄与挣扎、伤疤与阳光、死亡与再生、回环与超越、陷溺与振拔成为牛汉诗歌中两种相生相斥的力量，它们激励着诗人以一种乐观、感激的心态正视苦难。写于1981年的长诗《硬茧颂》体现了诗人对苦难的感激情怀：多年的重体力劳累使诗人右边的肩胛骨上隆起一块拳头大小的"岩石般坚硬的茧子"，那些年，伤口反复的红肿和溃烂，"它们被体温和阳光／蒸晒成红色的盐粒／（汗里有盐／血里也有盐）／盐粒像千万颗牙齿噬啃着伤口／不，不是噬啃／是揪心的痛爱啊"，在巨大的痛苦面前，诗人并不悲伤也没有被疼痛击垮，虽然他走路有点倾斜，"一边低一边高"。当伤口愈合后，它结成了茧子，诗人"常常在夜里轻轻地抚摸／深深地感激它，挚爱它／茧子，在苦难中崛起的茧子啊／没有你／我的形体会变得令人悲伤／不但脊椎压弯／头颅也抬不起来／我见过这种变形的人"。人的脊椎骨被打弯，才变得矮小，而诗人"如今走得并不缓慢"，"躯体还是早年那么高"。诗中，茧子是一种象征，它是生命的烈火铸炼的"火成岩"，它是诗人"经受住重压的生命的支点"，它成为苦难的象征物，永远激励警醒着诗人。诗人在现实苦难的刺激之下，将矛头指向内心，走向精神陶冶与超拔的自由的生命体验，也就是福柯所说的"内心神秘活动"，代表作品是长诗《梦游》。诗人在《梦游》第三稿中写道：

> 有多少次（我已经记不清）
> 在我那一声凄厉的狂吼中
> 恍惚看见一个直立的山峰般的阴影
> 惶惶地逃走
> 还哧哧地回转头向碎裂的我阴笑
> 原来压伏在我胸口的
> 还有一匹毛茸茸（铁叉似的尖硬）的兽
> 它比黑夜还黑
> 它有长长的牙和爪子
> 刺透了我的躯体

《梦游》共有三稿：第一稿发在《名作欣赏》1986年第6期，作为原文附录在蓝棣之评《梦游》的文章之后。第二稿在初稿基础上作了很大修改，修改稿被北岛看到，极为欣赏，建议牛汉刊发在《中国》上，牛汉接受他的建议，所以《中国》1986年第7期上发表的《梦游》是第二稿。第三稿是诗人于1987年编《牛汉诗选》时在第二稿的基础上作了少许的修改而定稿。本文中主要以第三稿为参照。

---

① 厨川白村：《苦闷的象征》，鲁迅译，人民文学出版社，1988年，第7页。

《梦游》一诗是诗人酝酿了近 40 年的情感结晶，也是牛汉晚年创作中非常出色的诗篇，诗人以他现实生活中多年罹患梦游症的梦游体验为原形，表达了他不仅想冲破客观世界的黑暗，更渴望冲破内心的黑暗、冲出拘囿自我意识的心灵空间的探索和超越精神。诗中牛汉将超验的材料还原于个体生命状态的真实，对超验状态的揭示是以个人的现世存在为前提，有一种原初、具体、活生生的体验和认知。全诗虽然以梦游爆发的过程为明线，但在那些表象的行为背后潜伏着全诗发展的精神主脉。在一次完整的梦游经历中，诗人建构了一个自我裂变的戏剧性的诗学机制，即诗人由本我、自我到超我的跋涉与超越。在演变过程中，从主体分裂出来的本我和自我互相质疑、自我分裂，成为诗人向更深层面进行精神拷问和探索的形式，成为他经过苦难、死亡、压制等意识洗礼后呈现出的独特的再生方式。这也预示着诗人没有放弃自我，不甘于无为流浪的独立精神，它完全摆脱了弗洛伊德精神体系的演绎程序。

牛汉的梦游从本质上颠覆了弗洛伊德学说中由"本我——自我——超我"演绎的顺序，梦游者完成的是由自我到本我再到超我的精神发展程序，完成了从现实世界到精神世界的写真。"不错，大白天／我是个堂堂彪形大汉"，这是现实世界中自我的本貌，转变瞬间就会发生，当梦游症爆发后，"我"便"从窗上蹦起飞跃起升腾而起／心胸仿佛是胸腔里埋没很久的雷管／体躯的岩壁爆裂得粉碎／连同里面蠢蠢而动的一群噩梦／和暂时安歇的人生……"祛除现实世界中自我的全部伪装，"我"使出全身力气"喊了一声：永别了"，随后，"我"有一种"蛹变成了蝴蝶""岩石变成了火焰""凋枯的花放射出浓浓的香气"的清新感。摆脱掉各种社会原则的监督和框架的约束，"失去躯壳的生命／顿然感到异常的轻松／哈哈，压在胸口的那块庞大而狰狞的岩石／被我摔得很远很远"。"我"通体感悟到生命挣脱束缚后回归原生状态的自然轻松。在暗夜迷离恍惚的梦游中，"眼前闪现出一束雪白的光"，引导我前行，进入一种神奇的幻境，"我穿透了黑暗／我觉得自己是冥冥黑海中一尾鳞光灿烂的鱼／柔软的手／茸茸的翅羽／把我托扶起／向上向前"，这神奇的"雪白的光"在《梦游》中反复出现。它使"我"在梦游中行走自如，而在现实中却在阳光下受到重创。诗人寻觅着雪白的光，寻觅不得反求诸己，感谢自己的灵魂。诗人在《梦游》第三稿中写道：

哪来的这熠熠的光
是我的灵魂
（感谢它没有离弃我）
向远方伸出的触须
我相信心灵的触须
是能以穿透坚实的黑夜的火焰
有几回这束亮光像是纤绳

紧绷绷地牵引着我
　　生怕我沉没到河底
　　我的躯壳变成兜满风的布帆
　　直立的黑夜是岩峰囚禁的深深的岸
　　这亮光是流动的河
　　听不见流动的音响
　　它是一束奔腾的光

　　诗中,那逼近神秘的顿悟,是精神向极点飞近而出现大光明境界的豁然心境,也是诗人深切的生命体验,更是诗人超我诞生的一瞬。此超我与弗洛伊德所言不同,牛汉的超我更侧重于在没有尽头的路上完成对自我的超越——无终点的精神突围。梦游的过程是诗人实现由自我到超我这一精神超越的过程,也象征了诗人创作历程中诗性体验的过程。一个不愿像影子苟活于世的人,要寻找自己精神的归宿,要建设自己的精神家园,别无他途,只有对个体存在进行理性的思考,对生命的意义不断追问,而实践这些行为无论对于谁都将极为痛苦,面对尖锐而矛盾的命题,牛汉义无反顾地踏入他自设的精神困境。此后《三危山下一片梦境》《圆弧》《海上蝴蝶》等诗歌都体现了牛汉反抗沉沦、超越困境、苦苦跋涉,以及执着的精神探索。

　　牛汉的受难和跋涉绝不仅仅是一种个体的反抗,而是特定历史时期一种群体的再生和救赎。以牛汉为代表的许多"归来"诗人,如艾青、流沙河、曾卓等他们都用诗诠释着人与诗一体的诗学理念,人生经历中的苦难成为他们诗歌中无法超脱和剥离的精神载体。诗人在《我是一颗早熟的枣子》中写道:

　　人们
　　老远老远
　　一眼就望见了我

　　满树的枣子
　　一色青青
　　只有我一颗通红
　　红得刺眼
　　红得伤心

　　一条小虫
　　钻进我的胸腔

一口一口
噬咬着我的心灵

我很快就要死去
在枯凋之前
一夜之间由青变红
仓促地完成了我的一生

不要赞美我……

我憎恨这悲哀的早熟
我是大树母亲绿色的胸前
凝结的一滴
受伤的血

我是一颗早熟的枣子
很红很红
但我多么羡慕绿色的青春

"早熟的枣子"是牛汉经过几十年艰难的反刍和人生造化后凝结而成的诗歌意象。枣子的早熟是一种非自然的状态，它的遭遇与诗人的经历不谋而合：不甘忍受虫子咬噬的枣子在短暂中完成一生，它用一瞬间的辉煌换取毕生的尊严和美丽。早熟的枣子影射了诗人大半生的生命体验，诗人曾说："祖母生前当然意想不到，就连我也说不大明白，这颗痛心的红枣怎么变成了我命运的图腾？有许多年，我确实觉得自己就是一颗被虫子咬了心的枣子，因而我也把自己生命的全部能量在短暂的时间内英勇而悲壮地耗完，为了也能获得一个灿烂的结束。"[①]一个人受伤后突然爆发出一种强劲的生命力，他一瞬间就可以成熟，就如同被虫子噬咬的枣子，几天就红了，不是凋谢，而是成熟，诚如诗人所言，创伤可以让人成长。不过，无论是遭受外界的强制而导致生命的早熟，还是由于心灵的内创带来的成熟，其命运都是悲剧的，所以诗人在诗中痛苦地写道："不要赞美我！"

我第一次拜见牛汉时，曾经谈及他的苦难是其人生和创作中厚重的资本，而牛汉却说，幸福是人的本来状态，苦难、灾难是不幸的，他说："我不赞成人在痛苦的催促下

---

① 牛汉：《早熟的枣子》，《牛汉散文》，人民文学出版社，2009年，第33、35页。

成长,我还是喜欢自然的成长。没有苦难更好,人本身就不要有苦难。不要渴求苦难。"①可见,"早熟的枣子"从另一层面揭示了被文坛好友尊称为"大汉"的牛汉,内心深处极度的痛苦和无奈。

牛汉所言的痛苦被他赋予了意义,这就是此痛苦不同于彼(常人所言)痛苦所在。我们可以假定有两种类型的痛苦存在:指向死亡的、黑暗的痛苦和指向拯救的、光明的痛苦,牛汉自觉地将其所亲历的诸种痛苦转化为后者,这就是牛汉的伟大。事实上,他并没有意识到,他自觉地背起十字架这一行为本身就已经减轻了其精神的负荷,并使那些痛苦在精神世界里获得了意义。反之,一味诅咒或拒绝痛苦,必将使痛苦成为黑暗或加重承担者的负累。牛汉希望人类的子子辈辈都远离苦难,可他自己从不抱怨已经存在的痛苦,他格外珍视痛苦的经历,他懂得如何在痛苦中思考和成长,在痛苦中完成艺术生命的超越。基于此,我们不妨引用牛汉的诗作《无题》作结:

> 我和诗,一生一世相依为命,
> 从不懊悔,更没有一句怨言。
>
> 六十年来,在遥远而虚幻的
> 美梦里,甘心承受现世的苦难。
>
> 经历了一次苦过一次的厄运,终于
> 在苦根里咂出了一点未来的甜蜜。
> 未来的甜蜜本是为下一世人生酿的,
> 尽管眼下还尝不到一滴,却已经
> 神奇地甜透了我已逝和未逝的人生,
> 写诗,还不就是为了这点尝不到的甜蜜吗?

参考文献

[1]　刘珂. 牛汉评传[M]. 西安:太白文艺出版社,1993.
[2]　绿原. 人之诗[M]. 北京:人民文学出版社,1983.
[3]　绿原,牛汉. 胡风诗全编[M]. 杭州:浙江文艺出版社,1992.
[4]　牛汉. 梦游人说诗[M]. 北京:华文出版社,2001.
[5]　牛汉. 牛汉散文[M]. 北京:人民文学出版社,2009.

---

① 孙晓娅:《跋涉的梦游者——牛汉诗歌研究》,北方妇女儿童出版社,2003年,第264页。

[6] 牛汉. 牛汉诗文补编[M]. 北京：作家出版社,2000.

[7] 牛汉. 散生漫笔[M]. 太原：北岳文艺出版社,1999.

[8] 牛汉. 学诗手记[M]. 北京：生活·读书·新知三联书店,1986.

[9] 牛汉. 温泉[M]. 上海：上海文艺出版社,1984.

[10] 牛汉. 我仍在苦苦跋涉——牛汉自述[M]. 北京：生活·读书·新知三联书店,2008.

[11] 牛汉. 牛汉人生漫笔[M]. 北京：同心出版社,2007.

[12] 牛汉. 牛汉诗文集[M]. 北京：人民文学出版社,2010.

[13] 孙晓娅. 跋涉的梦游者：牛汉诗歌研究[M]. 长春：北方妇女儿童出版社,2003.

[14] 吴思敬. 牛汉诗歌研究论集[M]. 长春：时代文艺出版社,2005.

[15] 诗人牛汉纪念专号[J]. 诗选刊,2014(9).

[16] 白连春. 一个文学青年眼中的牛汉[J]. 北京文学,2001(2).

[17] 洪子诚. 像牛汉先生那样真实生活[J]. 新文学史料,2014(1).

[18] 胡德培. 难忘牛汉[J]. 新文学史料,2014(1).

[19] 牛汉,孙晓娅. 访牛汉先生谈《中国》[J]. 新文学史料,2002(1).

[20] 牛汉,刘湛秋. 裂变·超越·生命的形态[J]. 人民文学,1989(1).

[21] 牛汉. 诗的新生代——读稿随想[J]. 中国,1986(3).

[22] 沈奇. 牛汉：永远不老的世纪之树[J]. 文友,1998(9).

[23] 孙晓娅. 论牛汉 20 世纪 50 年代初期的诗歌创作[J]. 中国现代文学研究丛刊,2014(9).

[24] 孙晓娅. 牛汉诗歌的美学风格与"七月"、"九叶派"[J]. 东北师大学报：哲学社会科学版,2003(3).

[25] 孙晓娅. 牛汉诗艺研究[J]. 中国诗歌研究,2003.

[26] 孙晓娅. 以画入诗——浅析牛汉诗歌的形象性[J]. 当代文坛,2003(3).

[27] 孙晓娅. 再生与超拔——论 80 年代以来牛汉的诗歌创作[J]. 首都师范大学学报：社会科学版,2004(3).

[28] 孙玉石. 时代与生命苦难的睿智升华——牛汉诗及其魅力的一些思考[J]. 文学前沿,2003,7.

[29] 孙玉石. 铮铮风骨 大美诗魂——深切缅怀诗人牛汉先生[J]. 新文学史料,2014(1).

思考题

1. 牛汉"文革"时期诗歌创作艺术特色主要体现在哪些方面,请结合作品做出分析。

2. 相较于当代精致、晦涩的汉语诗歌（如张枣、臧棣、朱朱等诗人的创作），你如何看待牛汉写作技巧并不复杂的诗歌创作，尤其是干校时期创作的一系列的"物我"对应的诗歌？

第九讲
漂泊的行者
——北岛诗歌创作导读

第一节　北岛生平介绍

"城门城门几丈高？三十六丈高！上的什么锁？金刚大铁锁！城门城门开不开……"朗朗的童谣声回荡在北京这座古老的都城。巨大的城门，斑驳的红墙，所有这些痕迹，还依稀留存着北京作为帝都的威严。1949年出生的北岛，与新中国是同龄人。他就出生在这座城里，读书，长大，写出最初的诗篇。

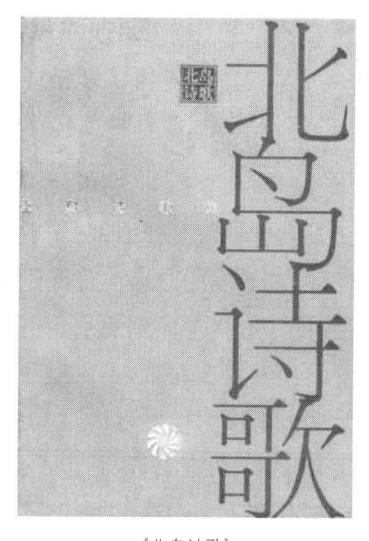

《北岛诗歌》

北岛原名赵振开，他在北京度过了前半生。北京对于北岛来说是意义非凡的。北岛的父母都不是北京人，他们的相识还带着一丝传奇色彩。

1946年的时候，北岛的母亲陪着外婆从上海坐飞机前往重庆去探望北岛的外公。到了重庆，两个人都不会用机场的电话，就请旁边的小伙子帮了个忙。这小伙子要从重庆调到北京工作，但是机票紧张，他只好和同事在机场轮流排队。外婆见他彬彬有礼，就托他去看望在北京的小女儿。这个小伙子就是北岛的父亲。在频繁的书信往来之后，于1948年和北岛的母亲成婚，一起搬到了北京。

北岛在北京读完了小学与初中。上初一的时候，北岛得到一个带锁的抽屉，他第一次体会到拥有自己隐私的美好。这种狂喜被北岛写入诗——《日子》中：

　　用抽屉锁住自己的秘密
　　在喜爱的书上留下批语

信投进邮箱,默默地站一会儿
风中打量着行人,毫无顾忌
留意着霓虹灯闪烁的橱窗
电话间里投进一枚硬币
向桥下钓鱼的老头要支香烟
河上的轮船拉响了空旷的汽笛
在剧场门口幽暗的穿衣镜前
透过烟雾凝视着自己
当窗帘隔绝了星海的喧嚣
灯下翻开褐色的照片和字迹①

  升入初中以后,数学成了北岛最头疼的科目。然而他在中考的时候还是顺利地考入北京四中,这让北岛还有他的父母感到非常自豪。
  到了高中,不仅数学是个问题,物理、化学也像梦魇一样,压得北岛喘不过气来。然而就在这时,"文革"爆发了。被期末考试搞得焦头烂额的北岛欢呼雀跃地投入革命当中,他用全部的精力来应和这场史无前例的"狂欢"。但是没过多久,由于出身原因,北岛被排斥在了运动之外,被动地做了一个历史的旁观者。
  短短的几年里,历史一再地转换着自己的方向。革命的浪潮还没有平息下来,上山下乡运动就又开始了,无数的年轻人来到了农村,有的甚至到了祖国的边疆。1969年春,二十岁的北岛被分配到了北京第六建筑公司,去河北蔚县开山放炮。一年多以后,他才有机会回到北京,在房山的东方红炼油厂工作,每两周有一次回家的机会。
  能够留在北京,不仅避免了去条件过于恶劣的地方,也为热爱阅读的北岛提供了更多的机会。他可以通过北京的地下沙龙和朋友之间的关系,接触到作为内部资料的黄皮书、灰皮书等,其中不仅有《在路上》《麦田里的守望者》这一类的外国小说,还包括存在主义的哲学著作等。苏联诗人叶甫图申科的《娘子谷及其他》就对北岛产生过非常深的影响。这份工作提供给北岛相对宽松的个人阅读空间,特别是当遇到自己非常感兴趣的书,或者书籍的持有者要求尽快归还的时候,北岛还会找各种理由换来一两天的病假,然后把自己关在屋子里,一心读书。
  1970年的春天,北岛和几个朋友一起去颐和园的湖上划船。其中一位朋友在船头朗诵了一首食指的诗,这带给北岛很大触动。北岛说:"我被他诗中的那种迷惘与苦闷深深触动了,那正是我和朋友们以至一代人的心境。"②"我的七十年代就是从那充满诗意的春日开始的。当时几乎人人写旧体诗,陈词滥调,而郭路生的诗别开生

---

① 本文所引北岛诗作,如无特别说明,均出自《北岛集》,生活·读书·新知三联书店,2015年。
② 北岛、翟频:《中文是我唯一的行李——北岛访谈》,《书城》,2003年第2期。

面,为我的生活打开一扇意外的窗户。"①

旁观者的身份和大量的阅读使北岛对历史和现实有了更清醒的认识,也正是在这一个时期,北岛开始诗歌创作。他曾经这样说道:"时代,一个多么重的词,压得人喘不过气来。可我们曾在这时代的巅峰。一种被遗弃的感觉——我们突然成了时代的孤儿。就在那一刻,我听见来自内心的叫喊:我不相信——。"②

或许正是这种内心的呼喊生发了《回答》这首诗。据北岛朋友齐简说,《回答》的初稿写于1973年3月15日,最开始的时候叫作《告诉你吧,世界》,经过了多次修改。北岛的这首代表作,表现的正是诗人作为先觉者的怀疑精神。

1973年春,北岛和宋海泉、史保嘉一起,来白洋淀探望在这里插队的好友,其中就包括后来被称为芒克的姜世伟。

当时在白洋淀插队的知青当中,北京的学生占了相当大的比重,他们有不少人写诗,比如多多、根子、林莽、芒克。北岛的白洋淀之行加深了他和这里的地下诗歌群落之间的联系,有些还延续到了后来的《今天》杂志当中。

1976年7月27日晚,北岛接到了一个长途电话,他最疼爱的妹妹姗姗为了救人而下落不明。北岛赶到了妹妹插队的地方,最终见到的只是妹妹的遗体。在给好友史保嘉的信中,北岛说:"如果死是可以代替的,我宁愿去死,毫不犹豫,挽回我那可爱的妹妹。"③妹妹的离世留给北岛永远的伤痛,为此,他写下这样的话来纪念妹妹:"珊珊,我亲爱的妹妹,我将追随你那自由的灵魂,为了人的尊严,为了一个值得献身的目标,我要和你一样勇敢,决不回头……"④

借由北京的地下文化圈,北岛结识了很多活跃分子。包括赵一凡、黄锐、彭刚等。1978年的秋天,北岛、芒克、黄锐凑到一起喝酒,喝酒的过程中三人产生了创办一个杂志的念头。产生念头容易,实际操作起来却没有那么简单。在油印机受到国家控制、经费不足、没有纸张的情况下,几个人发动了所有可以发动的关系,一连干了三天三夜,终于在12月23日那天印出了第一期《今天》杂志。他们把印好的杂志贴在了北大、清华等地方。

1980年,《今天》杂志出到第九期的时候,由于不符合相关规定,不得不停止发行活动。以北岛为代表的朦胧诗人的创作也招致很多质疑,质疑者中不乏艾青、臧克家等著名的老诗人。甚至连"朦胧诗"这个名字,也是从批评者那里得来的。如在黄药眠对《回答》的批评当中,就有这样的表述,作者先引了该诗中的四行"我不相信天是蓝的;/我不相信雷的回声;/我不相信梦是假的;/我不相信死无报应",然后指责道:

---

① 北岛:《断章》,北岛、李陀:《七十年代》,生活·读书·新知三联书店,2009年,第32页。
② 北岛:《断章》,北岛、李陀:《七十年代》,生活·读书·新知三联书店,2009年,第35页。
③ 徐晓:《〈今天〉与我》,刘禾:《持灯的使者》,广西师范大学出版社,2009年,第51页。
④ 北岛:《断章》,北岛、李陀:《七十年代》,生活·读书·新知三联书店,2009年,第45页。

"你瞧,这是什么意思呢?你说它是哲学罢?它没有道理,也没有人民的生活经验做基础。……你说它是直觉罢?但根据我们大家的感觉,天的确是蓝的,你的感觉和大家的感觉不同,这怎能使人相信,并欢迎、爱读你的诗呢?如果像他这样硬来写些没有常识的东西,我也可以说'石头是动物','鬼就是人'等一类胡话。而且所引的最末一句还宣传迷信,意思是'我相信死是没有报应的'。这能行吗?"①但是朦胧诗却对当代诗歌以及社会人文进程做出了重要的贡献,它"恢复了对人的价值的肯定","恢复了新诗的人道主义传统",'想做一个人'(北岛《宣言》)、'保持做一个人的权利'(舒婷《遗产》)成为一代诗人共同的心愿",同时也"恢复了诗歌的'真'""恢复了诗歌的审美价值"②。因此朦胧诗慢慢得到了主流诗歌界的认可,他的《回答》曾刊发在《诗刊》上。在《今天》停止活动以后,北岛先后在《新观察》杂志、外文局的《中国报道》担任过编辑,并于1987年赴英国访学。

从此,北岛开始了异国之旅,从1989年到1995年短短的六年时间,他就搬了七国十五家。在永无休止的远行当中,中文成了北岛唯一的行李,他用中文写诗,不断深入语言当中。《乡音》一诗表达的就是这种心境。

2007年,北岛收到香港中文大学的聘书,他重新回到祖国。此后,他不仅继续创作诗歌、散文,还编辑出版了一系列书籍,包括《给孩子的诗》③以及和李陀合编的《七十年代》《给孩子的散文》④等,"给孩子的"系列书籍在社会上影响极为广泛,好评如潮。

第二节 北岛诗歌创作的艺术成就

在接受唐晓渡采访的时候,北岛曾经说过这样一段话:"自青少年时代起,我就生活在迷失中:信仰的迷失,个人感情的迷失,语言的迷失,等等。我是通过写作寻找方向,这可能正是我写作的动力之一。"⑤

这句话可以作为打开北岛诗歌的一把钥匙。这三种迷失以及迷失之后的寻找,代表了北岛诗歌内容的三种方向。

从1970年开始,北岛走上了诗歌创作的道路,1978年,他完成了第一部诗集《陌生的海滩》,并自费出版。到1986年,北岛还完成了《峭壁上的窗户》《八月的梦语者》,并出版了一本《北岛诗选》。

---

① 黄药眠:《关于朦胧诗及其他》,姚家华:《朦胧诗论争集》,学苑出版社,1989年。
② 西渡:《〈致橡树〉和朦胧诗》,《读诗记》,东方出版中心,2018年,第223—224页。
③ 北岛:《给孩子的诗》,中信出版社,2014年。
④ 李陀、北岛:《给孩子的散文》,中信出版社,2015年。
⑤ 唐晓渡、北岛:《"我一直在写作中寻找方向"——北岛访谈录》,《诗探索》,2003年第Z2期。

当北岛开启诗歌创作时,"文革"仍在进行当中。建立在理想主义之上的美好信念的破灭成为北岛写作的一个缘起。对于北岛这一代人来说,理想像生命一样珍贵,而曾经所信奉的价值观念的崩塌,带给他们这一代人极大的精神痛苦和心理折磨。我们可以从如下几个方面概括北岛那一阶段的诗歌创作:

(1) 信仰迷失后的批判与找寻。"文革"爆发时,北岛正值十六七岁,他就读的北京四中处于风暴的中心。运动开始的时候,北岛沉浸在一种革命的狂欢气氛当中。但很快,他成为这场风暴的旁观者。现实的阴影慢慢在北岛面前展开,信仰也开始展露出它的可疑之处。从"红卫兵"的积极分子到一个被革命所放逐的人,北岛意识到这场运动并不能通向理想的广场。他的内心有一个声音在呼喊,那就是"我不相信——"。《回答》《结局或开始——献给遇罗克》《红帆船》等许多诗作,可以看作信仰迷失之后诗人内心挣扎的一种表现。比如,《回答》一方面指出了这个世界的黑白颠倒、是非倒错,另一方面又把希望寄托在时间和未来上面,将未来人们的眼睛作为了一种寻找的方向。

这一阶段的创作,"诗人对世界的体察仍受到'黑暗'与'光明'、'正义'与'邪恶'等对抗性情绪因素的影响,没有也不可能对'人'、'生'、'死'做出深刻的省悟"[①]。

在以北岛为代表的朦胧诗人的眼中,信仰迷失的后果便是让世界展露出了它的荒诞的本质。但是在他们那里,人的主体世界却可以成为救赎的标准,可以用一种正义、人道的态度去面对现实的黑暗。以一种充满殉道精神的举动来赋予个体生命的毁灭以意义。所以在北岛的诗歌当中,诗人所充当的往往是受难者和审判者的角色,他试图通过"主体"强大的力量来为世界重新立法,并不惜为此而奉献生命。

信仰的迷失不仅仅指向过去,同时也会关涉到当下的现实。长期形成的"主体性"极强的认知习惯和对世界透彻而悲观的看法塑造了诗人的思维惯性,使他认为"一定会有一个新的价值体系等待着诗人步入,一定会有一所安详的住址收留流浪多时的现代灵魂"[②]。但是现实的情况是不能让人满意的,诗人对现时和过去同样充满了怀疑。

痛苦和迷惘的精神状态使北岛这一时期的诗作增加了不少行走的意象,诗人以一个孤独者的刚强和悲凉走向那杳无人烟、白茫茫的冬天。比如《走向冬天》《迷途》《界限》等诗。

(2) 情感迷失后的缅怀与重建。诗人和自己的妹妹姗姗有着非常深厚的感情,北岛曾经在她生日时写下一首《小木屋的歌》作为纪念。姗姗的离世给北岛带来了巨大的伤痛,以至于到 90 年代的时候,他还创作一首《安魂曲——给珊珊》来祭奠自己的妹妹。

---

① 戈麦:《异端的火焰——北岛研究》,《新诗评论》,2017 年总第 21 辑。
② 戈麦:《异端的火焰——北岛研究》,《新诗评论》,2017 年总第 21 辑。

除了缅怀之作以外,北岛还创作过不少情诗。当个人的情感被排除在诗歌以外太长的时间以后,北岛的情诗就带有了某种情感重建的意味。如《黄昏·丁家湾》《雨夜》等。张枣就曾经说过:"北岛的《黄昏·丁家湾》使大学生们懂得了谈恋爱时如何说话。"①

(3) 语言迷失后的漂泊与深入。异国他乡的个人经历带给北岛的是漂泊的生存体验,他从自己的母语当中抽离出来,面临着语言的迷失。而这种境遇反而使北岛重新认识了语言,"对于一个在他乡用汉语写作的人来说,母语是唯一的现实"②。所以在这一时期的创作当中,漂泊之感和归乡之思变得非常浓烈。比如前面提到的《乡音》以及《远景》《画——给田田五岁生日》等。

除此之外,对语言的深入也成为这一时期最重要的努力方向。北岛渐渐摒弃了早期直面现实的创作方向,让写作返回到语言的层面。如《零度以上的风景》这首诗所体现出的元诗意识。此外还有《练习曲》《变形》《重建星空》等。

正是这种迷失与寻找之间的张力关系构成了北岛个人内部的冲突与矛盾,在论者胡亮看来,可以归纳出七对矛盾——"儿童视角与成人视角""纯诗与政治抒情诗""现实与个人作为现实""生活和写作之间的训导与反训导""说话风格的惯性与悬崖""母语与非母语""中国语境与异国语境"③。所谓"儿童视角与成人视角"的矛盾,是指北岛早期诗歌多以儿童的视角看待世界,与中后期诗歌以成年人、思想家的视角进行创作之间存在冲突,这种充满儿童式的笨拙与无辜的诗歌,主要有《你好,百花山》《五色石》《小木房的歌》等。而"纯诗与政治抒情诗"的矛盾则是指北岛虽然抱有创作与政治无关的纯诗的志向,但是他的诗歌却表现出明显的现实关涉性,体现这一矛盾的有《雨夜》。"现实与个人作为现实"的矛盾指的是诗人一方面对现实进行批判,同时也不断自我剖析。自己并不是无罪的,就像《触电》当中"双手合十"所带来的惨叫和烙印。"生活和写作之间的训导和反训导",则是生活与写作之间说服与被说服、纠正与被纠正的关系。它们相互作用,互相产生影响,如《写作》《午夜歌手》《零度以上的风景》等。"说话风格的惯性与悬崖"之间的矛盾是指北岛70年代的诗歌,在词语和意象上都带有特殊年代的烙印,这种风格延续到了北岛此后的创作当中,同时也造成了北岛诗歌当中的一些弊病,如《回答》《结局或开始》。"母语与非母语"的矛盾则是北岛去国后生存在语言夹缝中的尴尬处境,而"中国语境与异国语境"的矛盾是两种语境在禁忌和殷望之间的错位,一个语境中的禁忌可能是另一个语境的殷望,诗人在两种语境的角力当中寻找平衡,如《同谋》《四月》《守夜》《早晨的故事》等。

20世纪80年代末去国离乡的经历让北岛这个名字渐渐淡出了人们的视野,但是

---

① 亚思明:《彼岸有界 诗意无声——论转折时期的北岛的诗(1979—1986)》,《南方文坛》,2013年第5期。
② 唐晓渡、北岛:《"我一直在写作中寻找方向"——北岛访谈录》,《诗探索》,2003年第Z2期。
③ 胡亮:《北岛》,《窥豹录:当代诗的九十九张面孔》,江苏凤凰文艺出版社,2018年,第66—67页。

他七八十年代之交创作的那些诗歌,却深深烙印在读者心中。北岛这一时期的诗歌体现出鲜明的个人特色,同时也具有非常高的艺术价值,具体而言如下:

(1) 深沉、冷峻、凝重的艺术风格和强烈的怀疑精神。最能突出表现这种艺术风格的是《回答》《迷途》《界限》等诗作。而北岛所经历的"文革"这一特殊的历史情境,被认为是其艺术风格形成的主要诱发因素。"文革"记忆作为北岛早期诗歌的重要表现内容,出现在他大量的诗歌作品当中。"北岛'文革'时期诗作的一个凝聚点便是十年动乱的惨痛历史。"①北岛早期诗歌当中所承载的一代人的命运本身就带给了诗歌特殊的分量,而无处不在的悲剧意识更加深了这些作品当中挥之不去的冷峻和深沉的艺术特质。

(2) 象征的艺术手法的运用。学者李欧梵认为:"清醒的思辨与直觉思维产生的隐喻、象征意象相结合,是北岛前期和中期诗歌显著的艺术特征,具有高度概括力的悖论式警句,造成了北岛诗独有的振聋发聩的艺术力量。"②有学者曾指出北岛是1970年于海边生活一段时间之后开始进行诗歌创作,因此他的诗歌中充满了大海、帆船、波浪等意象。其实这些意象不是仅仅作为自然的一种描摹而被写入诗中,它们承担了很多的象征意味。"北岛的意象往往自成体系,有一些意象有一种永恒的指向。比如'海'往往即象征个体生命自由和个体价值实现。"③类似的诗作在这一时期还有很多,比如《触电》《太阳城札记》《履历》等。

(3) 宣言式的语言风格。北岛在早期的诗歌当中习惯使用判断的句式,形成一种宣言式的语言风格。比如《回答》当中那句著名的"卑鄙是卑鄙者的通行证,/高尚是高尚者的墓志铭";《明天,不》当中的"明天,不/明天不在夜的那边/谁期待,谁就是罪人"等。而这里的"不"也构成了北岛诗歌的关键词,在否定与宣判的语调当中,北岛一方面揭示出外在世界的荒诞,另一方面又把个人的主体性高扬到了一个全新的高度。这样的语言风格也是北岛诗歌深沉、冷峻、凝重的艺术风格的形成原因之一。

(4) 充满悖论的意象群。北岛早期的诗歌当中有许多充满悖论的情境,"否定式意象组合几乎俯拾皆是……这种悖论式的思考,是对现实与历史的更深的思考。悖论,作为诗人感知世界认识世界的一种独特方式,实际上在北岛笔下已超越了形式上的语义层次,告诉人们:世界上也许有些事确乎是不可理喻的"④。比如《宣告——献给遇罗克》中的"从星星的弹孔里/将流出血红色的黎明",星星其实是天空中的弹孔,黎明实际上是弹孔中流出的鲜血。两种充满悖论的意象被组合到了一起。

为了营造这种悖论式的情景,北岛惯于设置两类不同的诗歌意象,其中一类象征

---

① 王干:《历史·瞬间·人——论北岛的诗》,《文学评论》,1986年第3期。
② 李欧梵:《午夜歌手序》,《联合报·副刊》(台北),1995年10月10日、11日。
③ 戈麦:《异端的火焰——北岛研究》,《新诗评论》,2017年总第21辑。
④ 吴晓东:《"走向冬天"——北岛的心灵历程》,《读书》,1987年第1期。

的是光明、希望、人性和意义,带有理想色彩,比如天空、鲜花、海洋、玫瑰等;另一类象征的则是死亡、荒诞、无意义和非人性,带有否定色彩和批判意味,比如铁栏杆、网、冰川等。

不可否认的是,北岛早期诗歌的意象选取留存着特殊年代的深刻烙印,钟文就曾经在文章中说道:"北岛二十世纪七十年代早期的诗与后来的诗有很大的不同。他早期的诗更多的还保留着那个时代的烙印,从用语选择到意象创造。比如他在《一束》《太阳城札记》《一切》等诗歌中大量使用的还是像海湾、帆、喷泉、画框、日历、罗盘等等那个时代泛滥的诗物象。诗人用的图画常常是'童年清脆的呼唤''开满野花的田园''陪伴星星的夜晚'。这些用词是鲜亮的,但又是呆板的、公用的,是没有诗人个人体验性在里面的时代话语,是滥用的、单向性的、平面化的时代沿用语。但是我们又应该看到,诗人沿用了这些词汇,却常常是用别人的酒用来浇自己的块垒,不妨碍诗人创造出真实的个人化的诗歌形象,包括'我不相信'的诗歌形象。"①

1986年,北岛创作了他唯一的长诗《白日梦》。80年代末旅居国外以后,又陆续完成《旧雪》《走廊》《零度以上的风景》《开锁》等诗集。与此同时他也创作了大量的散文,如《蓝房子》《时间的玫瑰》《青灯》等。

以20世纪80年代末去国为界限,北岛的创作可以划分为前后两个阶段。两个阶段的诗歌创作在内容上有明显的差异,其中最突出的就是对语言本身的关注。此外,北岛去国后诗歌的艺术风格发生了明显变化,由对现实的直接指涉,主动回归写作和语言当中。这一时期的诗歌也加入了更多现代性的成分,象征的运用不再像早期那样带有较多的文化记忆积淀,而是从个人经验出发,显得更加晦涩和内敛。我们可以通过引入"流散写作"和"漂移"理论来切入北岛后期的诗歌创作,从而更深入地剖析它们总体上的艺术特色。

所谓的"流散写作"②,"即一些离开自己故土流落到异国他乡的作家或文化人自觉地借助于文学这个媒介来表达自己流离失所的情感和经历。由于他们的写作是介于两种或两种以上的民族文化之间的,因而他们的民族和文化身份认同就是分裂的和多重的"。③

而"漂移"则是法国思想家居伊·德波在"景观"④概念的基础上提出来的一个理论,所谓"漂移"是试图用在城市中漫游和慢游的方式构建自主情境以打破规范化对

---

① 钟文:《北岛的文本意义》,《诗探索》,2016年第5期。
② 本文用"流散写作"而非"流亡写作",实则借鉴清华大学王宁教授的理论成果:本质而言二者内涵相同,但"流亡写作"不能涵盖那些"有意识地自我移居海外的但仍具有中国文化背景并与之有着千丝万缕联系的作家",而"流散写作"则具有更为丰富的外延,它强调流散作家身上的漂泊性和流动性。
③ 王宁:《流散文学与文化身份认同》,《社会科学》,2006年第11期。
④ 居伊·德波:《景观社会》,王昭风译,南京大学出版社,2006年。

人的身体和思想的禁锢。漂移鼓励大众抽离出既有的生活重新认识城市和自我。从不同流散诗人对家园和城市的书写中我们可以看到空间的转移对诗歌形象的营造和主体生命多维的影响。

北岛自20世纪80年代末至2007年接受香港中文大学的聘请定居香港,其在海外近20年的创作可以纳入"流散写作"的范畴。与大多数流散作家一样,北岛与异域文化之间始终保持着一定的距离,对本土的经验和记忆占据着诗人的灵魂,他的诗歌中充满了浓重的忧伤和对祖国刻骨铭心的思念,在"怀乡"、孤独的言说、对命运漂泊与时间动荡的感悟之中,其诗歌彰显出"漂移"的美学特质。

如果说早期北岛是以理性和人性为准绳,在诗歌中力图建立其理想中历史的"理性法庭";那么,在流散写作中,由于地域、文化、政治、语境的改变和生活居所不断的漂移,他完成了历史观的转变,那是一种从生命内部生发出来的深度的个体反思。

流散作为北岛海外时期的生存境遇,对于它的意义,从理性到体悟尤其是个体生命层面,诗人均有触及,他的诗歌写出了流散海外的孤独感、带有浓烈身世感的怀乡之情以及异境汉语写作的困境和秉持的突围精神。"在母语的防线上/奇异的乡愁/垂死的玫瑰"(《无题》),和"我对着镜子说中文"(《乡音》),从母语视域刻写出诗人身居海外无以返乡的精神磨砺,诗人自身——"乡音"也陷落一种漂移的困境之中,诗人意识到"必须修改背景/你才能够重返故乡"(《背景》)。身份背景是诗人致命的痛,其重要性已胜于个体的存在乃至主观意愿,这里暗含有沉重的隐喻。

"漂移"美学在北岛后期的诗歌创作当中主要体现为主体身份的漂移、诗歌理想的漂移、语言的漂移三个层面:

(1) 主体身份的漂移。20世纪90年代以后,海外漂泊经历使北岛的创作一度淡出人们的阅读视野。对于北岛来说,这一人生中的巨大变故使他由一个众所周知的诗歌英雄变成了一个异国他乡的漂泊者。失去了熟悉的言说对象以后,作为诗歌创作主体的北岛也就失去了前期诗歌得以生成的语境,从具体的历史文化、社会现实中抽离出来,面对异国文化和迥异的生活方式,诗人无形中被置于一种"漂移"的状态。然而这也使北岛有机会跳出以往的成见,以另一种眼光审视之前的创作,并在对周围世界和自我的重新认识当中,自觉践行着主体身份的转变。

从流寓他国开始,北岛被迫置身于一种"漂移"状态。前期诗歌中"走向冬天"的受难者形象开始被探索本体存在的有限意义和淬炼灵魂的"东方旅行者""午夜歌者"所取代,诗人沉稳冷静地守住精神的根脉,直面蔓延的虚无。从"走向冬天"的受难者到漂泊他乡的"午夜歌者",这种诗人形象和身份的转变均可从创作主体的"漂移"状态中找到缘由。漫长的漂泊生活改变了北岛本人的命运,而创作主体的"漂移"感,又极大影响了其诗歌创作。

语境和处境的漂移状态使北岛海外流散写作中的诗人形象由"一代人"回归到

"一个人",他开始侧重于在诗歌中展现日常生活的困境、细节和心绪,书写游离于西方主流文化之外的流亡者处境。"从一年的开始到终结/我走了多年/让岁月弯成了弓/到处是退休者的鞋/私人的尘土/公共的垃圾//这是并不重要的一年/铁锤闲着,而我/向以后的日子借光/瞥见一把白金尺/在铁砧上。"(《岁末》)不再有刺痛精神骨髓的反抗,也没有在历史的广场上振臂高呼的激情,面对这庸常而陌生的一年,诗人变成为生活奔波的"普通人",时光被诗人走成"弓"——诗人品觉着漫长与沉重,还有不堪的重负。在陌生的语境,诗人用"和别人交叉走动"形容彼时生活中的漂移状态:"哦同谋者,我此刻/只是一个普通的游客/在博物馆大厅/和别人交叉走动。"(《一幅肖像》)诚然,在离国之初,诗人无法融入西方的异质文化,多重因素的疏离感使诗人倍感孤独。他开始自觉地面对一个事实——他只能是西方社会中的"东方旅行者",只能以一个旁观者的身份吟唱心灵的疼痛、身份的分裂以及没有未来的孤独感,在异国他乡做着返乡者的梦。

在《失败之书》的"自序"中北岛写道:"我得感谢这些年的漂泊,使我远离中心,脱离浮躁,让生命真正沉潜下来。在北欧的漫漫长夜,我一次次陷入绝望,默默祈祷,为了此刻也为了来生,为了战胜内心的软弱。我在一次采访中说过:'漂泊是穿越虚无的没有终点的旅行。'经历无边的虚无才知道存在的有限意义。"国内的一切都渐行渐远了,只有母语维系着与祖国的一线联系。作为诗歌创作主体的北岛一方面要面对陌生的环境、陌生的文化,另一方面要面对一种真空状态——曾经思索的一系列问题都被搁置了,身不在场,没有了发言权,即使发言也不会再被国内的读者听见。这种"漂移"状态使诗人直面虚无,穿越虚无随即成为北岛海外创作中最重要的诗歌主题:"谁在虚无上打字/太多的故事/是十二块石头/击中表盘/是十二只天鹅/飞离冬天。"(《冬之旅》)

从对历史与现实的反抗到对虚无的反抗,反抗作为北岛诗歌的底色贯穿前后两个时期。这是诗人北岛不变的创作动机,也是贯穿于受难者和"东方旅行者"之间的一条纽带。

(2)诗歌理想的漂移。漂泊海外的生活使北岛从一个挑战者变成了旁观者,远离中心、远离政治,失去了参与的途径。北岛在前面所提到的三重迷失当中,对于信仰以及情感的迷失与寻找实际上已经失去了明确的目的性,于是诗人只好将寻找的目光转向自我与写作本身,在这个变幻莫测的无物之境抓住自己,试图明确目标的终极指向。

一方面,漂移的写作状态使北岛在流散写作中的创作方向发生转变,情感浓度不再是创作的至上之境。没有了愤怒与大声疾呼,更多了一份平和、自嘲与反讽。日常生活被放置于命运之中,印染着破碎的现实景观。"经历了防空警报的音乐/我把影子挂在衣架上/摘下那只用于/逃命的狗的眼睛/卸掉假牙,这最后的词语/合上老谋深算的怀表/那颗设防的心。"(《夜归》)诗人在夜归这一日常性的瞬间中加入了自嘲与反讽的成分,以一种与前期截然不同的方式重新审视生活重新定位自己的身份。

另一方面,在无限延伸的寻找中,诗人返归自身的小宇宙,而非专注于面向世界呼喊。在被问及自己出国前后的诗有什么不同时,北岛说:"我没有觉得有什么断裂,语言经验上是一致的。如果说变化,可能现在的诗更往里走,更想探讨自己内心历程,更复杂,更难懂。"这种自我言说一方面体现在诗歌自传成分的增加,借以审视自己的生活。如《代课》:"沉船和第六街退休的/将军因阻挡过风暴而嗜睡/我被辞退,一封信/带着权威的数字/让我承认他们的天空/是的,我微不足道/我的故事始于一个轮子。""我的故事始于一个轮子",这样的诗句建立在诗人对个体漂移处境的深切体认,伴随而生的信、轮子以及其他诗作中的镜子、钥匙、电话等意象则烙印着诗人流散写作期间的心理符号。另一方面,这种自我言说还体现在诗中对话性的增加,"这种自我与自我的对话不是被直接叙述出来而是被诗人巧妙的虚拟出一个隐性的言说对象,与之进行秘密的言说与直接的对话"①。如《不对称》:"一个来自过去的陌生人/从镜子里指责你。"这个陌生人就是曾经的自己,通过一面镜子,对话在自己与另一个自己之间发生。从过去到当下,转变被诗人含纳在不对称的对话行为里,无奈而犀利的审视穿行于时空的漂移中。

如果说诗歌创作本身是北岛寻找的方向之一,那么这种不断往里走、不断深入的写作方式也使得北岛海外诗歌中的意象和语言不断浓缩,诗歌的格局被精简了,近乎欧阳江河所谓的"极简主义"的创作。

(3)语言的漂移。语言的漂移即指北岛在流散写作中语言意识的自我扩展活动,诗人自觉击碎词语的陈旧用法,语言的现代感得以强化,诗人也得以从习常约定的藩篱中跳脱出来:"词滑出了书/白纸是遗忘症/我洗净双手/撕碎它,雨停。"(《问天》)远离母语喧哗的本土语境,流亡于陌生的异域语境,诗人赋予词语以异质的力量,在异国他乡中建起诗性空间:"故国残月/沉入深潭中/重如那些石头/你把词语垒进历史/让河道转弯。"(《青灯——给魏斐德(Fred Wakeman)》)漂移是诗人突破既有成绩和情结羁绊的助推力,在对不同语言、不同文体作品的比较、译介中,北岛的母语感受力与表达能力不仅没有弱化,反而得以加强,他的诗中,词语可以改变历史的河道也可以结束一个失败的黄昏:"无人失败的黄昏/鹭鸶在水上书写/一生一天一个句子/结束。"(《关键词》)诗人渐渐习惯于在词语中寻找避难所,在孤独的境况中对自己说话:"我对着镜子说中文。"(《乡音》)

在远离中国的西方社会,中文成了北岛与家乡之间仅存的联系。在脱离了东方文化之后,中文成了切切实实的孤岛,没有人可以对话,没有机会可以倾诉。语言的隔绝状态势必会让北岛感觉到无法排解的孤独,同时语言也成为诗歌本身所表现的最主要的对象,诗歌的内在张力得以强化。"若风是乡愁/道路就是其言说"(《远

---

① 陈汉生:《北岛海外诗歌研究》,安徽师范大学硕士论文,2012年,第27页。

影》),在语言的"漂移"状态,"词的流亡开始了"(《无题》)。中文成了北岛唯一不能丢弃的行李,它一方面随时提醒诗人所处的漂泊境遇,另一方面成为诗人返乡的唯一途径。"他变成了逃亡的刺猬/带上几个费解的字/一只最红的苹果/离开了你的画"(《画——给田田五岁生日》),作为父亲的北岛只是一个拥有语言的逃亡者。"饮过词语之杯/更让人干渴"(《旧地》),诗人试图通过语言来缓解自己的乡愁,最后发现只能让结果适得其反,"乡愁如亡国之君/寻找的是永远的迷失"(《过冬》)。诗人抓住了漂移中的语言也就是抓住了自己漂泊的命运,在一无所有的西方世界当中,这是诗人最大的慰藉,同时也是诗人最深的伤痕——"寻找的是永远的迷失"。

著名汉学家宇文所安在论及"世界诗歌"这一概念的时候,曾对北岛的诗歌作出了批评:"由于有一位富有才华的译者和宣传者,北岛很可能在西方被认为是最重要的当代中国诗人。而在国外,尤其是西方世界获得的普遍承认又可能从另一方面导致北岛的声望在中国不断增长。于是,我们看到一个奇特的现象:一个诗人因他的诗被很好地翻译到国外而使他成为自己国家最重要的诗人。"[①]意思是说正是西方话语的成功译介使北岛的诗歌获得了西方世界的认可,而西方世界的认可又使其获得了象征性资本,从而得以在国内赢取了更高的声望。宇文所安的这一观点有值得商榷的地方,但是北岛的异国经历确实为其后期的诗歌创作带来了迥异的质素,也为其诗歌解读提供了新的方向。

毋庸置疑,北岛是中国当代诗坛重量级的诗人,谈及当代诗歌,没有任何一部诗歌史可以忽视他的创作,他的诗歌创作启发或影响了不止一代人。对于他的诗歌艺术成就,虽然也有质疑与否定,但是他永远是讨论新时期诗歌转型过程中绕不开的重要诗人,他是有标志性的里程碑式的诗人。

第三节 北岛经典诗作导读

北岛被看作"朦胧诗"的领袖,与《回答》在当时的巨大影响力有很大关系。从表面上看,《回答》似乎代表的是一个时代的共同声音,其实诗中既有时代的共振,也有自我的音调,整个时代的精神苦闷是透过个人得以传达出来的。《回答》所回答的是一位诗人对"文革"荒谬时代、罪恶现实的怀疑、批判和挑战,也包含着对未来的凝视和期望:

卑鄙是卑鄙者的通行证,

---

① 宇文所安:《什么是世界诗歌?》,宏越译,《新诗评论》,2006年第1期。

高尚是高尚者的墓志铭。
看吧,在那镀金的天空中,
飘满了死者弯曲的倒影。

冰川纪过去了,
为什么到处都是冰凌?
好望角发现了,
为什么死海里千帆相竞?

我来到这个世界上,
只带着纸、绳索和身影,
为了在审判之前,
宣读那被判决的声音:

告诉你吧,世界
我——不——相——信!
纵使你脚下有一千名挑战者,
那就把我算作第一千零一名。

我不相信天是蓝的,
我不相信雷的回声,
我不相信梦是假的,
我不相信死无报应。

如果海洋注定要决堤,
就让所有的苦水都注入我心中,
如果陆地注定要上升,
就让人类重新选择生存的峰顶。

新的转机和闪闪的星斗,
正在缀满没有遮拦的天空。
那是五千年的象形文字,
那是未来人们凝视的眼睛。

《回答》创作于1973年,其中充满了对时代的怀疑精神以及对历史的使命感。这首诗既有启蒙色彩,又有审美维度,它傲然于时代的审美趣味之上,又与时代的总体性情绪具有某种意义上的共振。正是以《回答》为代表的北岛早期诗歌,"证明了政治维度是文学性所先天包含的重要维度,而且是在审美化的实践中真正表现出来的"。①

北岛在诗歌的开头就用一种振聋发聩的音调喊出了"卑鄙是卑鄙者的通行证,/高尚是高尚者的墓志铭"这一悖论式的箴言,在晦暗的年代里发出了石破天惊的呐喊。卑鄙者靠着卑鄙畅通无阻,高尚者却只能默默死去,将高尚当作自己的墓志铭。整首诗以一种格言式的语句开场,语调直硬,就是为了打碎荒诞年代借以掩饰自我的面具,字字见血地刺探到历史现实的内核。然而接下来的诗句并没有延续这种力举千钧的语言力度,而是用"看吧"两字稍作停顿,进而将视线转移到了具体的物象上面。在这两行诗句当中,诗人用"镀金"修饰天空,用"弯曲"修饰倒影,前者加深了天空的辉煌、肃穆之感,后者却进一步放大了死者的屈辱。这两种影像叠加到一起,把特殊年代历史的悲剧放大到了触目惊心的程度。

20世纪80年代初的时候,北岛曾经说过这样一段话:

> 诗歌面临着形式的危机,许多陈旧的表现手段已经远不够用了。隐喻、象征、通感、改变视角和透视关系,打破时空秩序等手法为我们提供了新的前景。我试图把电影蒙太奇手法引入自己的诗中,造成意象的撞击和迅速转换,激发人们的想象力来填补大幅度跳跃留下的空白。另外,我还十分注重诗歌的容纳量、潜意识和瞬间感受的捕捉。②

冰川纪是一个地理概念,指的是地球被大量的冰川所覆盖的地质时期。冰川纪早就已经成为遥远的历史,而我们的现实生活中却到处都是冰凌。好望角从字面上可以理解为"美好希望的海角",死海则因为其过高的含盐量而不适合大部分生物的生存。然而不可思议的是,了无生机的死海里熙熙攘攘,而寓意美好的好望角却无人问津。诗人将这两个相互平行的悖论式情境剪接到了一起,通过一种象征蒙太奇的手法,营造出了一派萧条、死寂的景象。

在诗的第三节,"我"的视角首次登场。这里的"我"即是一个"大我",传达整个时代的苦闷与迷惘;同时也是一个"小我",是一个无所畏惧的挑战者和义无反顾的殉道者的化身。诗人来到这个世界"只带着纸、绳索和身影",其中"纸"是为了书写审判的词语,"绳索"既可以是每个人与生俱来的束缚,也可以是献身者被押上刑场时所使用的刑具,而"身影"则和第一节的"倒影"相对应,代表的是一种献身的决心。这里的

---

① 吴晓东:《从政治的诗学到诗学的政治——北岛论》,《新诗评论》,2009年第2辑。
② 北岛,《百家诗会》,《上海文学》,1981年第5期。

纸、绳索和身影都是对称于现实压力的反抗方式,面对时代的险恶和被无端审判的命运,诗人毫无畏惧地发出挑战者的声音。这是一个孤绝的战士诗人形象,似乎从诗的文字缝隙中放大出来,如此清晰地凸显在我们面前。

当现实的荒诞让诗人再也无法呼吸的时候,他终于向世界喊出了自己的答案:"我——不——相——信!""我不相信天是蓝的,/我不相信雷的回声,/我不相信梦是假的,/我不相信死无报应。"一连串的否定加重了诗歌的语气也加快了诗歌的速度,在读者的头脑中呈现出了一个痛心疾首、大声呼喊的先觉者的形象。这位先觉者不仅挑战着这个荒诞世界所有不合理的秩序,同时也承担着因为反抗所可能导致的一切后果:"如果海洋注定要决堤,/就让所有的苦水都注入我心中。"其间洋溢着一种舍生忘死的英雄主义情怀,同时包含了难能可贵的担当意识。

诗歌的最后一行从慷慨激昂的呐喊回到了对未来的希冀当中,他希望未来的人们可以透过历史的层层迷雾,将整个民族引向"新的转机"。

多年以后,当北岛再次谈及《回答》的时候,他说:

> 现在如果有人向我提起《回答》,我会觉得惭愧,我对那类的诗基本持否定态度。在某种意义上,它是官方话语的一种回声。多是高音调的,用很大的词,带有语言的暴力倾向。①

诗学观念的转变让北岛开始反省自己早期诗歌创作中的宣言式的语言风格以及对个人主体性的过分倚重。但是不管怎么说,以《回答》为代表的北岛早期诗作,不单单给诗歌创作带来了一种新的美学原则,还以其直面现实的艺术旨趣应和了特殊时期在一般读者心目中普遍存在的情感体验,不仅具有艺术价值,还具有了相应的社会价值。"北岛的意义正在于把抗议的声音和反叛的政治向诗学积淀。其反叛中既包括政治倾向上的反叛,也有诗学意义上的反叛。"②

北岛早期的诗歌不仅表现出了直面现实的勇气,而且还包含了一种走向虚无的执拗。从这一层面来看,北岛与鲁迅具有某种程度上的相似性。他们都面临着既有价值观念的破灭,同时又对现实当下持有悲观的情绪。但是与鲁迅不同的是,北岛仍然坚信主体的力量,即使面对人生的荒诞,也仍然要反抗荒诞,以一种强劲的个性走向虚无。于是"走"的意象便反复出现在北岛的诗歌当中,比如这首《迷途》:

> 沿着鸽子的哨音
> 我寻找着你

---

① 北岛:《热爱自由与平静》,《中国诗人》,2003 年第 2 期。
② 吴晓东:《从政治的诗学到诗学的政治——北岛论》,《新诗评论》,2009 年第 2 辑。

高高的森林挡住了天空
小路上
一棵迷途的蒲公英
把我引向蓝灰色的湖泊
在微微摇晃的倒影中
我找到了你
那深不可测的眼睛

与《回答》那种冷峻但是决绝的语调不同，《迷途》更多地带有一种凝重和阴郁的色彩。它的内涵变得晦涩并且飘忽不定，给人一种难以把捉的朦胧之美。

"沿着鸽子的哨音/我寻找着你"，"寻找"成为这首诗最主要的内容。虽然我们并不能确定"你"指的是什么，但是"鸽子的哨音"却是相对明确的，它具有一种明朗而愉悦的指向，更多地会让人联想到秋日高远的天空。但是紧接着，诗人却写道："高高的森林挡住了天空。"原本明确的方向被遮蔽了，森林以其阴森压抑的形象阻断了继续寻找的道路。

"小路上/一棵迷途的蒲公英/把我引向蓝灰色的湖泊。"当天空与道路迷失之后，诗人却在一条小路上找到了一棵蒲公英。这里要特别注意的是，被用作题目的"迷途"再次出现，被拿来形容蒲公英。也就是说蒲公英虽然扮演了引领者的角色，但是它本身仍然是不确定的，是深不可测的。从明朗、清晰的鸽哨转向轻盈却不确定的蒲公英，其中包含了诗人由对信念的明确或者方向的确信转向对不确定或者说是虚无的凝视。

"在微微摇晃的倒影中/我找到了你/那深不可测的眼睛。"跟随着蒲公英的指引，诗人进入一个幽暗而且神秘的境地。在这里湖水是灰蓝色的，眼睛是深不可测的，一切仿佛都在梦境中一样，给人以一种超现实的体验。诗人苦苦寻找的"你"仍然是无法言说、无法体察的，它虽然深不可测，却让我们体验到了一种诡异的魅力。这可以看作诗人否弃现实之后朝着虚无的一次转向。并且反抗荒诞、走向虚无的过程并不是一无所获的，他到达的不是鲁迅意义上的无物之境，而是找到了一个可以看透历史与未来的神秘的眼睛。

北岛"我不相信"的质疑精神不仅仅指向特殊的历史年代，同时也指向诗人自己。在北岛的诗歌当中除了有《触电》对自我本身的反思以外，也有《界限》所表达的对自我精神理想的质疑。诗人在《界限》中写道：

我要到对岸去

河水涂改着天空的颜色

也涂改着我
我在流动
我的影子站在岸边
像一棵被雷电烧焦的树

我要到对岸去

对岸的树丛中
惊起一只孤独的野鸽
向我飞来

整首诗被分成了四节，"我要到对岸去"重复了两次，并且单独占了其中两节。由此可见诗人到对岸去的强烈愿望。这里的"对岸"可以理解为诗人心目中的"彼岸"，也就是一种内在的精神理想。"彼岸"承载了诗人的灵魂寄托，是诗人所要寻找的最终方向。

"河水涂改着天空的颜色/也涂改着我"，"涂改"一词暗示了诗人为了能抵达彼岸所进行的自我调整与自我修正。这一调整完全出于诗人的自愿，并因此具备了水一样的流动的特性。虽然诗人表面上已经看似拥有了跨越界限的可能，但是他的"影子"，也就是诗人的精神实体，则暴露了诗人调整自我的过程当中所遭受的磨难与惩罚："我的影子站在岸边/像一棵被雷电烧焦的树。"树的意象在当代诗歌当中往往作为诗人精神自我的对应物，此处亦然。

"我要到对岸去"，诗人再次重复，这一单独成行的诗句如同一道可见的界限，挡在了诗人的面前。诗歌的最后一节对"彼岸"的情景进行描写，那里没有烧焦的枯木，而是有成片的树丛，与诗人所在的此岸构成对比。但是在这一片树丛当中，被惊起的是"一只孤独的野鸽"，似乎"彼岸"同样存在恐惧和孤独。

由此可见，即使是诗人不断追寻的精神理想，也十分可疑。当诗人历尽磨难想跨越河流抵达"彼岸"的时候，"彼岸"也同样有人在尝试跨越界限。所以界限的两侧到底是此与彼，还是一对互相对称的镜像，诗人并没有给出答案。然而即使对"彼岸"充满了疑惑，诗人也没有放弃"到对岸去"的努力。

同为朦胧诗代表诗人的舒婷曾有过这样的回忆："一九七七年我初读北岛的诗时，不啻受到一次八级地震。北岛的诗的出现比他的诗本身更激动我。就好像在天井里挣扎生长的桂树，从一颗飞来的风信子，领悟到世界的广阔，联想到草坪和绿洲。我非常喜欢他的诗，尤其是《一切》。正是这首诗令我欢欣鼓舞地发现：'并非一切种子都找不到生根的土壤。'在我们这块敏感的土地上，真诚的嗓音无论多么微弱，都有持久而悠远的回声。"①由此可见北岛的诗歌对当时年轻诗人的创作起到了不容忽视的影响作用,并且舒婷在读过北岛的《一切》之后创作了《这也是一切——答一位年轻朋友的〈一切〉》。在对北岛和舒婷进行比较研究的过程当中,这两首诗往往会被当作二人诗艺风格差异的例证来被列举,实际上正是这首《一切》为舒婷带来了诗歌艺术创作的启发。《一切》一诗如下:

  一切都是命运
  一切都是烟云
  一切都是没有结局的开始
  一切都是稍纵即逝的追寻
  一切欢乐都没有微笑
  一切苦难都没有泪痕
  一切语言都是重复
  一切交往都是初逢
  一切爱情都在心里
  一切往事都在梦中
  一切希望都带着注释
  一切信仰都带着呻吟
  一切爆发都有片刻的宁静
  一切死亡都有冗长的回声

  北岛的这首《一切》仍然采用的是宣言式的语言风格,每一句诗行都以"一切"开头,用肯定的判断语句道出了诗人心目中的世界的本质。北岛的《一切》创作于1976年,诗歌中所表现的正是诗人对特殊历史年代的深刻反思,"在对世界的悖谬的把握中对世界给予总体否定"②,但是由于这首诗明显迥异于七八十年代之交的诗艺表现风格,因此受到了很多人的批评,并被认为传达了一种消极的思想。
  "一切都是命运/一切都是烟云",所有的努力都是徒劳的,因为结局都已经注定,所有的意义如同烟云一样缥缈不定。诗歌一开头就传达了诗人悲观的情绪,为整首诗的感情基调打下了基础。开始之后却没有结局,所要追寻的东西都会稍纵即逝,这种种悲观的看法所对应的正是诗人信仰的迷失。他曾经所坚信并不断追寻的一切变得不那么纯粹甚至有些可疑,理想的破灭使诗人变得多疑甚至是冷峻。
  在那个特殊的历史年代,欢乐和苦难很可能都只是一种表演,而实际上并没有微

---

① 舒婷:《生活、书籍与诗——兼答读者来信》。
② 吴晓东:《"走向冬天"——北岛的心灵历程》,《读书》,1987年第1期。

笑或者泪痕。语言被一种更高的意志控制之后，变得空洞而陈旧，成为一种无意义的重复。正是在这样一种情境之下，交往和爱情变得无比谨慎，感情变成了不能轻易表达的东西，往事只能在梦中回忆，人与人之间的关系不再简单而单纯。

而那些曾经无比神圣的词语，也在慢慢失去身上的光晕。"一切希望都带着注释/一切信仰都带着呻吟"，希望已经不再是一个引领人们前进的目标，而必须限定在一定范围之内才能成立，信仰也不再像承诺的那样带领人们到"蜜与奶"的许诺之地，而是伴随着痛苦与审慎。因此在诗歌的结尾诗人断言，这样的历史情境最终一定会结束，成为我们不断反思不断思考的参照物。

与北岛表现特殊年代的深沉、冷峻不同，舒婷的《这也是一切——答一位年轻朋友的〈一切〉》则明显变得更加柔和、笃定，充满了对未来的希望以及对生活的热情。通过参照舒婷的这首诗，可以对北岛的《一切》有更全面的认识。《这也是一切——答一位年轻朋友的〈一切〉》一诗如下：

> 不是一切大树
> 都被风暴折断；不是一切种子
> 都找不到生根的土壤；不是一切真情
> 都流失在人心的沙漠里；不是一切梦想
> 都甘愿折断翅膀。不，不是一切
> 都像你说的那样

舒婷的诗作与北岛的《一切》恰恰相反，用否定的句式，对北岛的诗歌进行了回应与补充。如果说北岛的诗歌充满了对过去的质疑与思考，舒婷的诗歌则表现出更多的希冀与肯定。通过两首诗的对比，更容易体会到北岛作为一个"审判者"的内在精神形象。

去国之后的北岛，其诗歌创作不管在内容上还是在艺术风格上都发生了很大的转变，《乡音》一诗体现了北岛"漂泊—还乡"的诗歌主题和对语言以及写作的深入。《乡音》一诗如下：

> 我对着镜子说中文
> 一个公园有自己的冬天
> 我放上音乐
> 冬天没有苍蝇
> 我悠闲地煮着咖啡
> 苍蝇不懂什么是祖国

《乡音》导读（视频）

我加了点儿糖
祖国是一种乡音
我在电话的另一端
听见了我的恐惧

在远离中国的西方社会,中文成了北岛与家乡之间仅存的联系,与此同时语言也成为他这一时期诗歌所表现的最主要的对象。

诗中,北岛运用了镜像化的写作方式。除最后两行以外,诗歌的单数行表现的是诗人当下的日常生活——说中文、放音乐、煮咖啡等,看似平静而安宁。而双数的诗行表现的是一个镜像里的世界,前一行的意象递接到下一行里面,首尾相连,展现的是语言的公园在冬天里的荒芜状态。北岛以这样的方式将诗歌本身分为两个部分,相互映照相互补充。直到诗歌的最后两行,通过一条电话线,两个世界猝然撞击,诗人所感受到的只能是语言"漂移"状态下的无所适从以及随之而来的一种深深的恐惧。

"祖国""乡音"等词汇成为北岛这首诗中的关键词,强烈的怀疑精神和现实色彩不见了,代之以现实和精神上的双重漂泊以及由之而来的归乡的努力。

北岛的诗歌从一开始便带有一种反叛的意味,这种反叛甚至成为他诗歌艺术风格的一个重要组成部分。他为当代诗坛带来了一种"新的美学原则",为新时期的诗歌转型积累了最初的力量。然而北岛诗歌的艺术风格并不是一成不变的,他跳出诗坛主潮,用自己的方式对语言和写作发起了新的冲击。

朦胧诗在度过了最初的否定与质疑阶段以后,逐渐为读者及学界所接受。朦胧诗被作为一种诗歌创作潮流,纳入了文学史的叙述当中。作为朦胧诗代表性诗人的北岛,自然也会被写入不同的文学史著作当中。但是由于不同文学史家的评判标准各不相同,不同版本的文学史、诗歌史当中北岛诗歌所占的比重也存在明显的差异。

在由朱栋霖、朱晓进、吴义勤所主编的《中国现代文学史 1917—2012》(下)[①]当中,在列举朦胧诗的主要代表诗人时提到了北岛的名字:"1984 年以前,北岛、舒婷、顾城、芒克、多多、梁小斌、江河、杨炼等人,热衷于对现实社会进行反思和控诉。"而在具体描述朦胧诗的部分则并没有再提及北岛。

而在由程光炜所编写的《中国当代诗歌史》当中,在对食指、白洋淀诗派、《今天》杂志等进行了叙述之后,将北岛作为专节来进行探讨。在程光炜看来,北岛的诗歌创作受到了德国哲学家尼采的影响,他往往是"以时代的悲剧英雄自许的,这使他时常情不自禁地选择一个居高临下的艺术视角"[②]。并且程光炜还认为北岛是一位政治意

[①] 朱栋霖、朱晓进、吴义勤等:《中国现代文学史 1917—2012》下,北京大学出版社,2014 年。
[②] 程光炜:《中国当代诗歌史》,中国人民大学出版社,2003 年,第 258 页。

识很强的抒情诗人,"擅长用较强烈的情绪来暗示自己历史处境"①。在程光炜的叙述当中,北岛被认为是朦胧诗阶段最重要的诗人之一。

洪子诚、刘登翰主编的《中国当代新诗史》则设立专章讨论了朦胧诗与《今天》杂志的情况。该书认为北岛是朦胧诗人当中"最具争议的一位",他的《回答》《宣告》《结局或开始》《履历》等代表作,"在悲剧性的抗争道路上,表现了'觉醒者'的内心紧张冲突,历史'转折'的意识和类乎'反抗绝望'的精神态度,表现了在批判、否定中寻找个体和民族'再生'之路的激情"②。而其后期的诗歌创作则明显发生了变化,其国外的诗歌创作一方面延续了国内时期的诗歌艺术风格,另一方面又加入了犹疑、对话等基调,语言、情感朝着简洁、内敛的方向发展。

在诸多版本的文学史当中,论者普遍指出北岛在朦胧诗创作当中的代表地位,并对他诗歌所体现出来的艺术风格给予了相应的肯定。然而与北岛后期所获得的较高的文学史地位不同,在朦胧诗刚经历完老一代诗人的批评与质疑稍稍站稳脚跟的时候,新一代的年轻诗人们又对朦胧诗发起了进攻。这些新生代诗人打出了"pass 北岛""告别舒婷"的旗号,以朦胧诗的反叛者的形象登上了诗坛。

新生代诗人对北岛的批评主要集中在以下几个方面。首先是对英雄的消解。新生代诗人不再塑造北岛式的悲剧英雄形象,而是展现普通人庸常的一面。其次便是对崇高的消解,他们认为,北岛是一位政治意识很强的抒情诗人,他的诗歌在一定程度上被当作了实现诗人理想的工具。而新生代诗人则消解了诗歌的这一崇高使命,注重表现"平民意识"。此外还有对北岛等朦胧诗人"代替历史发言"的姿态的批评。在新生代诗人看来,"代替历史发言"的姿态是在做自我夸张的表演,而他们更偏重于对日常生活经验的展示。另外就是对朦胧诗"意象"主义倾向的批评。在他们看来"朦胧诗在表达方式上,仍未摆脱新诗传统的样式,如偏爱使用那些十分文学化的、具有象征色彩的意象,这使他们的写作有一种内在的'文学成规',打破这种成规,寻找新的语言活力,也就成为当代诗歌的内在要求"③。

与新生代诗人的批评相呼应,去国时期的北岛对自己前期的诗歌创作进行了一定程度上的反思。他由一位悲剧式的受难者形象转变为现实和语言当中的漂泊行者形象,而且他的诗歌创作也变得更为复杂与多元。然而不管是肯定也好,还是批评也好,随着时间的推移,北岛的许多诗篇都早已成为诗歌史上的经典之作。不管谁谈及朦胧诗,北岛永远是绕不开的诗人。如今,他依然以一种不断行走的姿态在诗歌和散文的广阔疆域孜孜探寻。

---

① 程光炜:《中国当代诗歌史》,中国人民大学出版社,2003 年,第 259 页。
② 洪子诚、刘登翰:《中国当代新诗史》修订版,北京大学出版社,2005 年,第 187 页。
③ 余旸:《"可能性"诗学及其限度——"九十年代诗歌"现象再检讨》,《文艺争鸣》,2017 年第 9 期。

参考文献

[1] 居伊·德波. 景观社会[M]. 王昭凤,译. 南京:南京大学出版社,2006.

[2] 北岛. 北岛诗歌集[M]. 海口:南海出版公司,2003.

[3] 北岛. 城门开[M]. 北京:生活·读书·新知三联书店,2010.

[4] 北岛. 古老的敌意[M]. 北京:生活·读书·新知三联书店,2015.

[5] 北岛. 履历:诗选 1972—1988[M]. 北京:生活·读书·新知三联书店,2015.

[6] 北岛,李陀. 七十年代[M]. 北京:生活·读书·新知三联书店,2009.

[7] 北岛. 时间的玫瑰[M]. 北京:生活·读书·新知三联书店,2015.

[8] 北岛. 在天涯:诗选 1989—2008[M]. 北京:生活·读书·新知三联书店,2015.

[9] 程光炜. 中国当代诗歌史[M]. 北京:中国人民大学出版社,2003.

[10] 洪子诚,刘登翰. 中国当代新诗史:修订版[M]. 北京:北京大学出版社,2005.

[11] 洪子诚. 中国当代文学史[M]. 北京:北京大学出版社,2007.

[12] 胡亮. 窥豹录:当代诗的九十九张面孔[M]. 南京:江苏凤凰文艺出版社,2018.

[13] 刘禾. 持灯的使者[M]. 桂林:广西师范大学出版社,2009.

[14] 西渡. 读诗记[M]. 上海:东方出版中心,2018.

[15] 朱栋霖,朱晓进,吴义勤,等. 中国现代文学史 1917—2012:下[M]. 北京:北京大学出版社,2014.

[16] 北岛. 百家诗会[J]. 上海文学,1981(5).

[17] 北岛. 热爱自由与平静[J]. 中国诗人,2003(2).

[18] 戈麦. 异端的火焰——北岛研究[J]. 新诗评论,2017,21.

[19] 洪子诚. 北岛早期的诗[J]. 海南师范学院学报:社会科学版,2005(1).

[20] 孙晓娅. 论北岛"流散写作"中的"漂移"诗学[J]. 中国现代文学研究丛刊,2016(10).

[21] 唐晓渡,北岛. "我一直在写作中寻找方向"——北岛访谈录[J]. 诗探索,2003(Z2).

[22] 王干. 历史·瞬间·人——论北岛的诗[J]. 文学评论,1986(3).

[23] 吴思敬. 论北岛[J]. 中国现代文学研究丛刊,2014(10).

[24] 吴投文. 时代共振与诗人自我内心的混响——北岛《回答》导读[J]. 大昆仑,2017.

[25] 吴晓东. "走向冬天"——北岛的心灵历程[J]. 读书,1987(1).

[26] 吴晓东. 从政治的诗学到诗学的政治——北岛论[J]. 新诗评论,2009,2.

[27] 亚思明. 彼岸有界 诗意无声——论转折时期的北岛的诗(1979—1986)[J]. 南方文坛,2013(5).

[28] 余旸. "可能性"诗学及其限度——"九十年代诗歌"现象再检讨[J]. 文艺争鸣,2017(9).

[29] 宇文所安. 什么是世界诗歌？[J]. 宏越,译. 新诗评论,2006(1).

[30] 钟文. 北岛的文本意义[J]. 诗探索,2016(5).

思考题

1. 简述《回答》的艺术风格。
2. 有人说,20世纪80年代末去国后北岛的诗歌创作不如此前,以具体的诗作为例,谈谈你个人的看法。

第十讲
"穿黑裙的女人夤夜而来"
——翟永明诗歌创作导读

第一讲 翟永明生平介绍

翟永明生平介绍(视频)

《翟永明的诗》

1998年，翟永明辞掉了所有的工作，在成都玉林西路85号的一栋民国时期所建的老房子里，与友人开了一间叫作"白夜"的酒吧。多年之后，这间酒吧成了成都的文化地标。翟永明在这里重新拾起了诗歌的传统，定期举办诗会。在音乐与灯光中，红酒摇曳，杯盏闪烁，中外众多的文化名人在这里进进出出，其中不乏国内外最优秀的诗人。在世人藐视诗歌的世界里，翟永明给诗歌留下了一间房子。房子虽然不大，却成了诗歌和翟永明的灵魂栖居地。从此，一提到翟永明，人们就会想到"白夜"，这位风华绝代的女诗人与"白夜"两个字再也无法分开。多年后，她将自己在"白夜"空间写下的随笔结集成书，由花城出版社出版，取名为《白夜谭》。

诗歌给翟永明蒙上了一层神秘的面纱。单看她的照片，就会让人感觉，这是一位特立独行的女人，她长着一张哥特式女人的面容。所有的照片几乎都看不到媚俗的色调，而是让文艺的气息蔓延、扩散，昏黄或者黑白，仿佛巫术，尽显妖冶的气息。她棱角分明的沉郁面孔分明在说："我就是我，我是诗人，与任何一个都不同。"

翟永明是一位以奇袭的姿态升起的女性诗人，犹如一颗彗星，迅疾而孤傲，又如恒星一样持久，让我们想起了俄罗斯一位伟大的女诗人茨维塔耶娃；不同的是，翟永明的诗歌生涯开始得较晚，年近"而立"，她终于写下蜚声诗坛的《女人》组诗。一篇《独白》破空而出："我，一个狂想，充满深渊的魅力/偶然被你诞生。泥土和天空/二者合一,你把我叫作女人/并强化了我的身体。"①翟永明二十七岁的热情,酷似茨维塔耶娃的十七岁,那一年,茨维塔耶娃在《祈祷》一诗中写道:"我的灵魂呀。瞬息万变?/你给过我童年,更给过我童话/不如给我一个死——就在十七岁。"

翟永明,祖籍河南,1955年生于四川成都。幼年她曾生活于贵州的一个小镇,这里成为她许多作品中反复出现的童年背景,也记录了影响她写作的一段重要的生活经历。翟永明从小对文学着迷,热爱小说、写诗和填词。高中毕业后,翟永明到成都郊区的静安大队下乡。生产队的人发现她爱看书,带她到家里找到一本《笔生花》。她的父亲也有不少古典戏剧集,她也带些《桃花扇》《西厢记》之类的书到乡下读。作为最后一批工农兵学员,翟永明进入成都电讯工程学院学习,也就是今天的成都电子科技大学,被分到一个跟文艺毫不相关的专业。

毕业后,翟永明被分配到西南物理研究所工作,她对这份工作丝毫也提不起兴趣。由于单位有很好的电教设备,她利用业余时间看了大量的西方电影,培养了她的审美。这一时期,她对色彩、造型等视觉元素也逐渐敏感起来,让她在文学之外,醉心于电影、摄影和造型艺术。二十岁出头的翟永明,由于热爱写诗和艺术,追求自由生活。她是单位里第一个穿牛仔裤的人,被人看成有点不安于本分;她在文学杂志上发表诗歌拿了稿费,也被人视为不务正业。

1983年,她写出了《女人》组诗,由二十首抒情诗构成。她像一个女巫,说出那些如同咒语和谶语般直击心灵的诗句。在这些横空出世的诗篇中,决绝的口气,激烈的抗争,秘密和痛苦,悲怆而决然的情感,是翟永明对自己身为女人的体悟。这首组诗写完后,她没有立即发表,只在一小众朋友间传看。1984年,她在单位的打印室悄悄印了二十个单行本。

1986年,翟永明受邀参加《诗刊》举办的"青春诗会",同时,于坚、韩东等当时崭露头角的青年先锋诗人也受到了邀请。自1980年开始,《诗刊》一年一度的"青春诗会",被视为诗歌界的"黄埔军校",也让北岛、舒婷、顾城等朦胧诗人一夜走红,在中国诗歌界形成巨大的影响力。翟永明拿着邀请函向单位请假,最后领导批准了,但也对她非常不满。

在那届"青春诗会"上,翟永明发表了组诗《女人》。她在"青春诗话"里写道:"我永远无法像男人那样去获得后天的深刻,我的优势只能源于生命本身。"《女人》组诗陆续被《诗歌报》和《诗刊》发表,漓江出版社还作为同名诗集出版发行。这组诗震惊了1980年代中期的诗坛,也给她带来盛名。在序文《黑夜的意识》中,翟永明说:"我更热衷于扩张我心灵中那些最朴素、最细微的感觉,亦即我认为的'女性气质',某些

---

① 本文所引翟永明诗作,如无特别说明,均出自《潜水艇的悲伤:翟永明集1983—2014》,作家出版社,2015年。

偏执使我过分关注内心。"①

1986年底,翟永明从西南物理所辞职了,那时候周围的人都不太理解。她的单位属于部级单位,待遇、福利都很好。要是当时不从单位出来,她现在最起码是高级工程师。但是,这种严谨的科研单位并不适合翟永明,她觉得非常压抑。从此,她没有从事任何一件体制内的工作,成了一个不折不扣的自由写作者。

1985年,由北京大学的青年诗人老木编选的《新诗潮诗集》问世了。这套分为上下两册的诗集,以"北京大学五四文学社'未名湖丛书'编委会"的名义印刷发行,并印有"内部交流"的字样。《新诗潮诗集》下册中收录了70余位"更年轻的诗人",他们"已经走得更远,更迅速,他们的歌声更加缤纷,更加清澈",其中就包括翟永明的《女人》(组诗),而且一次性收录了《世界》《荒屋》《渴望》《母亲》《独白》《憧憬》六首。这套诗集被称为"一代文学青年的重要读物,对于中国诗歌界有着深远的影响",它的具体印数已经很难考证了。老木同期还编了一本叫作《青年诗人谈诗》小册子,收录了翟永明的一篇小文章《谈谈我的诗观》,其中我们读到她这样的观点:"我更多地喜欢扩张我心灵走向中那些最朴素的感觉,亦即被我称为'女性气质'的细微的情绪和体验……我是在个人的小世界中力图创建我们的诗的大世界。我作为女性最关心的是我的同性的命运。"其实正是她后来著名的文论《黑夜的意识》的源头或雏形。

这一年,翟永明完成了她的第一篇文章《黑夜的意识》,并把它作为《女人》(组诗)的前言。这篇宣言式的文字在女性诗歌诞生和起飞过程中发挥了重要的作用,为女性诗歌插上了理论的翅膀,和一系列带有"黑夜""黑色"气质的创作实践一道,鼓动着女性诗歌不断地加速和攀升。这篇文章在现代中国女性诗歌史上的显要意义已成为评论家的共识,它"被视为大陆女性诗歌在严格意义上的冠名与自觉",被认为"是振聋发聩的'登高一呼',就女性诗歌的发展而言,无疑具有开拓性意义"。

翟永明曾回忆,《黑夜的意识》的写作来自朋友的触发:"1985年,当我完成组诗《女人》之后,我为这组诗写了一篇序,标题取自一位朋友的一句话。他在读完我的诗集《女人》后说:'我在诗中读到了黑夜。'这句话与我当时写作时的心境、处境与环境正好契合,并暗示了我那一阶段的追索与沉湎于黑暗中的写作。我称之为'黑夜意识'的正是一种来自内心的个人挣扎,以及对'女性价值'的形而上的极端的抗争。"在《阅读、写作与我的回忆》中,翟永明点明这位朋友就是小说作家和建筑师"刘家琨"。1986年9月,《黑夜的意识》在《诗歌报》刊发之后,它作为重要新潮诗论的迅速传播,还得力于吴思敬编选的《磁场与魔方:新潮诗论卷》。文末标注的写作修改时间准确到了月份与日子:"1985年1月24日于成都"与"1985年4月17日改于成都",这凸显了1985年对于女性诗歌的特殊意义。

---

① 吴思敬:《磁场与魔方:新潮诗论卷》,北京师范大学出版社,1993年,第142页。

1986年,《诗歌报》和《深圳青年报》举办的"中国诗坛1986现代诗群体大展"上,一个叫"四川七君"的诗歌团体吸引了读者的注意力,这正是翟永明与欧阳江河、钟鸣、张枣、柏桦等几位交流紧密的四川先锋诗人所组建的一个写作圈子。他们彼此之间连绵不绝地谈论诗歌,相互传阅作品,为对方修改诗作,形成了十分可贵的诗友情谊和蓬勃向上的写作风气。那一年,翟永明拍了一张流传颇广的著名照片,就是与欧阳江河、张枣在成都某所大学门口的合影。诗人何小竹对这张照片内容的介绍是这样的:"翟永明侧面站着,站在照片的左前方,长发,红色连衣裙,黑皮靴,招牌式的笑容。照片正中,退后,是欧阳江河,西装,背着手,面对镜头,快乐的笑。右侧张枣,骑自行车上,手握龙头,也在笑,笑得有些羞涩。"全面而温暖。男性时尚杂志更是聚焦照片中的翟永明:"她穿着红色的毛衣和羊毛裙、棕色长靴,迎着阳光,长发盈盈,成为永不过时的时尚经典。"万夏主编的《浮水印:第三代人影像集》也收录这张照片,并附了一个说明:"1985年,翟永明、欧阳江河、张枣,著名'四川五君'中的三人,在成都。""招牌式的笑容"和"永不过时的时尚经典"装束,展示了翟永明80年代诗歌生活中轻松、轻盈、美丽、迷人的一面,由此不难理解诗人伊沙以其一贯的犀利语调指出:"据我所察在中国的男诗人中(主要在第三代诗人中),有一种甚为普遍的'翟永明情结'。"

　　1990年,翟永明前往美国。在美国一年半的时间里,她都处于一种迷茫状态,不知道该干什么,也不知道是不是应该留下来。这段时间,翟永明基本上没有写作,越来越想回国。因为如果要待下去,她就得放弃写作,去努力学英语,努力拿学位,努力找工作。好的话,就是过上中产阶级的生活;不好的话,就得为了生活继续打拼。这种生活对她一点吸引力也没有。从美国回来后,翟永明开始考虑写一些诗歌之外的东西。于是,1996年,她出版了第一本散文集《纸上建筑》。1998年开始,她当上了"白夜"酒吧的女主人。翟永明渐渐成为中国当代文化中一个重要的符号。

第二节　翟永明诗歌创作的艺术特色

　　翟永明诗歌中布满了艺术上的假动作。① 在语言层面上,假动作并非人们通常理解的奇技淫巧,在翟永明这里,它仿佛烈日下撑开的一把花伞,成为一种自觉、恰切而必要的装饰。如同女性气质中的颔首、掩面、欲说还休一样,这些韵味十足的假动作浸透着一种政治美学,它被时代精神的总语法暗中授命,推至了翟永明诗歌写作的最

---

① 这里的假动作,特指在诗歌写作技术层面上的一种处理方式,具有维特根斯坦所谓的"语言游戏"色彩。通过诗歌中抒情主体的务虚动作(本文以视听感官为例),开辟一条阐释诗歌作品的可能途径,以期实现语言与生活,心灵与世界的混融。

前沿。我们不妨收集、甄别和分拣翟永明诗歌中部分具有典型意义的假动作,揣摩这些假动作的发生学意义,并考察它们的使用价值和交换价值,以及最终消逝的过程。更为重要的是,辨识出这些几乎被指认为翟永明诗歌特征的假动作是如何与时代发生关系,如何听命于时代精神总语法的指令和召唤的。重新阅读翟永明的诗歌成为必要,并且这同时成为一次恭敬的"打假"行动。

本雅明曾感叹道:"若干世纪以来,文字经历了从直立到慢慢躺倒的过程……"①如果整个世界的印刷文字都躺倒在了机械复制时代的床榻上,那么我们至少还可以摸索到平躺着的文本身躯上不肯倒伏的器官,即一首诗歌中的那些直立的词。正是踩踏着这类坚挺、直立的砖块,我们才能得以施展轻功,以它们为跳板,穿越眼前这片雾气氤氲的诗歌沼泽。

翟永明以书写"黑夜意识"独步诗坛,她的早期诗歌(20世纪80年代至90年代初期)确如一片沼泽,因为她以排山倒海的长诗(组诗)写作和冷峻晦涩的遣词造句令诗界注意;同时也更像一片荒原。这里不仅暗藏着一层在T. S. 艾略特意义上的"世俗社会里现代人的空虚恐怖感",②而且,翟永明凭借女性独特的感受力投入创作,从本己的生存体验出发,对一干黑暗词汇的海量运用构成了这种的荒原属性,③这已成为诗界的共识。荒原上终年不生草木、沙尘漫卷、遮天蔽日,这样的物理环境天然适合黑暗词汇的生长。这批先行注射了玄学针剂的黑色词汇也首先充当了直立的词,成为我们涉渡的砖块和跳板,将我们带进翟永明的诗歌帝国:

貌似尸体的山峦被**黑暗**拖曳
附近灌木的心跳隐约可闻

(《女人·预感》)

洪水般涌来**黑蜘蛛**
在骨色的不孕之地,最后的
一只手还在冷静地等待

(《女人·臆想》)

黑猫跑过去使光破碎

(《女人·夜境》)

---

① 瓦尔特·本雅明:《本雅明:作品与画像》,文汇出版社,1999年,第26页。
② 语出1948年瑞典文学院给T. S. 艾略特的诺贝尔文学奖的授奖词。
③ 黑暗词汇指的是翟永明早期诗歌中惯用的诸如黑、黑色、黑暗、黑××、夜(晚)等词汇。

黑色旋涡正在茫茫无边

（《女人·旋转》）

这是翟永明在《女人》组诗中营造出的立体而动态的时空场景，一幕幕接近于远古洪荒时代的光学特写。在领略了沼泽状的语词特质和荒原般的冷峻格调之后，我们徒增了第三种观感，即一种洞穴式的生存体验。柏拉图在《理想国》中提出著名的"洞穴隐喻"来暗讽人类的生存处境，我们所理解的世界只不过是洞穴中事物的影子罢了。洞穴中的唯一色调就是黑色，而洞穴中发生的头号动作就是看——看世界，即看洞穴里事物的影子。翟永明说："整个宇宙充满我的眼睛。"（《女人·臆想》）诗人希望通过她的眼睛——确切地说是用她臆想中可穿透精神世界的第三只眼——来目睹这方她置身其中、充满黑暗的洞穴和洞穴中的幻象：

穿**黑裙**的女人**夤夜**而来
她秘密的一瞥使我精疲力竭

（《女人·预感》）

这是《女人》组诗的开头一句，也是诗人率先在洞穴中看到的一幕。由于那个在夜色中浮现的、穿黑裙的无名女神"秘密的一瞥"，抒情主人公"我"仿佛因此获得了神启，意志世界发生激烈地交锋，使"我"迅速地"精疲力竭"。这场发生在预感中的象征交换，让获得神启的"我"从内到外沾染上了黑色气质。以耗费心神为代价，"我"从现实层面跃迁到想象层面。诗人说："白昼曾是我身上的一部分，现在被取走。"（《女人·生命》）翟永明在用诗化的句子简短陈述一部女性被凌辱与被损害的历史。取走了白昼即意味着女性被驱逐出诸如理想国、太阳城这样的黄金乐土，坠入了黑暗的深渊和洞穴，开始了她们悲惨的受难历程。但勇敢的诗人在为女性争取主动权："女性的真正力量就在于既对抗自身命运的暴戾，又服从内中心召唤的真实，并在充满矛盾的二者之间建立起黑夜的意识。"[①]"我"的黑夜意识正是基于这两项必要条件建立起来的，"因此，我创造黑夜使人类幸免于难"（《女人·世界》）。"我"开始主动投身并创造黑暗，让它们成为女性的长裙、仆从。诗人通过制造一个属于自己的内在洞穴来制衡、抵消外部洞穴的严峻和残酷：

犹如盲者，因此我在大白天看见**黑夜**

（《女人·预感》）

[①] 翟永明：《黑夜的意识》，吴思敬：《磁场与魔方：新潮诗论卷》，北京师范大学出版社，1993年，第140页。

"我"终于变成了一位"盲者"。如博尔赫斯说言,"我"获得了"另一个世界",一个内在洞穴,一个积极意义上的黑暗世界。而"我"成功获得这一黑暗世界的唯一秘诀在于,翟永明让她的抒情主人公通过闭上眼睛成为一位伪盲者来制造个体的内在洞穴,并用它来抗衡她所存身的外部洞穴。① 这便涉及翟永明诗歌写作中的一个典型的假动作:闭目。张柠最早注意到了翟永明诗歌的这一特征,认为"她在'视觉占有'的行为面前最终是一个逃亡者"。② 拒绝占有并非拱手相让,如同"我"闭上眼睛但并非仅"对每天的屠杀视而不见"(《女人·生命》)。翟永明在这项绝技中失去了"视觉占有"的锁链,得到了整个世界。在这个世界里,"大脑中反复重叠的事物/比看得见的一切更长久"(《盲人按摩师的几种方式》);在这个世界里,"我的眼神一度成为琥珀"(《证明》),也同时谙熟"夜使我们学会忍受或是享受"(《女人·人生》)。

在《女人》组诗中,翟永明像她塑造的抒情主人公一样,也出色地扮演着一位盲者。她闭上眼睛,深呼吸,让眼前的黑暗带给她久违的平静和思索的空间。"炎热使我闭上眼睛等待再一次风暴"(《女人·秋天》)。这个意味深长的假动作为诗人提供了一片缓冲地带、一个中继站、一张午睡的床。作为女性的"我"并不想从此在这个个体的内在洞穴里避难,"躲进小楼成一统",由昏睡入死灭,而是希望在这个假动作的庇护下有所创造:

当我双手交叉,**黑暗**就降临此地
即刻有梦,来败坏我的年龄

(《女人·证明》)

梦,就是"我"在借助闭目这一假动作营造个体的内在洞穴时获得的副产品,是在"我"成为伪盲者之后受孕于黑暗而诞生的骄子。梦在黑暗中的诞生足以对抗时间的暴政,将"我"流逝的年龄横加败坏,从而打破惯常的外部时间秩序,建立起个体的内在洞穴时间体系,即时间的静止。这种无时间感正应和了黑暗洞穴的本质特征,也是梦的一枚重要标签。梦开始从一个时间的横截面上缓缓飘出。"梦显得若有所知,从自己的眼睛里/我看到了忘记开花的时辰"(《女人·预感》)。

因黑暗而选择闭目,因闭目而获得黑暗,这便是翟永明在实施假动作时所遵循的逻辑。适时的闭目暂时取消一位女性在现实世界面前目睹的一切血淋淋的不义、掠夺和凶残,一切"自身命运的暴戾"。在隔绝了外部的消极黑夜之后,相应的迎来了属于女性自身的积极黑夜的降临。这并非自欺欺人的愚昧逻辑,而是苦中作乐的灵魂游戏。儿时趣味盎然的游戏行为在这里变身为成人自慰式的假动作,假动作的实施

---

① 参见翟永明:《再谈"黑夜意识"与"女性诗歌"》,《诗探索》,1995 年第 1 期。
② 张柠:《飞翔的蝙蝠——翟永明论》,《诗探索》,1999 年第 1 期。

正是继续践行这一公平的游戏规则,当假动作发出,"夜还是白昼?全都一样"(《女人·旋转》)。翟永明投身于这个积极黑夜,利用假动作来划出一条儿时游戏的延长线,来创造一个诗人的白日梦。弗洛伊德认为成人"创造出一种虚幻的世界来代替原先的游戏,他所创造的是一种空中楼阁或我们称之为'白日梦'的东西"。① 翟永明用诗歌和诗歌中埋伏的假动作缔造这样一个白日梦,在白日梦里自由地进行自我抒写,以隐喻和暗语与内在黑夜相互交流,"服从内中心召唤的真实"。进而在这种既对抗又服从的矛盾体系中支撑起她所谓的"黑夜的意识"。

翟永明在残酷暴戾的现实面前选择闭目这一假动作,用语言编织了一个虚幻的个体内在洞穴,并自觉地与洞穴里独有的积极黑暗齐心协力,和盘托出了将抵抗与服从熔于一炉的白日梦。这就是闭目这一翟永明式假动作的使用价值、基本功能,也是它所意指的全部诗学内涵。尽管这一假动作中充满了绝望的色彩,但未必不会带来惊喜的发现。闭目假动作让视觉驶入黑夜,将眼球归零到鸿蒙初辟的起点。然而,恰如一位盲人终年生活于黑暗的环境,却拥有异常发达的听觉一样,闭目假动作使得"我"的听觉系统马力强劲,听力空前活跃。《静安庄》组诗的问世,让翟永明在《女人》中吟唱过"黑夜中的素歌"之后,转而成就她制造出了一席"听觉的盛宴":

我来到这里,听见双鱼星的**嗥叫**
又听见敏感的夜抖动不已

(《静安庄·第一月》)

我在想:怎样才能进入
这时**鸦雀无声**的村庄

(《静安庄·第二月》)

在水一方,有很怪的树轻轻**冷笑**

(《静安庄·第五月》)

在它们生长之前,听见土地嘶嘶的
挣扎声,像可怕的胎动

(《静安庄·第十月》)

---

① 弗洛伊德:《诗人的白日梦》,《性学与爱情心理学》,罗生译,百花洲文艺出版社,1996年,第125页。

在《静安庄》中,像这样摹写声音的诗句比比皆是。对可视世界的弃绝转而让抒情主人公"我"尽享听觉盛宴,翟永明式假动作在这种意义上实现了它的交换价值。闭目未必塞听,相反而是助听、畅听甚至是幻听。《静安庄》不但暗示着诗人采取闭目假动作之后听觉的全面重启和复苏,更重要的是,诗人在屏蔽了外部视觉图像的干扰后习得了一种清晰分辨宇宙万籁的特异功能。这种特异功能是在静安庄这个"鸦雀无声的村庄"中得以施展威力的。"我走来,声音概不由己/它把我安排在朝南的厢房"(《静安庄·第一月》)。从一开始,"我"就听从一个声音的召唤姗姗前来,驻扎在静安庄。敏感的听觉让"我"读透了蕴藏在各类声音中的灵魂和命运。相对于外部世界"越来越高的世纪的喧嚣","我"偏偏在这座村庄里听到"双鱼星的嗥叫""树的冷笑""土地嘶嘶的挣扎声""地下的声音"……"我"可以听到村庄各个角落发出的隐秘怪异的声音。从天空到地下,从现世到亡灵,这些声音融贯着自然、历史和潜意识,变得绵延深广,无处不在。静安庄的声学现场围绕着"我"的个体经验敞开:

> 是我把有毒的**声音**送入这个地带吗?
> 我十九,一无所知,本质上仅仅是女人
> 但从我身上能听见直率的**嗥叫**
> 谁能料到我会发育成一种疾病?
>
> (《静安庄·第九月》)

在这里,"我"蠢蠢欲动的青春期与古老衰朽的静安庄不期而遇,"我"的"有毒的声音"和"直率的嗥叫"与"鸦雀无声的村庄"形成了尖锐的对立,这是新与旧在暗地里进行的奇怪交锋。交锋所产生的电光火石,在闭目但畅听的"我"这里全部转化为各种形式的音响符号,被"我"一一收藏。静安庄是诗人年轻时代留下深刻的成长伤痕的地方,"我十九,一无所知,本质上仅仅是女人",这是抒情主人公抵达静安庄时对年龄、阅历和性别意识简单而彻底地交代,她等同于诗人柏桦所谓的"无辜的使者"(《往事》):一位出使静安庄这座古老村落的年轻使节,带着她那个年龄里唯一的资本:一双紧闭的双眼和一对善于捕捉声音的耳朵。"第一次来我就赶上漆黑的日子"(《静安庄·第一月》),既有生不逢时之感慨,又为闭目假动作搭桥。

"内心伤口与他们的肉眼连成一线/怎样才能进入静安庄?"(《静安庄·第二月》)从"我"与静安庄的关系来看,它更接近于卡夫卡笔下的土地测量员K之于城堡的关系,在绝对荒诞的时代被"安顿"在静安庄,却无法真正被静安庄接纳。而当"我无意中走进这个村庄/无意中看见你,我感到/一种来自内部的摧残将诞生"(《静安庄·第十一月》),"我"在忍受这座"鸦雀无声的村庄"的摧残和折磨,对声音出奇敏感的"我"只能幻想着听到自己身上发出"直率的嗥叫"来负隅顽抗。更残忍的是,静安庄最终扮演了城堡的角色,宣判了"我"的罪状:"把有毒的声音送入这个地带。""我会发育成一种疾病。""我"对静安庄来说是一个异己分子。在闭目假动作的掩护下,"我"启动了最敏感发达的听觉,我在静安庄听到的一切声响都听从"我"内心波动的调度一同起伏。"我"不动声色,而这些声音成为"我"此时独有的言语方式的外化,在大多数情况下代替"我"奏响内心的哀鸣。"我"被鸦雀无声的静安庄"治罪",却拥兵十万,夺取了一场声学战役的伟大胜利。

  从整体上看,《静安庄》里驳杂的声音谱系实际上围绕着一个处于核心位置的独白声音展开:"我十九,一无所知,本质上仅仅是女人。"十九岁的女人是一个沉默的音符,是一张白纸,是苏珊·格巴所谓的"空白之页"。长期以来,女人在父权制的统治下象征性地被定义成一片混沌、一个缺位、一个否定、一块空白。女人被认为是一种待书写的材料,一块待开垦的土地。女人初夜身下染有血迹的雪白床单理所应当地被装裱起来供人观瞻,因为这符合那个特定时代的语法:女人成为人们希望成为的样子。当一块神秘的、一尘不染的空白床单的悄然问世却颠覆了这一切既定的秩序。"空白不再是纯洁无瑕的被动的符号,而成了神秘而富有潜能的抵抗行为。"①"我"正是处在这个充满了空白想象的年龄:被外界想象也被自我想象。静安庄以古老狰狞的面孔力图鸦雀无声地书写"我"的空白,"我"渴望摒除外力而进行自我书写。在拼命抵挡和抗拒过程中,"我"慌忙迅速地急于认清自我,却只能听到四处泛滥的声音,这一幻听现象使"我"最终"发育成一种疾病"。病态的"我"的形象更找到了施展假动作的充足理由。因此,《静安庄》诞生于"我"在《女人》中的闭目假动作的巨大背影里。《女人》成为《静安庄》的逻辑前提。

  就像当初荒诞地来,现在又面临无原因的走。度过了惊心动魄的十二个月的"我","如今已到离开静安庄的时候"(《静安庄·第十二月》)。也许是接受静安庄沉默的审判,"我"被远远放逐。"距离是所有事物的中心/在地面上,我仍是异乡的孤身人。"(《静安庄·第十二月》)也许"我"归根到底摆脱不了一个过客的命运,就像鲁迅作品中那个从记事时候起就一直赶路的过客一样,受一个声音的催促,不停地赶路。②在这两个同样对声音患有强迫症的过客身上所不同的是,鲁迅所塑造的过客是一位男性,他可以孑然一身,从生到死,一意孤行,去追求一个美丽的理想国或太阳城;而《静安庄》里的"我"是一位女性,她从一开始就被开除出那片黄金乐土,抛入黑暗的深渊。她摆脱不掉命运使然的悖谬感,她既倔强又脆弱,既争取自尊又忍受屈辱,既想开口说话又难免归于沉默。这是女人天生无法克服的窘境。这样的过客的下场可以

---

① 苏珊·格巴:《"空白之页"与女性创造力问题》,张京媛:《当代女性主义文学批评》,北京大学出版社,1992年,第177—178页。
② 参见鲁迅:《过客》,《鲁迅全集》第二卷,人民文学出版社,1981年,第193—199页。

用翟永明多年后的一首诗的题目概括为：终于使我周转不灵。①

翟永明似乎道出了人被抛入世界上之后必然迎来的一种状态。距离是所有事物的中心，人类永远在路上。即使是假动作，也不可能一劳永逸，彻底疗救命运中必然的病态成分。《女人》中的主人公因闭上双眼而驶进黑夜，像蝙蝠一样成为夜的使者，勘测女性灵魂的底色。在遨游了整个黑夜王国之后，"我"做出了一个意味深长的惊人之举："现在我睁开崭新的眼睛／并对天长叹：完成之后又怎样？"（《女人·结束》）

是怎样的勇气使"我"决定睁开眼睛？闭目一直是"我"入世的姿态，"我"通过这一假动作炮制了一个人造的黑夜，并在其中重新打量自我。如今睁开了眼睛，这显然是对"我"与时代签署的假动作契约的单方面撕毁，是对假动作的使用价值和交换价值的否定，是对假动作的出卖，是一个货真价实的真动作！翟永明心里藏着一个疑问句："完成以后又怎样？"这颇似丹尼尔·贝尔关于"真正的问题都出现在革命胜利后的第二天"的论断。她让她笔下的抒情主人公睁开眼睛来问这个问题，因为"我"不愿陶醉在自己编织的几近完美的假动作当中。《静安庄》中的听觉盛宴和沉默审判加速了假动作的破产，"我"终于发现了自己的病态和永恒的困窘，假动作所带来的一切终于使我周转不灵。这或许正回答了"完成之后又怎样"这个疑问。

从《女人》到《静安庄》，从"完成之后又怎样"到"终于使我周转不灵"，是时代总语法的稳步推演，是逻辑学的大获全胜，是历史书里一个美丽而苍凉的手势，却是一个女人的一生。"我"就在十九岁时瞥见了自己完整的一生，顿悟了所有女人的命运。"谁此时没有房子，就不必建造，／谁此时孤独，就永远孤独。"（里尔克《秋日》）翟永明站在静安庄的山岗上迎来自己创作上的一个崭新黎明，虽然据傅雷先生的乐观估计，真正的光明绝不是没有黑暗的时间，只是永远不被黑暗所遮蔽罢了。② 然而翟永明更宁愿相信存在"黑夜深处那唯一的冷静的光明"。这是她在抛弃了假动作之后，在与时代互敬互谅、尽释前嫌之后，潜心修炼之所在。"我"决定睁开眼睛，用自己的眼睛去看清世界。

在另一首长诗《颜色中的颜色》中，翟永明展示了试图睁眼的努力，尽管它依然身着玄思之作的外衣。经过长久闭目神游并施展假动作与时代抗衡的"我"，由于在黑暗里度过太多的时日，瞳孔松弛地张开着，眼球对光线的敏感度倍加提升，因此从试图睁开的眼睛的缝隙里钻进来的些许光线都会令"我"感到异常的明亮和刺激。《颜色中的颜色》就是一次在久违的光线沐浴下的官能舒展。我迫不及待地睁开双眼，外界的光线一下子全部倾泻进"我"的眼睛里，本能地造成瞳孔急剧缩小，稚嫩的视网膜上只能留下白花花的一片光斑，造成了短暂的"失明"。虽然都属于眼睛的病态，这时

---

① 该诗创作于1999年。
② 参见罗曼·罗兰：《约翰·克里斯朵夫》第一卷，傅雷译，人民文学出版社，1980年，第1页。

的短暂"失明"不同于此前的闭目假动作,后者将"我"带入人造的黑夜,而前者制造了一幅大量白色堆积的太虚幻境。因之,诗中此起彼伏的哲思玄想便不足为奇。

　　大象无形的白色隐藏在任何颜色中,它促成了颜色的生成,也可以从任何颜色中取走,因此白色堪称"颜色中的颜色"。诗人决定让她的抒情主人公试图睁开眼睛,书写"我"所看到的事物,然而此时"我"只看到了白色。《颜色中的颜色》即对白色的共时遐想,是抛弃假动作庇护后的另一个白日梦:

　　　　"**白色**日益成为——"你说
　　　　——"我色彩的灵魂"你说过

　　从《颜色中的颜色》开始,翟永明正式启用眼睛的日常功能,除了刚刚睁眼后需要面对的大量泛滥的白色之外,①进入诗人视线的另一个重要的词汇就是人称代词"你"的涌现。相似的转变也出现在《壁虎与我》《肖像》和《迷途的女人》等作品中。诗人把目光从"我"自己身上稍稍移开,开始打量眼前的对话者,开始关注人间事务和琐屑的世俗生活。这一切转变都陆续体现在她20世纪90年代以来的诗歌创作中,但此时只是一个投向现世的眼神而已,它将作为一个信号预示着翟永明正在走向诗歌写作的改良时代。在这个改良时代里,诗人的视野中将有更多的新面孔出现,不但出现了"你",而且还出现了"他(们)"或"她(们)",甚至可以说,诗人实际走进的是一个"他(她)"时代,一个主观独白全面隐退、客观呈现广泛登陆的时代。这或许是一种更好地与时代总语法进行对话的形式。《咖啡馆之歌》《盲人按摩师的几种方式》《时间美人之歌》《编织和行为之歌》《去面对一个电话》《小酒馆的现场主题》等作品就在这个更为广阔的写作空间里相继诞生。翟永明不但收起了早期诗作中频频出现的假动作,睁开眼睛去看这个世界,而且要看个明白,看个真切。诗人在这个"他(她)"时代中获得了新的经验和见识,逐渐找到了新的表达方式和新的语言,这正是我们在她后来的诗作中所有目共睹的。

第三节　翟永明经典诗作导读

一、《女人·母亲》导读

　　　　无力到达的地方太多了,脚在疼痛,母亲,你没有

---

① 据粗略统计,《颜色中的颜色》中涉及"白色"的词汇达42处之多。

教会我在贪婪的朝霞中染上古老的哀愁。我的心只像你

你是我的母亲,我甚至是你的血液在黎明流出的
血泊中使你惊讶地看到你自己,你使我醒来

听到这世界的声音,你让我生下来,你让我与不幸构成
这世界的可怕的双胞胎。多年来,我已记不得今夜的哭声

那使你受孕的光芒,来得多么遥远,多么可疑,站在生与死
之间,你的眼睛拥有黑暗而进入脚底的阴影何等沉重

在你怀抱之中,我曾露出谜底似的笑容,有谁知道
你让我以童贞方式领悟一切,但我却无动于衷

我把这世界当作处女,难道我对着你发出的
爽朗的笑声没有燃烧起足够的夏季吗?没有?

我被遗弃在世上,只身一人,太阳的光线悲哀地
笼罩着我,当你俯身世界时是否知道你遗落了什么?

岁月把我放在磨子里,让我亲眼看见自己被碾碎
呵,母亲,当我终于变得沉默,你是否为之欣喜

没有人知道我是怎样不着边际地爱你,这秘密
来自你的一部分,我的眼睛像两个伤口痛苦地望着你

活着为了活着,我自取灭亡,以对抗亘古已久的爱
一块石头被抛弃,直到像骨髓一样风干,这世界

有了孤儿,使一切祝福暴露无遗,然而谁最清楚
凡在母亲手上站过的人,终会因诞生而死去

1984年,翟永明完成了大型组诗《女人》,立刻以其独特奇异的语言风格和惊世骇俗的女性立场而震惊了文坛。《女人》的诞生,实现了对"女人"这一概念的颠覆,借

助她强大的诗歌语言,翟永明重新命名了"女人"。作者站在女性视角上的躬身自省,对千百年来中国女性在诗歌中被"看"、被定义、被叙述等命运的反叛,从而赋予了"女人"这个词语以新的美学内涵。在这批组诗中,《母亲》正是最为优秀的诗篇之一。

在男权社会中,母亲的象征意味非常明确。母亲这个角色,经常与善良、慈爱、无私、温暖、包容、宽厚等特征联系在一起,象征着人类诞生最初的原点,是每一个生命心力交瘁时最有效的精神力量。在这种印象里,母亲作为一个普通人,固有的人性弱点乃至一切平凡之处都被抹去了,母亲变成了一个固定的文化符号。但对于女儿这个角色,情况却完全不同,同样身为女性,她们经历着成长,经历着母亲所经历过的一切,重复着千百年来母亲们的共同的命运,她们远比男性更清楚作为母亲的真相是什么,清楚那些华丽的赞美背后人性的苍白与晦暗。女儿对待母亲的态度是百感交集的。她自然感到了母爱的伟大,那确实是一种伟大的奉献与牺牲精神,而这让她无法不对母亲怀有强烈的感恩之心,对待母亲的态度应该是驯顺、安静和隐忍的;但同时,母亲作为一个个体存在,她也是女性群体的一员,承担着女性的共同的命运,共同面对来自世界的不公正,女儿希望得到的力量与智慧,并没能在母亲那里找寻到,母亲作为一个群体是沉默和忍耐的,同时也是苍白乏力的。

翟永明这首《母亲》,正是这样一首充满反思的力作,她不再仅仅将母亲视为一个符号,她从人性出发,从一个女人的视角出发,来审视母亲,反省母爱,同时也是对女性乃至整个人类的命运作出思考。也正因如此,我们在这首诗里,可以读到太多令我们惊愕的语句,它们让我们震惊,也让我们沉思。从《母亲》这首诗中,我们可以看到女性本质实现的艰难,她所要抵抗的,不仅仅是男权外部的压抑,更多的时候,她们的悲哀在于她的身后空无一人,振臂一呼,换来的只是一片死寂,甚至与最深沉的爱相关联的母亲,也选择无声地站在男权的一方。然而,也正是在这种疼痛中,诗人才真正引领我们体会到"女性"与"母性"的浑然一体,以及"生"与"死"浑然一体的生命哲学。就这样,诗人将我们带回了最初的起点,正如文学批评家弗莱所说:"诗歌持续不断地把我们带回起点,不一定是时间上的起点,却是社会态度上的起点。"翟永明用一种具有颠覆性的感知世界的方式,从个人生命体验出发,对"母亲"和她习以为常的伦理规范进行质疑与颠覆,也让"母亲"这一古老的角色重新得到认知。

从这首诗中,我们可以将翟永明的诗歌理解为一种"真正的女性诗歌",正如唐晓渡所言,它"不仅意味着对男性成长所长期遮蔽的另一世界的揭示,而且意味着已成的世界秩序被重新阐释和创造的可能"。这一判断称得上是站在女性视角上的审视,而非借助男性的视角和话语向这个世界进行张望和发言。同时,这也是宏观的审视,我们看到在《母亲》这首诗中,思考的力量已经超越了对一个性别生存状态的观照,这里的关怀是指向每一个人的。所以我们可以这样说:这首诗是从"男人/女人"对峙的缝隙中尖锐地挺立起来的,但它因为站得足够高,便脱离了那原本的局限,一种可能的狭隘性,而看到了更为开阔的情感。所以这首诗能够得到升华,"它升起时"不仅能"带领我们进入全新的、一个有着特殊布局和角度的、只属于女性的世界",更让我们从这个女性的世界中走出,找到与整个人类命运新的契合。

二、《潜水艇的悲伤》导读

　　9点上班时
　　我准备好咖啡和笔墨
　　再探头看看远处打来
　　第几个风球
　　有用或无用时
　　我的潜水艇都在值班
　　铅灰的身体
　　躲在风平的浅水塘

　　开头我想这样写：
　　如今战争已不太来到
　　如今诅咒　也换了方式
　　当我监听　能听见
　　碎银子哗哗流动的声音

　　鲜红的海鲜　仍使我倾心
　　艰难世事中　它愈发通红
　　我们吃它　掌握信息的手在穿梭
　　当我开始写　我看见
　　可爱的鱼　包围了造船厂

　　国有企业的烂账　以及
　　邻国经济的萧瑟　还有
　　小姐们趋时的妆容
　　这些不稳定的收据　包围了
　　我的浅水塘

　　于是我这样写道：

还是看看
我的潜水艇　最新在何处下水
在谁的血管里泊靠
追星族,酷族,迪厅的重金属
分析了写作的潜望镜

酒精,营养,高热量
好像介词,代词,感叹词
锁住我的皮肤成分
潜水艇　它要一直潜到海底
紧急　但又无用地下潜
再没有一个口令可以支使它

从前我写过　现在还这样写:
都如此不适宜了
你还在造你的潜水艇
它是战争的纪念碑
它是战争的坟墓　它将长眠海底
但它又是离我们越来越远的
适宜幽闭的心境

正如你所看到的:
现在　我已造好潜水艇
可是　水在哪儿
水在世界上拍打
现在　我必须造水
为每一件事物的悲伤
制造它不可多得的完美

  翟永明以《女人》组诗蜚声诗坛,在20世纪90年代的诗歌创作中,她开始逐步在诗歌中加入叙事和分析的成分。她对诗歌所进行的小说化、戏剧化的处理,深沉而悲悯的诗风,使她的诗歌具有独特的魅力。其中,《潜水艇的悲伤》就是翟永明在这一时期的代表作。
  《潜水艇的悲伤》中有着复杂的意象群,它们是诗歌内含的载体。其中,"潜水艇"

是一个主体意象，是理解全诗的关键。潜水艇本是一种用于海战的武器，与战争有着密切联系。但本诗中的"潜水艇"显然已经脱离了战争的范围，而是借用了潜水艇的外观与运动的某些特征。诗中某些提示性内容可帮助我们理解这一意象。比如，第一节"我的潜水艇都在值班"一句中"我的"表明"潜水艇"的所指是"我"的部分。"值班"与后文"开头我想这样写""于是我这样写道"有对应关系，可由此推知："潜水艇"的代表意义是与"写作"有关的。另外，诗的第七节"它是战争的纪念碑""它是战争的坟墓""又是离我们越来越远的/适宜幽闭的心境"则写出"潜水艇"的不合时宜，与现实存在某种对立。第二节"如今战争已不太来到/如今诅咒　也换了方式"也是同一含义。"幽闭的心境"同潜水艇潜于深海的运动特征有着对应，表现出"潜水艇"所指的是一种深入、内在而沉静的东西。经过这一分析，我们可大致将"潜水艇"理解为"我"对现实冷静的思考和潜心的写作。

《潜水艇的悲伤》正文由一个工作场景开头，"咖啡和笔墨"暗示了"我"所从事的工作与思考、文字有关。"铅灰的身体"是形容潜水艇的颜色，有种沉重、悲伤、封闭的意味。这种色彩与后文"鲜红的海鲜"中"鲜红"的色彩形成强烈的对比，暗示了"潜水艇"与时代潮流存在对立、不和谐。"浅水塘"是"潜水艇"的寄居地，可理解为作者所处的小环境。"浅"字与"潜"字有着对比，说明"浅水塘"这一小环境已明显不适宜"潜水艇"的存在。诗的后几节出现了"碎银子哗哗流动的声音""鲜红的海鲜""掌握信息的手在穿梭""小姐们趋时的妆容""追星族""重金属"等一系列意象，它们代表了物欲、快节奏、时尚、喧嚣的时代。这样的社会现实是同"潜水艇"所处的"风平的浅水塘"有着很大不同的。第四节中"这些不稳定的收据　包围了/我的浅水塘"则意在表现：在社会大背景的冲击下，"我"那个平静的小环境已十分孤立、岌岌可危。第五节中"看看""谁的""何处"几个带有不定意味词语的运用，写出了"我"的犹豫。第六节中"紧急"与"无用"两词写出了在物欲喧嚣的时代中，冷静的思考与潜心写作是紧迫而必要的，但同时又不为时代所重视，透露出隐隐的悲伤。第七节中"你还在造你的潜水艇"则是对"我"执着思考、写作的写照，但显然有无奈、悲凉的情绪。第八节是全诗的点睛部分，"我"已有了"潜水艇"，却找不到"水"。"水"的意象是与"潜水艇"密切相关的，是"潜水艇"发挥作用的场所。而"水在世界上拍打"一句写出"水"在那个喧嚣的世界中，不是"我"的"潜水艇"所用的"水"因此，"我"要造"潜水艇"所用的水，即平静的环境。而这一平静的小环境同喧嚣的大环境相比，自然是微小的，而且是相斥的。因此，这便是事物的"悲伤"，而"我"所造的那小片"水"自然成为不可多得的"完美"。

《潜水艇的悲伤》所要表现的正是作者内心世界即内在的冷静的思考和作者潜心的写作同物欲喧嚣的时代现状发生抵触、排斥时，作者内心所表现出的困扰与作者自身的探寻。

《潜水艇的悲伤》采用了独白体的表达方式,以"我"的视角叙述"我"的工作,这给人一种听故事的轻松感与快感。这种风格正体现了翟永明诗歌的小说化、叙事性。我们在阅读中会感受到本诗的语言是相当冷静克制的。"九点上班时"这一工作场景的开头,再到后面几节中"开头我想这样写""于是我这样写道"这样的引语,使读者有一种像在听老朋友讲述自己某一天工作情景的平静感、亲切感。这种冷静更易打开读者的思想之门,更易触动读者的内心。但冷静并未掩盖深刻,反而是加深了诗的深度,丰富了诗的内容。"浅水塘""水"这些常见的事物在诗中有深刻的指代意义。"九点上班时""我准备好咖啡和笔墨"这点看似平常的场景,细节对全诗风格的形成,意象的组织,思想的表达其实都起着很大的作用。这或许正是翟永明诗歌的魅力所在。

三、《轻伤的人,重伤的城市》导读

    轻伤的人过来了
    他们的白色纱布像他们的脸
    他们的伤痕比战争缝合得好
    轻伤的人过来了
    担着心爱的东西
    没有断气的部分
    脱掉军服　洗净全身
    使用支票和信用卡

    一个重伤的城市血气翻涌
    脉搏和体温在起落
    比战争快
    比恐惧慢
    重伤的城市
    扔掉了假腿和绷带
    现在它已流出绿色分泌物
    它已提供石材的万能之能
    一个轻伤的人　仰头
    看那些美学上的建筑

    六千颗炸弹砸下来

留下一个燃烧的军械所
六千颗弹着点
像六千只重伤之眼
匆忙地映照出
那几千个有夫之妇
有妇之夫　和未婚男女的脸庞
他们的身上全是硫磺，或者沥青
他们的脚下是拆掉的钢架

轻伤的人　从此
拿着一本重伤的地图
他们分头去寻找那些
新的器皿大楼
薄形，轻形和尖形
这个城市的脑袋
如今尖锐锋利地伸出去
既容易被砍掉
也吓退了好些伤口

《轻伤的人，重伤的城市》写于2000年11月，是诗人翟永明第一次在柏林看到威廉大教堂有感所作。诗人作为一名游览者看到的不仅是具有异域风情的历史建筑，还有建筑背后所承载的城市历史和创伤记忆。诗人将有意味的瞬间融于个人经验之中，在探寻人与城市的关系背后，揭示着传统与现代、遗忘与反思的主题。由诗歌的题目进入诗歌文本，读者会发现某种常识上的矛盾，在现实意义中人类在战争中所受到的精神与肉体的创伤往往更加严重，而城市的结构和建筑都是可以通过重建恢复的，应该定义为轻伤，这首诗似乎反其道而行之。

轻伤的人以裹着白色的纱布的形象，走入读者的视野，白色纱布下面是经战争留下的伤痕，这里出现了第一次比较，生活在城市中的他们的伤痕"比战争缝合得好"，与前文中的"轻伤"形成呼应，也成了揭示整首诗主题的关键，接下来的一句诗与前文形成复调，再次强调"轻伤"的人，紧接着，轻伤的人不再只是静态的画面，而是以一系列的动作再次进入读者的视野，隐喻着城市中轻伤的人走出战争，走入现代生活的过程，此时战争的伤痕在他们身上已然消失，接下来视角突然发生转折。

"城市"这一关键词首次出现，这里的城市不再是冰冷的存在，而是具有脉搏和体温的生命，"比战争快/比恐惧慢"这个诗句形成一种对抗紧张的关系和效果，凸显了战争给城市带来的重创。带着无法愈合的伤口，走出战争的城市已然开始运用石材进行灾后重建，而外在为城市建筑的重建是无法抵消被轻视的城市生命的内部重创，紧接着主体称谓切换为轻伤的人，以生活在城市中的人的反观视角观察城市，流着"绿色分泌物"的伤口与美学上的建筑构成了某种意义上的关联，经战争重创后的城市，一方面，可以理解为对外在的城市建筑与秩序的破坏，另一方面也是作为城市的生命、历史、象征等精神层面所承受的内部重创，这样的伤痕如今已被美学上的建筑所取代，这时轻伤的人再次出现，文本中出现了第二次强烈的对比，以城市中轻伤的人"看"经过重新整合的城市，这里的"看"同时也意味着"被看"，"看"与"被看"之间，战争的伤痕似乎已被人们所遗忘，而城市的记忆是无法被遮蔽的。

接着，诗人将时间空间切换到战时的情景之中，"六千""几千"这样的数量词揭示了战争规模之大，破坏力之强的特征，将"炸弹着点"比作"重伤之眼"，而这"重伤之眼"同时映照出人们的脸庞，通过对战争情境的叙述，很自然地涉及对人类与城市文明之间关系的思考，经受重创的城市以及城市文化通过这战争看到的是作为历史牺牲品的悲剧宿命，而人们作为战争的始作俑者同时也是战争的受害者，"有妇之夫""有夫之妇""未婚男女"不是一系列随意选择的意象，这些意象共同指向婚姻与家庭，暗示着战争对婚姻家庭和社会关系的破坏，而这"重伤之眼"正是反思战争的关键所在。"他们"身处被肢解、被毁灭的城市之中，"硫磺""沥青""钢架"这些城市建筑的组成部分，诗人将其碎片化呈现在"他们"的身上和脚下，喻示着城市作为人类权谋、利益争夺的风暴核心，被任意摧毁，人类亲手创造了城市，创造了人类文明，却不惜将它毁于一旦。

诗人将叙述的主体再次转向轻伤的人，体现了诗人对建筑艺术的独到见解和对建筑背后的文化意味的深刻探寻。建筑作为人类情感与文化的容器，这样的风格特征背后是对个性化、多元化的追求，对千篇一律、共性的反抗。在厚重的历史文化观念被遮蔽的情境下，在追求全面现代化的过程中，容易被砍掉的脑袋可以理解为城市文化内核的断层，外在的城市肌理的破坏暗示着脆弱的生命力。在如今高歌猛进的城市建设过程中，由建筑实体构筑的城市肌理，作为基于历史传统与文化积淀而遗留下来的固有建筑结构正在被不断改造，城市更迭变化的速度足以重塑一个崭新的城市面貌与物质环境，但是生息于此的人们却依然心仪于昔日的格局。所谓新的"器皿大楼"和美学上的建筑是否能够体现一座城市原有的传统精神文化内核，是否能够传承城市的人文价值，仍然是值得思考的问题。

在诗歌的最后一句再次出现了"伤口"的意象，"伤口"是理解整首诗的关键，前面提到的"流出绿色分泌物"的伤口，喻示着城市的内部重创是无法愈合的，诗人在最后将新城市的面貌与伤口对立起来，形成一种无法共存的对抗与紧张关系。战争留下的伤口也被这新的城市面孔所吓退，"吓退"隐喻着退场与消解，一方面可以被理解为现代建筑与战争遗迹的共存危机；另一方面可以理解为城市的文化记忆被现代文明所吞噬，被活在新时代的人们选择性地遗忘了。

20世纪90年代翟永明的诗歌风格更多地加入了分析观察的成分和叙事性特征，总的来看《轻伤的人，重伤的城市》这首诗，在前两节诗人将轻伤的人与重伤的城市的面貌分别呈现给读者，后两节将人与城市置于战争的情境之中，时空由战时转向战后，诗人以其内在的连贯的思路，频繁转换的叙述视角分析了城市与人的内在关系以及这背后被遮蔽的文化创伤，通过诗人思辨性的想象将城市赋予生命并将其对象化，探索被遗忘的城市创伤背后的隐喻意味。写于同时期的《潜水艇的悲伤》同样以拟人化的表述，使与战争相关联的潜水艇成为写作这一行为的喻体，分析写作行为的现状——已由战争的工具沦为"战争的纪念碑"与"坟墓"，点出悲伤的情绪与心境。

无论是《轻伤的人，重伤的城市》还是《潜水艇的悲伤》，翟永明在世纪末的节点尝试通过诗的语言表达对这个时代的思考。20世纪90年代以来，写作由社会生活的中心逐渐走向世俗化，纯文学的创作更是难逃边缘化的宿命，"潜水艇的悲伤"不再只是写作的悲伤，更是时代的悲伤，这背后的文化反思正是人们需要关注的重要议题。

参考文献

[1] 翟永明. 潜水艇的悲伤：翟永明集1983—2014[M]. 北京：作家出版社，2015.

[2] 翟永明. 翟永明的诗[M]. 北京：人民文学出版社，2012.

[3] 翟永明. 黑夜里的素歌[M]. 北京：改革出版社，1997.

[4] 翟永明. 最委婉的词[M]. 北京：东方出版社，2008.

[5] 敬文东. 从"静安庄"到"落水山庄"——诗人翟永明论[J]. 海南师范学院学报：社会科学版，2004(4).

[6] 唐晓渡. 女性诗歌：从黑夜到白昼——读翟永明的组诗《女人》[J]. 诗刊，1987(2).

[7] 唐晓渡. 谁是翟永明[J]. 当代作家评论，2005(6).

[8] 钟鸣. 翟永明的诗哀和獭祭[J]. 收获，2015(2).

[9] 西渡. 黑暗诗学的嬗变，或化蝶的美丽——以翟永明和池凌云为中心，论新时期女性诗歌意识[J]. 江汉大学学报，2010(4).

[10] 张柠. 飞翔的蝙蝠——翟永明论[J]. 诗探索，1999(1).

[11] 洪子诚. 在北大课堂读诗[M]. 北京：北京大学出版社，2014.

[12] 陈超. 中国先锋诗歌论[M]. 北京：人民文学出版社，2007.

[13] 周瓒. 透过诗歌写作的潜望镜[M]. 北京：社会科学文献出版社，2007.

思考题

1. 谈谈《女人》组诗对于女性解放的意义。
2. 你从《潜水艇的悲伤》一诗中读出了什么？

第十一讲
从"唯美而想"到"博大生命"
——骆一禾诗歌创作导读

第一讲　骆一禾生平介绍

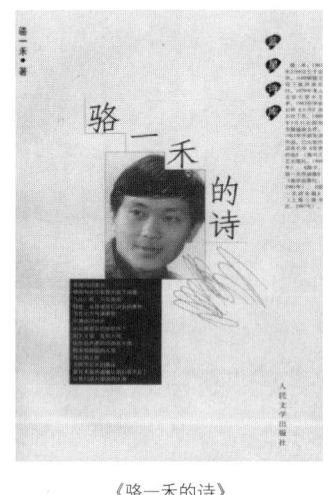

《骆一禾的诗》

1961年2月6日,骆一禾出生于北京百万庄。当时,他的父亲骆耕漠53岁,母亲唐翠英也已经41岁,这对夫妻算是晚年喜得贵子。不过,母亲觉得自己年纪大了,开始并不想要这个孩子,就采取跳绳的方式流产。然而这个婴儿无比倔强,还是如期地来到这个艰辛的人世。

骆一禾出身于高干家庭。父亲骆耕漠是一位著名经济学家,是新中国财会制度的奠基人。1954年担任国家计委副主任,后受聘为中国社会科学院教授、博士生导师、国务院经济研究中心顾问。母亲唐翠英也曾担任国家物资部机关党委副书记。骆一禾的四个姐姐(骆小蛮、骆小予、骆小红、骆小元)都比他大很多,其中年龄最小的四姐也比他大七岁。在父母和姐姐们的呵护下,幼小的一禾博览群书、多才多艺,能大段大段背诵《诗经》,6岁时就已读完大部头的《欧阳海之歌》,还会拉小提琴。他知识渊博,口才极佳,然而为人又非常谦逊低调,丝毫没有因为家境优越而产生高人一等的想法,喜爱结交在文学上志同道合的朋友。

取名"一禾",有父亲"一禾发千枝"的期待。骆一禾是家中的独子,也是最小的孩子,父子俩感情甚笃,经常在一起谈学问道;据说,当有人来家里向骆耕漠这位经济学家、学部委员请教的时候,骆一禾总会去旁听,偶尔还会一起交流。骆一禾擅长写诗,可他并不想高居文学庙堂,去做清高的贵族。他关心时局和国家命运,还曾为自己写下"居天下之正,行天下之志,处天下之危"这样的警句。诗人西川甚至认为,骆一禾诗歌中的"宏大叙事"与他的家庭出身有关:"他看问题从来都是从大处着眼,因为他们家看到的问题都特别大,所以宏大叙事就宏大叙事吧。"

"文革"爆发后,骆一禾家的坐落于百万庄的"部长小楼"被红卫兵冲击、抄家。经过一番打砸之后,就开始大批的烧书。四姐骆小元回忆道:"当时在家里那个烧热水的锅里烧书,烧得一两天热水都不断。"更加让骆一禾惊骇的,是他突然被同学们叫作"狗崽子",成为他们追打的目标。当时一禾正在展览路一小上学,每到放学,总有孩子在后追打他,令他每次走在放学路上都高度紧张。后来,大姐骆小蛮常帮一禾解围,喝退那一帮孩子,将弟弟安全护送回家。令人遗憾的是,大姐患有大脑炎后遗症,死于1983年,让一禾很小就品尝到失去亲人的痛苦。由于没有小伙伴愿意跟骆一禾玩,他就独自躲在家中,养成从小埋头读书的好习惯。

1969年,骆耕漠被下放到"五七干校",来到河南息县。唐翠英也被下放到罗山县。骆一禾进了县城东街的完全小学,由一同跟随骆家下放的老保姆翟阿姨照料生活。在罗山县的生活条件十分艰苦,值得庆幸的是,没人再喊他"狗崽子"了,反而还有人称他是"毛主席身边来的人",让小一禾颇感温暖。语文老师发现了骆一禾天资不凡,常在私下里教他些古诗词,成了他的"私塾先生"。1987年7月,骆一禾创作了诗歌《首遇唐诗——纪念我的启蒙老师和一位老女人》,"启蒙老师"就是语文老师,"老女人"就是翟阿姨,用以纪念这段难忘的岁月。这种穷乡习诗的经历一定对骆一禾非常重要,正是这段重要的体验,让他的诗歌中遍布着土地、荒山、平原、村庄、石头、树林、青草、农人、马匹、野蜂、布谷鸟、夕阳等形象,这也是80年代的许多新诗写作者热衷的画面和内心风景。

1972年5月,骆家人相继从"五七干校"返回北京。骆一禾小学毕业,在北京一五四中念中学。他的文科成绩突出,只有数学成绩稍差。骆一禾的二姐夫是教师,当起了他的家庭教师。在他的辅导下,骆一禾下功夫补习数学,最终在1979年的高考中,以北京市西城区文科第一名的成绩考上了北京大学中文系。进入北大后,骆一禾在别人眼中是一个和善、文雅、谦逊的大学生,从不炫耀自己的高干背景,浑身充满了青春的活力和进取精神。刚读大学不久,他就和室友创办一份名为《清泉》的文学杂志,为大家发表作品提供园地。在充满活力的20世纪80年代,骆一禾的诗歌创作日趋活跃,据北大诗人陈陟云回忆:"他是五四文学社的核心成员之一,《未名湖》每期都会发表他的一些诗歌作品。在我们心目中是个很有分量的人物。我在中文系的一次诗歌研讨会上见过他,他斯文帅气,沉着稳重,条理清晰,学者气十足,发言时总爱在黑板上写写画画。"①陈东东也曾回忆过他第一次见到骆一禾时的印象:"跟我对他的想象不太一样,他长得南方人模样(当时不知他祖籍浙江临安),微笑的面容甚至还有点

---

① 陈陟云、刘洪霞:《我与海子——陈陟云访谈录》,海子:《海子第一本诗集〈小站〉(1983.4—6)》,湖南文艺出版社,2009年,第64页。

儿女相,见我们进来他即招呼一起坐,样子沉静,嗓音沉稳,说话沉着,很快就让我觉得骆一禾就正是这个样子的。"①他的记忆力超群,在大学宿舍里,许多同学至今还记得骆一禾能大段地背书。诗人邹静之也回忆过初次见骆一禾时,听到他大段背诵《圣经》。1982年,北大五四文学社出版了一期叫作《大学生作品选》的杂志,骆一禾除了在上面发表了一组诗歌和小说《思年华》外,还担任该杂志的责任编辑,并以"欣拾"的笔名撰写了诗评《"大地是转动着的"——读〈第三代人〉的部分诗作》。据此,西川认为,"第三代"这个文学史概念有两个出处:其一来自巴蜀诗人群,另一个则来自骆一禾。《大学生作品选》收录的大多是北大中文系1979级的作品,外系的少量诗作被编排在《五色石》的板块里,其中有西川(西语系)的两首诗,但未见海子(法律系)的诗作。

20世纪80年代的诗歌界发生了两个的重大事件:一是"朦胧诗"浮出历史地表,接着是旋即的衰退;二是"第三代诗歌"运动的勃兴。1980年代初是"朦胧诗"从地下状态跃出地表的时间,但同时也是它走向衰落的开始。到了1984年,"朦胧诗"心有余而力不足,"第三代诗歌"运动的大幕已经揭开。对于朦胧诗,骆一禾"开始就有意地去判别它",并立下誓言——"彼辈可取而代之"。80年代对于中国来说是个非同寻常的时期,到处焕发着青春的激情和生命的活力,在这一时期的文学界,最为活跃且激动人心的恐怕要数诗歌了。"归来诗人""朦胧诗人""第三代诗人",构成了80年代诗歌创作的主体,而"第三代诗人"的代表人物中,西川、海子、骆一禾曾被称为北大诗歌"三剑客"。骆一禾的长诗《世界的血》,连同海子的"大诗",构成了1980年代后期一次急速却强劲有力的诗歌行动。骆一禾的抒情短诗,也追求恢宏的造型感,在崇高、凌厉的风格中,展开壮丽的内心思辨,为美而想。在1980年代的诗歌氛围中,大多数先锋诗人往往以奇崛的语言锋芒、反主流的叛逆意识、激进的实验立场叱咤诗坛,而骆一禾在其中显得独异而罕见。他是一位少见的具备学者气质的诗人,他对于诗歌的前景和文化形象,有许多深刻和长远的思考。他还强调目前的诗歌写作应当走出现代"个体"的封闭,回到一种伟大的"共同体"中。

骆一禾从北大毕业后,被分配到北京《十月》杂志社担任编辑。这位北大青年诗人早就立志从事文学写作,并怀揣办刊的激情,《十月》杂志刚好是他一展拳脚之地。当时杂志社采取分片管理的模式,骆一禾分管西南片区。在这样天造地设的环境中,他将创作和评论相得益彰地结合起来,不仅是像一个个体诗人那样去写诗,更是以一种广阔的视野和胸怀去酝酿、筹划、发现和维护诗歌。1986年4月,骆一禾开始筹办《十月》杂志社一个新的诗歌栏目——"十月的诗",它产生了非常深远的影响。骆一禾因坚持以质量为选稿标准,主张"把道路多留给青年人",故而得罪了当时诗坛和

---

① 陈东东:《圣者骆一禾》,《收获》,2017年第1期。

《十月》杂志社内部的一些保守势力,导致在评职称时有人揭发他"上班散漫"等问题,并没有批准他的编辑职称。在主持"十月的诗"栏目期间,骆一禾总是认真看完所有投来的诗稿,不论对方是否有名,大都回信,有时长达几页的万言长信。在这些信中,骆一禾与诗人们畅谈诗歌抱负,纵论当代诗歌的种种现象。刘频是一个远在广西的普通投稿者,骆一禾从来稿中发现了他,并给他写了三千多字的长信,分析其诗歌的特色和长处,揭示出刘频本人未必意识到的诗歌内部构成,也指出了他的不足。"十月的诗"没法安排刘频的诗,他又将他推荐给美国一家华文报纸,为此,他把刘频的手稿亲自手抄了一份。为素未谋面的陌生人写长信,还替人家抄稿子。这样的事,放到现在有点不可思议。从这封信中,能看出骆一禾热诚、敦厚和正直的品格,也折射出他人性的光辉。从创办起不足三年的时间内,"十月的诗"栏目先后推出了海子、西川、昌耀、于坚、公刘、舒洁、万夏、邹静之、刘扬、朱春雨、吕德安、黄然、王坤红、钱叶用、阎月君、雪迪、曲有源、莫非等诗人的作品。其中海子所占的分量尤重,据统计,在总共 17 期的"十月的诗"中,海子的作品独占三期,可以说,海子生前在诗坛上的声誉主要建立在这批作品上。能够在不到三年时间内推出这么多优秀的诗人和作品是个不小的奇迹,不难想象,这其间需要排除和克服极多的障碍和困难。

据骆一禾的妻子张玞回忆,骆一禾是在大学快毕业时才认识海子的。张玞说她记得特别清楚:"第一次是张颐武带海子去见的一禾。海子当时写的一首《山的儿子》,是他特别早的一首诗。他的诗歌从此被一个人甄读了、被一个人评价了,这个人就是一禾。"对于海子,骆一禾起着指引、启发、示范和批评的作用,被海子视为兄长和老师。如今,每个人都知道海子,所有人都忘记了骆一禾。骆一禾是新时期以来为中国现代诗作出极大贡献的青年诗人之一。他是海子生死相托的朋友,他与这个高迈、激情、短命的诗人有一些相似之处,但他的意义却在于他和海子不同的方面。海子的诗是个人化的、狂热的,在扑向太阳的旅程中,伴随着一种阴郁的心境。海子不但对以知识论为基础的世界文明绝望,而且最后发展到对人类肉身的绝望;而骆一禾则沉毅、谦抑地对待人类智慧传统,并在诗中铺满了广阔的朝霞和新式的理想主义。骆一禾常常也会从自己的大诗歌构想出发,他环顾自己所处的诗歌环境,发现新诗的传统是那么苍白,格局是那么狭小、局促,诗人的意志又那么脆弱,时时为现实的需要所转移。进入新时期以来,诗歌的独立意识有所增长,诗人的主体意识开始受到关注,但是仍然没有从根本上摆脱种种口号之战、江湖之争、占山为王、各领风骚三五天的怪圈。

骆一禾曾提起某一天:"海子来玩,我们重叙往日。海子说他以前的诗作大都没有留下,我于是拿出过去抄的七本诗和六本写的诗,回顾一下当时的情况,我们有同感的是,当时读得比较多的浪漫主义诗歌,至今还是我们的营养,对他影响比较深的是雪莱,而对我影响深的是莱蒙托夫、拜伦和济慈。所以在北大,后来也有人评论我说是一个跨阶段的人物,从浪漫主义到现代主义,指的是我1983年以前的诗。而重读我的旧作,在1979年之后,这里面,浪漫主义的短命天才们,当然是我的启蒙老师。"尽管骆一禾承认在他22岁(1983年)时,已完成对自己写作风格和路径的确认,然而他并未立即全力以赴。在他看来,1984—1985年间是他的沉思期:"渡河时期,要么淹没,要么有另外的命运,要么有一个总的成型,有新的质地。"而那几年也刚好是比"朦胧诗"一代更年轻的"第三代"诗人揭竿而起的壮丽岁月,他们喊出"pass北岛"的口号,四下串联,各种地下诗刊层出不穷,各种诗派、诗群雨后春笋般崛起,各种诗学主张粉墨登场、争奇斗艳,各种写作实验和写作革命日新月异、气贯长虹。1986年《深圳青年报》和《诗歌报》举办的"现代诗群体大展",呈现的正是这种虚张缭乱的繁荣局面。面对这种激动人心的局面,理性而冷静的骆一禾曾评价道:"还要再拉开距离,完成自己的大构思。"他还说:"我感到必须在整个诗歌布局的高度上,坚持做一个独立诗人……"

在西川的印象中,骆一禾"文雅、渊博、深刻、正直、爱朋友,对于世界文明负有使命感……具备真正宜于思想的头脑,并且在他平和的面貌和随便的衣着之下,有着他对于诗歌艺术的严谨态度,对于苦难人生的关注,以及对于宇宙大真理和万物之美的迫切向往"。西川真挚地回忆道:"一禾是我的良师,八年来我受益于他,以至在他病逝之后我竟觉得恐怕在我将来的岁月里,再也不会遇到一个像他这样近乎完美的人……"[1]据西川回忆:"在1989年5月初的一个晚上,在我家里,我给他看一本法国人奥朗卡·德韦尔所著的有关占星术的书。一禾的星座是宝瓶座,主宰行星是天王星。我给他读了书中与他有关的章节:'宝瓶座的人是新思想的开拓者,如果给他以完全的行动自由,让他随心所欲地去思考和决定,那么他会表现出卓越的工作才能。他是一个创新者,层出不穷的念头和突如其来的直觉,使他能预感到未来。'(他的)才能几乎全部集中在智力或精神生活方面。视野开阔,思想活跃,有敏锐的直觉,并富有幽默感。……他对于一切开拓性的事业、发明创造、前沿科学、改革创新和神秘学都有浓厚的兴趣。'……一禾始终微笑着听我读书。待我读完,他说,书上说的基本正确。那天晚上他临走时借走了这本书。"[2]1989年5月11日,骆一禾写下了最后的遗作《壮烈风景》,生命之所以能得到神启的安抚和垂怜,就在于历经了大地上行走的艰辛,仍然具备瞭望远方的雄心:

最后来临的晨曦让我们看不见了
让我们进入了滚滚的火海[3]

---

[1] 西川:《深渊里的翱翔者:骆一禾》,《让蒙面人说话》,东方出版中心,1997年,第185页。
[2] 西川:《深渊里的翱翔者:骆一禾》,《让蒙面人说话》,东方出版中心,1997年,第185—186页。
[3] 本文所引骆一禾诗作,如无特别说明,均出自《骆一禾诗全编》,上海三联书店,1997年。

1989年5月14日凌晨,因长期用脑过度和先天性脑血管畸形而出现大面积脑出血,骆一禾在北京天坛医院昏迷十八天。1989年5月31日13时31分去世。从海子去世到骆一禾突发脑溢血,中间只有四十九天。在这四十九天内,骆一禾做了许多事:陪海子家人赶到山海关,处理了海子的后事,写信通告各地诗友,组织为海子贫困的家庭募捐,多方努力谋求海子诗集的出版,全身心投入地整理海子遗作。在这些具体事务之外,他还写了三篇高质量的海子研究论文——《冲击极限》《我考虑真正的史诗》和《海子生涯》,这些论文至今还是海子研究的纲领,并编辑了海子的第一本正式出版的诗集《土地》。那个春天,他接连参加海子的纪念会,发表多场关于海子的演讲。在北京大学29楼与30楼之间的"德先生"和"赛先生"雕像旁,他高声朗诵着圣-琼·佩斯的格言:"诗人,就是那些不能还原为人的人。"从这份并不完全的工作清单中,我们可以想见骆一禾承担了多么高强度的工作。紧张忙碌的工作蚕食着他的健康体魄,两个月后,心力交瘁的骆一禾突然晕倒了,死在五月的最后一天,如同他在自己的文章里预言的那样:"我感受吾人正生活于大黄昏之中,所做的乃是红月亮流着太阳的血,是春之五月的血……"①

面对着这两位天才诗人接连弃世的噩耗,陈东东悲伤地说:"他们毕业于同一所大学,如此年轻,又如此杰出,在这个世界上短暂地停留。死的时候,海子25岁,一禾28岁,他们最重要的作品都还没有完工。他们是一对密友,互相敬佩和热爱,生活在同一座城市,一个尽情歌唱,一个就倾听和沉思。他们对大真理怀有同样的热情和信心,竟然在同一个春季相继离去。"他接着给出了一个值得深思的理由:"当一个扼断了自己的歌喉,另一个也已经不能倾听,当优异的嗓子沉默以后,聒噪和尖叫又毁坏了耳朵。由于这两个诗人的死,我们丧失了最为真诚的歌唱和倾听。"②

第二节 骆一禾诗歌创作的艺术特色

诗人骆一禾逾越了朦胧诗的创作,去贵族化,反对英雄主义,他坚持自己的口号和宣言。在他的诗艺酝酿过程中,显示出与众不同的沉潜和专注,超越自我的界限,呼唤诗歌共时体,为人类提供新的想象力和价值坐标,增添新的感受与思想能力。

从去世以来,骆一禾只留下三部严格意义上的作品集,分别是:《世界的血》(春风文艺出版社,1990年)、《骆一禾诗全编》(上海三联书店,1997年)和《骆一禾的诗》(人民文学出版社,2011年)。另外,2014年,江苏文艺出版社出版了由西川编选的

---

① 骆一禾:《水上的弦子》,《骆一禾诗全编》,上海三联书店,1997年,第830页。
② 陈东东:《丧失了歌唱和倾听——悼海子、骆一禾》,崔卫平:《不死的海子》,中国文联出版社,1999年,第38页。

《骆一禾、海子兄弟诗抄》,也算是较大篇幅刊载骆一禾诗作的出版物。目前最为系统的研究骆一禾诗歌和诗论的专著,是诗人、批评家西渡所著的《壮烈风景:骆一禾海子比较论》,此外还有胡书庆所著的《碧绿的十字:骆一禾诗歌的阐释》。

在20世纪80年代狂飙突进的文学氛围中,骆一禾以文明为背景的诗学思考,为中国新诗坛带来一股极强的冲击波。对骆一禾来说,诗歌的道路充满了曲折、苦难和惊骇,但前途是光明而清晰的。作为诗人,他的长诗写作风格独树、气象辽远、抱负远大,《世界的血》和《大海》是留在世上的两部泣血之作。同时,骆一禾的短诗也精湛动人,如《青草》《危蹙》《辽阔胸怀》《为美而想》《修远》等作品,无论是其精神气象的广博深邃,还是艺术构思的匠心独运,或是文学想象的别开生面,在中国诗坛上都是无可复制的杰作。诗行间高远深沉的格调,诠释了诗人对"博大生命"的期待。下面,让我们来探究骆一禾诗歌的主要艺术特色。

一、"脚踏实地"的"博大生命"

骆一禾对当代诗学最大的贡献,当属他高瞻远瞩地提出了"博大生命"的意识,以及在这一意识指导下展开的颇具魅力的诗歌行动。事实上,"博大生命"的意识是一个总体框架,它同时激活了诗人的文明意识、生命意识和诗歌共时体的意识,最终铸造了骆一禾诗学的核心内容。

所谓"博大生命",乃是一个灵魂的复合体,它汇集、汇通、凝聚了全部人类的智慧和力量。诗人一生孜孜以求的目标就是汇入这个"博大生命"。"博大生命"是一个复合、复杂的灵魂,甚至它在血缘上混合了撒旦和基督两种相敌对的基因。作为战士的一面,他显露出撒旦般的勇毅和力量;作为圣者的一面,他又流露出基督式的智慧和博爱。但"博大生命"并不走向自我膨胀、个体理想、悲欢的沉吟和孤独的嘶鸣,这些皆为自大的表现和狭隘的宇宙观,骆一禾从一开始对此予以拒斥和批判。在《美神》中,骆一禾写道:"个人是生命进程的一个次点,这不等于说是一种灵长中心论,因为一个顶点在生命的流程中并不是中心,而是连续运作这一核心活动的一个瞬间、一个最高形态,而创造这一形态的生命流程则还会创造很多个。"[1]"博大生命"里渗透了骆一禾关于个体和全体的辩证法,正是在"博大生命"的意义上,骆一禾来将朋友视为另一个自己。他对于友谊的需要和忠诚,以及一切视友如己的义举,都源自他的这一精神信念。在致袁安的信中,骆一禾说道:"即使在我停顿的时候,我仍然感到我在继续,这就是朋友对我最重要的意义。这得以使我不是只有一个灵魂。"[2]"博大生命"是全体的现身,但它绝非对个体的贬抑。骆一禾说:"所谓博大生命或伟大生命是指那

---

[1] 骆一禾:《美神》,《骆一禾诗全编》,上海三联书店,1997年,第834页。
[2] 骆一禾:《关于海子的书信两则》,崔卫平:《不死的海子》,中国文联出版社,1999年,第14页。

些说出了大文化风格中主导精神的导师的总和。"① "博大生命"尽管是一个"复合",他最终却实现于伟大的个体中。若无伟大的个体,"博大生命"这个伟大的灵魂就无法觅得实现自己的肉身。因而,只有个体在不竭努力和成长中夯实自己,才是"博大生命"的基础和保障。

骆一禾说:"生命川流不息,五音繁全,如巨流的奔集,刹生刹灭,迅暂不可即离,一去不返,新新顿起。"② 如果说骆一禾是仰仗诗歌让自己来实现用内在体验改造外部世界的愿望的话,那么对生命的深刻体察和领悟则是其诗歌创作的原动力和核心任务。在"博大生命"意识的激励之下,"修远"成了骆一禾诗学中一个重要的命题,研究者常用"修远"来指代诗人为实现"博大生命"的目标而所行的道路,揭示了生命与大地之间的本质联系,也塑造了"脚踏实地"的诗人形象。"修远"的观念来自骆一禾一首知名的同名诗作《修远》,也令我们想起屈原的名句"路曼曼其修远兮"。以骆一禾的心性质地来看,此诗也确有对屈原《离骚》致敬之意味,一古一今两位诗人,从内在生命的向度上分享着同样的禀赋和理想。据说比骆一禾低一届的北大诗人戈麦,就将手抄的《修远》一诗贴在宿舍的床头。为了"博大生命"的抵达和实现,骆一禾所选择的并不仅仅是肉眼可见的人间或世俗的道路,而是一条心路。一旦踏上这个漫长的征程,那么陪伴诗人的,只有"沉着地生存/三千里隐忍和坚持"(骆一禾《非人》)。这是一个诗人身上脚踏实地的坚执品格:"当脚掌证实心脏的时候/那是一条伟大的道路/一种新生。"(骆一禾《长征》)在对孤独的忍耐中,在苍茫的道路上,朝向"博大生命"的心路被辨识和开拓出来,诗人的生命就获得了全新的体认,走向一种无限的朝霞中,于是骆一禾吟唱道:"浩嗨 路呵/这道路正在我的肝脏里安睡。"(骆一禾《修远》)

诗歌是身体的一部分,带着诗歌上路,途中是急遽升温的祭祀。这充满仪式感的征程不是诗人个人的朝拜,而是对生命和诗歌的敬畏,对"博大生命"的寻找:"有一条道路在肝脏里震颤/那血做的诗人站在这里。"(骆一禾《修远》)这道路从血中生成,又在血中奔腾,铺展向远方。走在这条道路上的诗人和道路和谐共生:"在朝霞里我看见我从一个诗人/变成一个人。"(骆一禾《修远》)生命大于"我"的存在,诗人脚下的每一步都召唤着同样的心灵朝圣。一个正直纯粹的诗人,将始终与他人和世界保持着畅通的精神关联,这种关系构成了诗人生命的很大一部分本质内容。人与事物仿佛合二为一,在朝霞中显现出最本真的面貌,一切人类赋予的命名都被事物自身重新定义。朝霞的天光也是朦胧的生命之光,那种首度融于自然万物中的绝妙体验,告别了旧的生命,抵达一种新生。

---

① 果树林:《世界的血·后记》,骆一禾:《世界的血》,春风文艺出版社,1990年,第132页。
② 骆一禾:《美神》,《骆一禾诗全编》,上海三联书店,1997年,第834页。

这里已经表达出骆一禾所谓的"情感本体论哲学",此刻所抵达的顶点并非生命流动过程中的中心点,而是无止境的劳动过程中的瞬间。骆一禾常爱引用斯宾格勒,非常认同他提出的"文化是族种的觉醒精神"。这种观点认为,如同自然历史的发展规律那样,人类的文化的历史活动也应当发现其顶点,创造历史主体的血肉之躯,建构出无可代替的生命个体。它是一个具象体,但并不以自我为中心,它是"博大生命",是人类文明史和自然史的集合,同时包含着过去、现在和未来这个无止境的历程。这些有机的、独异的生命体就是诗人工作的起点,并朝向"博大生命"的境界进发,在这样的运动中才能感受到永垂不朽的宁静。"信仰,思想和爱情,以至写作的能力,是这样一种身心合一的存在,含有生者与死者的活体。"①

二、"顶天立地"的垂直渴望

骆一禾在他的诗论《火光》一文中,曾引用过俄国诗人曼德尔施塔姆的一句诗:"前边是痛苦。后面也是痛苦——上帝啊!请你过来坐一会儿,请坐一会儿,和我说一会儿话。"人在大地上行走到了一个痛苦的漩涡中,挣扎、冲撞和左右为难已经强烈地提醒着人们,唯有向上才有可能突出重围。在诗论中,骆一禾还明确地说道:"诗歌也不是从一种诗到另一种诗的相对主义的平移,诗歌的未竟之地的属性,与我们是一种垂直关系,博尔赫斯说:'神的文字与我们垂直,但它是什么我不告诉你'。如果我想说,那么诗歌之垂直是未竟之地踵身而下,进入我们的渊薮。它是称为'上帝'和称为'本无'的本体的通明,其间不乏充满了危险的、一连串魅惑的漩涡。"②

对于单一的大地力量是否足以支撑起"博大生命"的最终实现,诗人保持了从未停止过的探求,我们的心灵总是抱有形而上的冲动,需要更高远而空灵的怀想和寄托。诗歌所自有的向上的属性,也向我们力证这一选择的崇高性,让我们在漫长的大地和无尽的天路之间辨识出这一垂直的关系。骆一禾在1986年的一首诗《恐惧》的后面,写了一小段附录,意思是,诗人秉持"路曼曼其修远兮,吾将上下而求索"的志士情怀,在诗歌的道路上坚定不移的行走。对骆一禾来说,按照"修远"精神的暗示,诗歌的道路永远是向上的,因为神性在我们之上,不只是向上,而是垂直向上,因为只有垂直是距离神性最短的路径;而上方的神明,借此路径从上而下贯通和提升我们。事实上,也只有在这个方向上,我们才有可能克服引力,进入"神"的天空。

这是由神启而来的路,自上而下贯通天地。1988年,骆一禾创作了《月亮》,几乎用直白的口吻宣告诸神的呼唤:"世界,一半黑着、一半亮着/事件堆起来了。那些流血的事实/……/地面上的活人/不知你为何思想/世界,你这借自神明的台阶/下行着

---

① 骆一禾:《美神》,《骆一禾诗全编》,上海三联书店,1997年,第835页。
② 骆一禾:《火光》,《骆一禾诗全编》,上海三联书店,1997年,第852页。

多少大国。"在大地的黑暗和在天空的启明，人类渴求已久的平和究竟向何处觅得？整个世界都可以化为天梯，引领我们回归神明居住的天国。另外，与这条自下而上的天路同时也诞生了一条重合的线索，它彰显的力量尽管薄弱，透露着自我的限制和桎梏，但个体生命中本质的矛盾同样会强化天路的伟大，诗歌的张力因此被拉伸了。在创作于1988年的《凉爽》一诗中，骆一禾写道："沿海的高坡明亮/炎热垂直升起/而我沿着凉爽下来/……/一个人在那里成为无限/而道路布满阴影/在海浪浇湿的地方高崖耸峙/极顶有黄色石块。"在每一处神启吸引我们的地方都伴有私下的怀疑，我们常对目之所及的高度都伴有隐隐的恐慌，对想象的高处更是充满了危险的惊惧，仿佛从那里反射回来慢行的警告。而在人类中间总会存在少数先哲拿出高瞻远瞩的气魄，留下预言来鼓舞人们正视神启的巨大伟力。

但丁是居住在骆一禾灵魂深处的伟大诗人之一，他的精神处境预示了人类的普遍生存境况："正当这人生旅途的中途，我从幽暗的林中醒来，我迷失了我正直的道路。"和但丁一样，骆一禾在诗中不再踌躇和停滞，他执着于寻找的不只是出路，而是提供人类持久走下去的光明长路。在《为了但丁》中，骆一禾写道："为了但丁/未来垂直腾起，绵延而去的只是时间/在时间里我们写下渊薮/……/为了但丁/倾听风暴，然后熄灭/走自己的路，然后在那里焚毁，大火连篇。"为了但丁就是为了我们自己，但丁式的人物已经为我们指出了垂直的可能性，时间延伸，而空间在上升，我们已经集中足够的经历，迎来行动的时刻，眼前即将出现的是最高的"壮烈风景"。在骆一禾成熟时期的创作中，作为一种"心灵形式"，这个"博大生命"已经接近最终的实现。《壮烈风景》可以看作这一"心灵形式"的完整表达。事实上，在写作此诗三天之后，骆一禾就突发脑溢血进入昏迷状态，二十天后就去世了。这首诗因而也成了诗人的绝笔：

> 从北极星辰的台阶而下
> 到天文馆，直下人间
> 这壮烈风景的四周是天体
> 图本和阴暗的人皮
> 而太阳上升
> 太阳作巨大的搬运
> 最后来临的晨曦让我们看不见了
> 让我们进入了滚滚的火海

当天路显现的时候，我们已经看到了生命与事物的合一。骆一禾是一个具有明确方向感的诗人。这首诗在天空的事物和人间的事物之间确立了一种具有方向性的关系：诗歌和我们、神与人之间的垂直关系，在这里以形象显露自身，并震撼我们。

事实上,对这一关系的发现和呈现,称得上是骆一禾对当代诗歌最具精神意义的贡献之一。

三、"水"与"血"中的动力势能

在"博大生命"的感召下,骆一禾的诗歌观念中建立起了沟通天地人三方的"垂直意志"。这个神圣的结构能够始终保持循行运动,仰仗的正是其诗歌精神中川流不息的动力势能。作为生命活动的主导性力量,"水"(更进一步表现为"海")和"血"成为骆一禾诗歌中彰显动力势能最突出的两大意象主体。海水浩荡,血液流动,带动整个生命和世界完成新陈代谢,实现健康有序的生命力。水是生命和万物之源,血是更高意义上的物质—精神原型存在,它在视觉和体感上与太阳的光芒、生命的灼烧都有相似性。

关于水的原生性,骆一禾有过很明晰的认识:"没有谁/能像水那样原生。"(《水(二)》)他诗歌中的"水"具体表现为"河水""雨"等形象,但从1986年之后,"海水"开始占有绝对地位。骆一禾认为,"水"和"海"是两种相互融合的流动体,二者间具有先天的互通性。正因为有了这种相互运动,才带给人们生命的律动和希望。"我正站在你的面前/注视着宽阔的河口把水注入海面/而水流是要归海的/而这骄傲的海洋是从水里来。"(《水(二)》)水汇成了海,海来自水,骆一禾又写道:"水从海里流溢出来/水从地上来/水从天上来/水也从水下和水中流溢出来。"(《爱情(四)》)水从四面八方涌来,生命也遍布在海里、地上、天上,生命更在水中,水与人类更加密不可分。有水的地方人们依水而生,房屋依水而建,我们都在水的庇护之中。在诗人看来,在世界的发端时刻,本没有海,随着地壳运动,由运动的水汇成了汪洋大海。海洋的形成过程中包孕着生生不息的运动,正由于水的动能使诗人感受到生命之源的搏动。从宏观上来看,水滋养了古老的文明,任何一种文明都离不开水的伟大馈赠。在《黄河》一诗中,骆一禾表达了他作为文明之子的感受:"黄河奔驰/鼓起两岸的红棉花衣袄/小女子在黄河上怀孕。"若没有黄河之水,"在枯水季节/我走到了文明的尽头"(《黄河》)。在《日出时分》一诗中,骆一禾写出这样一句诗:"生命是流水最短的步伐。"因而,从具体而微的角度来看,个体生命依存着水而生,流水徐徐,漫长而安定,一个个鲜活的生命在水流中相遇。流水不止,生命不息,直到汇合成海,显出蓬勃的姿态:"大海在循行它的循行——/蒸腾为天上海,沛然为海里雨。"(《素朴:语言和海》)

外在的动力虽然可以为我们吸纳风暴,生命的补给也源源不断,但如果没有一种内在的力用于抵御外部压力,再稳定的结构也存在崩塌的可能。在这里,血就扮演了这种内在制衡的角色。从物理形态上来说,血和水都是液体,作为循环系统里得天独厚之物,血的珍贵不言自明。对生命体来说,失血就等于生命的衰颓,一切与血有关的词汇,大都带有对生命最深厚的感悟,如血缘、血亲、血性、心血等,皆连通着一个原初的内部生命体系。1987年9月14日,在给一位投稿者的回信中,骆一禾写道:"生命力和意志的保持是根本的鲜血。因为诗既是人写的,那么艺术思维中鲜血的品性实际决定了诗能达到什么,或怎么充分地是诗。"①这样看来,诗人正是从人类共同的生存体验出发,把血作为整个生命的内在动力,滋生和创化出天、地、人三者之间的有机联系。

血,作为博大生命系统的主宰性因素,其首要原因便是它与人的同在。正因为人类身上流淌着相同或相似的血液,才使我们在生存的层面上理解了血液的循环运动,它是人们生命活动的基础。骆一禾在诗歌《舞族》中问道:"为什么生命的底色/像血一样深红?"血见证了人类的初生,脱离母体后,新生的人体裹挟着母亲的羊水和血液,来到人世间。从那一刻我们就先验地知悉,红色的血液尽管刺眼难耐,但却是对生命体最大的保护,在《下雪和下雪》中,骆一禾写道:"在血液里/骨肉不远,隆冬不远/……/我们降生的日子和血迹未干。"出生之后,便是发展的问题。而人类社会的发展时刻伴随着突破和矛盾,以及革命和战争,也就必然要面对流血和牺牲。此刻,在骆一禾的作品中,血焕发出新的意义。"血是从巴黎流起的 那些不朽的革命者"(《日球》);"血肉沦入战争/大火里开始屠城"(《瓶画:九影如神》);这一切终究是为了什么,"曙光呵,我无辜的幽灵们正在出来/流着大块的血泊"(《幽灵呵,幽灵。幽灵。幽灵。》)。血的流失在提醒人们,在历史的演进过程中,通过体察生命获得真知比用牺牲生命的方式换取短暂荣耀更加重要,如同大地上的行者已经在地平线上悟得了天地交汇的隐秘启示,他们借由向上的冲动探求生命的更高形式:"我始终热爱着生活/大盔甲平放在我的怀中/我抱着它想起了生存和斗争/……/青萍在树荫里沿着河岸错过//这血的入口。"(《小豆磨坊》)

血在生命体内部的流淌,暗示着文明和文化的演进和更新,也同样帮助先觉和敏锐的诗人内省,发现血液的深刻性。我们可以认为,正是血铺就了诗人脚下的道路,血不仅遍及人类体内,而且也充沛宇宙天地间,沸腾的血成就了诗人所追求的博大生命,树立了垂直的渴望和修远的意志。血液与大地融为一体:"这是漫长和悠久/大地上成活的人们灾难而美/绿色血液随风起伏。"(《白虎》)在这里,血液成为绿色的,从人体经验层面扩展到世界意象层面,毋宁说,覆盖在广袤陆地上的植被正堪称大地上流淌的绿色血液。再扩展开去,火山喷发是地球伤口涌出的血浆,浩瀚的海水是动荡不息的血液潮汐,象征着无限循环、永无止境的生命运动和超越精神。骆一禾诗歌从"水"和"血"的动力势能中得到物性的启迪和生命的激发,让汉语诗歌朝向更为内敛、大气和沉着的品质走去。从此,诗歌创作已不再是一种简单的文体选择,更

---

① 刘频:《关于骆一禾的一封遗信》,《广西文学》,2010年第5期。

多的是用诗歌点亮生命深处的跃动不熄的熊熊烈火。在这里,燃烧着的不仅是思维和存在之间的反复熔断和熔合,也是神圣的心智和高贵的身体在欢乐与痛苦间的决断和体验。

第三节　骆一禾经典诗作导读

一、《麦地》导读

《麦地》导读
(视频)

　　我们来到这座雪里的村庄
　　麦子抽穗的村庄
　　冰冻的雪水滤下小麦一样的身子
　　在拂晓里　她说
　　不久,我还真是一个农民的女儿呢

　　那些麦穗的好日子
　　这时候正轻轻地碰撞着我们
　　麦地有神,麦地有神
　　就像我们盛开花朵

　　麦地在山丘下一望无边
　　我们在山丘上穿起裸麦的衣裳
　　迎着地球走下斜坡
　　我们如此贴近麦地

　　那一天蛇在天堂里颤抖
　　在震怒中冰冷无言　享有智谋
　　是麦地让泪水汇入泥土
　　尝到生活的滋味

　　大海边人民的衣服
　　也就是风吹天堂的
　　麦地的衣服
　　麦地的滚动

是我们相识的波动

怀孕的颤抖

也就是火苗穿过麦地的颤抖①

《麦地》一诗创作于1987年。骆一禾和海子,这对"孪生的麦地之子",他们的"麦地"系列诗歌大都创作于1985—1988年这个时间段里。在这个思想界充满动荡和断裂的年头,中国的诗歌读者广泛面临着生存价值的危机,普遍感到身世飘零、精神孤独、虚无丛生,而中国诗坛的"新生代"又标榜"反理想""反崇高",各种思潮和主义此起彼伏、层出不穷。骆一禾对这种状况体会尤深,感到一个怀有素朴和高贵理想的诗人,将会随时处于濒临湮没的危险中。正是在这种危急、混乱的气氛中,坚持宁静、热忱的"麦地劳作"显得意义非凡,这项工作能专注于勘探"麦子"形象与民族精神间的本质意蕴。骆一禾试图为"新生代"诗人寻找一个寄托理想的家园。鉴于此,麦子,成了被众多醒悟的青年诗人苦苦寻找的理想形象,最终被骆一禾和海子最先找到,并嵌入了各自的写作。通过麦子,诗人建立起自身生命与大地的对应关系,并用语言照亮整个民族的广阔前景和博大灵魂。

"麦地"作为乡土中国的代表,是个包容性极大的概念。当它在众多诗人笔下出现时,制造出了充满迷人光泽的精神氛围,让我们瞥见一座既亲密无间又恍若隔世的心灵家园。生为赤诚的麦地之子和20世纪末的诗人,骆一禾自愿做一个乡土中国风景线上的行吟歌者,从具体可感的物象入手,来透视一部中华民族的农耕史和心灵史。早在18世纪,工业文明初露曙光,启蒙主义先驱思想家卢梭就曾警告人们:文明与科技同样也会毁掉人类精神的宝藏,进而提出著名的"回到自然"的口号。现代人生活在都市硕大无朋的水泥空间里,处在电子计算机每秒上亿次的速率中,无不感到一种越来越重的精神压迫和人性异化。被土地和自然悬离出的空茫、焦虑和莫名躁动,让人生出无力感、漂泊感和无家可归的困惑,也引导人们向往一种脚踏实地、安定持久的精神居所。于是,"我们来到这座雪里的村庄/麦子抽穗的村庄",从瑞雪中孕育出麦地和村庄,听闻麦子抽穗的"好日子",看到了澎湃的生命力和勃勃生机。诗人不禁由衷慨叹:"麦地有神,麦地有神。"

乡土是人类最初和最终的神性家园,是辽阔天地间最美好的居所。麦子蕴含着天、地、人三者之灵气,更是中国这个农耕民族共同的生存背景。这时,我们才恍然顿悟:"不久,我还真是一个农民的女儿呢。"于是,在"一望无边"的麦地,我们"穿起裸麦的衣裳",完全地贴近麦地、融入麦地。农夫日复一日在大地上劳作时对着太阳和庄稼所涌起的内心激情,被麦地的形象所吸纳和升华,并一代一代积淀在华夏民族情感

---

① 周俊、张维:《海子、骆一禾作品集》,南京出版社,1991年。

之根中,让我们在这种本质的歌咏中找到了归宿。

"那一天蛇在天堂里颤抖……"这一段落,可以看成是对《圣经》原型故事的仿写。蛇引诱人偷吃了智慧树上的禁果,从此人被逐出伊甸园,天堂已不可居,人只有归依大地,"是麦地让泪水汇入泥土",让失乐园的人们"尝到生活的滋味"。这一过程象征着蒙昧时代的终结,农耕文明的开始。按照斯宾格勒的说法,人类文明犹如大自然一样,也有他的春夏秋冬。骆一禾深受启发,作为一个炎黄子孙,他并没有一味沉浸于龙的故事、回味龙的光荣,而是对现实抱有相当深刻的忧患意识,清醒地看到历经千载的华夏文明负载着难以去除的自身沉疴。他认为,"乡土中国"必须自强不息,"寻找新的合金,才能焕发新的精神活火"。希望的创造,要依靠每一位依然穿着"麦地的衣服"的中国"人民","在此,人民不是一个抽象至上的观念……而是一个历史地发展的灵魂"。他们有着开放的胸襟,敢于走出农业文明的封闭状态,坦然面对海洋文明以及新的世界文明的激荡。但这种革新不是对过去的一概否定,也不是远离乡土、否弃神性家园。麦子收割过后,火烧秸秆用以肥田,为的是孕育下一个丰收年,诗人召唤着这一凤凰涅槃的过程,"火苗穿过麦地的颤抖",固然有些疼痛,但为的是新生。

骆一禾的《麦地》系列诗歌,是对群体生命的抒写,他把"麦子"视为宏观的生命源头和文化背景,在其中领受恩惠。当他把麦子放大成一个客观宇宙时,也把自己放大成与之相称的对话者。深入人生广阔场景中的民族心理之根,以麦子的光芒照耀现实生命的黯淡和缺位,进而抵达乡土中国博大生命的精神领地,这便是他热衷的诗歌主题。骆一禾《麦地》系列诗歌的本质指向,是人类生命永恒的家园,是处于精神真空状态的现代人类对健康、朴素和博大生命的追求。在此过程中,骆一禾也完成了由一个纤弱的麦地少年到一个健朗的大地歌手的生命转化。

二、《为美而想》导读

在五月里一块大岩石旁边
我想到美
河流不远　靠在一块紫色的大岩石旁边
我想到美　雷电闪在离寂静
不远的地方
有一片晒烫的地衣
闪耀着翅膀
在暴力中吸上岩层
那只在深红色五月的青苔上
孜孜不倦的工蜂

>
> 是背着美的呀
>
> 在五月的一块大岩石的旁边
> 我感到岩石下面的目的
> 有一层沉思在为美而冥想①

在《为美而想》一诗中,或许带有骆一禾对乡村生活的烙印,但它已不是一般生命物事的直观再现,而是将读者带入对自然、历史、生命、劳动的形而上思考。五月,打开了一个鲜花盛开、生机勃勃的世界。饶是如此,美的事物也不可避免地遭遇风雨雷电的摧残而凋零陨落。有别于传统诗人惯用的那类被读者谙熟的表意手法,在这首诗中,一只具有漂亮翅膀的工蜂成了主角。在雷电的暴力下,工蜂被"吸上岩层"。这一场面给骆一禾带来一瞬间对生命与美本质意义的思考,他尝试重估大地和历史的普遍价值。

骆一禾善于对麦地以及在麦地上劳作的人民给予崇高的礼赞。通过麦地,诗人不仅找到了个体生命与大地的本质感应,而且也找到了民族的灵魂和深厚的精神根基。与麦地写作不同,《为美而想》是从一块不被人注意的大岩石联想到美,这是一次跨度极大的思想跃迁,诗人既关注世间的沉默之物,又没有轻易放弃浪漫情怀,显得既别出心裁又收敛绵长。骆一禾建立了独异的视角和思路,他从寂静得几乎被人遗忘的大岩石,从晒烫的地衣,从深红色五月的青苔,甚至还从岩石下重压的土地,联想到了美的存在。诗人凭借着独有的审美发现和艺术直觉,平静而充满睿智地抒发着他对美的发现和礼赞,也给人带来美好而隽永的诗意体验。

三、《修远》导读

>
> 触及肝脏的诗句　诗的
> 那凝止的血食
> 是这样的道路　是道路
> 使血流充沛了万马　倾注在一人内部
> 这一个人迈上了道路
> 他是被平地拔出②

以上我们看到的是《修远》的第一节。《修远》是骆一禾的代表作,创作于 1988 年

---

① 周俊、张维:《海子、骆一禾作品集》,南京出版社,1991 年。
② 西渡:《骆一禾的诗》,人民文学出版社,2011 年。

8月他参加"青春诗会"期间。第一稿全诗90行,后来诗人又进行了修改和删削,有了与初稿不同的第二稿。上海三联书店的《骆一禾诗全编》收入了第一稿,第二稿以附注的形式收入。由人民文学出版社出版、西渡编选的《骆一禾的诗》中也收入了第一稿和第二稿,但依据的是诗歌民刊《倾向》第2期刊出的《修远》。骆一禾的《修远》(二稿)中删去了一些夫子自道的诗句,语言更加凝练,更加凸显原型意象的自然律动,因而整体上也更为纯粹。但如果联系到诗人的诗歌理想和悲剧宿命,我们往往会更加感怀于第一稿中那种率真和苍凉的吟唱,这让我们能够理解,许多骆一禾的朋友和读者更加欣赏《修远》的第一稿。

在诗学文章《美神》中,骆一禾开宗明义地宣称:"我鄙弃那种诗人的自大意识和大师的自命不凡……它戕害了生命的滋长、壮大和完美。"因此,他从"情感本体论的生命哲学"出发,用"触及肝脏的诗句"铺设出一个诗人(同时也是一个人)精神成长的道路,这条道路,被诗人命名为"修远"。这一命名在精神维度上承续了屈原在《楚辞》中持志而行的人文向度,也是中国文化传统中源头活水。在这条修远之路上,不仅充沛着万水千山,而且在日益萎缩的时代精神背景下,具有"被平地拔出的"醒觉高度,显示出骆一禾高古、悲慨和不凡的抱负。修远一路有一个明确的方向,即"北方",《圣经》有言:"金光出于北方,在上帝那里有可怕的威严。"因此,朝向北方的道路,就是一条企及神性的超越之路和自我救赎之路,同时也是一条受难之路。在浩瀚如海的生命涌动中,传来"亚细亚的疼痛,足金的疼痛"。被诗歌和命运拣选的诗人,无处藏身,置身于征战与杀伐、毁灭与创造的历史幻象中,只能"在北斗中畅饮"光明的启示,犹如诗人在《屋宇》中所塑造的伟岸:"抱起凛冽的海口　直到将我喝干。"

骆一禾以受难和赎罪的方式跃入深渊,并将这种方式感性地称为"燃烧"。这是一个激动人心的历程,"它意味着头脑的原则与生命的整体,思维与存在之间分裂的解脱","诗人因自己的性格而化为灰烬",但他创造的将是艺术的朝霞。基于这种创造朝霞的艺术雄心,诗人展开了与罪恶的竞技,并以先知般的"旷观之眼"预言:"这歌中的美人人懂得/这歌中的善却只有归返我的家园。"可见,在诗人的吟唱中,表达出重建精神家园的伦理责任和价值重构的自觉担当。在诗人所处的时代背景和诗歌氛围中,这种努力具有一种孤身挺进的意味。

《修远》一诗在艺术风格上显示出鲜明的特征:具有独创性的诗歌心象在与灵魂的共振中构筑了恢宏豪迈的精神高地,并呈现出开阔而顿挫的音律之美。在诗章的最后部分,出现了"排箫"的意象,这一乐器,作为"滂沱大雨"的转喻,使诗歌声音在前面的层层推进中,达到一种天地和鸣的浑然意境。而"排箫"一词的坚硬质感和集束式的形状,则将全诗有力地收拢,这些句子"犀利、洗练,闪耀着金属的光泽,如青铜浇铸在天边"。在骆一禾铺展的"修远"之路上,天空时有黯淡,但这里没有妥协和退缩,因为诗人有着一颗对苦难生活充满感恩的"辽阔胸怀"。如今,他已经走上自己的天路,并以他独异旷远的高贵诗篇加入"世世代代合唱的诗歌共时体"之中。而他所指示的道路,仍在我们的肝胆里震颤,每当想起骆一禾和他的诗,我们都能触摸到一股春天般的朝霞气息,以及迸射出的博大灵魂,异常痛楚而丰盈。

参考文献

[1] 周俊,张维. 海子、骆一禾作品集[M]. 南京:南京出版社,1991.

[2] 骆一禾. 骆一禾诗全编[M]. 上海:上海三联书店,1997.

[3] 西渡. 骆一禾的诗[M]. 北京:人民文学出版社,2011.

[4] 西渡. 壮烈风景:骆一禾论、骆一禾海子比较论[M]. 北京:中国社会出版社,2012.

[5] 胡书庆. 碧绿的十字:骆一禾诗歌的阐释[M]. 北京:商务印书馆,2015.

[6] 西川. 让蒙面人说话[M]. 上海:东方出版中心,1997.

[7] 陈超. 中国先锋诗歌论[M]. 北京:人民文学出版社,2007.

[8] 萧开愚. 三种时间里的英雄[J]. 花城,1990(4).

[9] 熊国胜. 未曾道别的骆一禾[J]. 博览群书,2014(6).

[10] 陈东东. 圣者骆一禾[J]. 收获,2017(1).

思考题

1. 如何理解骆一禾诗歌中"博大生命"的意识?
2. 请谈谈对骆一禾《修远》一诗的理解。

第十二讲
南山梅花,镜中诗
——张枣诗歌创作导读

第一讲　张枣生平介绍

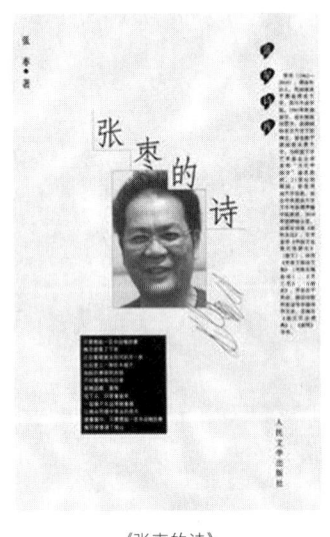

《张枣的诗》

1962年12月29日,张枣出生于湖南长沙。预产期是第二年初,但那天下午3点多,大雪正漫天纷扬,他就提前来到了人世。于是,他父亲给他起名"张枣",暗示他的出生之"早"。张枣有一次提起自己的名字,表示很喜欢,他说:"枣的颜色会越来越红,而且越来越甜。"

张枣从小和外婆住在一起。张枣的外婆是从"旧社会"走过来少数读过书的老人,她有一本《白居易诗选》,锁在装粮票和钱的柜子里,有空就拿出来读。这本书她读了很多年,书页几乎都被翻烂了。这位老人还喜欢另一位大诗人,杜甫。张枣总爱讲的一段童年往事:在20世纪70年代初有一段时间,外婆带着他,在一个汽修厂值夜班。某天早晨起来,外婆轻怨夜里睡相不好的张枣说,真是"娇儿恶卧踏里裂"啊。杜甫诗句里的"娇儿"这个词,让张枣一下就感触到了什么,似乎世界一下子不同了。在这个不一样的世界里,这个词清晰地呈现出他跟外婆之间的关系。幼小的他并没有想到要当诗人,只是觉得自己的世界被照亮了。

张枣的父亲同样热爱诗歌,他早年毕业于北京师范大学俄语系,喜欢普希金,也喜欢读俄语诗给儿子听,还常常喜欢在儿子面前诵读岳飞的《满江红》。当他用俄语给张枣读普希金的时候,尽管语言不通,韵律不同,但张枣同样能感受到诗意。早年的家庭教育,使得张枣和同龄人相比,汲取了更多更好的文学养分。评论者常常指出,张枣的诗歌"古风很盛",古典与现代的交融了无痕迹。这种现象与他的童年积累是分不开的。张枣说自己的父亲是个有传奇色彩的人,他会稍加虚构地将父亲写入诗里。诗人在《父亲》一诗中写道:

> 1962年,他不知道该怎么办。他,
> 还年轻,很理想,也蛮左的,却戴着
> 右派的帽子。他在新疆饿得虚胖,
> 逃回到长沙老家。他祖母给他炖了一锅
> 猪肚萝卜汤,里边还漂着几粒红枣儿。
> 室内烧了香,香里有个向上的迷惘。
> ……
> 他想,现在好了,怎么都行啊。
> 他停下。他转身。他又朝橘子洲头的方向走去。
> 他这一转身,惊动了天边的一只闹钟。
> 他这一转身,搞乱了人间所有的节奏。
> 他这一转身,一路奇妙,也
>
> 变成了我的父亲。①

1978年,16岁的张枣踏进岳麓山下的湖南师范学院外语系少年班,天才的光芒毫不畏惧地释放着。1982年,本科毕业的张枣短暂任教于湖南株洲工业学校。第二年,他又考入四川外语学院攻读研究生。在语言方面,张枣的天赋很高,不仅熟练掌握英语,德语、法语、俄语都相当精通,还学习过拉丁语,这让他有能力阅读外语诗,并能将在外语诗中的精微之处放置在汉语写作中加以琢磨。当时鲜有的大学生身份,让张枣产生了一种精英感,他聪慧和好学,从小就被视为神童。张枣真正把自己当作一个诗人看待,也是从大学期间开始的。他后来说,那是很自觉的行为,这个行为在当时的情况下给人一种强烈的使命感,认为文学可以改变这个世界。

20世纪80年代,在四川的诗人群体中,一个叫"巴蜀五君子"的诗人圈子渐渐脱颖而出。"巴蜀五君子"指的是张枣、柏桦、欧阳江河、翟永明和钟鸣五位志趣相投的友人,很快成为中国当代先锋诗歌的重要代表。在这个小型共同体中,张枣与柏桦情谊最深,成为莫逆之交,分享着共同的诗学抱负与诗意情怀,在当代诗史上堪称佳话。

1983年10月的一个阴雨天,柏桦在朋友的引荐下,第一次见到了张枣。这不到

---

① 本文所引张枣诗作,如无特别说明,均出自《张枣的诗》,人民文学出版社,2010年。

一小时的匆匆照面,揭开了日后两人彻夜"谈论诗艺机密"的序幕。在当时的重庆,四川外语学院和西南师范大学有两个诗歌圈子,张枣和柏桦分别成为这两个圈子的中心。柏桦回忆说,张枣在这两个圈子之间欢快地游弋,最富青春活力,享受着公认的天之骄子的身份。他那时不仅是众多女性的偶像,也让每一个接触到他的男性诗人印象深刻。

当时,张枣住重庆市郊北碚,而柏桦住在沙坪坝区歌乐山下的烈士墓。他们彼此相隔好几十公里,山城的交通尤为不便,每见一次面,他们都要在路上受尽折磨……这让每次的碰面就显得弥足珍贵,他们将每次的见面趣称为"谈话节"。张枣那时还引用弗洛伊德的一个精神分析术语——"谈话疗法"——来形容彼此之间这种织布机式的交流。张枣后来这样感慨道:"直到到了四川和柏桦相遇,我们才相互知道我们都想干什么……第一个是柏桦,他针对我的作品的所有理解方式,是我在湖南一直渴望而又没有得到的,他那种结伴联袂的方式、激情发挥文学梦想的方式,一直是我需要的,我很幸运地遇到了他。"①张枣与柏桦的诗歌友谊是一份珍贵的见证。在那个狂飙突进的年代,谈诗、写诗召唤出朋友间压抑已久的真诚、良知和审美之心,成为心性敏感的诗人之间直接而致密的交流方式。诗歌成了每个诗人自己的签名。

其实,一位诗人的写作除了受自身主观能动性的驱使之外,他者的砥砺也是不可或缺的。与柏桦的相遇和相知,或许是张枣多年来从未搁笔、不断书写的持久动力。1988年春天,远在德国特里尔大学的张枣回首往事,在《早春二月》一诗中写道:

> 太阳曾经照亮我;在重庆,一颗
> 露珠的心清早含着图像朵朵
> 我绕过一片又一片空气;铁道
> 让列车疼得逃光,留杜鹃轻歌
> 我说,顶峰你好,还有梧桐松柏
> 无论上下,请让我幽会般爱着
> 在湖南,阳光照亮童年的眼睛
> 我的手长大,抚摸的道路变短

柏桦也曾回忆起这段青涩的岁月,他说:"在四川外语学院,凌晨或夜半的星星照耀着一条伸向远方的枯瘦铁路,我们并肩走着,荡人的春气、森林或杜鹃正倾听我们的交谈。一次,当我们在歌乐山盘旋的林荫道上漫步时,张枣俯身从清氛的地面拾起两片落叶,随即递给我一片,并说我们各自收藏好这两片落叶,以作为我们永恒诗歌

---

① 张枣,颜炼军:《"甜"——与诗人张枣一席谈》,张枣:《张枣随笔集》,东方出版中心,2018年,第251—252页。

友谊的见证。"①即使当下的内心充斥着苦闷,但曾经的清新流转仍依稀可念。《早春二月》中闪现着两个充满故事的坐标:如今的重庆与童年的长沙。这是张枣尤为重要的成长之地,也必将与他的诗歌友人一同沉浸于那段抽丝剥茧般的回忆里。由湘入蜀,与知音相逢的点滴里装满难以忘却的友谊。张枣自1986年起开始旅居德国,与四川外语学院的德国女教师达玛结婚。在那里,他先是获得德国特里尔大学文哲博士学位,后在图宾根大学任教。尽管孤悬海外长达二十余年,但张枣与国内友人的诗歌交往并未因此中断,反而表现出更加紧迫的需求,发生着更加高级的对话。

到德国后不久,张枣就写信给友人陈东东抱怨:"你可以想象国外生活的紧张节奏吗?不但省略了我们十分颓废的午睡,吃饭也马马虎虎,睡眠也随随便便,生活就是一只表,昼夜不停地运转。对于我们'支那'人,尤其是我这种好逸恶劳的家伙,算是一场大惩罚。"②在《枯坐》一文,张枣曾描述过自己的德国生活:"住在德国,生活是枯燥的,尤其到了冬末,静雪覆路,室内映着虚白的光,人会萌生'红泥小火炉……可饮一杯否'的怀想。"③

"红泥小火炉……可饮一杯无",这是出自白居易的一首诗,暗示了中国式的朋友关系。最终,张枣还是选择回国,2005年,张枣受聘于河南大学,2007年下半年又正式调入中央民族大学文学与新闻传播学院。在国内的日子,张枣重新回到热闹的诗人圈子生活中,但也几乎没再写出更多的诗歌作品。在此期间,张枣与陈东飚合作翻译了美国诗人华莱士·史蒂文斯的诗文集《最高虚构笔记》,并为此书撰写了精彩的序文。张枣还翻译过两本德国童话集《月之花》和《暗夜》。

张枣在20世纪90年代出版过一本诗集,叫作《春秋来信》(文化艺术出版社,1998年)。这是一本被他称为"宁为玉碎,不为瓦全"的诗集,只收了他的六十几首诗和一些译诗,展现出不负众望的精湛诗艺。《春秋来信》是诗人张枣生前唯一出版的诗集。2017年,本书第一次按照原有的编排顺序,由北京十月文艺出版社再版。

张枣是一位天才的诗人,也是一位"中谶"的诗人。正当48岁本命年时,张枣身患肺癌,横遭厄运,不禁让人唏嘘哀叹。身染肺痨阴影中的杜甫,深陷肺癌病痛中的昌耀,罗曼蒂克的肺痨诗人雪莱,甚至多年之后一语成谶的张枣(张枣热衷在诗中谈论死亡),都难逃肺部阴影的无情召唤。关于肺和呼吸,似乎成为张枣命运里无法挣脱的枷锁,也成为友人们心中无法修补的痛痕。

在《诗人的着魔与谶》一文中,诗人钟鸣对他的友人张枣之死做出过精准的论断:"他讥讽死亡,死亡便寻上门来。他曾在给我的一封信里聊及叶芝的'四十八岁',那

---

① 柏桦:《张枣》,宋琳、柏桦:《亲爱的张枣》,中信出版社,2015年,第15页。
② 转引自陈东东:《亲爱的张枣》,《我们时代的诗人》,东方出版中心,2017年,第161页。
③ 张枣:《枯坐》,《张枣随笔集》,东方出版中心,2018年,第206页。

是大器晚成的'四十八',但张枣君却夭折于此。他确实太年轻了,正值盛年。"①钟鸣曾与张枣谈过"避讳"的问题,他不大信,还在诗中谈论死亡,甚至不惜说"让我死吧"。钟鸣认为,这简直就是犯忌、着魔,可张枣偏以恶抗恶,想要游戏辩证一番。请大家看张枣的以下几首诗:

死亡猜你的年纪
认为你这时还年轻
孩子猜你的背影
睁着好吃的眼睛

(《死亡的比喻》)

卡佳,我的蜜拉娅……
我死掉了死——真的,死是什么?
死就像别的人死了一样。

(《德国士兵雪曼斯基的死刑》)

灯笼镇,灯笼镇
你,像最新的假消息
谁都不想要你
除非你自设一个雕像
……
老虎衔起了雕像
朝最后的林中逝去

雕像披着黄昏
像披着自己的肺腑
灯笼镇,灯笼镇,不想呼吸

(《灯笼镇》)

最后这首诗是张枣的绝笔,写于 2010 年 1 月 13 日,名叫《灯笼镇》。诗人将它写在儿子的作业本上,字迹已经相当模糊了,似乎已经先于他的生命开始向另一个世界变形和倒塌。那个地方似乎叫作灯笼镇,在垂死的病床上,死神一遍遍地传来假消

---

① 钟鸣:《诗人的着魔与谶》,宋琳、柏桦:《亲爱的张枣》,中信出版社,2015 年,第 153 页。

息,让一副残躯僵石化成雕像。一只灯笼中心的光线熄灭了,安静和黑夜重新占领了那里,将它还原为石膏和青铜。2010年3月8日凌晨4时39分,张枣因肺癌在德国图宾根大学医院去世,弥留之年适逢本命年,他的肺叶不再舒张和收缩,不再转换清浊,他的读者只能在他留下的诗歌中反复耳鬓厮磨、吐故纳新。

第二节 张枣诗歌创作艺术特色

"我叫张枣,我是一个诗人",这是他每一次与陌生人见面时的开场白,也是他每一次的告别语。如果把张枣看成第三代诗人的卓越代表,这并不意味着他的写作是多么立场鲜明、标新立异或激进时髦(这些恐怕都是一夜昙花),而是在于,他以足够的学养、能量和魄力,让谵妄失足、满目疮痍的现代汉语诗歌重新在自己的传统面前抬起头来,用韧性十足、风华绝代的古典诗歌精神为现代汉语对话疗伤。

不幸的是,这样一位卓越的当代诗人还是过早离开了我们,这个噩耗令诗歌界的众多朋友都倍感惋惜。此后,友人对张枣逝世后哀悼与追念也成为重要的诗学证言,透过这个窗口,我们依稀看到当代诗人的精神状况与创作生态。德国汉学家顾彬对张枣曾经有这样评价:这样精通中西语言艺术的人,简直就是上帝送给我们的一个礼物。张枣被公认为中国20世纪最深奥的诗人。诗人北岛也评价说,张枣无疑是中国当代诗歌的奇才。他对语言本身有一种近乎病态的敏感,写下不少极端的试验性之作。尽管其中各有成败,无论如何,他对汉语现代诗歌无疑有着特殊的贡献。这些评价或许有溢美的成分,但也印证了张枣的一个自我评价,即"精英意识"。

纵观张枣的诗歌创作,从作品数量上来看,他并不是"高产"诗人,苛刻地修改自己的作品似乎成了他的写作习惯,甚至将自己培养成一个对作品难以满足的人。虽然有三十年的诗歌写作生涯,但从大学期间从事写作开始直到去世,张枣生前只正式出版过一本薄薄的诗集《春秋来信》,其中收录诗歌63首,译作21首。在留下的一共不到150首诗作中,还包括他不愿意示人的几十首早期习作,加起来平均每年不到五首诗;而这其中他自己认为值得留下的,不到80首。比起20世纪以来绝大多数汉语诗人,张枣留下的作品实在是太少了。当世诗人好学勤力,或鹦鹉能言者多矣,而好诗人如张枣者,却极端地相信,诗有不言而胜其言者,正所谓"珠玉不可多得,以其珍也"。

张枣说时常告诫自己和同行:"生活的垃圾千万不要带到诗中。"因为诗歌本身,就是他生活最不累赘的结晶,就是他的弥赛亚。在他很年轻的时候,就抱定这样的想法:经不起读一百遍的诗不是好诗。因此,极端挑剔甚至最终放弃自己的诗作,是他写作的常态。张枣甘为诗艺的工匠和奴仆,精心打磨着他心灵的奢侈品。张枣诗歌创作的艺术特色，大致可从以下几个方面来理解：

一、流亡感

庄子笔下的理想生活之一，便是逍遥游。但现实生活中再逍遥的游弋，都是矛盾重重的。爱玩爱吃的张枣想必该符合庄子的生活理想，却背负了"游"中最为涩重的部分：流亡。无论从知人论世的角度，还是从文本美学的视野，流亡皆成为张枣诗歌艺术中一个无法忽略的精神姿态。

与那些因政治原因流亡海外的诗人不同，张枣没有政治针对性地自我放逐，遭遇的困难却是非常具有内在性的。他曾说过："一九八九年出现的文学流亡现象虽有外在的政治原因，但究其根本，美学内部自行调节的意愿才是真正的内驱力。先锋，就是流亡。而流亡就是对话语权力的环扣磁场的游离。流亡或多或少是自我放逐，是一种带专业考虑的选择，它的美学目的是去追踪对话，虚无，陌生，开阔的孤独并使之内化成文学品质。"[①]没有敌人的流亡，也就没有靠反对敌人而生存的快意。"他很喜欢'盲流'一词，他说他最想去做一个盲流"[②]，柏桦如此回忆道。钟鸣在张枣去世后的悼文中也表示，他在现实中似乎没有真正意义上的家，婚姻只是个壳而已，所以他只能算是个迷途者。

张枣回忆过自己刚出国时的心境："我在国内好像少年才俊出名，到了国外之后谁也不认识我。我觉得自己像一块烧红的铁，哧溜一下被放到凉水里，受到的刺激特别大。我整整有三个月的时间讲不出来话，完全失语，不光没有写信，连日记也写不出来。我惟一讲的几句话就是到超市买东西，对人说一句谢谢。我的这种遭遇也是非常典型的八十年代留学生的遭遇，即新的物质对人的心理所造成的压力。"[③]的确，作为少年成名的天才诗人，张枣出国前在四川诗歌界享有阿多尼斯式的明星地位，但出国后，情形为之一变。张枣曾不止一次讲起他出国前后遭遇的那种巨大落差感。越想脱离流亡状态，就越是陷入流亡的迷途；越在迷途中，就越热衷于对过去经验的精美重构。流亡中的诗人对传统文化元素的自觉再现和变形，其实也是流亡心态的一部分。

在抒写流亡的虚无感上，张枣显得"反反复复，絮絮叨叨"。也许，只有不断嘀咕各种面相的孤独，才可以缓解痛苦。比如在《与夜蛾谈牺牲》中，他写道："我知道化成一缕青烟的你／正怜悯着我，永在假的黎明无限沉沦。"属于他的八十年代杳然远去，八九十年代之交，祖国遽变为另一副陌生的形象，被祖国快速的历史漩涡彻底甩开的

---

① 张枣：《当天上掉下来一个锁匠》，《张枣随笔选》，人民文学出版社，2012年，第36页。
② 柏桦：《张枣》，宋琳、柏桦：《亲爱的张枣》，中信出版社，2015年，第7页。
③ 张枣、刘晋锋：《80年代是理想覆盖一切》，《新京报》，2006年4月4日。

诗人,更加深深地陷入一场远方的疼痛。张枣在《云天》一诗中追问:"在我最孤独的时候/我总是凝望云天/我不知道我是在祈祷/或者,我已经幸存?"幸存,是一个多么无奈而充满矛盾的词。在相当长的时间里,张枣一直深陷这样的矛盾:及时抽身,漂泊海外,据说是诗神对他的护佑(这里值得提出的是,直到 21 世纪张枣决定回国后,北岛依然认为张枣回国可能就意味着他写作的终结);同时,长期孤悬海外,处于母语和经验现场之外,也令他陷入生活与写作的窘境。

在一次访谈中,张枣曾讲起自己 90 年代某一时期的写作:"我不满意我一九九二到一九九三年这一段时期的作品,比如《护身符》《祖国丛书》等,我觉得它们写得不错,技术上没有什么可遗憾的,但太苦,太闷,无超越感,其实是对陌生化的拘泥和失控。"①同样旅居海外多年的诗人宋琳,也曾表达过相似的感受:"长期的孤独中养成的与幽灵对话的习惯,最终能否在内部的空旷中建立一个金字塔的基座,譬如,渐渐产生一种信仰的坚定?"②以写作来超越流亡的苦难,的确是一件难事儿。谁能够真正美化生活这件真事情呢?悲剧和喜剧都在于,我们得去美化它。流亡途中的张枣爱上了里尔克的这句诗:"你必须改变你的生活。"

在一首名为《钻墙者和极端的倾听者之歌》的诗中,张枣写道:"是你,既发明喧嚣,又骑着喧嚣来救我?"这里的"你",就是张枣面对的具象化的祖国,回到喧嚣的母语世界中,诗人想寻找含金的预言,却遇到了更多肉体上的羁绊——这是唯一溢满尘世的美满,也是携带着死亡的甜。因地制宜,本身就是一个流亡者的词语幻象。在大地满是难言的图案上,在奔波而拥堵的祖国的"里面","外面"再次成为诗人头顶的符咒;但即便逃到"海南岛",逃到那个由悠远缔造的"太平洋上的小岛国"……等待自己的灵魂赶上来,流亡的肺腑还是鹤立般停留在"灯笼镇"——这个流亡者发明的乌有之乡,这个令人信以为真的祖国的虚假对应物。在《跟茨维塔伊娃的对话》一诗中,张枣似乎早就预言了自己的结局:"外面啊外面,总在别处!/甚至死也是衔接了这场漂泊。"

二、对话性

张枣诗歌创作艺术特色的第二个方面,体现在他诗歌的对话性上。与现代汉语新诗中的革命象征传统和朦胧诗中的反革命象征传统相比,后朦胧诗已经没有一个大写的"你"、一个崇高的客体作为对话者。二十世纪七八十年代北岛、舒婷笔下的那个坚实一贯的主体,在张枣等第三代诗人身上当然也就瞬间地消散了。这一代诗人最大的特点之一,就是常常大声地对着一个空白地带说话,空白感促使他们在言说中

---

① 张枣、黄灿然:《黄灿然访谈张枣》,张枣:《张枣随笔集》,东方出版中心,2018 年,第 223 页。
② 宋琳:《域外写作的精神分析——答张辉先生十一问》,《新诗评论》,2009 年第 1 辑。

寻求和建构新的崇高性:有时是通过西方现代诗人们的作品,采集和模拟中西神话里的崇高形象;有时是莫名地虚构出"你们"这个称谓;有时则是一个个虚构或变形后的自我形象,不一而足。

作为一个敏感而高级的写作者,张枣在20世纪80年代初期的写作中,已清晰地意识到,再造诗歌的对话性,就是再造当代汉语诗歌与世界之间的关系。当许多同辈诗人还沉浸在语言自身的狂欢中体验兴奋和喜悦之时,张枣已经开始探索诗歌的内在对话结构了。他早期诗中那些清晰的"你"的面孔,一直被读者铭记。对话结构在张枣笔下大致可分为两类:一是自我戏剧化;二是设置对话者(这个对话者有时很明确,有时则是潜在的)。当然,这二者亦非泾渭分明,因为一切"你",都是"我"的延伸,只是远近高低各不同而已。

张枣诗歌中自我戏剧化的细化和放大,人称变换和对话结构的系统化,都来源于他成熟的诗学观念。这种成熟,集中体现为他在诗歌中发明的对话诗艺。据研究者统计,由人民文学出版社出版的《张枣的诗》中所收入的130多首诗中,"你"字出现过652次(不包括"汝"),"他"字出现208次,"它"字出现162次。张枣认为,刻意地追求对话性,是现代文学的一个特点。在现代性处境下,如何通过对话来发明一个包含神明的倾听者或对话者,是许多诗人深度思考过的问题。

那么,张枣诗歌中的对话结构究竟是如何呈现的呢?这首先表现在诗人对私密话语和情色话语的崇高化:在诗歌的渐进中,诗人剔空它们原本的内容,进而植入元诗主题,让写作从对现实的低级复写,升级为词语对现实的重构。在题材上,这无疑与1949年之后很长时间内的文学主题形成了强烈的反差;在方法论上,则将此前常常先入为主的那些意识形态内容清除,把对诗歌写作的组织构造与发明对话者和倾听者的任务融为一体。既然抛弃了各种意识形态及其替身和幻象,那么就必须锻炼新的诗歌崇高性熔点。发明对话性,设置对话的对象,是张枣重要的诗歌炼金术。

针对不同的对话对象,张枣诗歌的崇高化方式有微妙的差异。比如,他诗歌中写到的"你",常常指女性。据我们了解,现代新诗中的女性形象,大都与革命者或祖国相关。在以张枣为代表的当代诗人笔下,女性形象则常常返回到私密和色情层面,同时,又从这个层面跃升至本体性层面。关于诗人如何写女性,张枣在谈论叶芝时,有一个总结:"许多作家一生会爱许多女人,其实是爱上了爱情;而有的作家有一个致命的女人,这个女人就成了他一辈子致命的东西,他一辈子永远在写她,我们把这种女人叫致命女神。"[①]跟叶芝这样的诗人相比,张枣无疑属于前者。

张枣笔下还有另一种"你",是男性形象。按照张枣的话说,就是"追踪最知心的密友"(《纽约夜眺》)。比如,《秋天的戏剧》中的部分内容,写的是他与柏桦的知音式

---

① 张枣:《谈谈叶芝短诗:When You Are Old》,《张枣随笔集》,东方出版中心,2018年,第135页。

交往,将柏桦称为"我和谐的伴侣"和"夜半星星的密谈者";《春秋来信》是赠给诗人臧棣的,《大地之歌》是赠给诗人陈东东的,《到江南去》是赠给诗人钟鸣的。这些诗人都曾在某个阶段与张枣有密切的切磋和往来。在现实生活中,张枣是一个谈吐甜蜜的人,他总是能够找到合适的谈话内容,与周围的人迅速地建立起私密感。与他打过交道的人,大多会被他的讲话方式着迷。然而,这也恰好是他最寂寞的体现,因为他优雅亲和的谈吐,周围的人很少或根本不用去体察、猜测他内心的真正想法,造成他内在的孤独。

张枣在言说上的这种分裂,就像他在《父亲》一诗中写的:"总有两个自己,一个顺着走,/一个反着走,/一个坐到一匹锦绣上吹歌,/而这一个,走在五一路,走在不可泯灭的/真实里。"这种矛盾,可能是他珍重"知音"这一古典概念的原因之一。古典式的知音之难,被张枣改造为一个当代诗学命题:"现代人如何在一种独白的绝境中去虚构和寻找对话和交谈的可能性?"。遍览西方文学的张枣坚信:"对话性在某种程度上起源于中国,中国人最先发现了文本的对话性,比如高山流水,就是来源于伯牙和钟子期的故事。没有一个对话者,创作者就不成立,是对话者本身创造了创作者,是倾听,也就是耳朵创造了嘴巴,没有耳朵,嘴巴就没意义,因为一个嘴巴不能对一个嘴巴说话。"①

张枣把他的所有写作,都归结到"知音"这个漏眼的背篓中;显然,他的许多作品远远超出了"知音"这一命题。但如此强调,是不是诗人自我崇高化的另一个策略?就像他在诗歌中,通过各类崇高的语汇系统,将色情而庸俗的语义垃圾场转换为指向写作困境而展开的对话追寻一样,通过"知音"这一概念,诗人既欲盖弥彰又美妙绝伦地将自己的诗歌及诗学姿态处理得过于凌虚高蹈。那么,我们是否可以进行"谋杀"式的阅读,将"知音"视为一个沉重的空无?张枣甜蜜地投入知音写作,会不会像"一钱不值"的纸币宣称自己代表真金白银一样,这背后想展示的,恐怕是倾听的不可能性。它更应该是流亡的诗心为自己虚构的一根救命稻草。

第三节　张枣经典诗作导读

一、《镜中》导读

20世纪80年代,是一个诗人们争写"先锋诗"的时代,张枣的《镜中》正是这一潮流中的实验诗。《镜中》中所表现出的诗歌思维的跳跃宛转、意象画面的剪辑拼贴、音势节奏的幽柔缭绕、人称关系的替换交错等技艺匠心,都非常值得品鉴分析。

《镜中》导读（视频）

---

① 张枣:《〈普洛弗洛克情歌〉讲稿》,《张枣随笔集》,东方出版中心,2018年,第119页。

1984年初冬的一个黄昏,张枣拿着刚写好的《镜中》与《何人斯》到好友柏桦家中,当时他对《镜中》的成败把握不定。尽管如此,诗中的古风和现代性形成的陌生感,彰显了张枣明确的诗观,试图从汉语古典精神中衍生现代日常生活的唯美启示。我们先来读一下这首诗——《镜中》:

> 只要想起一生中后悔的事
> 梅花便落了下来
> 比如看她游泳到河的另一岸
> 比如登上一株松木梯子
> 危险的事固然美丽
> 不如看她骑马归来
> 面颊温暖
> 羞涩。低下头,回答着皇帝
> 一面镜子永远等候她
> 让她坐到镜中常坐的地方
> 望着窗外,只要想起一生中后悔的事
> 梅花便落满了南山

《镜中》写于1984年10月,是张枣在青年时代写成的传世佳作。张枣算是当时诗坛里另辟蹊径的佼佼者,自带古典诗风的他夺目而耀眼,以融汇中西、采集群芳的态度探寻着诗歌之路,朝向极具张枣风格的语言风景做优雅的航行。他时刻都在尝试从新诗的缝隙中牵引出传统,酿造出古典加现代的诗学新气味。

不到二十二岁就写出《镜中》的张枣,正处于意气风发的人生阶段,柏桦对此称赞不绝:"张枣在很年轻的时候,就已经是意象诗的高手了,他写出的一流意象诗非常多,无须一一枚举,仅这首《镜中》,我以为,便足可成为现代中国意象诗的翘楚。"[1]在那群星闪耀的诗歌时代,浓烈的书卷气息和天才的语言能力,毫无争议地使张枣成为其中最为夺目的新星。

阅读《镜中》,我们会着迷于它的古典情愫和传统意境,会被开篇那种凌厉而绵长的语调所吸引——"只要想起一生中后悔的事/梅花便落了下来"。"悔"和"梅"两个形近字同时使用,令读者产生无限意趣。诗人使用一种极轻的书写,来描述"后悔的事"这一沉重的话题,同时表达了诗歌之难与妙。通过"梅花"这一经典意象,将读者带回传统的诗境中,既凝定隽永又具有灵动的活力。开篇的"悔意"与现代读者欲说

---

[1] 柏桦:《张枣》,宋琳、柏桦:《亲爱的张枣》,中信出版社,2015年,第21页。

还休的情感一拍即合,哀悼着每个人内心里那段回不去的好时光,也展现出幽魅静谧的镜状意象。

"镜中"无疑是一个诗眼,也是极具现代意味的符号。"镜子"暗示了张枣诗歌神秘性的源泉、对自我之谜的追问和他的文学世界观。此外,敏感的读者还会被"皇帝"一词扼住喉咙,会为这种别出心裁的表述感到既陌生又熟悉。"危险的事固然美丽",这一句极富深渊般的思辨性,犹如让人越堕落越快乐的罂粟,仿佛倾国倾城的佳人……这一刻,峰回路转,"不如看她骑马归来",俨然一对恋爱中的眷侣。一个"不如",让那个甘之如饴、奋不顾身的爱人形象跃然纸上。是啊,飞蛾扑火,只为一瞬间,一刹那的绚烂,却也痛快精彩。《镜中》的开头和结尾存在相似性,营造出轮回之感。层层画面的叠加,美丽的"她"愈益清晰,也就愈发遥不可及,让红尘中人恍若隔世。在复沓回环中驻留的诗意却意境悠远。

二、《跟茨维塔伊娃的对话》导读

在张枣的作品中,存在一个让诗人不能忽略的文化情结,这就是"万古愁"。它不仅是张枣诗学的重要命题,更是汉语诗歌中亟待辨明的一项心性内容。愁,既微妙又抽象,它无以遁形,却又是人类独一无二的生命经验,古往今来对它的描摹又绝非易事。提及"愁",早在东汉末年,曹孟德在《短歌行》中就吟诵道:"慨当以慷,忧思难忘。何以解忧,唯有杜康。"这里还仅仅是触及"愁"的另一种变体,即"忧"。正所谓,"人生不满百,常怀千岁忧",但中国诗歌更偏爱表现"万古愁"。追溯起来,最著名的当属诗仙李太白的名篇《将进酒》:"五花马,千金裘,呼儿将出换美酒,与尔同销万古愁。"后来者中,也有南唐后主李煜所留下的千古绝唱《虞美人》:"问君能有几多愁?恰似一江春水向东流。"历代文人墨客都抒发过万古愁之叹,旅居德国的张枣,也心有灵犀地回应着这种来自中国传统文明腹地的深沉慨叹。显而易见,"万古愁"乃是张枣一部重要的十四行组诗《跟茨维塔伊娃的对话》的关键词之一:

> 我天天梦见万古愁。白云悠悠,
> 玛琳娜,你煮沸一壶私人咖啡,
> 方糖迢递地在蓝色近视外愧疚
> 如一个僮仆。他向往大是大非。

"我天天梦见万古愁。白云悠悠",这一行诗神行语外,纵笔写去,古意盎然,世世代代的"万古愁"加之千载飘忽的"白云悠悠"弥漫在眼前,时间的纵深感与空间的开阔感一并呼之欲出。毋庸置疑,当代诗人张枣接续了古典诗人的心境,诗中的"万古愁"令人想到李白的《将进酒》,而"白云悠悠"或许源于崔颢《黄鹤楼》中的名句:"黄鹤一去不复返,白云千载空悠悠。"

张枣在《跟茨维塔伊娃的对话》中写道:"没在弹钢琴的人,也在弹奏,/无家可归的人,总是在回家;/正好应和了万古愁——。"读者若匀速读完这节,乍听起来荒诞不经,甚至前后自相矛盾,可细读后却惊觉雅致入理,饱含着意味深长的内涵。张枣并不是仰仗悖论这种技巧去硬写,而是借助书写内心的真切逻辑来完成这个悖论的逆转。只有在书写中,这种悖论才能够被言说并成为可能。"无家可归的人,总是在回家",仔细想来,的确只有孤悬异乡的人,才会无时无刻不对故乡怀有憧憬,才总会无端端梦想着自己正走在回家路上。相信怀有"万古愁"情结的异乡人张枣,应当对此有着极为深切的体会吧。

《跟茨维塔伊娃的对话》曾两次提及"万古愁",当时的张枣已经逐步确立了自己的诗观,他对传统的再次认知促使其诗风更加独步,既有历史的厚重也不乏语词的轻盈:一方面,诗文里的主人公拥有悦耳的西式称呼"玛琳娜";另一方面,作品中的"我"又时常梦见挥之不去的"万古愁"。张枣特别擅于吸纳古诗中的精华与神韵,因而让读者能分明地体会到其作品中"有古且有我"的理想境界。

三、《卡夫卡致菲丽丝》导读

除了对镜子的迷恋、对万古愁的深度抒情之外,张枣特别注意呼吸运动在诗歌创作中的重要作用。在人体中,肺是呼吸器官,呼吸是人体与外界环境之间进行气体交换的过程,我们通过呼吸吐纳完成人体气体的循环和更新。呼吸或肺对张枣诗歌而言,都有着重要的意义。诗人钟鸣做过如下解释:"呼吸决定着语言节奏和音势这点,每个人的感触方式不一样。这点,张枣不是通过理性得知的,而是通过在不同语言环境中反复地独白体察的。他的语言天赋,是熟悉他的人马上就能感受的。他几乎每深入一种语言,就得换种呼吸方式,换一个肺,就像他描写的孔雀一样。呼吸方式,几乎是每一个敏感诗人的关键所在。"[①]这一点在《卡夫卡致菲丽丝》中开门见山地流露出来:

　　我奇怪的肺朝向您的手,
　　像孔雀开屏,乞求着赞美。
　　您的影在钢琴架上颤抖,

---

① 钟鸣:《笼子里的鸟儿和外面的俄耳甫斯》,《秋天的戏剧》,学林出版社,2002年,第49页。

> 朝向您的夜,我奇怪的肺。
>
> 像圣人一刻都离不开神,
> 我时刻惦着我的孔雀肺。
> 我替它打开血腥的笼子,
> 去啊,我说,去贴紧那颗心:
> "我可否将您比作红玫瑰?"
> 屋里浮满枝叶,屏息注视。

这是张枣的另一首十四行组诗《卡夫卡致菲丽丝》中的开头部分。这首组诗应当可以看作张枣在德国时期创作的最成功的作品。面对这首渗透强烈自我分析性的反英雄作品,钟鸣很早就对它做出过入木三分的解读,其支点,依然凝定在肺和呼吸的问题上:"肺像其它身体器官一样,是能分解的,可支配的。或者说,为了调匀呼吸和诗的节奏,肺更内在意念化地闭合。只有当呼吸成为一个诗人每日写作或潜写作最直接的感受方式时,决定呼吸的咽喉与肺才会诗意化地进入写作意识本身。"①

肺的病变似乎成为20世纪知识分子共同的厄运,无论是张枣诗中所写到的卡夫卡,还是多年之后一语成谶的自己,都难逃肺部阴影的召唤。卡夫卡与他的女友菲丽丝之间的交往,更像是一场命运的宿疾,犹如灵魂与肉体展开搏斗的生命体,彼此间也会有片刻宁静的拥抱,但更多呈现出的,却是超能量的纠结。为了等待菲丽斯的来信,卡夫卡焦急而苦恼。在孤独者眼中,信件的交流如同一场拯救。因此,张枣写作这首诗时,其实找到了一个孤独的共鸣者,他以卡夫卡为第一人称,将自身投射于其中,并设置一道缓冲——诗人减缓了对孤独的煽情。或许,卡夫卡就是张枣最理想的自我诠释对象,卡夫卡对于沟通和对话的期待,对现代个体生存的困惑,对虚空孤独的体会,以及对语言冲突的认知,凡此种种,皆能唤起张枣强烈的移情和感通。

诗人张枣在异国的生活经历和他观看世界的独异角度,决定了他在诗歌里采取了迥异于常人的呼吸和节奏。异样的肺其实并不奇怪,只是因为它呈现出一种伤感的病态。诗人对"孔雀肺"的营造和描摹尤为精妙,其中暗含了两种迥然不同的思考:其一,肺的病变是一种无情的厄运,而孔雀翎羽上那洞开的斑纹,恰如一只只犀利而深邃的眼眸,诠释了厄运的吞噬性;其二,身患肺病的文人学者意外获得了一种别样的身体美学象征,他们的肺如同孔雀开屏时展开的那把碧纱宫扇,尾羽上那些眼斑始终反射着别样的光彩。这群时刻惦念写作的文人,肺叶不再完好,却比任何时刻积累下更多乞求赞美的筹码,握住更多召唤知音的渴求。

---

① 钟鸣:《旁观者(3)》,海南出版社,1998年,第1381页。

诗人宋琳对张枣的写作曾有过如下判断，也可以帮助我们勾勒出张枣诗歌的整体特征："张枣受益于既唯美又具有乌托邦性质的诗学抱负，一方面怀着向伟大的东方诗神致敬的秘密激情，一方面悉心勘探西方现代主义源流，从天命的召唤中发现个人在历史金链中的位置，从而能够清醒又从容地在技巧王国各司其职，是新诗在当代运程中的一个吉兆。"①

参考文献

[1] 张枣. 张枣的诗[M]. 北京：人民文学出版社，2010.

[2] 张枣. 张枣随笔集[M]. 上海：东方出版中心，2018.

[3] 宋琳，柏桦. 亲爱的张枣[M]. 北京：中信出版社，2015.

[4] 钟鸣. 秋天的戏剧[M]. 上海：学林出版社，2002.

[5] 颜炼军. 诗歌的好故事……——张枣论[J]. 文艺争鸣，2014(1).

思考题

1. 张枣诗歌创作艺术特色主要体现在哪些方面？请结合作品作出分析。
2. 试述张枣的《镜中》一诗体现了哪些创作特色。

---

① 宋琳：《精灵的名字》，宋琳、柏桦：《亲爱的张枣》，中信出版社，2015年，第166页。

郑重声明

高等教育出版社依法对本书享有专有出版权。任何未经许可的复制、销售行为均违反《中华人民共和国著作权法》，其行为人将承担相应的民事责任和行政责任；构成犯罪的，将被依法追究刑事责任。为了维护市场秩序，保护读者的合法权益，避免读者误用盗版书造成不良后果，我社将配合行政执法部门和司法机关对违法犯罪的单位和个人进行严厉打击。社会各界人士如发现上述侵权行为，希望及时举报，本社将奖励举报有功人员。

反盗版举报电话　（010）58581999　58582371　58582488
反盗版举报传真　（010）82086060
反盗版举报邮箱　dd@hep.com.cn
通信地址　北京市西城区德外大街4号　高等教育出版社法律事务与版权管理部
邮政编码　100120